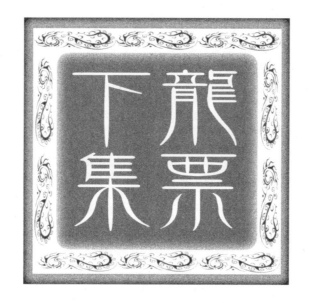

龍票 下集

王躍文◎著

高寶書版集團

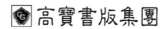

戲非戲　DN062

龍票(下)

作　　者：王躍文
總 編 輯：林秀禎
特約編輯：顏少鵬
校　　對：顏少鵬、葉昌明
出 版 者：英屬維京群島商高寶國際有限公司台灣分公司
Global Group Holdings, Ltd.
地　　址：台北市內湖區洲子街88號3樓
網　　址：gobooks.com.tw
電　　話：(02) 27992788
E-mail：readers@gobooks.com.tw（讀者服務部）
pr@gobooks.com.tw（公關諮詢部）
電　　傳：出版部(02) 27990909　行銷部（02）27993088
郵政劃撥：19394552
戶　　名：英屬維京群島商高寶國際有限公司台灣分公司
發　　行：希代多媒體書版股份有限公司/Printed in Taiwan
初版日期：2008年12月
本書由長江文藝出版社授權出版繁體中文版

國家圖書館出版品預行編目資料

龍票(下) / 王躍文著. -- 初版. -- 臺北市：
高寶國際出版：希代多媒體發行, 2008.12
面； 公分. --（戲非戲；DN062）

ISBN 978-986-185-256-0（下集：平裝）

857.7　　　　97021273

第二十三章

小刀會兄弟們離開後，虛驚一場的英國商人紛紛走上來，向祁子俊表示感謝，連英國公使文翰也走上前來。剛才想找祁子俊決鬥的Duncan公爵朝祁子俊深深地鞠了一躬。Duncan公爵說：「我為剛才所說的話深表歉意。」

哈特爾翻譯給祁子俊聽：「他說，他為剛才所說的話深表歉意。」祁子俊大度地說：「沒什麼，既然你是真心誠意的，我也就既往不咎了。」

哈特爾悄悄把祁子俊拉到一旁：「剛才花的錢，算在我頭上。」祁子俊笑笑說：「一點小意思，不足掛齒。」

哈特爾又說：「以後，作為一個例外，只要是義成信的銀票，我全盤接受。」祁子俊學著洋人的話說：「耶是。」

看了祁子俊和席慕筠回到所住的旅館。祁子俊手裡拿著一份英文的《北華捷報》，顛來倒去地好幾遍，也不明白到底是什麼意思，就去敲席慕筠的房門拿給席慕筠看，問道：「我不知道這是什麼，看見街上好多洋人買，也買了一份。」

報紙頭版頭條是一個大幅通欄標題：太平天國內訌。

席慕筠神情突然變得凝重起來，久久地沉默著。祁子俊不知就裡，還在說：「今兒個咱們還是到德和居去吃吧，我這肚子受不了洋玩意兒。」

席慕筠沒有說話。祁子俊問：「你怎麼了，剛才還是好好的。」

席慕筠心情沉重地說：「天朝有變。北王韋昌輝殺了東王楊秀清和他的家人、黨羽，燒了東王府，天官丞相秦日綱也死在亂軍之中。」祁子俊忙問：「有沒有蕭長天的消息？」

席慕筠想想說：「蕭長天從前是北王的手下，應當不會有什麼麻煩。」祁子俊嘆道：「共患難易，共富貴難，自古都是這樣，天朝也逃不過這個理去。」

席慕筠走到陽臺上，憑著欄杆眺望遠處，一隻手搭在額頭上，遮擋著陽光。祁子俊跟到陽臺上問：「你看什麼呢？」

席慕筠強忍住淚說：「我想找個地方痛痛快快地哭一場。」

祁子俊獨自走進德和居飯莊的雅間，卻驚奇地發現，通常給他預留的那張桌子已經被一個男人占了。

掌櫃的忙上前說：「祁少東家，那位先生一直在等您。」祁子俊走過去，坐在桌子旁邊的男人扭過臉來，原來是洋行通事。他換了一身中式打扮，對祁子俊招呼道：「祁先生。」

祁子俊感到奇怪：「你找我有事？」他傲慢地在他對面坐下了。洋行通事說：「也沒什麼事。」過了一會才說：「我在租界開了一家小店。」

祁子俊說：「好啊，這回你自己成東家了。」洋行通事憤憤地說：「那個哈特爾仗著自己鼻子高點，眼珠子顏色跟咱們不一樣，成天就吆三喝四的，我受夠他的氣了。」

祁子俊說：「可是我實在看不出來，你離了他還能幹什麼。」洋行通事負氣地說：「洋人能幹的我能幹，中國人能幹的我能幹，洋人和中國人都幹不了的，我也能幹。」

祁子俊挖苦地點著頭：「有志氣，佩服，佩服。」洋行通事說：「你叱吒風雲，呼風喚雨，揮金如土，能調動成百上千萬兩的銀子。你可以瞧不起我，但是，我也是人，我也得過日子，我也想過得比別人好些。」稍頓又說：「我來這裡，就是想跟你說這句話。」說完，他站起身朝門口走去。祁子俊望著他遠去的背影，心裡油然產生了一股同情之感。祁子俊衝著他的背影喊：「嗨，要用錢的時候說一聲！」

旅館裡，席慕筠正伏在桌子上給蕭長天寫信，通往祁子俊的房門敞開著。祁子俊從外面走了回來，手裡拎著一個食盒，見著席慕筠就說：「我給你帶了點吃的。」席慕筠心不在焉地說：「謝謝。你等一下，我正在給蕭丞相寫信。」她把寫好的信裝進信封，粘好，在信封上工工整整地寫下了收信人，忽然發現自己把收信人寫成了祁子俊，一下子心亂了，她趕忙重新撕開，把信封揉成一團。

吃過飯，席慕筠削了一個蘋果。她削得十分靈巧，一條完整的蘋果皮貼著蘋果轉動著，又順著她的手垂下來。削好後，她把蘋果遞給祁子俊。祁子俊佩服道：「我生來第一次看見有人把蘋果削得這麼好。」

席慕筠朝他嫣然一笑。祁子俊又感慨地說：「所以呀，為什麼世界上要有女人呢，要是只有男人，日子就乏味得沒法過了。」

席慕筠說：「你不要以為女人就只會靠著男人過日子。女人和男人生來是平等的。」

祁子俊問：「你的意思是讓女人做男人的事？」席慕筠說：「有什麼不可以的？天朝有女兵、女官，還有女狀元，唐朝的武則天還當了皇帝呢。」她說著，就換了一個姿勢，反轉過來坐在椅子上，手扶著椅背。

祁子俊說：「武則天也得嫁人啊。」席慕筠想想說：「我也許會嫁人，但是，依靠男人過活，對我來說是一種恥辱。而且，我會自己挑選將來要嫁的男人……」她顯得有些不好意思地低下頭，但很快又抬起頭，大膽地說了下去。祁子俊並沒有注意到她的神情，只是認真地聽著。

席慕筠說：「他應該是一個有膽識的人，一個對自己所做的一切都敢於負責的人。」說著說著，她的話漸漸停了下來，下巴抵在手背上，沉思著。

過了幾天，祁子俊和席慕筠一起外出。倆人說著話，正好途經祁子俊原先來過的那家照相館。洋攝影師站在門口招徠客人，一眼就認出了祁子俊，攔在他們面前，招呼道：「哈囉，我們又見面了。」祁子俊心有餘悸地說：「你離我遠點，別跟我耍花招。」

洋攝影師忙說：「我不會傷害你的，我是想給你看看你的照片。」席慕筠笑著說：「進去看看吧，沒有關係的。」祁子俊這才放下心來。

來到照相館，洋攝影師從櫃檯下面拿出上次給祁子俊拍的照片。照片上的祁子俊神情緊張，樣子顯得十分可笑。祁子俊看見自己到了照片上，感覺十分驚奇，不住地拍打著照片，嘆道：「這洋玩意兒真是奇了，怎麼就……」

席慕筠解釋說：「道理很簡單。先用攝影機把你的模樣留在膠片上，再用藥水把你的影像顯露出來、固定住，最後印在相紙上，就成了現在這個樣子。」

祁子俊恍然大悟：「噢，其實也沒什麼，咱們早就有這東西了，不就是皮影嘛。」席慕筠更忍不住笑了：「對，和皮影的意思差不多。」

祁子俊興致勃勃地對洋攝影師說：「那張不算數，再照一張。」祁子俊來到照相室，卻沒有坐在拍照的位置上，而是徑直走向攝影機，好奇地打量著問：「這東西到底是怎麼回事，你再給我講講。」

席慕筠說：「再多的我也說不清了，不過，你用不著管那麼多，照相一學就會，不必非得知道照相機是怎麼回事。」她指指快門說：「按一下這個鈕就可以了。」祁子俊嘆道：「這麼簡單啊。」他對洋攝影師說：「你這照相機值多少錢？」

洋攝影師傲慢地說：「很貴。」祁子俊說：「你說個價錢，要是合適我就買下來。」

洋攝影師連連搖頭：「對不起，我不能賣給你。我還要靠著它吃飯呢。」祁子俊說：「我有要緊用處，去給一個人照張相。你再買一個新的，不就行了嗎？」

洋攝影師說：「不行。」祁子俊遺憾地說：「哎呀，你們這些洋人，一個個都是死腦筋。」

席慕筠似乎感覺到了些什麼，只是笑了笑，但微笑中含著一絲苦澀。祁子俊又對洋攝影師說：「那好，你站過去，我給你照一個。」

洋攝影師忙說：「不行，不行。」祁子俊說：「你怎麼什麼都不行啊？該多少錢，我都給你。快去快去。」洋攝影師無奈，只好坐到了煤氣燈下。

祁子俊又問席慕筠：「按哪個？」席慕筠指指快門：「就按這個。」

祁子俊按下快門，鎂光燈一閃，讓他覺得十分有趣。洋攝影師剛要站起身，祁子俊又按了一次快門。「砰」地一聲，這一次，輪到洋攝影師嚇了一跳。

南京街道上人來人往，熙熙攘攘。

忽然，響起了一陣銅鑼聲。一個太平軍下等官吏舉著一面一尺二寸長的旗，上面橫寫著「北王有令」四個字。前面走著的士兵一邊敲鑼，一邊吆喝著：「北王有令，自即日起，推行使用『天國聖寶』，凡有敢用清妖錢幣者，一律斬首！」他耀武揚威地走過，行人紛紛避讓。

祁子俊和席慕筠這時又回到了南京。這天，席慕筠走進義成信南京票號分號正廳。她已經換上了太平軍裝束，顯得十分幹練。櫃檯裡面的夥計用手指了指，示意祁子俊在後面的掌櫃房。

掌櫃房裡，祁子俊正在專注地看著一封信，沒有注意到席慕筠進來。席慕筠敲了敲他面前的桌子，說道：「好消息，天朝聖庫通知你，去領發還的稅銀。」

「真的？」祁子俊抑制不住興奮的心情，趕忙收拾起桌子上的東西：「我馬上就去。」席慕筠說：「還有些手續要辦，我陪你一起去。」他們向門外走去。祁子俊說：「我讓夥計拴車。」席慕筠說：「不，我帶車來了。」祁子俊順著她手指的方向看去，院子裡停放著兩輛自行車。

本來就會騎自行車的祁子俊按捺不住心頭的興奮，和席慕筠一起騎著自行車去太平天國的聖庫領還回的稅銀。他們來到秦淮河畔。清風徐徐吹拂著，水面上泛起微微的漣漪，天空中下著飄忽的細雨。祁子俊和席慕筠並肩騎著自行車，心裡有說不出的愜意。

祁子俊說：「幫我辦成了這麼大的事，真得好好謝謝你。」席慕筠說：「謝什麼，這是咱們當初說好了的，公平交易。」祁子俊說：「話雖如此，要不是你從中斡旋，也得不到今天的結果。這回總算可以高枕無憂了。」

來到「聖庫」，一個太平軍下級官吏推開沉重的鐵門，把祁子俊和席慕筠帶到一排籮筐面前，指指說：「這是上面吩咐給你的。」

裡面哪有稅銀的影子，眼前是一筐筐嶄新的「天國聖寶」，不光祁子俊，連席慕筠都傻眼了。她從筐裡抓起一把錢幣，對太平軍下級官吏問道：「你肯定要還給他的是這個？」下級官吏說：「就是這個。」

席慕筠喃喃地說：「是不是搞錯了？」祁子俊咬牙切齒：「沒錯，他們早就盤算好了。」

氣憤不已的席慕筠來到春官丞相府找蕭長天。席慕筠走進屋裡，看見蕭長天正躺在床上，對著煙燈吸鴉片。席慕筠大驚失色，趕忙要退出去。

蕭長天忙說：「請進來。」他從床上坐了起來。席慕筠不知所措地站在原地。

席慕筠說：「我想來問問，原先答應還給祁子俊的是稅銀，可聖庫裡的人給他的全是『天國聖寶』，這件事要是傳出去，顯得我們太不講信用了。」

蕭長天無可奈何地說：「這是北王的決定，我爭取過，但也無能為力。」席慕筠望著蕭長天，欲言又止，但最後還是鼓足了勇氣，說道：「我記得您在上海時，曾當面指斥洋人賣鴉片給咱們……」

蕭長天打斷她的話：「我找你來，就是為了這個。」他放下煙槍，認真地對席慕筠說：「你去北王那裡，告我一個偷吸洋煙的罪名。」

席慕筠驚怒道：「您把我當成什麼人了？」蕭長天說：「我這是有求於你。昨天，北王把我召了去，有意封我為王。」

席慕筠說：「這是好事啊。」蕭長天輕輕地搖搖頭：「不可為，不可為。」席慕筠不解地看著他。

蕭長天說：「北王殺了東王，又逼走翼王，禍起蕭牆，自相殘殺。所以，現在封我為王，不是福，倒是禍。天條森嚴，吸食洋煙按律當斬，不過，我想北王念在我追隨他多年，為天朝幹了不少事，大約不會殺我，這樣，也就免去封王一說了。你去告發，是幫我一個大忙啊。」

席慕筠終於明白了蕭長天的苦衷。果然，第二天，一個差官就來到了春官丞相府。蕭長天跪在地上，差官正在宣讀詔書：「天王詔曰，查春官丞相蕭長天違反天條，吸食洋煙，按律當斬，念其追隨天王多年，忠心耿耿，厥有奇功，自即日起降職為春官副丞相，以後再犯，定斬不留。欽此。」

蕭長天謝道：「卑職領旨。」蕭長天謝恩過後，差官離開，蕭長天長長地出了一口氣。

祁子俊無奈之下，只好把太平天國退給他的所謂「稅銀」搬回南京義成信分號。他料到顧客肯定不會全部接受「天國聖寶」，於是要夥計們將新舊幣摻和著使用。一個夥計解開幾串舊錢，攤在地上，另外兩個夥計搬來一筐「天國聖寶」。他們手足並用，把舊錢和新錢摻在一起，然後重新串起來。

一個顧客正來兌錢。他站在櫃檯前，接過夥計兌給他的幾串錢，仔細地看了一遍，把錢串子拆開，細心地將裡面的「天國聖寶」全部挑了出來。顧客說：「麻煩您，把這些錢給換換。」夥計說：「這都是咱們天朝的錢。現在不讓用清妖的錢，用了要殺頭的。」

顧客說：「清妖的錢不讓用，唐、宋、元、明幾朝的錢總讓用吧？隨便哪朝哪代的錢都行，這『天國聖寶』鑄得太差，又輕又薄，沒人愛要。」夥計無可奈何，只好給他換了些前朝的舊錢。

南京街道上，祁子俊意興闌珊地走著。他四處張望著，但看見什麼都提不起興趣來。忽然周圍一陣大亂，人們紛紛避讓到路旁，跪在地上。祁子俊感到莫名其妙。一位老者好心地拉過他，把他按在地上。祁子俊驚問：「怎麼回事？」

老者說：「北王要從這裡經過，凡沖犯儀仗的，一律死罪。」

祁子俊不敢再吱聲了。等了好半天，終於出現了幾班鼓樂手，一路上吹吹打打，然後是一班演木偶戲的，看上去像農村裡的廟會。又過了一會兒，才有盛大的儀仗通過，所有執事一律穿著上黃下綠的號衣，比清朝的王公貴族還要講究排場。

路邊的百姓低著頭，高呼著：「北王萬歲，萬萬歲！」

儀仗仍然在繼續。黃轎後面是二十桿巨大無比的黃龍旗，再後面是上百名步兵，一律扛著洋槍。接下去又是龍旗、鉦鼓，使人感覺北王的儀仗彷彿永遠沒有盡頭。

祁子俊對老者說：「以前只有天王和東王是萬歲，現在北王也成了萬歲，我看，早晚得鬧出事來。」老者急忙伸手制止他：「噓……」

自從錢廣生被太平軍抓走，一直沒有音訊。祁子俊多方找尋他的下落，都沒有結果。這天，蘇文瑞說探聽到一點他的消息。

祁子俊問蘇文瑞：「人找到了嗎？」蘇文瑞搖搖頭：「沒有。天朝把他放出來以後，他躲起來不敢露面了。錢廣生跟別人說，他身為南京分號掌櫃的，丟了稅銀，沒臉再見你了。」

祁子俊交代說：「務必要找到他。您跟錢廣生講，就說我誠心誠意地請他回來，丟了稅銀，不是他的過錯，是沒有辦法的事。」

祁子俊想了想又說：「我想先回山西一趟。這兒的事就暫且託付給您了。」蘇文瑞說：「我親自去辦。」

蘇文瑞說：「你回去一趟也好。這裡儘管放心。」

祁子俊說：「素梅來了好幾封信，裡面的話說得含含糊糊的，讓我實在是放心不下。」蘇文瑞說：「你只消到達常州，那邊咱們的分號就能把一切都安排好。」

祁子俊說：「我回去的事，對天朝不能走露一點風聲。擴大鋪面的事準備得怎麼樣了？」

蘇文瑞說：「已經準備就緒，就等著挑個黃道吉日開張了。」祁子俊說：「一定要熱鬧些，這樣才不會讓人看出破綻來。」

不幾日，正是義成信南京分號選好的黃道吉日。這天，票號前鑼鼓喧天，熙熙攘攘，還請來了踩高蹺的、舞獅子的，引來了無數圍觀的群眾。南京分號的鋪面房擴大了許多，原先兩邊的店鋪都成了分號的一部分。前來祝賀的賓客絡繹不絕。票號正廳裡擺滿了各式各樣的賀禮。

蘇文瑞穿了一身簇新的長衫，微笑著站在正廳門口，接受來賓的祝賀。祁子俊在內屋裡收拾著東西。他將一些散碎銀兩裝進包袱裡，繫好包袱，正準備出門，忽然響起了敲門聲。沒等祁子俊答應，席慕筠推門進來了。祁子俊手忙腳亂地想要把包袱藏起來，但已經來不及了。席慕筠問：「你要出門？」祁子俊忙掩飾道：「沒有，就是收拾收拾東西。」

席慕筠走到桌邊。兩人離得很近，以至於祁子俊都能感覺到她呼出的氣息。席慕筠說：「今天天王下旨，處死了北王和他的全家。」

祁子俊驚訝地說：「前兩天我看見北王的儀仗，還是耀武揚威的，真是世事難料啊。」席慕筠說：「事到如今，大家紛紛請求讓翼王回來主政。翼王才幹非凡，深受愛戴，有他來輔佐天王，天朝或許會有中興的希望。」

祁子俊嘆道：「好，這也是百姓之福啊。」席慕筠問：「你有什麼打算？」

祁子俊笑笑說：「我能有什麼打算，混混日子，能多掙點錢，就多掙點錢，管他誰主政，我都是老百姓一個。上面鬧得再凶，我還是老百姓一個，總不至於連老百姓都當不成了吧？」

席慕筠直視著他的眼睛。她的神情似乎在說：你不用瞞我，我什麼都明白。祁子俊站起來，不安地從屋子的一端走到另一端。

席慕筠欲言又止，只說：「我該走了。」稍頓，又說：「你多保重。」

祁子俊說：「我送送你。」祁子俊一直把席慕筠送到大門外邊，兩人千言萬語，都沒有說話。席慕筠一動不動地站了好一會兒，才轉身離去。

祁子俊回到屋裡，把包袱重新放在桌子上。忽然，他眼睛一亮。桌子上靜靜地擺放著席慕筠曾用過的那個指北針。他拿起指北針，心情複雜地注視著。祁子俊想方設法終於逃出了南京城。

山西祁縣祁家大院。祁老太太已病在旦夕了。關素梅臉色沉重，陪同一個大夫從祁老太太的臥室走出來。關素梅對大夫說：「不論多貴的藥，您只管開。」

大夫搖搖頭說：「照眼下的情形，吃藥已經沒有什麼用處了。」關素梅說：「老太太吃了您上回開的幾服藥，今天精神明顯好多了，已經能坐起來了。」大夫說：「這是迴光返照。我估摸著，老太太是在等少東家，才不肯嚥這口氣。」

關素梅不再說話了。她不得不同意醫生的看法。祁子俊風塵僕僕，終於趕回了山西祁縣。他沿著臺階走進大院，又走過一處小院的垂花牌樓門。院子裡靜悄悄的，看不見一個人影。祁子俊不禁有些納悶。

世祺一身孝服，正在院子裡的空地上玩，抬頭看見祁子俊，又驚又喜。幾個月不見，世祺又長高了許多。世祺喊道：「爹！」

祁子俊一把抱住兒子：「兒子！」他疑惑地問：「你這是給誰穿孝呢？」

祁子俊正要把兒子抱起來，世祺卻掙脫跑開了，一邊跑，一邊高喊著：「娘，我爹回來了！」

祁子俊站在家祠門口，哭笑不得地看著裡面為自己搭設的靈堂，心潮起伏，思緒奔湧。僕人們都趕來了，圍著祁子俊，問長問短。喬管家緊跟著祁子俊，態度最是熱誠。喬管家說：「少東家平安回家，是全家上下頭等的大喜事。」他吩咐僕人：「趕快給少東家準備一下，洗個熱水澡，換換衣服。」

祁子俊忙說：「不忙，我先去看看老太太。」喬管家說：「老太太可真是想死您了。」

僕人們簇擁著祁子俊前往祁老太太的臥室，迎面遇見了正朝這裡走來的關素梅。兩人停下腳步對視著，都不知該說什麼才好。關素梅望著丈夫，悲喜交加，眼裡滿含著淚花。關家驥躲在一個沒人的角落裡，偷偷地看著這一切。他看看四周沒人注意他，便悄悄地溜到院子外邊。

祁子俊神色萬分焦慮，三步併作兩步地直撲母親的病榻，跪倒在母親跟前。祁子俊喊道：「娘，我回來了！」祁老太太用模糊不清的目光看著祁子俊，臉上露出欣慰的笑容，顫抖著朝兒子伸出手。祁子俊緊緊握住母親的手。祁老太太突然向後一仰，倒在炕上，但仍然掙扎著不肯闔眼。

祁子俊哽咽地問：「娘，您還有什麼要囑咐的？」祁老太太吃力地說：「你記住，我死以後，一定要善待素梅……」祁老太太含笑閉上眼睛，嚥下了最後一口氣。關素梅熱淚盈眶，撲到祁老太太身上，放聲痛哭，撕心裂肺地喊著：「娘！」

祁家家祠裡靈幡高掛，一片縞素。仍舊是原先靈堂的樣子，只是桌子上換成了祁老太太的靈牌，上面寫著「皇清誥授祁門劉氏恭人之靈位」。

祁子俊眼睛紅腫著，一身重孝，強打著精神，站在靈堂門前迎候來弔唁的客人。祁伯興來了，族中的長者們也來了。每來一個弔客，祁子俊就跪下去磕一次頭，陪著他們祭祀。

夜裡，靈堂內外燈火通明，弔客們已經漸漸散去，只有祁子俊一個人守在靈前。他形容憔悴，目光茫然，眼圈周圍都是黑的。關素梅輕輕地來到祁子俊身邊，站了一會兒才開口講話：「明天就要出殯，還是早點歇著吧。」祁子俊神情呆滯地搖搖頭。

關素梅關切地說：「已經守了三天三夜了，鐵打的人也熬不住啊，今天夜裡就讓我替替你吧。」祁子俊還是搖搖頭，半晌說：「這樣我心裡好受點。」

關素梅沉默片刻，說：「老太太囑咐說，出殯的時候，讓世禎給她摔喪駕靈（注）。」祁子俊身子微微一動。他朝關素梅扭過臉來，雙眉緊鎖說道：「這樣的大事，他一個小孩子怎麼擔當得起來？還是我來吧。」

關素梅說：「是老太太要這樣。」祁子俊說：「老太太臨終前怕是有些糊塗了。世禎摔喪駕靈，我的位置往哪兒擱？族裡的人倒還好說，要是有地方官員來祭奠，虧了禮數，成什麼樣子？」

關素梅說：「可是……」祁子俊斷然說道：「這事由我做主。」關素梅順從地垂下眼簾，沒有再說什麼。她心中忽然產生了一種近乎窒息的感覺。

早晨，祁老太太的靈柩出殯了。一隻瓦盆落在地上，摔得粉碎。祁子俊哀哀地引著靈柩前行。

祁老太太的靈柩是一副四十八人抬著的中等槓。所有抬槓的一律是年輕人，綠嫁衣、青布灑鞋、白布襪子，渾身簇新，剛剛剃過的頭在太陽下泛著青光。

靈柩後面，依次走著世禎、世祺、關素梅，然後是祁伯興帶領著的族人和親戚、鄰里。關近儒和左公超也走在送殯的隊伍裡。左公超現在身著正五品官員服色。世禎走得很慢，臉上帶著和他的年齡不相稱的沉重。

走不多遠就可以看見，路邊高高地搭著一座祭棚，一班吹鼓手奏著樂。出殯的隊伍徐徐地停了下來。

注　「摔喪」是指出殯架起棺材之時，孝子中一名代表在棺前把燒紙錢的瓦盆摔破，故又稱為「摔盆」。孝子在靈柩前領路或抬扶靈柩稱為「駕靈」。

祁子俊朝祭棚走去，只見李然之站在祭棚外的一頂藍呢轎子旁邊。楊松林從轎子裡鑽出來，與祁子俊見禮。楊松林一臉悲天憫人的樣子。祁子俊謝道：「子俊奉養無狀，痛遭母喪，累蒙大老爺親臨祭奠，實在是擔當不起。」

楊松林說：「忽聞老夫人乘鶴仙去，本府不勝哀痛。子俊，死者已矣，你也要節哀順變，保重貴體才是。」祁子俊又謝道：「子俊全家感激不盡。」

楊松林說：「然之，煩勞你為我助祭代奠，我和子俊還有些話要說。」李然之說：「謹遵大老爺吩咐。」

楊松林和祁子俊走入祭棚內，樣子像是多日不見的老朋友。楊松林本來還想要再添幾句哀戚的話，一時卻想不出來，只好把話題轉到祁子俊身上。楊松林說：「子俊，你這次從長毛手中逃生，實屬萬幸，正所謂大難不死，必有後福啊。」

祁子俊說：「福不福的倒在其次，只盼著別再有什麼事就好。」楊松林說：「據巡撫大人講，長毛一部流竄到了山西平陽地界，形勢著實令人擔憂。我想，既然湖南有個『湘勇』，我們為什麼不能搞個『晉勇』出來？」

祁子俊說：「大老爺要建立團練保衛鄉梓，當然是好事。」

楊松林面露難色：「誰都這麼說，只是籌辦軍餉一項頗費周折。子俊，你這個商會領袖要是能帶頭慷慨解囊，其餘各個商家也就不在話下了。」祁子俊嘆道：「義成信代朝廷匯兌的稅銀盡數陷在長毛手中，就是傾家蕩產也賠不上，籌餉之事，我是心有餘而力不足。」

楊松林言不由衷地說：「眼下大家都只圖自己陞官發財，哪有幾個像我這樣顧惜百姓的？也好，多一事不如少一事，就湊合著吃碗現成飯吧。」

祁子俊說：「楊大老爺雄才大略，前途無量。」楊松林發著牢騷說：「我巴不得不當這個窮官。現今做官，哪裡是憑本事，無非是比誰的後臺硬而已。我這個知府做了十幾年沒動窩兒，連左公超都升成了五品鹽道監掣同知，可我還是個從四品。咱們這裡的幾位官員，老弟你是清楚的，巡撫大人是絕不肯替別人說句好話的，鹽道大人就更不堪了，動不動就說什麼投機鑽營之類的話，在這些人手底下，是一輩子不用想發跡的。」

祁子俊點點頭：「一點不假。」楊松林說：「我不過是在朝中投錯了門，要是能像你那樣，攀上恭王爺，也不至於落到今天這步田地。」

祁子俊對這幾句話聽得十分認真，只說道：「我不過是偶爾和恭王爺見見面，實在算不上什麼。」楊松林說：「老弟，你時運亨通，這點事對你來說當然算不上什麼，可對我們這些人來講，就比登天還難。」

祁子俊忙說：「大老爺言重了。」楊松林又說：「咱們明人不說暗話，事到如今，我只有擇木而棲一條路好走了。你且到這邊來。」楊松林指給祁子俊看一個打了封條的箱子，說道：「子俊，這一點點東西，要說是送給你，未免太過寒酸了，只不過是用來給你打點王府下人們的。」

祁子俊連連拱手：「都是自己人，大老爺快不要這樣，真是讓我無地自容了。」楊松林說道：「說句實在話，鹽道這個職位早就應該是我的了。你在王爺面前能說得上話，就替老哥斟酌著吧，能辦就辦，辦不了老哥也不怪你。」

楊松林朝祁子俊深深一揖。祁子俊趕忙還禮，說道：「您這樣，倒顯得咱們生疏了。凡有用得著我的地方，您只管吩咐，這個，卻是斷斷不能收的。」楊松林就勢說：「你要是實在不肯收，我也就不難為你了。咱們的交情原本就不在錢上，以後相處的日子還長著呢，容老哥慢慢補報吧。」

祁老太太出殯大禮轟動一時。這天，祁子俊和關素梅倆人都在臥室。關素梅正在幫助祁子俊換上家常衣服，祁子俊將隨身攜帶的荷包塞到枕頭下邊。祁子俊突然想起關家驥，問道：「家驥呢？」

關素梅說：「你回來那天，他就慌慌張張地回上海去了。」祁子俊說：「這是成心躲我啊，他也不想想，躲得了一時，還能躲得了一世？」

關素梅嘆道：「他總是自作聰明。」祁子俊勃然作色：「他是自作聰明，你也自作聰明，就我一個人糊塗。當初要不是聽信了你的話，何至於捅下這麼大的婁子？」

關素梅半晌沒敢吱聲，後來才說：「都是我不好。」稍頓又說：「這些日子，他總跟喬管家嘀嘀咕咕的。」祁子俊說：「我都知道了。膽子倒是不小，那邊剛丟了稅銀，這邊又打起祁家產業的主意來了。這是什麼人啊，你越對他好，他反倒變著法兒的算計你。你爹怎麼養出這麼個兒子來？」

關素梅低頭道：「要怪你就怪我吧，我確實沒想到他會跟喬管家勾結在一塊兒。」祁子俊氣道：「真是日久見人心啊。」他又輕輕哼了一聲：「既有家賊，又有外鬼，牛鬼蛇神，各顯神通。」

關素梅說：「這些日子，多虧了有寶珠在家裡照應。」祁子俊吩咐道：「明天你把寶珠找來，我有話要對她說。」

祁家後堂，僕人們正在吃飯。他們圍坐在餐桌旁邊，等著上菜。一個僕人正在給大家倒酒。另一個僕人說：「不年不節的，吃哪門子酒席啊？」

一個說：「說是少東家要犒勞犒勞大夥兒。」正說著，寶珠托著一個盤子從外面走進來。

寶珠清脆地喊道：「來啦！」寶珠把菜放在桌子上。看見盤子裡盛著一隻帶頭的雞，不過，雞頭朝著兩個人之間的空隙。寶珠推了一下桌子上的轉盤，大家全都緊張起來。寶珠輕輕按住轉盤。雞頭正對著喬管家。喬管家頓時面如土灰。

祁家大院裡，喬管家「撲通」一聲跪在祁子俊面前，磕頭如搗蒜，臉上一副膽戰心驚的神情。僕人們肅穆地排列在祁子俊對面，一個個垂首低眉，大氣兒也不敢出。喬管家說：「少東家，看在我為祁家辛苦半輩子的分上，您就饒了我吧。」

祁子俊用厭惡的目光打量著他，怒不可遏地說：「祁家兩代人對你都不薄，想不到你卻幹出這種吃裡扒外的勾當，實在是太不懂得好歹了。」喬管家嚇得臉色大變，忙說：「我是鬼迷心竅，都是舅老爺指使的我，要不，借我一萬個膽兒，我也不敢啊。」

祁子俊問：「你說的可是實話？」

喬管家連連點頭：「句句都是實話。」他有氣無力地說：「您就當我是個屁，把我放了吧。」

祁子俊恨道：「你真讓人噁心。」喬管家忙說：「我是讓人噁心，連我自己都覺得自己噁心。少東家，您宰相肚裡能撐船，求求您，千萬別跟我一般見識。」祁子俊罵道：「你滾吧，滾得遠遠的，別讓我再看見你這張臉。」

喬管家站起身，連滾帶爬地跑了。一個僕人問：「少東家，就這麼讓他去了？」祁子俊說：「讓他去吧，再多跟他說一句話，我就得吐出來。」

祁家大院正堂，祁子俊和關素梅正在懇切地央求寶珠。祁子俊說：「我常年不在家，你嫂子性格軟弱，這個家，只好屈尊你來幫助料理料理。」寶珠半晌不語。關素梅求道：「妹妹，你就答應了吧，我給你行禮了。」

寶珠趕忙攔住關素梅。寶珠說：「少東家這麼誠心誠意的，我哪有不答應的道理，我擔心的是，這些人都是打小和我一起長大的，怕有人不服管教。」祁子俊毫不猶豫地掏出一副對牌，遞給寶珠說：「一切都在我身上，如有人不服管教，不管是誰，聽憑你處置。」

寶珠說：「我試試吧，要是有什麼不明白的，我去問少奶奶就是了。」關素梅忙說：「別的我就不囑咐你了，只是你現在身子不大靈便，不要太勞累了。」

第二天早晨，寶珠就神色端莊地坐在屋裡，世禎和世祺站在她的面前。寶珠從桌上拿起兩串錢，分別放在世禎和世祺手裡。

寶珠說：「這是你們倆的零花錢。這個月我剛開始管事，給你們每人增加一百文，從我自己的工錢裡出，從下個月起，還照著從前的規矩，每人二百文。」世禎說：「謝謝姑姑。」

寶珠笑道：「不用謝我，橫豎都是你爹的錢。」正說著，一個女人笑嘻嘻地走了進來，說道：「寶珠妹妹，你往這兒一坐，還真像那麼回事。」

寶珠好像沒聽見她的話，只問道：「少奶奶屋裡梳頭油，是你打破的吧？」女人低下頭說：「是。」

寶珠溫和地說：「打破好幾天了，早就該賠上。你下去吧，明兒個要是東西還沒賠上，你就不用來了。」女人羞慚得無地自容，正要離開，關素梅走了過來，說道：「打破就打破吧，不用賠了。」

寶珠忙說：「少奶奶……」關素梅朝她擺擺手，對女人說：「你去吧。」女人忙不迭地說：「謝少奶奶。」她感激地離開了。

第二十四章

屋子裡只剩下了關素梅和寶珠。寶珠說：「少奶奶，這人一直手腳不太乾淨，說是打破了，也保不齊是偷走了，您饒了她這回，下回她還會再犯錯。」

關素梅問：「寶珠，你打破過我屋裡的東西沒有？」寶珠說：「不止一回。」關素梅問：「我有沒有懷疑過你偷走了？」寶珠不語。

關素梅又說：「對待旁人，一定要寬厚些。旁人有了錯處，你要是緊追不放，他只會一錯再錯。你把錯處看在眼裡，卻不去計較，對他比從前更好，慢慢地，他就會知道自己錯在哪裡了，他就是塊石頭，早晚也能給焐熱了。」

世禎坐在祁家花園樹陰下，正在看書，汪龍眠朝他走過來，問道：「世禎，看什麼書呢？」

世禎說：「《史記》。」汪龍眠顯得有些不高興，說道：「我沒吩咐你讀這本書。」世禎說：「是姥爺(注)讓我讀的。」汪龍眠問：「書是誰寫的？」

世禎說：「司馬遷。」汪龍眠問：「司馬遷是哪科的進士啊？」

世禎說：「司馬遷是漢朝的太史令，不是進士。」汪龍眠不屑地說：「這書對於將來參加科舉考試，一點用處都沒有。」他拿過書來，看了兩行，隨隨便便地扔給世禎，說道：「寫得也不好，讀它幹什麼？還是好好背誦『歷代進士佳作』集錦，那是我費了千辛萬苦才搜集成

注　舊時北方人另稱外公為姥爺。

的，將來參加科舉考試時，能派上大用場。」

世禎低下頭，沒有說話。正說著，一個僕人走過來說：「先生，有人找。」汪龍眠說：「我這就去。」

汪龍眠離開後，世禎拿起《史記》，繼續讀了起來。過了一會兒，他似乎想起了什麼事，朝自己的房間走去。

原來是李然之來找汪龍眠。他倆正在祁家大院門口低語。李然之從袖子裡拿出一份價目表，對汪龍眠說：「你看看，上面全是明碼實價，你把錢交給我，一個月之內，保你就有官做。」汪龍眠看了看說：「價錢有些太貴了。」

李然之說：「你不了解情況，自從上次『鳌金』的事情過後，捐官成風，朝廷怕捐得太濫了也不像話，就開始收緊了。眼下捐官，不像前些時候那麼容易了。」

汪龍眠說：「等過些時候又容易了，也未可知。」李然之不耐煩地說：「只會越來越貴，沒有越來越便宜的。」

汪龍眠猶豫說：「你容我再考慮考慮。」李然之說：「隨你。什麼時候想明白了，只管來找我。」

世禎跑進自己的臥室。他的屋子窗上掛著竹簾子，顯得有些幽暗。正是午睡的時候，家裡靜悄悄的。世禎伏在桌子上寫著字條。

這是一個只屬於世禎自己的天地。牆上、桌子上擺放了許許多多小物件。世禎每寫好一張字條，便貼在一個物件上。他給每件東西都另外起了一個名字。一隻舊手鐲，上面寫著「乾坤圈」；一條紅兜肚，上面寫著「渾天綾」；還有一個出殯時用的紙元寶，世禎已經給它寫好名字，貼了上去。它現在的名字是：「番天印」。炕頭擺著一隻陶製的撲滿，比現在孩子們通常用的存錢罐要大上四五倍。

突然，一粒石子打在撲滿上面。世禎嚇了一跳，回過頭來，卻見世祺手裡拿著彈弓，笑嘻嘻地朝他走過來，對他說：「給我十文錢。」世禎說：「咱倆每月的零花錢是一樣的，你怎麼總找我要？」

世祺說：「快給我，不給，我就要二十文啦。」世禎說：「一文都不給。」

世祺爬上炕，伸手去抓撲滿，世禎一把推開他。世祺坐在地上，嚎啕大哭起來。關素梅聞聲趕了過來，正在午休的祁子俊也被哭聲驚動了，走來看看發生了什麼事。世祺哭著說：「爹，娘，他搶我的錢，還打我。」

祁子俊看了世禎一眼，說：「世禎，弟弟年紀小，讓著他點。」

世禎一聲不響，眼睛緊盯著自己的腳尖。關素梅責怪世禎說：「你怎麼打弟弟？」

世禎辯白說：「我沒打他。」祁子俊不高興地說：「你沒打他，他好端端的哭什麼？小小年紀，別的沒學會，先學會撒謊了。」他又對關素梅說：「你也不能太寵著他了。現在不好好管管，長大了非得犯上作亂不可。」

世禎一梗脖子：「我沒撒謊！」關素梅斥道：「閉嘴！」祁子俊說：「各回各屋，誰也不許再鬧了。」

祁子俊和關素梅離開了。世禎轉過身去，準備繼續寫字，一粒石子突然打在他的頭上。世禎搗住頭，鮮血順著他的手指縫流了出來。

關素梅臥室裡，關素梅正在給世禎上藥。世禎皺著眉，忍住痛，一聲不吭。半天，世禎說：「娘，我想姥爺了。」關素梅說：「過幾天娘帶你去。」

世禎說：「我想現在就去。」關素梅看著兒子，終於明白了他的意思，勸道：「你爹掙錢養家不容易，你別怪他。」

世禎說：「他憑什麼說我撒謊？我親爹從來沒罵過我一句。」

關素梅沉默著。世禎睜大著眼睛看著關素梅，問：「娘，您答應了？」關素梅點點頭，拚命忍住眼淚。世禎出人意料地在娘的臉上親了一下。關素梅走出房間，很快就回來了，手裡拿著一吊錢，對世禎說：「別再跟姥爺要零花錢了。」世禎懂事地點著頭說：「嗯。」世禎把錢拆開，一枚枚地放進撲滿裡面。

騾車在土路上顛簸著。世禎獨自坐在騾車上，懷裡抱著那個撲滿。他回到了姥爺家。

此刻，心中萬分痛苦的關素梅一個人來到荒郊野外。觸目所見是一輪慘淡的太陽，一片貧瘠的荒野，一條快要乾枯的河流。

關素梅穿過一座搖搖欲墜的橋梁，走在一條空曠無人的道路上，目光空洞而茫然。她的眼前出現了一座年久失修的廟宇。那是娘娘廟。關素梅拖著疲憊不堪的腳步，走進娘娘廟的大門。

娘娘廟元君殿門前的柱子上貼著一副對聯，上面寫著「夫妻屬前緣，善緣惡緣無緣不聚。兒女原宿債，討債還債無債不來」。

關素梅的心事被隱隱地觸動了。娘娘廟裡，關素梅虔誠地燒上了三炷香。香在香爐裡靜靜地燃燒著，香煙緩緩升起。關素梅匍匐在地上，虔誠地磕了三個頭。一個年老的道姑坐在神像側面，雙目微闔，但留神著關素梅的一舉一動。關素梅每磕一個頭，她就敲一下玉磬。眼前的碧霞元君木雕一副慈眉善目的樣子。關素梅臉上顯出敬畏的神色。

關素梅正要離開娘娘廟，老道姑在正殿門口追上了她。老道姑說：「女施主請留步。」

關素梅扭過頭來，問道：「仙姑有什麼話說？」

老道姑雙手合十，誦了一聲無量壽佛，說道：「罪過，罪過。」

關素梅臉上顯出詫異的表情：「仙姑說的是我？」老道姑閉目說：「正是。敢問女施主姓什名誰？」

關素梅說：「弟子祁門關氏。」老道姑又問：「義成信的祁少東家是施主什麼人？」關素梅說：「正是拙夫。」

老道姑臉上先是顯出驚異之色，隨後掠過一絲隱約的笑容，說道：「祁老太太與貧道頗有些淵源。」沉吟片刻又說：「女施主，眼下你被困在茫茫苦海，拚命想要逃脫出去，可既沒有舟船，也沒有橋梁，只有等著沉下去的分兒。」

關素梅痛苦地說：「弟子從來沒有做過傷天害理的事，為什麼會遭受這樣的磨難？」老道姑故作神祕地說：「前生是因，今世是果。你在前世德行敗壞，罪孽不輕，至今雖然飽受煎熬，但魔障未消，如不速速除去，只怕要墮入地獄，生生世世，永無超脫之日。」

關素梅臉上顯得驚恐萬狀，趕忙跪下去：「求仙姑大發慈悲，為弟子指點迷津。」老道姑說：「你且隨我來。」

老道姑把關素梅領到她的住處。關素梅坐在一個蒲團上。老道姑坐在對面的蒲團上，輕輕揮了一下拂塵。老道姑說：「善哉，善哉。我本想指點你歸於正道，無奈你墮落已久，早就迷失了本性，我怕是無能為力了，只有我師父方能救你。」

關素梅忙說：「求仙姑代為引見。」

老道姑說：「我師父是得道高人，閉關修行已有二百多年，不日就要羽化登仙，皇上老子來了，都是不見的。不過，師父他老人家閉關前曾經寫下一些『免罪咒』，囑我為人消災解難，平常我輕易不肯拿出來，今日見你是個有緣之人，就權當是做件好事吧。」她從蒲團下面拿出一沓紙。

關素梅接過來，看見上面寫著「消一切災難，免一切罪孽」的字樣，旁邊還用小字寫了八句偈語。關素梅輕聲念道：「恩愛無多，冤仇有歇。眼底榮華，空花易滅。欲海輪迴，沉迷萬劫。本性常迷，道心不滅。」關素梅心中恍惚，渾身冒著冷汗。

道姑神祕地說：「這是開過光的，二兩銀子一張，不是賣，是你虔心施給廟裡一點功德錢。」關素梅問：「一張就能管用嗎？」

道姑說：「當然是買得越多，就越管用，我只有這最後十張了，全都給你吧。回去之後，香湯沐浴，在靜處焚化。若要不靈，你只管把我這廟拆了。」夜晚，祁家家祠裡，關素梅跪在地上，把「免罪咒」一張張地焚化。她的眼中現出希望的光芒。一陣疾風刮過，樹葉、紙片被刮得滿天飛舞。

幾天後，關素梅回到父親關近儒家。關素梅一手摟著世禎，一手摟著世祺，正在跟關近儒講話。

關素梅說：「爹，我想接世禎回去。」世禎忙說：「我不回去！」關素梅輕輕打了他一下，說：「哪能總住姥爺家？」

關近儒慈愛地說：「孩子想住，就讓他住著吧。我看，不如你們娘倆也住幾天再走。」世禎掙脫開關素梅的手跑了出去，很快就回來了，把一塊點心遞給世祺：「給你。」世祺接過點心，不客氣地吃了起來。

這天，世祺無聊地站在姥爺家門前。一個賣棉花糖的從巷子裡經過，吆喝聲讓世祺心裡發癢。世祺說：「我要一團。」賣棉花糖的吆喝道：「頂好吃的棉花糖，五文錢一大團。」

世祺摸摸身上，一文錢都沒有，但他很快就有了主意。他對賣棉花糖的說：「你等著。」世祺跑到世禎的屋裡，手裡拿著一個粘著膏藥的小木棍，悄悄地靠近了世禎放錢的撲滿。他把木棍伸進去，用手指一捻，再輕輕地拉出來。一枚制錢就到了手中。世祺十分得意，再次把木棍伸進去，卻被一隻手抓住了。世禎滿面怒容地站在他的面前。

世禎說：「你幹嗎偷我的錢？」世祺理直氣壯地說：「錢是我的。」說著，他蠻橫地抱起撲滿。世禎伸手去搶，兩個人爭奪著扭打起來。

世禎說：「給我！」世祺喊道：「不給！這錢全是我爹掙的，沒你的分！」

爭搶中，撲滿落在地上摔碎了，錢灑了一地。聞聲趕來的關素梅正好看見了這一幕。她氣憤地抓住世祺，狠狠地打了他一巴掌：「你跟誰學的，欺負起你哥哥來了！」世祺大哭著跑了出去。

關近儒也來到了世禎的住處，趕忙勸慰關素梅說：「世祺年紀小，還不懂事。」關素梅說：「世禎這麼大的時候，比他懂事多了。」

關近儒說：「你也不能讓他就這麼跑了，總得出去找找啊。」關素梅說：「別理他，肚子餓的時候自己就回來了。」

已經到了掌燈時分，桌子上擺好了飯菜。全家人坐在一起，仍然不見世祺的身影。關近儒不安地說：「世祺怎麼還沒回來？派人去找找吧。」關素梅也有些沉不住氣了，她說：「您先吃，我出去找找。」

夜已深了，關素梅找遍了祁縣縣城，還沒找到世祺。天淅淅瀝瀝地下起了雨。一道閃電劃過，照亮了關素梅瘦削而蒼白的臉，她的臉上流淌著不知是雨水還是汗水。她在雨中奔跑著，焦灼地呼喊著：「世祺！」

一個關家的僕人提著燈籠，緊跟在關素梅身後，也喊著：「世祺少爺！」他們的喊聲被沉悶的雷聲淹沒了。

另一個方向，關近儒披著蓑衣，也在焦急地尋找著。幾個僕人分別走向四面八方尋找著。一陣狂風夾著冷雨猛烈地襲來，關近儒手中的燈籠滅了。

焦急萬分的關素梅抹了一把臉上的水，繼續搜尋著。忽然，傳來一個僕人驚喜的聲音：「找到了！」關素梅循著聲音，急切地跑過去。

一個僕人舉著燈籠，照見世祺躲在一戶人家的屋簷下，已經睡著了。關素梅充滿憐愛地把世祺抱在懷裡。但是自己卻病倒了。

關素梅回到祁家，無力地躺在床上。她的頭髮散亂在枕頭上，額頭上敷著毛巾，牙齒打著冷戰，不時發出劇烈的咳嗽聲。一個大夫把手指搭在關素梅的脈搏上。祁子俊站在一旁，關切地注視著。

大夫站起身，朝外走去。祁子俊跟在後面，說道：「昨天晚上淋了雨之後，就一直發高燒。」

大夫說：「少奶奶病得不輕。」

窗外，雨仍然在下著。關素梅的嘴唇動了一下，掙扎著想要坐起來，但是一陣寒戰襲來，重又倒在床上。

一個僕人端著一碗湯藥走進來，說：「少東家，藥熬好了。」

祁子俊說：「行了，你走吧。」他接過藥碗，用小匙舀了一點，用嘴吹了吹，送到關素梅嘴裡。一陣劇烈的咳嗽，關素梅把嘴裡的藥全都吐了出來。祁子俊跳到炕上，扶起關素梅，讓她靠在自己懷裡，重新舀了一匙藥，送到關素梅嘴裡。藥順著關素梅的喉嚨一點點地流了下去。關素梅軟軟地靠在祁子俊懷裡。

半夜，祁子俊和衣躺在炕上。他身旁的關素梅昏昏沉沉地睡著，在夢中輕輕地呼喚著：「子彥，子彥……」祁子俊側身抱住她的身體，問道：「你要什麼？」

關素梅說：「我覺得冷，你再抱緊一點。」祁子俊緊緊抱著關素梅。關素梅身體顫抖著說：「我要死了。」祁子俊安慰說：「別說不吉利的話，你死不了。」

關素梅聽著他的聲音，好像是從十分遙遠的地方傳來的。她抱住祁子俊的一條胳膊。漸漸地，關素梅睡著了，祁子俊想把胳膊抽回來，但關素梅抱得太緊了，最後只好把胳膊留在那裡。

天終於亮了。黎明的第一道曙光投在關素梅的臉上。窗外傳來鳥兒輕快的歌聲。關素梅香甜地睡著，彷彿從來沒有睡得這樣酣足。她睜開眼睛，第一眼就看見了祁子俊。

祁子俊站在她的面前，用托盤端著茶和點心，見她醒了，立刻放下托盤，把手搭在她的脈搏上，說道：「好多了。吃點兒東西吧。」祁子俊朝她做了一個溫情的微笑。關素梅嘴角流露出一絲欣慰的笑容，吃力地坐起來。祁子俊給她身後墊了一個枕頭。

她喝了一口茶，吃了一口點心，臉上顯露出愉快的表情，好像從未品嘗過這樣的人間美味。她幾乎是感激地看了祁子俊一眼。早晨，大病初愈的關素梅走下炕，來到院子裡，她貪婪地呼吸著新鮮空氣，臉上洋溢著幸福的光采。這是一個秋高氣爽的早晨。

等關素梅回到臥室時，祁子俊已經走了。關素梅在鏡子面前出神地坐了一會兒，心底突然萌發了一種少有的衝動。她咬著嘴脣，照照鏡子，輕輕地搖了搖頭，似乎對自己暗淡的服裝和灰暗的膚色都十分不滿。

關素梅來到祁縣一個綢緞莊。她站在櫃檯前，仔細地挑著布匹。她仍然不時地咳嗽著。關素梅不滿意地問：「就這些？」掌櫃的說：「現在南邊鬧長毛，貨都進不來，這些上等貨只有我這兒才有，還是去年存下的。這個青的給少東家做袍子使，藍的滾邊，繡雁的正好做補褂。」

關素梅含笑不語。過了一會說：「我想要些上好的蜀繡軟緞，顏色要鮮豔些，也用不了許多。」

掌櫃的恍然大悟：「噢，少奶奶是自己要用啊。」他從後面抱出幾匹上好的綢緞。關素梅選中了其中一匹色彩淡雅的，說：「這個就很好，扯五丈吧。」

掌櫃的用尺子飛快地量好軟緞，麻利地扯下來，口裡念念有辭一算：「總共是一兩零六錢銀子。」

關素梅取下腰間掛著的袖珍算盤，用纖細的小指輕輕撥弄著，說道：「應該是一兩零四錢才對。」掌櫃的說：「您這是去年的價。」稍頓又說：「行啊，我吃點虧，還照著去年的價給您。」關素梅滿意地點點頭。掌櫃的替她把綢緞包好。

一回到家，關素梅就把那塊剛剛買來的軟緞放在炕上，拿來了剪刀、尺子、粉線，又把軟緞放在身上比了比，開始細心地裁剪起來。

夜晚，關素梅穿上了新做好的衣服。紅紅的蠟燭燃燒著。關素梅細心地鋪著床，鋪好床之後，又去上自鳴鐘，似乎是非得給自己找點事幹，才能讓情緒穩定下來。

蠟燭上結了一朵很大的燭花。關素梅拿著剪刀，十分仔細地剪下燭花。然後，她走到鏡子跟前，細心地梳著頭，在頭上插了一根玉簪。她穿著蜀繡軟緞做的衣裙，腰間精緻地打了十幾個細褶。她很在意地端詳著自己。她的嘴唇恢復了鮮豔的紅潤，身體依舊蘊蓄著青春的活力和充滿激情的渴望，她的全身打扮，都若隱若現、欲說還休地透露出一種嬌柔，似乎從來沒有顯得這樣光采照人。她甚至對即將來臨的幸福多少有些畏懼。

她坐在炕上，繼續打著尚未打完的同心結。她舒展開兩條腿，裙子下面露出紅色的膝襪。膝襪套在膝蓋和足踝之間，上面繡著鴛鴦戲水的圖案，裝點著金片和翡翠。一雙尖瘦的金絲繡花女鞋放在炕下。

同心結已經打完了，祁子俊還是沒有回來。自鳴鐘報響了午夜一點整。房門無聲地開了。沒有人，是一陣風把門吹開了。外面一片漆黑，蟋蟀的叫聲在寂靜中顯得更加響亮。燭淚慢慢地流著。關素梅在等待中不知不覺睡著了。快到天亮的時候，她被一陣腳步聲驚醒了。她睜開眼睛，看見祁子俊正小心地把荷包放在枕下。

關素梅情不自禁地靠近祁子俊，但祁子俊卻把臉扭到一旁。緘默中，她羞澀而窘迫地看著他，輕聲細語說：「你去哪兒了？我等了你一晚上。」

祁子俊淡漠地說：「你不用等我。」他盡量把語氣放得溫和些，但關素梅聽起來，卻覺得一直冷到了骨頭裡。關素梅明白了，祁子俊又恢復了他固有的冷漠。

燭光下，關素梅突然發現祁子俊臉上的神情和從前那個可怕的夢境中的神情一模一樣。她下意識地看了一下四周，像是在尋找有沒有其他女人。一隻飛蟲撲到火上，立刻被火焰燒焦了。

早晨，關素梅收拾著被褥、枕頭，無意中摸到了祁子俊放在枕頭下面的那個荷包。一種無法抑制的好奇心驅使她打開了荷包。她看見了那顆戲珠，然後又看見珠子上刻有「潤玉」二字。關素梅的目光緊緊地盯著這兩個字。

關素梅萬念俱灰。她一動不動地站了很久，在這一瞬間，她以前所有的犧牲和忍耐都失去了價值。祁子俊洗漱完畢，從外面走回屋裡，一邊換著外出穿的衣服，一邊想著什麼。

關素梅形容枯槁，眉宇間透露出深深的憂鬱。她在屋裡不停地走來走去，步子輕得像一個幽靈。她問：「你相信不相信前世？」關素梅冷不丁這麼一問，祁子俊嚇了一跳，半天才回過神來：「你怎麼想起這個來了？」

關素梅幽幽地說：「我前世可能欠下你什麼了。」她心裡交織著痛苦和憤怒，兩眼直勾勾地盯著他，目光宛如困在陷阱中的野獸。祁子俊不得不避開她的目光：「你這是什麼意思？」關素梅哀怨地說：「我把什麼都想透了。」

一陣難堪的沉默。關素梅輕輕地咳嗽了兩聲，又瞥了一眼祁子俊，似乎擔心自己咳嗽得太重了。她說：「我知道，我是你的累贅。」

祁子俊看見，他的荷包被放在了枕頭上邊。不知什麼時候，祁子俊已經走了，世禎來到了關素梅的身旁。

世禎喊著：「娘，姥爺說您病了，我來看看您。」關素梅拉過兒子的手，上上下下地打量著。她撫摸著兒子的臉頰，眼睛裡充滿了淚水。她忽然覺得，自己快要終結的生命又有了意義。

祁子俊又從山西來到了北京。北京的東四牌樓。一眼望過去，票號、錢莊聚集的東四大街上呈現出一片蕭條的景象。道路西邊全部是本地人開的錢莊，最著名的「恆興」、「恆和」、「恆利」和「恆源」四家錢莊已經是大門緊閉。道路東邊，全部是山西人在京開辦的票號，其中的「德興昌」、「裕興昌」、「瑞泰厚」、「崇德盛」也已經歇業，有的票號夥計忙著摘下門口的幌子，有的夥計正在匆匆忙忙地把東西裝上車。只有「義成信」還在正常營業。祁子俊坐在騾車上，關切地注視著周圍的情況。

祁子俊走進掌櫃房的時候，袁天寶滿懷期待地站起來。袁天寶說：「少東家，我們為您擔了多少日子的心啊。」

祁子俊笑道：「我這不是好好的？」袁天寶說：「早先傳得別提多邪乎了，後來總號來了信，說您平安回去了，我心裡這塊石頭才落了地。」

祁子俊問：「最近有什麼事情？」袁天寶說：「我這些日子吃不好，睡不好，就等著您來拿主意了。聽說長毛已經打到了靜海、獨流一帶，京城吃緊，別的票號全都告官歇業，準備撤回山西，咱們怎麼辦？」

祁子俊堅決地說：「不動。」袁天寶問：「不動？」祁子俊說：「朝廷的稅銀要靠咱們匯兌，咱們撤了，豈不失信於朝廷？」

袁天寶說：「可是……」

祁子俊笑了笑說：「要是京城都保不住了，撤回山西管什麼用？」袁天寶也笑了：「這倒也是。」

恭王府門前，祁子俊已經脫去了吉服，穿上了常服、補褂，戴了朝珠、花翎，頭上是藍寶石頂。他在恭王府門前逡巡良久，卻猶豫著不敢進去。

三寶正好從裡面走出來，見了祁子俊，臉上露出驚訝的表情。三寶小聲問：「少東家，您怎麼在這兒站著？是不是要稟見王爺？」

祁子俊說：「不忙，我先得想好了，見到王爺的時候，這第一句話究竟該怎麼說。」

什剎海火神廟的香火很盛。火神廟的匾額上寫著「離德昭明」四個字。

黃玉昆在紅眉紅鬚的火神像前拈香默禱。他的神態十分虔誠，但顯得有些萎靡不振。火神廟的住持是一個白鬍子老道，頭戴方巾，身旁有兩個眉清目秀的小道童。

老道問：「黃大人是問前程，還是問家人？」黃玉昆說：「問前程，有勞道長給決斷決斷。」

黃玉昆焚香叩禱，朝火神像拜了三拜。老道走上去，打了三拱，從黃玉昆手中接過香，舉了一舉便插到香爐裡去，然後拿過籤筒，搖將起來。

老道念道：「今有蘇州黃玉昆，為占疑難事，吉則告吉，凶則告凶，但求神應，莫順人情，伏希明示。」念完，他掣出一根籤，交給黃玉昆。黃玉昆看見是一根「上上」籤，心中不禁大喜，說道：「現在我心裡總算踏實了。這點香火錢，請道長務必收下。」

老道謝道：「多謝黃大人。」黃玉昆走了。老道把竹桶中所有的籤都倒在地上，仔細地排列好。其實，竹桶裡所有的籤都是「上上」籤。

祁子俊離開恭親王府，心緒不寧地低頭走著，一直來到銀錠橋邊。這時，一陣動聽的琴聲傳來。橋邊，一位老人和一位少女正在唱〈蓮花落〉，老人拉著胡琴，少女用〈四塊玉〉檀板擊著節拍，唱的是《小寡婦上墳》。祁子俊看了一會兒，覺得無甚趣味，就沿著河岸信步走去。

路邊擺著各式各樣的小吃攤位，小販們的吆喝聲此起彼伏，煞是好聽。前面是一個粘折扇面的攤位。祁子俊路過時不經意地瞅了一眼，卻發現黃玉昆正拿著一把破舊的扇子，站在攤位前。黃玉昆也正抬起頭，目光與祁子俊相遇，兩人都愣了一下。

黃玉昆道：「子俊？」祁子俊說：「黃大人，我說在府裡沒見著您呢，您怎麼有閒工夫到這兒來？」黃玉昆說：「眼下別的沒有，就是閒工夫多得很，我索性給自己改了個號，叫做『半閒居士』。」祁子俊恭維道：「您真是好詼諧，朝廷裡一日也不能缺了您啊。」

黃玉昆說：「家嚴不幸去世，皇上准我開缺，丁憂守制。」他珍愛地擺弄著扇子：「你看，這把檀香木的扇子是道光爺賜給我的，扇面雖然壞了，扇骨還是好好的，我來換個扇面。」他轉身對攤主說：「多少錢？」攤主忙說：「您來賞光，是看得起我，哪能跟您要錢？」

黃玉昆說：「笑話，哪有不給錢的道理？」他隨隨便便地掏出幾枚錢放在攤位上，說道：「不知這些夠不夠？」攤主連連點頭：「夠，足夠了。太陽落山以前，我一準把扇子給您送到府上。」

黃玉昆說：「子俊，今日閒來無事，咱們找個地方坐坐。」祁子俊說：「我也正有這個意思。」

祁子俊跟著黃玉昆走過一段小堤，來到湖中的土島上，一家小吃店在這裡搭著席棚。一大塊天然冰上，擺放著做好的扒糕、涼粉和涼糕，涼糕上撒著小棗、金糕、青絲、紅絲，十分好看。從這裡觀賞湖中的景色，別有一番情致，柳陰匝地，荷花盛開，水面上自由自在地游著幾隻綠頭鴨，令人心曠神怡。

攤主滿面笑容地迎上前來，顯然與黃玉昆是老相識了。黃玉昆和祁子俊在條凳上坐下。攤主很快就把吃食端了上來。攤主對黃玉昆和祁子俊說：「您的蓮子八寶粥、蘇造肉和涼糕，您的荷葉粥。」

黃玉昆和祁子俊對坐在席棚下，邊吃邊聊。黃玉昆說：「近來總是心緒不寧，頭暈眼花，到了夜裡就犯腰腿疼，吃了多少服藥也不見效。」

祁子俊說：「我們分號的袁掌櫃以前總是腰腿疼，後來喝了一陣子柳泉居的藥酒『木瓜北京黃』，還真給喝好了，到現在也沒犯。我看，您在朝中如果沒什麼要緊事，不妨到山西走走，散散心，省得老呆在家裡氣悶。」黃玉昆嘆道：「『珠玉買歌笑，糟糠養賢才』啊。真是一朝天子一朝臣，不中用啦……你見恭王爺了嗎？」

祁子俊說：「沒有，我怎麼也得先見您吶。」黃玉昆說：「子俊，聽說你被長毛抓住又給放出來了，可有這麼回事？」

祁子俊正在喝粥，激靈靈打了一個冷戰，被嗆得咳嗽起來：「唉，一言難盡……」

黃玉昆慢慢說道：「我是丁憂的官，早就不管這些事了。不過，恭王爺跟人打聽了好幾次你的下落，看來對你很是關心。」祁子俊說：「恭王爺關心的是稅銀，不用說您都明白。」稍頓又說：「黃大人，我正想跟您請教，我見了恭王爺，這第一句話，到底該怎麼說。」

黃玉昆想了想說：「你就說，王爺，我從長毛手中死裡逃生，歷盡千辛萬苦趕到京城，第一件事就是來看您。」但他馬上就否定了自己：「不妥，這第一句話不能說得太少，也不能說得太多，既不能太冷淡，也不能太親熱。」祁子俊說：「我犯愁的就是把握不好這個分寸。」

黃玉昆又想了想，用一種推心置腹的語氣說道：「你只說一句話：王爺，我回來了。」祁子俊興奮地一拍大腿：「好，就這句最好。」

祁子俊又來到恭親王府。他站在王府正殿外邊，可以聽見恭親王在裡面大聲地發號施令，但聽不清楚他講的是什麼。三寶朝祁子俊遞了一個眼神，讓他小心些。

王府正殿舉架高大，牆壁十分厚重堅實，前後間用楠木製、上雕萬蝠紋的碧紗櫥隔斷，碧紗櫥楣上高懸著「樂道堂」的御賜牌匾，地面墁著澄泥黑光面的大方磚，角落裡擺放著木製、錫裡、外有銅箍的冰桶，裡面盛放著天然冰塊。

恭親王正坐在太師椅上喝酸梅湯。離恭親王座位不遠的地方，放著一座楠木架鐵信風扇，上面安著六把小鵝毛羽扇，一個小太監在王爺看不見的地方拉繩驅動著風扇。

祁子俊畢恭畢敬地呈上一本詩集，那是祁子俊出資為恭親王刻的詩集，上面題著「樂道堂古近體詩」。恭親王放下酸梅湯，接過詩集，看上去十分滿意。恭親王說：「很好，看來你真是花了一番心思。」

祁子俊說：「我已經派人將王爺的詩集分送軍機處、各部院和順天府衙門五品以上官員，務必保證人手一冊。」

恭親王問：「黃玉昆拿到了嗎？」祁子俊信口胡謅：「黃大人對王爺的詩讚不絕口。」

恭親王眉頭一皺：「黃玉昆丁憂守制，應該回原籍，呆在京城幹什麼？」祁子俊說：「黃大人心情欠佳。」

恭親王說：「哼，這個黃玉昆未免也太自負了，難道天下人的才具、資格，就沒有一個能比得上他？」他放下手中的詩集，對祁子俊說：「你來京城，不會就為了送這個吧？」

祁子俊沉默有頃，似乎在想一件為難的事情，然後說：「我來京城已經有些日子了，但一直沒敢來見您。匯兌京餉的事，出了些麻煩。」恭親王忙問：「怎麼講？」

祁子俊說：「子俊有負朝廷和王爺的重託，致使南京分號遭難，稅銀盡數陷在長毛手中。」

恭親王沉下臉來：「南京分號陷在長毛手裡了，你還有別的分號。」祁子俊說：「眼下時局混亂，許多放出去的銀子都收不回來了，義成信就是將所有分號的現銀都湊起來，也不足稅銀的五分之一。」

恭親王問：「誰能證明你說的是真的？」祁子俊忙說：「子俊可以對天發誓。事已至此，求王爺開恩，子俊他日定當加倍報效朝廷。」

恭親王一反平時的沉著、冷靜，突然變得暴跳如雷，聲色俱厲地說：「你別想跟我賴帳，我也管不了那麼多。我要的是稅銀，限你三個月，到時候如果交不上稅銀，就把腦袋交上來。」

祁子俊不由自主地哆嗦了一下，感到恭親王已經窺透了他內心深處隱祕的想法。祁子俊說：「求王爺多寬限些日子，子俊無論如何為難，就是傾家蕩產，也要把稅銀湊齊。」

恭親王說：「你別想在我這兒糊弄糊弄，就矇混過關。」祁子俊忙說：「子俊不敢。」

恭親王喝道：「來人！」一個差官急急地走了進來。恭親王說：「將祁子俊監押候斬！」

祁子俊極力保持著鎮靜，從容地說：「王爺，子俊的命值不了那麼多銀子。」

恭親王略一思索，覺得祁子俊的話有些道理，這時才忽然想起，在威嚴之中還要顯出一絲寬大來，於是問道：「你還有什麼要說的？」祁子俊說：「子俊別無他法，只有請求王爺恩准，到上海分號走一趟，籌集現銀。」

恭親王緊逼不放地盯著他，半晌說道：「很好，我相信你。」他轉身對差官說：「即刻傳我的令下去，將祁子俊押赴上海，隨時準備查封義成信所有分號，讓太原府把祁子俊全家都看管起來，三個月後交不上稅銀，毋庸上報刑部，將祁子俊全家就地正法！」

差官應道：「是！」差官一揮手，幾個衙役跑上來，七手八腳地給祁子俊釘上枷鎖，拖了下去。

恭親王重新在椅子上坐下，打算繼續喝那碗沒喝完的酸梅湯，但已經沒有了原先的興致。

他重重地把酸梅湯放在桌子上。

通往上海的路上，驕陽似火。祁子俊坐在囚車裡，被太陽晒得無精打采。他望著前方，神色淒惶。幾個刑部解差耀武揚威地隨車前進。

他們來到上海道臺衙門。眾衙役站立兩廂。吳健彰坐在大堂上，正在拆看「廷寄」的皇帝諭旨，上面用軍機處封印，寫著「軍機大臣字寄上海道臺吳健彰開拆」的字樣。幾個刑部解差將祁子俊押了上來。解差班頭道：「稟大人，欽犯祁子俊帶到。」

吳健彰揮揮手：「各位辛苦了，本道給你們每人準備了一份茶錢，下去領吧。」解差班頭說：「謝大人。」

解差們離開後，吳健彰立刻從堂上走下來，對衙役說：「你們等什麼，還不快給祁少東家開枷落鎖？」

一個衙役答應了一聲，趕緊給祁子俊打開枷鎖。吳健彰拱手道：「祁少東家，久仰久仰，今日得見，實在是三生有幸。」祁子俊忙回禮道：「豈敢，豈敢。」祁子俊敷衍地答應著，感到有些莫名其妙。

吳健彰說：「本道出身商界，對祁少東家一向佩服得很。我已經派人給你準備好了住處，是石庫門的一處民居，雖然簡樸些，但總還可以將就著住些日子。」祁子俊說：「祁某待罪之身，蒙道臺大人錯愛，實在是感激不盡。」

吳健彰說：「刑部的那些老爺們怎麼知道經商的難處，還以為吹口氣銀子就能到手呢。祁少東家，雖說你現在沒有自由，但本道願意為你提供一切方便，保證你和各處連絡通暢。只是稅銀的事，還望祁少東家抓緊辦理，到了期限如果辦不成，祁少東家丟腦袋，本道丟官，都是不幸的事。」

臨時監禁祁子俊的民居是一套二層樓上的三開間住宅，裡面有大浴室和小廁所，廁所的門開著。透過廁所的窗戶，可以看到外面的陽臺。此時，祁子俊和蘇文瑞站在陽臺上悄聲說著話。看守的清兵十分注意地監視著他們。

蘇文瑞把一枚嶄新的制錢遞給祁子俊。看上去，這是一枚普通的「咸豐重寶」。蘇文瑞說：「子俊，照你的意思，我試著鎔化了一些『天國聖寶』，改鑄成了這個。」

祁子俊感動地說：「蘇先生，您為我擔著滅族的風險，讓我怎麼報答您才好。」蘇文瑞忙說：「哪裡的話，義成信要是垮了，我蘇文瑞還不是連飯碗都砸了？」

祁子俊說：「要想在兩個多月之內湊齊稅銀，也只有冒險走這一條路了。」蘇文瑞說：「大清鑄錢用的是雲南產的官銅，天朝用的是日本出產的洋銅。洋銅供民間製作器皿尚可，但用來鑄錢，其中雜質太多，天朝仍然按照官銅來搭配鉛、錫，所以，鑄出來的錢輪廓不清，字跡模糊。我將『天國聖寶』鎔化之後，不加錫，只加鉛，出來就是這個樣子。」

祁子俊又把錢拿在手裡看了看，摸了摸，掂了掂，說道：「只有一個毛病，您這錢鑄得分量太足了，像康熙、乾隆朝的錢，比照著現在『咸豐重寶』的樣子，還得偷點工，減點料，才像真的。」

蘇文瑞說：「我知道了。」祁子俊說：「要是出一點麻煩，就沒法收場了。開爐之前，告訴那個姓蕭的一聲，讓天朝派些人來把守。」

蘇文瑞問：「他願意幫這個忙嗎？」祁子俊肯定地說：「他肯定願意。您想想，這些私錢要是流到市面上，不是等於給大清朝添亂嗎？」

第二十五章

夜晚，南京城外紫金山下一個隱祕的山洞，祁子俊把「天國聖寶」改鑄「咸豐重寶」的祕密作坊就設在這裡。太平天國士兵戒備森嚴地把守著洞口，周圍林深樹茂，寂靜無聲。

山洞內燃燒著熊熊爐火。兩個夥計抬著滿滿一筐「天國聖寶」，倒進坩堝。蘇文瑞緊張地注視著坩堝。地上整整齊齊地擺放著一個個大小不一的「咸豐重寶」錢範。一個夥計將鎔化後的銅水倒進錢範。片刻，他摸摸錢範裡的錢，已經涼透了，就倒進一隻麻袋裡。蘇文瑞拿出一枚錢幣，滿意地點點頭。太平天國以「天國聖寶」退還給祁子俊的稅銀就這樣悄悄變成了「咸豐重寶」。

蘇文瑞回到上海，到關押祁子俊的石庫門民居去探望祁子俊。倆人站在天井裡，低聲商量著事情，不遠處，兩個清兵正在監視他們，不過，對祁子俊的戒備似乎鬆了許多。祁子俊問：「那事安排得怎麼樣了？」

蘇文瑞說：「完全妥當了，鏢局也應承下來了。今天初七，明天初八，後天初九是黃道吉日，啟程上路，我親自押運。」祁子俊果斷地說：「不，讓關家驥來押運。」

蘇文瑞著急道：「這可是性命攸關的大事。」祁子俊說：「所以我更不想讓您去冒這個險。稅銀的禍是家驥惹下的，他自己屁股上的屎，還是留著讓他自己去擦吧。」

蘇文瑞搖頭說：「成敗在此一舉，萬一出點什麼事，我怕你不好跟關老爺交代。」祁子俊說：「沒什麼不好交代的，連我自己的腦袋都不知能保到哪一天。」

蘇文瑞只好按照祁子俊的安排，讓關家驥將鑄好的「咸豐重寶」押回上海。

一路免不了小心翼翼。這天，已到了傍晚時候，幾十輛碼放著鼓鼓囊囊麻袋的車輛沿著大路緩緩地行駛著。鏢局的鏢師們裝扮成夥計，分別坐在各個車輛上。打頭的車上坐著關家驥和總鏢頭。總鏢頭雖是便裝，但仍顯得十分剽悍。總鏢頭警惕地說：「咱們可得小心著點，後面有一幫來路不明的客商，一路上跟著咱們。」

關家驥大大咧咧地說：「花錢雇你們，不就是為這個嗎？」總鏢頭笑了笑，不再說話。關家驥問：「天這麼晚了，該找地方歇著了吧？」

總鏢頭說：「前面有一家挺清靜的客棧，咱們可以在那兒打個尖兒。」他們來到總鏢頭所說的這家客棧。車輛都停在客棧的院子裡，每輛車都留了一個鏢師看守。總鏢頭陪著關家驥巡視著。

忽然，一幫夥計用車裝載著幾桶酒，吵吵嚷嚷地走進院子。總鏢頭朝關家驥使了個眼色，低聲說：「就是這幫人。」關家驥不屑地瞟了他們一眼。進來的一個夥計大聲喊：「掌櫃的，有空房嗎？」掌櫃的連答：「有，有。」關家驥和總鏢頭不再理會他們，徑直朝裡面的飯堂走去。

飯堂裡，關家驥和總鏢頭不聲不響地吃著飯，神色都有些緊張。

飯堂的另一邊，那幫夥計圍坐在一張桌子旁邊，興高采烈地吃飯、喝酒，划拳行令。其中一個留著鬍鬚的夥計目光炯炯有神。他的目光無意中與關家驥相遇，看得關家驥心裡有些發毛。關家驥似乎覺得那目光有些面熟，但又想不起是誰。

好不容易熬到第二天白天，終於離開這家客棧了。關家驥坐在麻袋上，心驚膽戰地不時回頭張望。那幫運酒的夥計仍在遠遠地跟著他們。

終於進入了上海地界，到了蘇州河畔。此時已是夜晚。臨時稅關前，清軍把總帶著十幾個兵丁截住了車隊，清軍把總喝道：「停車檢查！」關家驥趕忙跳下車，賠著笑臉迎上來，悄悄遞上一塊銀子，但清軍把總卻只當沒有看見，問道：「車上裝的什麼？」

關家驥忙說：「大米。」清軍把總懷疑地說：「我看不像。要是大米的話，牲口拉得不會那麼吃力。」他隨便找了一輛車，拍了拍上面的麻袋，說：「搬下來。」關家驥臉色大變，但只好招呼夥計照他的吩咐去做。幾個夥計搬下上面的麻袋。清軍把總摸了摸一隻麻袋，用刀割開麻袋口上紮著的繩子，露出了裝在裡面的錢幣。

清軍把總得意地說：「看著你就不像好人，為什麼要偷偷摸摸的？」關家驥說：「票號運送銀錢，一向走暗鏢，為的是防止強盜打劫。」

清軍把總摸著下巴沉思了片刻，忽然把臉一揚：「跟我們去道臺衙門走一趟吧。」關家驥忙說：「總爺，天色不早了，我們得趕快到櫃上交差，遲了掌櫃的就要砸我們的飯碗啊。」

總鏢頭從後面走過來，對關家驥的話頗有些不以為然，說道：「關少爺，咱們清清白白做生意，問心無愧，不怕官家查，不如跟這位總爺走一趟，說清楚就沒事了。」

清軍把總說：「還是你明白事理。來人！」幾個兵丁跑過來。清軍把總一揚頭，指著關家驥和總鏢頭說：「綁了！」

總鏢頭背過手，自甘受縛，兵丁七手八腳地把他綁了起來。關家驥心中打著鼓，也只好無奈地背過手去，讓他們捆綁。他們一行上了一條大路。清軍兵丁趕著車輛。關家驥和眾鏢師被官兵用繩子拴成一串，垂頭喪氣地跟在後面。總鏢頭悄聲對關家驥說：「關少爺，我看不對，他們這是要往哪兒走啊？」

關家驥喪氣地說：「已經讓人家綁了，愛去哪兒去哪兒吧。」

車隊忽然停了下來。那隊運酒的客商正坐在路口休息。一隻酒桶敞開著。客商們用瓢盛著酒，你一口我一口地喝著。一個清兵說：「這酒聞著還挺香。」另一個說：「真想喝上兩口。」

清軍把總舔了舔嘴唇，也被勾起了酒癮，但還是控制住了自己，喝道：「先幹正經事。」先前那個清兵說：「總爺，我饞蟲上來了，多少得喝兩口。」他說著就走上前去，沒過一會兒就垂頭喪氣地回來了，說：「人家死活不賣。」

清軍把總一聽就來了氣：「沒聽說過。本來我不想喝，這回，我還非喝不可了。」清軍把總幾步上前，雙手叉腰，蠻橫地站在運酒的夥計們面前。

一個留著鬍鬚的夥計說：「總爺，這酒是家釀的女兒紅，在地下埋了十八年，現在主人家的女兒要出嫁了，特地給婆家送去辦喜事用，我們也就是偷偷喝上兩口。」

清軍把總說：「少廢話，我就問你一句，賣還是不賣？」留著鬍鬚的夥計說：「不能賣，您多擔待著點。」

清軍把總喊道：「來人！」幾個清兵聞聲跑過來。清軍把總說：「把酒給我卸下來！」留著鬍鬚的夥計哀求道：「不行啊，總爺，回去我們沒法交差了。」

清軍把總蠻橫地說：「就跟你們家主人說，孝敬了上海道臺衙門一桶，有什麼事，讓他儘管來衙門裡說話。」留著鬍鬚的夥計著急地說：「這可怎麼好？」

另一個夥計哭喪著臉說：「咱們認倒楣吧，到了上海縣城，自己花錢胡亂買些酒賠上就是了。」

一個清兵耀武揚威地罵道：「還不快滾！」夥計們罵罵咧咧不情願地推著車子離開了。清軍兵丁們興高采烈地圍過來。一個兵丁舀了一瓢酒，先遞給把總。把總喝了一口，咂著滋味，嘆道：「好酒！」

樹林中，天色已經完全暗了下來。樹林中晃動著清兵的身影，沒有人說話，只有風吹動著樹葉的聲音，聽上去有些陰森森的感覺。關家驥和鏢師們統統被綁在樹上，與關家驥綁在同一棵樹上的是總鏢頭。

關家驥越想越害怕，問道：「這到底是怎麼回事啊？」總鏢頭神色黯然，半晌才說：「關少爺，我對不起您。咱們這是碰上明搶的了，這夥官軍從一開始就打定主意，要把咱們的鏢給侵吞了。」

關家驥著急地說：「你倒是快想個辦法啊。」總鏢頭嘆口氣說：「已經沒有辦法可想了。他們下一步，肯定是要殺人滅口。」

正說著，旁邊響起兩聲乾笑，清軍把總皮笑肉不笑地從樹後轉過來。清軍把總陰陽怪氣地說：「你算是說對了，還真是個明白人。」

總鏢頭憤怒地說：「你們打著官軍的旗號，幹的是殺人越貨的勾當，真是強盜不如。」清軍把總笑道：「告訴你，老子就是強盜出身。」

總鏢頭怒目圓睜：「有種的你放開我，咱們一對一地單打獨鬥。」

清軍把總不急不慢地說：「單打獨鬥我可不是你的對手，萬通鏢局的鐵臂神拳胡萬春，別說是我一個，就是我們這些人綁在一塊兒，恐怕都不是個兒。可是，在官府面前，你一百個胡萬春都不頂用。」

總鏢頭怒喝：「要殺快殺，少囉嗦。」清軍把總懶洋洋地說：「你想快點死，我偏不先殺你，等把所有人都殺光了，再來收拾你也不遲。我看，還是先送這位走吧。」他朝關家驥走來。關家驥面如土灰，連聲求道：「總爺饒命，總爺饒命！」

清軍把總冷笑道：「我想饒你，可我手上的刀不饒你。大家都是為了錢，到了陰曹地府，你可別怪我心狠手辣，明年的今天，我肯定會來這裡，給你燒紙供飯。」清軍把總將刀壓在關家驥的脖子上，陰森森地說：「去吧。」

關家驥兩眼一閉，嚇得昏死過去。清軍把總突然覺得天旋地轉，栽倒在地上，清軍兵丁也一個個地倒在地上。

等關家驥悠悠醒來，已經身在上海義成信分號。蘇文瑞正站在他的床邊。關家驥糊里糊塗：「蘇先生，這是在哪兒？」蘇文瑞說：「是咱們票號。」

關家驥揉揉眼睛：「我不是在做夢吧？」蘇文瑞說：「不是。」關家驥心有餘悸地說：「我記得那個把總拿著刀，惡狠狠地對著我……」

蘇文瑞說：「他還沒來得及下手，自己就先倒下了。也沒什麼，我不過是用了一著《水滸》裡面『智取生辰綱』的小計，給他們喝的酒裡，摻了點蒙汗藥。」他說著，將一綹唱戲用的鬍鬚放在嘴上。

關家驥恍然大悟：「哦，原來從南京一直跟著我們的是您啊。」蘇文瑞點點頭：「不錯。」

上海道臺衙門，大白天，吳健彰端坐在大堂之上，清軍把總從外面走進來，跪在吳健彰的面前。

把總道：「叩見大人。」吳健彰眼睛半睜，問：「什麼事？」

把總說：「請您過目。」他把一枚嶄新的「咸豐重寶」放在吳健彰面前。吳健彰看了一會兒，立刻看出了門道。

吳健彰驚道：「這是民間私鑄的錢啊，誰這麼大膽子，不怕滿門抄斬？」把總說：「我明察暗訪，發現這批私錢絕大多數出自義成信南京分號。大人，我準備馬上前去緝拿。」吳健彰沉吟片刻才說道：「我看今天有些晚了，你回去準備一下，明天一早，多帶些人，好好查查這個義成信。」

祁子俊關押著的上海石庫門民居，傍晚。祁子俊正在院子裡散步，卻見吳健彰一身便裝，匆匆走了進來。吳健彰說：「祁少東家好自在。」祁子俊忙答禮道：「不知大人前來，有失遠迎，請多多海涵。」

吳健彰說：「我有個東西，想請你看一下。」他把那枚私鑄的「咸豐重寶」遞給祁子俊。祁子俊大驚，表面上卻是一副不動聲色的樣子，把錢在手裡掂了掂，又仔細看了看成色。祁子俊故作驚訝：「這是民間私鑄的錢啊，誰幹的？」

吳健彰說：「我也正想知道呢。錢鑄得非常精緻，幾乎可以亂真，流通起來，人不知鬼不覺，足見鑄錢的人能力非同小可。我在上海做了幾年道臺，對本地的商人十分熟悉。眼下，上海還找不出一號人物，能有這麼大的手筆，所以在我看來，此事絕非本地人所為。」

祁子俊反問道：「吳大人的意思，該不會懷疑是我吧？」吳健彰笑笑說：「本道當然不會懷疑是你，只是由不得別人往你身上想，祁少東家可千萬要小心吶。」

祁子俊心領神會：「多謝吳大人提醒。」吳健彰話裡有話：「大家都是商界一脈。不瞞你說，我這個道臺也是捐來的，不過是為了過過官癮而已。我在心底還是更願意做個生意人，對祁少東家和義成信，可以說是惺惺相惜。」祁子俊馬上說：「我肯定會向手下人轉達吳大人的體恤之意。」

第二天清早，義成信正廳的大門剛剛打開，就擁進了一大批清軍兵丁。兵丁們奔赴到各處的房子，翻箱倒櫃地仔細搜查著。吳健彰胸有成竹地跟在兵丁們後面走進來，四下巡視著。清軍把總氣勢洶洶地站在櫃檯前。

清軍把總喝道：「誰是掌櫃的？」關家驥答：「是我。」清軍把總一驚：「是你？」兩人一下子愣住了，彼此都有些擔心。清軍把總上上下下地打量著關家驥，心中更增添了幾分疑問。一個兵丁得意地從後面跑過來，喜滋滋地報告說：「總爺，發現了成串的『咸豐重寶』。」

把總接過錢看了看，錢已經很舊了。他不耐煩地把錢扔在櫃檯上：「這是官錢，沒讓你找這個。」兵丁說：「別的就沒有了。」

清軍把總不甘心，手一揮：「再搜！」票號正廳裡只剩下清軍把總和關家驥兩個人。把總死死地盯著關家驥。清軍把總狠狠地說：「那天我就斷定你幹的不是好營生。」

關家驥也說：「道臺大人在此，諒你也不敢故技重演。」

清軍把總說：「把錢庫打開。」關家驥說：「這個恐怕不行。」

清軍把總強硬地說：「你要是不開，我就當你是拒捕，就地正法。」

關家驥臉上一副無可奈何的樣子：「好吧，你是吃官飯的，你想怎麼著就怎麼著吧。」關家驥帶著清兵把總來到義成信上海分號地下錢庫。他打開一道鎖，又打開一道鎖，拉開兩扇沉重的鐵門。

清軍把總迫不及待地衝了進去。他眼前一亮，發現了庫房裡整齊地碼放著的幾十隻麻袋。他用刀在一隻麻袋上一劃，裡面流出的是白花花的大米。他氣急敗壞地劃開另一隻麻袋，裡面流出的仍然是大米。白花花的大米不斷地流出來。

此時吳健彰正在義成信上海分號正廳。清軍把總垂頭喪氣地回到吳健彰面前。吳健彰一臉悠閒的樣子。

清軍把總道：「稟大人，到眼下為止，還沒發現私錢。」吳健彰怫然作色：「你捕風捉影，害得本道空跑一趟，傳揚出去，豈不成了眾人的笑柄？」

清軍把總連忙跪在地上，磕頭不止：「卑職無能，望大人恕罪。」吳健彰說：「私錢的事，一定要嚴加查辦，但也不能疑神疑鬼，草木皆兵，擾亂商家的正常經營。」把總唯唯諾諾。

道臺衙門的後院裡，私鑄的「咸豐重寶」堆積如山。吳健彰滿意地看著這些收繳來的私錢。一個親信站在他的身邊。

親信問道：「大人，從市面上收繳的這些私錢怎麼處置？」吳健彰說：「全部送到泰記商行。私錢也是錢，總得花出去呀。」

親信不解地問：「泰記商行不是您的買賣嗎，萬一讓人發現了怎麼辦？」吳健彰罵道：「笨蛋，我的買賣，才沒人敢去查。」親信恍然大悟：「屬下明白。」

吳健彰眯著眼說：「收繳得越多越好，每收上來十文，其中就有一文是你的。」親信感恩戴德地說：「謝大人。」

蘇文瑞來到祁子俊關押的上海石庫門民居，倆人站在陽臺上商量事情。蘇文瑞說：「雖然躲過了一時，但這麼多私錢存放在那裡，也不是個辦法，總要趕快用出去，才能換回銀子來。」

祁子俊焦慮地說：「滿打滿算，離恭王爺定下的最後期限只有一個半月了。要想在這麼短的時間裡把錢都打發出去，可不是一件容易事。」

蘇文瑞眼睛一亮：「我倒有個主意，不知能不能做到。」

祁子俊忙說：「您講。」

蘇文瑞說：「給市面上造成恐慌，大家一慌，就會爭著去提錢，也就顧不上真偽了，咱們手裡的那些錢才能趁著亂勁兒，順順當當地流出去。」

祁子俊一拍腦袋：「就是這個主意。」

蘇文瑞忽又皺著眉頭說：「可是用個什麼辦法才好，我還沒想出來。」祁子俊沉吟不語。兩人都在思索著。忽然，祁子俊抬起頭來，眼睛裡閃爍著智慧的光芒：「蘇先生，我有辦法了，調動長毛來攻打上海。」

蘇文瑞沉吟道：「這倒是個不錯的主意，可怎麼才能做到呢？」祁子俊說：「少不得我親自去一趟南京了。」蘇文瑞問：「看守得這麼嚴，你可怎麼脫身啊？」

祁子俊自信地說：「我自有道理。」這時看守祁子俊的頭目過來了：「工夫不小了，說完了沒有？」

祁子俊忙說：「完了，完了。」他悄聲對蘇文瑞說：「您做好準備，無論想什麼辦法，我也得出去。」

蘇文瑞走後，祁子俊站在陽臺上，查看著周圍，盤算著怎麼脫身。他看見陽臺離地面並不算高，緊連著另外一家的陽臺，心裡忽然產生了一個念頭。

祁子俊看看天晚，回到屋裡，掏出一塊十兩大小的銀子，遞給看守頭目，說：「總爺，求您點事。」看守頭目說：「你是朝廷要犯，甭想賄賂我。」

祁子俊忙說：「不是那個意思。我是說，軍爺們守著我都挺辛苦的，這錢拿出去買點酒肉，大家吃吃，我也順便打打牙祭。」看守頭目高興了：「這還差不多。」

一個兵丁搶著說：「我去吧。」

看守頭目喝道：「搶什麼，你知道祁少東家愛吃什麼？這事得我親自去。」到了吃晚飯的時間，家家戶戶都冒起了炊煙。祁子俊和看守們一起喝酒吃肉，有說有笑，顯然大家已經打成了一片。

看守頭目一舉酒杯：「少東家，您請。」祁子俊嘴裡塞滿了食物，含含糊糊地答應著，還在拿著一個大雞腿，弄得滿手滿嘴都是油。他吃著吃著，突然停下了，捣住肚子。

祁子俊呻吟起來：「哎喲，我肚子怎麼疼起來了？」

看守頭目說：「你看，吃慣粗茶淡飯了吧，吃點好的，肚子就不受用了。」祁子俊皺著眉說：「我得……」他指指廁所。

看守頭目說：「去吧去吧。」

祁子俊關上廁所的門，聽見屋裡的兵丁還在拿他取笑。他躡手躡腳地從窗戶跳到陽臺上，張望了一下，小心地攀著欄杆，翻到另外一家的陽臺。他推了推那家陽臺通往浴室的門，門是鎖著的。他推開窗戶，跳了進去。

另外一戶人家的浴室裡，一個女人正泡在浴缸裡洗澡，看見有人突然闖入，嚇得尖叫了一聲，趕緊捣住前胸。祁子俊把手指放在嘴脣上，做了個不要出聲的手勢，然後拉開門，從浴室走了出去。

他不慌不忙地走下樓梯，僕人們看見他衣著整齊，就都以為是家裡的客人，朝他點頭哈腰。祁子俊大搖大擺地走出門，看看身後沒人，就一溜小跑，一頭扎進了一家下等花煙館。

祁子俊躲到花煙館裡，躺在煙鋪上裝模作樣地吃煙，妓女在一旁給他燒煙。妓女說：「這位爺，您是第一次來吧？」祁子俊說：「你怎麼知道？」

妓女說：「看您吃煙的樣子就知道了。這吃煙啊，也有個講究，尤其是到咱這兒來的，都是有頭有臉的主兒，就更講究了。」

祁子俊問：「怎麼個講究法？」妓女說：「講究的是溫、良、恭、儉、讓。」祁子俊一聽這話就來了精神，忙說：「這我倒要聽聽了。」

妓女說：「不能急乞白賴的，跟八輩子沒吃過煙似的，顯得沒出息。就說最後這個『讓』字兒吧，您在這兒吃煙，對面要是有人，得讓一讓，說聲『請您嘗嘗這個』，對面那位也是一樣。」

祁子俊學著妓女的腔調：「請您嘗嘗這個。」妓女從他手裡拿過煙槍，毫不客氣地抽了起來。忽然外面傳來一陣嘈雜聲，夾雜著急急忙忙的腳步聲。祁子俊急中生智，一把抱起妓女扔在床上，順勢拉過一床被子蓋上。

妓女假裝害羞地說：「別急，你也得讓人家去洗洗啊。」

祁子俊側過身，緊緊摟著妓女。突然，「砰」地一聲，門被一腳踢開了。一個兵丁看見有一男一女正在床上熱乎，也就顧不得細看，轉身走了。

祁子俊鬆了口氣，正要起身，忽然感到一把冰涼的鋼刀壓在他的臉頰上。那個兵丁不知什麼時候又回來了。鋼刀壓著他的臉頰，慢慢轉了過來。祁子俊顧不得多想，把一個銀元寶放在刀上。鋼刀仍然壓在他的臉頰上。祁子俊又加了一塊元寶。等他加到第四塊元寶時，鋼刀才慢慢撤開。隨著一陣腳步聲，外面傳來兵丁和看守頭目的對話。

兵丁說：「都搜遍了，沒有。」看守頭目的聲音說：「跑不遠，去下一家搜。」

祁子俊長出了一口氣，四仰八叉地癱在床上。妓女搖了搖他，嬌嗔道：「來呀，你怎麼不行了？」

清兵們趕到義成信上海分號搜查。票號的夥計們全被清軍兵丁趕到一起。看守頭目正在盤問徐六：「老實說，你們少東家來過沒有？」

徐六說：「天地良心，少東家有日子沒來票號了。」

幾個兵丁從後面走出來。一個兵丁說：「都搜遍了，連個人影都沒有。」看守頭目說：「這就奇了怪了。」他對徐六說：「你要是知情不報，嚓——」他做了一個殺頭的手勢。徐六忙說：「嚇死我也不敢隱瞞啊。」

突然，一個兵丁大叫起來：「有夾壁牆！」幾個兵丁如臨大敵地圍了上去。一個兵丁使勁用拳頭捶著牆壁，大叫：「出來！」

夾壁牆打開了，裡面走出了一個年老的夥計，渾身打著哆嗦，連聲求道：「軍爺，饒了我吧。」兵丁們大失所望，悻悻地離開了。

祁子俊這時已安然逃到了蘇州河上。一條烏篷船悠悠地從水上駛過。祁子俊頭戴斗笠，坐在船頭，神態從容，悠閒自在地握著魚竿。蘇文瑞站在他的身旁，面帶微笑。

蘇文瑞說：「子俊，道臺大人無論也想不到，你現在還會有這分雅興。」

祁子俊說：「我心裡也著急，可光著急沒用，事情還得一點點地辦。」蘇文瑞說：「現在是萬事俱備，只欠東風了。」

祁子俊說：「您安排一下，我今天晚上就去南京。」魚漂動了一下。祁子俊十分興奮，趕緊收線，說：「終於有一條上鉤了。」但他馬上就發現，魚鉤上空空如也。祁子俊笑了笑，重新把魚漂扔進河裡。

蘇文瑞說：「子俊，你性子還是稍微急了點。」祁子俊拿出一封信，遞給蘇文瑞說：「等事情辦完之後，您把這封信交給家驥。」祁子俊一路風險，潛入南京。果然，幾天後，太平天國兵士就開始進攻上海近郊青浦縣城。青浦縣城被炸開了一個缺口。太平軍從缺口衝了進去。清兵紛紛逃跑，來不及逃跑的就跪在地上求饒。

上海道臺衙門，吳健彰的那個親信驚慌失措地跑進來，稟報說：「稟大人，長毛攻破青浦，直逼上海縣城。」

吳健彰大驚失色：「馬上派人去稟報撫臺大人，要求火速馳援。」

太平軍逼近上海縣城。他們用重炮猛轟城牆。守城的清軍被炸得血肉橫飛，不斷地有人把死去兵丁的屍體抬下去。城牆籠罩在一片濃重的煙塵之中。

吳健彰站在城牆上，舉著單筒望遠鏡，身邊站著一個身材威猛的營千總。遠處，太平軍的旗幟迎風招展，一群太平軍士兵正在挖地道。吳健彰問：「照這樣還能支撐多久？」千總說：「頂多再能守上三天三夜。長毛擅長挖地道，在地道裡填上炸藥，把城牆炸出缺口，等咱們調兵防守缺口時，他們反倒從沒炸開的地方爬上城牆，南京就是這麼被攻破的。」

吳健彰說：「傳我的令，全體將士，要人人奮勇，個個爭先，死守上海，誓與城池共存亡。」千總道：「是。」

吳健彰回到上海道臺衙門。他脫下官服，換上了便衣，等了一會兒，還不見有人來，便急忙跑進他老婆的臥室。他老婆正在手忙腳亂地收拾東西。吳健彰催促道：「快點，快點，還磨蹭什麼？」

吳健彰妻帶著哭腔說：「這麼多值錢的東西，就都不要了？」吳健彰說：「顧不得許多了，趕快逃命要緊。」他不由分說，拉著老婆倉皇離去。

南京城裡席慕筠住處。深夜，席慕筠鋪好床，正準備換衣服睡覺，祁子俊顧不得敲門，匆匆地推開屋門進來。席慕筠嚇了一跳。

席慕筠問：「這麼晚了，你來幹什麼？」祁子俊急道：「你們是怎麼搞的，沒讓你們這麼攻城。」

席慕筠感到奇怪：「攻城可是你讓攻的。」

祁子俊忙說：「有個意思就行了，誰讓你們玩真的啊。你跟蕭丞相說，千萬不能把上海打下來。要是真破了城，我的一番心血就全都白費了。」席慕筠嗔道：「你這個人可真是的，什麼都是你，連天朝的軍機大事都要照你的意思來。咱們事先說好，萬一激怒了天王，要你的腦袋，我可救不了你。」

祁子俊求道：「好妹妹，我就求你這一次。萬一我的腦袋掉了，天朝那些錢可就真成破銅爛鐵了。」太平天國將士的攻勢果然造成了上海市民的恐慌。他們紛紛搶兌現錢。白天，義成信上海分號門前人頭攢動，沸反盈天，等著兌錢的百姓拚命往前擠著。周圍的錢莊、票號都已經關門大吉。

徐六正帶著夥計們給顧客兌錢，忙得大汗淋漓。關家驥站在一旁督陣。每個顧客都是心急火燎地拿了錢，看也不看就趕快離開。

上海縣城城牆上，清軍的旗幟在硝煙炮火中已經殘破得不成樣子，守城的兵丁越來越少，一個個疲憊不堪。前面出現過的那個千總正在吩咐一個兵丁：「快去向道臺大人稟報，請求火速派人增援。」

兵丁說：「我都去過衙門好幾回了，道臺大人不知去向。」軍官說：「再去。」

兵丁答道：「是。」正說著，忽然一群人上了城牆，用大筐小筐抬著酒肉，領頭的正是蘇文瑞。兩個票號夥計展開一面橫幅，上面寫著「義成信票號勞軍」。千總趁機喊道：「弟兄們，全城的父老兄弟們都指望著咱們吶，就是豁出性命不要，也不能讓長毛破城，百姓遭殃。咱們一定要死守上海，誓與城池共存亡！」

兵丁們精神大振，一起舉起手中的武器，振臂高呼：「死守上海，誓與城池共存亡！」

夥計高舉著「義成信票號勞軍」的橫幅，從一個城牆垛子走到另一個城牆垛子。一個兵丁驚喜地喊道：「總爺，援軍到了！」千總看見，十幾個外國雇傭軍士兵扛著洋槍來到了城牆上。

上海城牆上，一排外國雇傭軍士兵舉槍射擊，槍口飄著硝煙。太平軍士兵也並不靠近城牆，只是遠遠地放著炮。一個太平軍軍官吩咐道：「不必心急，每個時辰開炮一次。」

本已倉皇逃命的吳健彰重新坐在了道臺衙門大堂上，彷彿先前什麼事情都沒發生過一樣。千總道：「稟大人，長毛已經完全退走了。」

吳健彰神氣地說：「立即貼出安民告示，曉諭城內百姓，太平無事，一切照舊。」千總答道：「是。」

吳健彰道：「這次你死守城池，立下了汗馬功勞，待我奏明聖上，請求為你加官晉爵。」千總道：「謝大人。」

義成信上海分號掌櫃房裡，關家驥面對著剛剛走進來的蘇文瑞，臉上露出得意之色說：「謝天謝地，總算把這些錢給打發出去了。蘇先生，您說，功勞簿上，是不是得給我記個頭功？」

蘇文瑞拿出一封信，放在關家驥面前，說：「這是子俊讓交給你的。」關家驥急不可待地拆開信，興奮地念著：「家驥吾弟臺鑒，見字請將上海分號全權交與蘇先生，另委徐六為分號二掌櫃，從旁協助，然後即刻返回山西總號。總號事務繁忙，祁伯興身邊需要一位有識之士不時提些建議，吾弟才高八斗，學富五車，正好充任顧問之職……」

關家驥怒火衝天，恨恨地把信撕得粉碎，罵道：「祁子俊，你好狠毒！」

南京蕭長天的春官丞相府，夜晚，一陣悠揚的簫聲隱隱約約地傳來。席慕筠穿過一道曲折的迴廊，悄悄走到庭院深處，看見蕭長天坐在石凳上，面對著一池秋水，正在全神貫注地吹簫。清冷的月光灑在他的身上，從背後看起來，他的身體像是一尊巍然屹立的石雕。席慕筠不忍打擾他，就停下腳步細聽。

簫聲時而低徊婉轉，如泣如訴，時而慷慨激昂，蘊蓄殺伐之聲，接下去，又變得蒼勁悲涼，突然，簫聲猛地提高起來，有如大將躍馬揚刀的氣概，但在最高處卻戛然而止。

蕭長天仍然背對著席慕筠，卻問道：「慕筠，是你嗎？」

席慕筠說：「我來跟您道別。干王派我去蘇州，給后妃們採買絲綢。」

蕭長天說：「干王是有意要保護你，千萬不要辜負了他的一片心意。我已經奏明天王，讓義成信代為天朝鑄造錢幣，天王詔旨准許。現在，這件事只能由你去辦了。」

席慕筠望著蕭長天，欲言又止，終於悲憤地說：「洪仁發和洪仁達聯名向天王上奏，說您是北王的餘黨，罪該萬死，連干王也無力阻止……」蕭長天從容道：「我已經知道了。」

席慕筠把一個包裹放在石桌上，說：「我給您準備了出城的關憑，還有一些銀兩。」

蕭長天擺擺手：「不必了。我是行將就木之人，生死都無所謂了，你年紀尚輕，要好自為之。」席慕筠心情沉重地說：「您多多保重。」

蕭長天背過身，繼續吹簫，試了好幾次，才找到準確的樂音。不知什麼時候，席慕筠已經走了。

不知過了多久，蕭長天丞相府中突然一陣大亂，一群太平天國官兵高舉著火把衝進來，為首的正是剃頭師傅。剃頭師傅喝道：「蕭長天接旨。」蕭長天跪在地上：「卑職在。」

剃頭師傅宣道：「天王詔曰，查春官副丞相蕭長天係韋昌輝餘孽，久懷叛逆之心，私藏軍械、銀兩，圖謀造反，違犯天條，已成妖人，著立即拿辦，殺無赦。欽此。」

蕭長天悲憤滿腔：「卑職領旨。」他接過聖旨，三下兩下撕得粉碎，向空中拋去。紙片紛紛揚揚地落下來。剃頭師傅凶狠地叫道：「大膽！」

蕭長天正氣凜然而又痛心疾首：「區區精忠報國，一片丹心，可以上對皇天，下質古人，可惜到頭來只不過是愚忠而已。」剃頭師傅喝道：「少說廢話。動手！」

蕭長天道一聲：「且慢！」他臉上露出一種奇特的笑容。儘管他努力控制著不笑出聲來，可是，終於忍不住大笑起來，接著，大笑變成了狂笑。笑聲中，他從簫中拔出一把匕首，深深地插進自己的胸膛，緩緩地倒了下去。

剃頭師傅惱羞成怒：「不肯改悔，死有餘辜！」他惡狠狠地把劍插進蕭長天的身體。鮮血浸染著蕭長天身下的土地。

南京郊外的一個黃昏。一片深秋霜後越加繁茂的紅葉樹林，傍著蒼苔冷露遮覆下的山巖。這是南京城郊的棲霞山麓，千佛巖下。

祁子俊和席慕筠沿著茂林修竹掩映之中的一條小徑，輕輕走來，落葉在他們腳下發出「沙沙」的聲響，應和著遠處淙淙流動的泉水。

席慕筠悲憤難忍：「……他死之後就被扔到了荒郊野外，現在，連屍首都找不到了。」

祁子俊正在想著心事，沒有聽明白她說的是什麼，過了好一會才反應過來。祁子俊問：

「你說什麼？」

席慕筠說：「蕭丞相自金田起義以來一直追隨天王，鞍前馬後，出生入死，沒想到最後死得這麼慘，還落了個謀反的罪名。」一種無法排遣的苦悶占據了席慕筠的整個心靈。她竭力克制著不讓自己哭出來。祁子俊嘆道：「外面不管有多少強敵都不可怕，怕的就是同室操戈，這大概是天朝的劫數。」

席慕筠憂慮地說：「安王、福王兩個，仗著自己是天王的哥哥，專橫跋扈，胡作非為，把個好端端的天朝搞得烏煙瘴氣，大家敢怒不敢言，真是讓人心寒齒冷。我擔心天朝的事業會從此一蹶不振……」席慕筠激動得說不下去了。

祁子俊勸道：「到了這時候，你該想著給自己留條後路，萬一什麼時候天朝真的不行了，先保全住自己才是上策。」席慕筠道：「『哪如著作千秋業，宇宙長流一瓣香』，這是蕭丞相在最後的日子裡寫的。天朝雖有這樣那樣的不是，但援救蒼生、光復中華的偉業是千古不朽的。我已經打定了主意，誓與天朝共存亡。」說到這裡，她沉默片刻，稍稍穩定了一下情緒：「我就是不明白，他們究竟為什麼要殺他？」祁子俊道：「因為他比別人都聰明。這世界上聰明人不能太多了，要是聰明人超過了一定的數目，就要自相殘殺。」

不久，祁子俊回到上海，走在上海街道熙熙攘攘的人流中。他來到上海租界，獨自一人徜徉在外灘附近的「花園弄」。雖說是在五六年後，這裡才有了「南京路」的名稱，真正成為「十里洋場」，但眼下已經是一片亦中亦西、欣欣向榮的誘人景象。沿著黃浦江東岸的「馬路」走下去，路邊遍布著洋行、西餐廳、美容院、藥房、洋布店。

祁子俊悠閒地走進了一家兼賣洋貨和古董家具的小店，隨便觀看著。他忽然眼前一亮，看見商店裡擺著一架他渴望已久的照相機。他正要走上前去，卻見從前的洋行通事笑容滿面地迎著他走過來。

洋行通事問：「祁少東家，看上什麼了？」他一邊說，一邊從洋裝的上衣口袋裡掏出一把精緻的小梳子，仔細地梳理著頭髮。祁子俊道：「你這照相機，賣多少錢？」

洋行通事道：「這個呀，是替一個朋友賣的，放在這兒好長時間了，問的人多，可一說價錢就都走了。您如果誠心想要，給您個最低價，八千兩。」祁子俊驚嘆道：「八千兩，你真敢要啊。」

洋行通事忙說：「這是地道的德國貨，沒敢跟您多要，也就是個本兒錢。」

祁子俊情知他說的不是實話，但無奈心裡想要，只好答應下來：「八千就八千吧，回頭你讓人給我送票號去。」

洋行通事喜出望外：「沒問題。」祁子俊來到裕和茶館，悠閒地喝著蓋碗茶，品著滋味。掌櫃的站在旁邊小心地伺候著。祁子俊說：「你這茶，味道不對。」

掌櫃的緊張地說：「祁少東家怎麼說？」祁子俊從容地說：「這茶葉喝著不像是茉莉花熏製的，像是玉蘭花熏製的。」

掌櫃的驚嘆道：「您還真給說著了，咱們上海不比京城，喝花茶的人少，碰上客人非點這一口，就弄點玉蘭花將就將就。您是頭一個喝出來的，得，這壺茶我白送了。」祁子俊淡淡地說：「那倒不必。」

掌櫃的忙說：「下回您再來的時候，我一定給您備好上等的茉莉花茶。」祁子俊正在得意，忽然看見十幾個兵勇分別把守在茶館各處。掌櫃的頓時緊張起來，說道：「您先喝著，我去照應一下。」

原來是吳健彰走了進來。他一身富商打扮，神態自若地坐在祁子俊對面。祁子俊不動聲色地看著他。吳健彰道：「祁少東家別來無恙。」

祁子俊道：「道臺大人一向可好？」吳健彰緩緩點頭：「好，好得很。今天要是再見不到你，我就只有抹脖子的分兒了。」

祁子俊笑笑說：「瞧您說的，我這不是一直都在等著您嗎？」吳健彰說：「祁少東家，稅銀要是已經準備好了，就請跟我回去覆命吧。」

祁子俊微笑著，並不答言，從懷裡掏出一張銀票，放在桌子上。吳健彰展開銀票，登時悚然動容：「祁少東家『匯兌天下』的美譽，果真是名不虛傳。」他轉身招呼屬下：「來人，即刻用八百里加急送往京城。」

祁子俊微微一笑說：「吳大人，這回您放心了吧？」吳健彰忙說：「稅銀的事，我從來就沒擔心過。我急著找你，完全是因為別的事。這次保衛上海，多虧了洋人洋槍的力量。我合計著，不如就大張旗鼓地辦個洋槍隊，正好美國人華爾也有這個意思，他手下有一幫馬尼拉人，閒著沒事幹。他把軍火生意這塊兒，全權委託給了泰記商行。」

祁子俊道：「我聽人說，您是泰記商行真正的東家，不知有沒有這麼回事？」吳健彰頗有些得意：「算不上東家，只不過有些股份而已。不過我想，論起實力來，泰記商行還不足以承攬這筆生意，所以，我打算跟義成信聯手，有錢大家同賺，哈哈！」

祁子俊正色道：「買軍火不成問題，但是，讓洋人打中國人，這事我絕對不幹。」吳健彰的笑容一下子僵在臉上，顯得十分尷尬。他從祁子俊的語氣裡聽出，這事沒有商量的餘地。吳健彰只好掩飾道：「我只是隨便問問，沒關係，買賣不成仁義在嘛。」

第二十六章

祁子俊出生入死，在恭親王規定的短短的時間內籌齊了被太平天國軍沒收的稅銀，堪稱奇蹟。此刻，他從從容容，大搖大擺回到北京去面見恭親王。恭王府正殿裡，祁子俊在恭親王面前行叩拜的大禮。

祁子俊道：「叩見王爺。」恭親王忙說：「請起。」說著手裡托著三品官員的頂戴、官服，笑吟吟地朝祁子俊走來。恭親王說道：「曾國藩奏保你為從三品的光祿寺卿，我想，朝中公務繁雜，肯定會讓你這個大商人不耐煩，未必要補那個實缺，所以，我就向皇上奏明，破格給你個正三品的職銜。」

祁子俊大喜過望，又一次跪下去：「謝王爺。」恭親王說：「怎麼樣，來試試吧。」祁子俊說：「王爺面前，怎敢放肆？」恭親王故作親熱地說：「哎，讓你試你就試，本王這裡，沒有那麼多的窮講究。」

祁子俊穿上了嶄新的官服，對著鏡子，樣子顯得十分得意。恭親王不動聲色地看著他，心中疑問重重。他問道：「子俊，長毛那邊的情形究竟如何？」

祁子俊答道：「你殺我，我殺你的，都亂成一鍋粥了。」恭親王不動聲色地說：「你剛才說，長毛曾經要殺你來著？」

祁子俊答道：「是，已經把我押到法場去了。後來，幸虧有一位舊相識蕭長天，現今在長毛那裡當了大官，想從我身上撈一把，才放了我一條生路。」祁子俊覺得話已經說得算是圓滿了，但心中仍有些發虛。

恭親王不緊不慢地說：「哦，長毛裡邊倒是有這樣一號人物，不過，聽說是已經死於內訌了。」稍頓又問：「你覺得吳健彰這個人怎麼樣？」

祁子俊一時搞不清恭親王的意圖，只好隨口搭訕：「吳大人頗有才具，在同僚中口碑也不錯。」

恭親王不屑道：「才具是有，就是膽子太小了，長毛還沒怎麼著，他這個道臺就先溜了。不過，眼下正在用人之際，也就不便深究了。你覺得他比黃玉昆如何？」

祁子俊滴水不漏：「黃大人和吳大人，可以說是各有千秋。」恭親王不滿地說：「你這話等於什麼都沒說。」

祁子俊謹慎地選擇著用詞：「我的意思是說，黃大人和吳大人，一個主掌戶部，一個負責上海稅關，在理財方略上，實在是難分高低。」

恭親王點點頭：「有些道理。吳健彰出身自廣州十三行，又在美國的旗昌洋行裡辦過事，眼下洋人要跟朝廷簽一個上海海關的徵稅協約，就責成他去辦吧。」

說到這裡，恭親王話鋒突然一轉：「子俊，這個姓蕭的長毛，你是怎麼認識的？」祁子俊不提防他這一問，支吾了半天說不出來。恭親王目光灼灼地逼視著祁子俊。祁子俊感到如同芒刺在背，情急之中，只好說了實話：「早年我們曾經一起在雲南販過鴉片。子俊年輕荒唐，是迫於生計才幹這等事的。」

恭親王這才說：「現在鴉片都改名叫『洋藥』了，洋人可以隨便賣，你年輕時賣點鴉片，也不是什麼大不了的事。你能如期上繳稅銀，功不可沒。」

祁子俊嘆道：「可惜，幾百萬兩銀子都讓長毛鯨吞了。我把山西總號，上海、天津分號放出去的銀子全都收了回來，才湊齊了足夠的現銀，眼下，各分號正星夜將銀兩解往京城，京城分號已經做好了匯兌的準備。」

恭親王漫不經心地聽著，突然插了一句：「湘勇把採買軍火的事全權委託給了義成信，我相信你辦事的能力，可為什麼，至今曾國藩仍然抱怨軍械不足？」

祁子俊又是一陣緊張。正當他不知該如何回答之際，突然，傳來一陣急促而輕快的腳步聲，玉麟格格一陣風似的跑了進來。

幾年不見，玉麟已長成一個亭亭玉立的少女。她嬌嗔地對恭親王說：「哥，你到底有完沒完？」

恭親王應付道：「等我把公事忙完了就去。」

玉麟格格拉住恭親王的胳膊，死活拽著他離開了座位：「不行，現在就去。跟人家說得好好的，未時準到，現在都什麼時候了，再過一會兒光線就暗了。」

恭親王無奈地說：「好好，馬上就去。看看你，有客人在跟前也沒個禮貌。過來，見見祁少東家。」玉麟格格瞥了一眼祁子俊，忽然認出了祁子俊，嘴巴一撇：「我還當是誰跟我哥在這兒沒完沒了，原來是你啊，老土。」

祁子俊不解地問：「這是……」沒等恭親王開口，玉麟格格橫在祁子俊面前，兩撇眉毛向上一揚：「不記得我啦？我的龍票呢？」

祁子俊大吃一驚，幾乎不敢相信眼前這個亭亭玉立的少女就是數年前在琉璃廠古玩店爭買玉碗的黃毛丫頭。祁子俊結結巴巴地說：「是格格啊……龍票我放山西老家了，那麼貴重的東西，不能總帶在身上啊。」

玉麟格格笑道：「說你老土，你可真是老土。唉，要是不摳門兒，你怎麼能算山西人呢。」

祁子俊也賠著笑臉，連聲說：「是，是。」玉麟格格轉臉對恭親王說：「哥，我給你講個笑話。有個山西人，買了一把扇子，用了一輩子都沒用壞，傳給他兒子了，兒子又傳給了孫子，還是沒用壞。」她邊說邊看著祁子俊。

恭親王斥道：「滿口胡言，一把扇子怎麼可能好幾輩子都用不壞？」玉麟格格瞪著眼睛：「真的真的，還說呢，要世世代代傳下去。這扇子老也用不壞，是因為他們用扇子的方法跟別人不一樣。」她從桌子上隨手拿起一把打開著的扇子，放在臉前，扇子不動，自己不斷地左右擺動著腦袋。

恭親王禁不住大笑起來，連祁子俊都笑了。恭親王邊笑邊說：「誰這麼損啊。」稍頓又說：「玩笑歸玩笑，山西向來是英雄豪傑輩出的地方。山西民風崇尚節儉，但節儉只是其中之一，你且看看咱們這位祁少東家，談笑之間就能調度成百上千萬兩銀子，豈是光靠節儉就能做到的？」

祁子俊乖巧地說：「龍票放在家裡了，但我身上也帶了個物件，是山西人慣常玩的。」他變戲法似的不知從什麼地方拿出一個純銀打造的九連環，在玉麟格格面前晃了晃，靈巧地變出了許多花樣來。玉麟格格看得不禁呆了。

祁子俊笑著說：「這個不值什麼，送給格格胡亂玩玩。」玉麟格格毫不客氣地接了過來，轉身又纏上了恭親王：「這回該走了吧。」

恭親王只好對祁子俊說：「你一路辛苦，早點回去歇著。對了，我個人還要賞給你一件東西，下去領吧。」廊廡下，三寶托著一個上覆黃緞的銀盤，呈給祁子俊說：「少東家，這是王爺賞下來的。」

三寶掀開黃雲緞。祁子俊定睛觀看，不禁愣住了。裡面只擺放著一枚嶄新的「咸豐重寶」，毫無疑問是義成信的產品。祁子俊感到全身從頭到腳一陣冰涼，腦子裡一片空白。三寶見他出神的樣子，以為他是嫌賞錢太少了。

三寶說：「少東家，您拿著吧，不管王爺給什麼，都是恩賜。」

恭王府花園的「蝠廳」旁邊，臨近水池的一塊空地上，恭親王坐在酸枝太師椅上，臉上顯出若有所思的樣子。玉麟格格站在對面，正在給他畫一幅肖像。

玉麟格格責怪說：「哥，你想什麼呢？表情真難看。」恭親王只好換了一副輕鬆的表情，說：「這樣總行了吧。最後你畫兒沒畫成，我人倒給折騰熟了。」

玉麟格格說：「你別不值情，也就是你，能讓我勞這分神，昨兒個蘭貴人求我給她畫，我還沒答應呢。」恭親王親熱地說：「瞎吹牛。我看，倒是應該早點把你嫁出去。跟我說說，哪個貝勒、貝子中你的意。」

玉麟格格一個勁地搖頭：「都不中意。」恭親王問：「這麼多人，就沒一個看上的？」

玉麟格格又使勁點頭：「沒一個。」恭親王說：「可是，你只能在這裡邊選啊。」玉麟格格任性地說：「只要我中意，我才不管他是誰，要飯的都成。」恭親王打趣地問：「你該不會是看上祁子俊了吧？」

玉麟格格不屑地說：「就憑他個老土？」恭親王說：「你可別瞧不起他，連皇上都覺得他非同一般。」玉麟格格說：「他就是個小混混，不過比別的小混混闊氣點罷了。」

祁子俊從恭王府出來，第二天又帶上禮物去拜見黃玉昆。

黃玉昆看著祁子俊奉上的禮盒，心裡頗有些嫌輕的意思，臉上仍是一副毫無表情的樣子，淡淡地說：「子俊，請坐。」

祁子俊在黃玉昆對面坐下，僕人奉上蓋碗茶來。祁子俊說道：「黃大人，您的氣色比上回見您的時候好多了。」

黃玉昆不冷不熱地說：「也好不到哪裡。」他瞥了一眼座位上的祁子俊，心裡忽然產生了一種不痛快的感覺，因為此前祁子俊在他面前一直都是站著的，這一坐下來，頗讓黃大人有些受不了。

祁子俊試探著說：「最近有一些私錢流到了市面上，鑄得非常精緻，連票號裡的夥計都難辨真偽，恭王爺知不知道這件事？」

黃玉昆說：「怎麼會不知道，我已經向他稟報過此事，勸他及早督促各省嚴加查處，但咱們這位王爺可倒好，就像根本沒這回事似的。」

祁子俊小心地問：「王爺是不是掌握了什麼消息？」黃玉昆搖搖頭：「說不好。要說呢，恭王爺不過是二十幾歲的人，可城府深得連我這老頭子都窺不透。」

祁子俊又問：「您說，我們票號裡的人該怎麼對付這事？」黃玉昆說：「沒法對付。查不出來是誰鑄的，只能湊合著當真的使。」

祁子俊說：「這倒也是，真真假假，用不著非得分那麼清楚。」話雖如此，他心裡仍然有些犯嘀咕。

祁子俊離開黃府，在大街上漫無目的地四處觀望著。前面胡同口有個妓女正在拉客。妓女忽然看見祁子俊，趕緊扭頭匆匆離開了。

嫖客追著問：「嗨，你還打算不打算掙錢了？」

妓女不理他，低了頭只顧走。祁子俊望著妓女的背影，覺得有些熟悉，忽然想起了她是誰。她是離開了潤玉春草園戲班的雪燕。

祁子俊心裡突然湧起對潤玉的強烈思念。他來到了春草園。這時，天邊燃燒著玫瑰色的晚霞。看戲的人早已散去，演員也都走了，戲園子裡靜悄悄的，只有潤玉還在後臺收拾東西，正準備離開。祁子俊一身輕鬆地出現在潤玉面前。

潤玉驚喜萬分，忙放下手裡的東西，迎著祁子俊走過來。她難以掩飾喜悅的心情，眼睛裡閃著異采，半天才說出話來：「我真怕見不到你了。」祁子俊笑道：「我的命大著呢，沒那麼容易丟。再說，要不見上你一面，我死都闔不上眼。」

潤玉嗔道：「你還是跟從前一樣油嘴滑舌的。」這句話現在聽起來，已經沒有了從前的刻薄，而是多了幾分柔情。她臉上浮現出燦爛的笑容，祁子俊被她的笑容感染著。祁子俊說：「哪天我要是死了，你肯定會覺得枯燥乏味。」

潤玉罵道：「你怎麼老是『死』呀『死』呀的？」祁子俊說：「老說著點『死』，才能長命百歲。」

潤玉想了想說：「有件事我想跟你說。」祁子俊問：「什麼事？」

潤玉又想了想，笑著說：「……我忘了。我老覺得有什麼事要跟你說，可見了你，又想不起該說什麼了。」祁子俊也笑道：「你慢慢想吧，咱們有的是時間。你瞧，我給你帶來了一件新鮮東西。」他身後的舞臺下面，兩個夥計正小心地搬過一臺照相機。原來他要給潤玉照相。

「砰」的一聲，祁子俊給潤玉拍下了一張照片。潤玉紮著靠，裝扮成《大破天門陣》裡的穆桂英。潤玉好奇地問：「完了？」

祁子俊說：「完了。」潤玉問：「這麼簡單？」祁子俊點頭：「就這麼簡單。」潤玉忍不住說：「我來試試。」

祁子俊手把手地教給潤玉怎樣使用照相機：「這叫快門，這叫鏡頭。你從這裡邊看人，手裡轉著這個，什麼時候人影看著清楚了，一按快門就行了。」

潤玉興奮地說：「會了。我給你照一張吧。」祁子俊走到鏡頭前面。潤玉又說：「別這麼照，總得換身行頭啊。」祁子俊聽話地說：「行，我去換。」

潤玉還在研究著照相機，祁子俊已裝扮成《大破天門陣》裡的楊宗保，手裡舉著長槍，從後臺一路跑過來了。他嘴裡念叨著鑼鼓經：「鏘鏘鏘鏘鏘鏘……八達頃倉。」他來到鏡頭前面，忽地來了一個亮相。潤玉忍住笑說：「還真像那麼回事。」但她卻遲遲沒有按下快門。

祁子俊問：「怎麼還沒好？我可堅持不住了。」潤玉不好意思地說：「我忘了按哪個鈕了。」

祁子俊笑道：「咳，瞎耽誤工夫。」他回到潤玉身邊，又指給她看快門的位置：「按這個就行了。」潤玉忙說：「我知道了，再來一遍。」為了保險起見，她的手指始終放在快門上。祁子俊重新出場，亮相。潤玉趕忙按下快門。「砰」地一聲響，祁子俊笑了，潤玉也笑了。她似乎從來沒有這樣開心過。

照完相，潤玉一邊幫助祁子俊卸下行頭，一邊說：「我心裡挺著急的，最近還是不怎麼上座兒。」

祁子俊說：「上海那邊，現在都時興看夜戲，咱們這邊還沒有。你想想，下午有閒工夫的人還是少，到了晚上就不一樣了，反正閒著也是閒著，聽戲去吧。」

潤玉眼睛一亮：「你說得有道理，我試試看。」祁子俊忽然想了起來：「你猜我剛才看見誰了？」潤玉問：「誰？」祁子俊說：「雪燕。」

夜晚的北京街頭，潤玉在街道上尋找著雪燕。她急匆匆地走著，目光焦急地四處搜尋。忽然，她的目光落在街角一個與嫖客討價還價的妓女身上，那妓女正是雪燕。雪燕的目光與潤玉相遇的一剎那，拔腿就跑。潤玉在後面緊追不捨，喊道：「雪燕……」

終於，在一個胡同裡，潤玉堵住了雪燕，兩人都是氣喘吁吁的。雪燕垂著頭，不敢看潤玉的眼睛。潤玉問：「你躲我幹什麼？」

雪燕說：「我……我沒臉見你。」潤玉誠懇地說：「都是過去的事了，咱們好歹姐妹一場，有什麼難處，你跟我說，怎麼也不能幹這個！你還回戲班子，咱們在一起，還是跟當初一樣的《武家坡》，你演王寶釧，我演薛平貴。」

雪燕搖頭說：「我得了髒病，嗓子也壞了，我沒臉回去……」她蹲在地上，嚎啕大哭起來。幫著尋找雪燕的祁子俊在胡同口見到了潤玉。潤玉神色黯然地朝他搖搖頭，對他說：「她死活不肯回去。」

祁子俊恨道：「這個黃大人，真是差點兒意思。」他們一邊說一邊走，來到了一個十字路口。潤玉說：「你回去吧。」

祁子俊說：「天這麼晚了，我送你回去吧。」一路上，兩個人默默地走著，誰也沒有講話。

祁子俊將潤玉送回到潤玉家老宅，在她家正堂裡坐下。潤玉端著一碗茶給祁子俊，又請他看她爹當年留下的黃玉昆題寫的條幅。祁子俊翻來覆去，看不明白，說：「我還是什麼都沒看出來。」

潤玉說：「我也沒看出來。可我老是覺得哪點兒不對。我爹幹嗎要在黃玉昆的字下邊題首詩呢？這詩寫得不明不白的，似通似不通，似乎可解，又似乎不可解。」

祁子俊念道：「惟有花徑緣客掃，玉字青簡數行書。務於東籬時把酒，識後方知是迷途。該不會是藏頭詩吧？」

潤玉說：「也許。」祁子俊突然說：「我看出門道來了。四句詩的頭一個字聯起來是『惟玉務識』，這是有事要告訴你啊。」

潤玉說：「我看出這幾個字來了，可是，他究竟想讓我『識』什麼呢？」

祁子俊絞盡腦汁地想著，又拿起條幅來看，不留神打翻了潤玉手中的蠟燭，兩人趕忙搶救條幅，所幸沒有燒著，但蠟油滴過的地方，卻隱隱透出後面的字跡。祁子俊心有所悟，猛地一拍腦門，驚喜地叫道：「果然是藏頭詩，但范大人聰明絕頂，不是把意思藏在第一個字，而是藏在第二個字上。你看，把第二個字聯起來，就是『有字於後』。」

潤玉興奮得差點跳了起來：「真是這樣。」祁子俊又說：「我聽說有一種西洋藥水，寫上字平時看不出來，一遇熱就顯出來了。咱們再用火烤烤。」

祁子俊雙手舉著條幅，潤玉小心地用蠟燭烤著。條幅背後漸漸顯露出了一張名單。祁子俊念著：「存入山西義成信票號共計三百萬兩。瑞王爺一百萬兩，黃玉昆五十萬兩……」

條幅從他手中落到桌子上。祁子俊恍然大悟：「原來這一切都是他們倆在暗中搗鬼，出了事往別人身上一推，自己跟沒事兒人似的，還假裝不知情。」潤玉悲憤交集：「我爹只不過是他們的替罪羊。」

祁子俊咬著牙說：「瑞王爺，黃大人，黃大人，瑞王爺，一群惡狼！」潤玉嘆道：「你只能恨他們，可拿他們一點辦法都沒有。」祁子俊說：「會有辦法的。」

潤玉聽了祁子俊的建議，開始加演晚上的戲了。還未到春草園戲園，隱隱約約地可以聽見鼓樂之聲。

春草園戲臺上，八盞煤氣燈掛在舞臺頂部，照得整個舞臺亮如白晝。戲園子裡裡外外，到處都張貼著潤玉穿戲裝的大幅照片。

小桌上分別用青花瓷碗盛著幾樣精緻小吃，還有一盤燒餅，一盤肉末。這天晚上的包廂裡，不見瑞王爺的身影，卻多了個來湊熱鬧的玉麟格格。恭親王、黃玉昆、祁子俊都在有一搭沒一搭地看戲，吃著肉末燒餅。

臺上，包公剛剛出場。祁子俊介紹說：「吃肉末燒餅，最主要的，是這燒餅的做法不同於一般的燒餅。麵裡要對上鹼水，加上白糖揉勻，粘上香油，刷上糖水，粘上芝麻，放在餅鐺上，用炭火一烙，噴兒香。」

恭親王點頭說：「不錯，這個吃法還是打蘭貴人那兒傳出來的。」

潤玉給大家倒了一圈茶水之後，重新坐回到祁子俊的身旁，充滿柔情地注視著他。祁子俊問：「這齣是什麼戲，我怎麼沒聽過？」

潤玉說：「這齣戲是新添的，名字叫《灰闌記》，講的是包公斷案的故事。有兩個女人，爭一個孩子，都說自己是孩子的親媽，大家不知道該怎麼辦，後來，還是包公想出了一個好辦法，在地上用白灰畫了個圈，讓兩個女人去拉孩子，這樣才分出了到底誰是孩子的親媽……」

兩人說話的聲音越來越小。

玉麟格格不去看戲，眼睛卻總是瞟著潤玉，似乎看出她和祁子俊的關係有些不同尋常。潤玉盡量避開她的目光。玉麟格格的目光無意中落在黃玉昆身上。黃玉昆已經睡著了，輕輕打著呼嚕，嘴上還沾著一粒芝麻。玉麟格格看了一會兒，總是覺得彆扭，終於忍不住走到黃大人身邊，把那粒芝麻捏了下來。黃玉昆動了一下，似乎是醒了，但他仍然繼續打著呼嚕。

一個戲園子的夥計悄悄走到祁子俊身邊。夥計低聲說：「少東家，有個人要見您。」祁子俊一擺手：「不見。」

夥計說：「是熟人，非要見您不可。」祁子俊問：「是誰啊？」夥計說：「他不讓說。」

祁子俊不情願地站起身，跟著夥計來到戲園子門口，張望著，尋找到底什麼人要見他，卻見黃公子呵呵笑著，從旁邊走上前來：「祁兄，連我都不見？」祁子俊忙說：「不知道是黃兄，多有得罪。」

黃公子說：「我想請你去『會賢堂』吃魚翅席，順便商量點事。」祁子俊不解地說：「怎麼好隨便叨擾黃兄？」黃公子不陰不陽地說：「以你現在的身分，跟我吃飯算是賞臉。」祁子俊答道：「笑話，笑話。」

會賢堂飯莊裡，黃公子把祁子俊讓進一個雅間，裡面站著好幾個打手，屋子中央的地上有一塊大紅布，不知蓋著什麼東西。

祁子俊大驚失色，扭頭就要往外跑，早有打手將門死死守住。

黃公子冷笑道：「祁公子，別不給面子啊。」祁子俊道：「有話好說，你這是幹什麼？」

黃公子道：「自打你總往戲園子跑，潤玉姑娘就不待見我了。」

祁子俊沒好氣地說：「她待見誰不待見誰，得由她自個兒決定；再說了，我認識她那會兒，你還不知道在哪兒呢。」黃公子說：「你別跟我嘴硬。今天這事兒，咱就在這兒做一個了斷。來呀！」

一個打手掀起屋子中央的紅布，露出下面兩口明晃晃的鍘刀。祁子俊望著地上明晃晃的鍘刀，心裡反倒覺得坦然了。他從容問道：「黃公子，你這算什麼？」黃公子說：「你硬從我手裡搶走了潤玉姑娘，這事兒，咱倆今天就在這兒做個了斷。」

祁子俊輕蔑地一笑：「你要單挑，要群毆，我都奉陪，何必設這麼個小家子氣十足的圈套呢？」

黃公子道：「誰小家子氣？我只想跟你賭一把。」祁子俊問：「賭什麼？」

黃公子掏出一紙早已準備好的文書，在桌子上攤開：「手印我都按好了。你在這上面按個手印，聲明兩人賭命，死傷概與旁人無關。咱倆都躺到鍘刀底下，刀同時往下落，誰先叫停誰是孬種，以後不准在潤玉跟前起膩。」

祁子俊道：「這不公平。」黃公子道：「有什麼不公平的？」

祁子俊說：「這屋裡都是你的人，肯定向著你，下手稍微快點，我的小命就玩兒完了。」黃公子說：「你說怎麼辦？」

祁子俊道：「讓你的人都出去，咱們從大街上隨便拉倆人來做這事。」黃公子滿不在乎地說：「依你。」

他倆站在路旁。黃公子拉住一個讀書人，說了幾句什麼。讀書人連連搖頭：「不行，我幹不了這事兒。」讀書人神情惶惑地走開了。

祁子俊對黃公子說：「沒有你那麼跟人說話的，還是我來吧。」說著，他攔住了兩個老實巴交的農民模樣的人：「兩位老哥，求你們幫個忙。」農民說：「俺們只會幹莊稼活兒，別的都不會。」

祁子俊說：「跟莊稼活兒差不多。你們會不會鍘草？」農民說：「那個再不會，就別吃飯了。」

祁子俊說：「齊了，看見那個飯莊沒有，進去動動鍘刀，每人二兩銀子。」兩個農民跟著走進會賢堂，哆哆嗦嗦地站在鍘刀旁邊。一個農民說：「俺們只會鍘草，不會鍘人。」另一個農民也說：「俺們不幹了。」

黃公子眼睛一瞪：「銀子都收下了，想反悔，沒門兒！不幹也成，你們每人給我二兩銀子。」農民說：「哪有這個道理？」

黃公子威脅道：「不幹，就別想出去！」祁子俊和顏悅色地說：「兩位老哥，甭怕，我們是自願的，出了人命不關你們的事。」

兩個農民互相望了望，一個問：「哥，咱幹不幹？」另一個說：「幹！反正他們立了生死狀，到了官面兒上，咱也說得清楚。」

黃公子大大咧咧地說：「這才像話。來吧。」祁子俊和黃公子分別並肩躺在兩把鍘刀下面。祁子俊問：「你們都聽明白了怎麼辦了嗎？」

農民說：「聽明白了。」祁子俊又問：「黃公子，你準備好沒有？」黃公子說：「準備好了，開始吧。」兩人齊聲喊出「一、二──三」，鍘刀緩緩地落了下來。

祁子俊望著眼前雪亮的刀刃，心裡感到一陣害怕。眼看刀刃落下來，他嘴唇顫抖著，想要喊「停」，但嗓子眼兒好像被堵住了似的，叫不出聲。鍘刀緩緩地向下移動著，快要貼到脖子上的皮肉了。祁子俊渾身一陣冰涼，無奈地閉上了眼睛。不料黃公子卻突然喊出了聲：「停！」

祁子俊睜開眼睛，看見黃公子已經站了起來。黃公子拍拍自己身上的塵土，伸手把祁子俊拉了起來：「祁子俊，真有你的。以後咱哥兒倆就是朋友，朋友妻不可欺，我說話算數。」

祁子俊哭笑不得地看著他。黃公子拉開雅間的門，喊道：「擺飯！」

關家驥被祁子俊趕回祁縣，回到父親關近儒家。父子倆正在吃飯，仍是簡單的一葷、一素、一湯，但關家驥吃起來，卻感到十分香甜。桌子上擺著幾枚祁子俊私鑄的「咸豐重寶」。

關家驥道：「爹，祁子俊膽子也忒大了，連這種滅九族的勾當都敢幹。」

關近儒沉吟片刻說道：「子俊也是出於無奈。事情已經過去，就不要再提了。」

關家驥抱怨道：「他做了一個局，把我誆在裡邊，完事兒之後一腳踢開，可真夠絕情的。」關近儒說：「你不能這麼想。你自作主張，丟了稅銀，害得子俊命都差點丟了，你也得設身處地為他考慮考慮。」

關家驥恨恨地說：「我就是嚥不下這口氣。」關近儒說：「他是你姐夫，嚥不下也得嚥。」

關家驥看了看父親，沒有再說什麼，只顧低頭吃飯。

關近儒勸道：「你不妨在義成信總號先呆一段時間，好好揣摩揣摩經商之道。」關家驥自命不凡地說：「瞧您說的，我連這個都不懂？所謂經商，就是花一兩銀子，得到十兩銀子的好處。」

關近儒說：「你想得挺好，但誰能讓你平白無故地賺去九兩銀子？你得承認，子俊身上，確實有許多值得你學的東西。」他又語重心長地說：「家驥，爹管你管得嚴點，是為了你能有出息。關家的這分產業，將來總要由你來繼承，你不能當敗家子兒，得讓它更加興旺。你懂嗎？」

關家驥不耐煩地說：「爹，這話我都聽了不知多少遍了，您不用再說了。」

祁家家祠，關素梅站在供桌前，精心地擦拭著裝龍票的盒子。她聽見一陣腳步聲響，扭過頭來，看見關家驥正跨進祠堂的門檻，只是略略點了點頭，臉上沒有一絲笑容。

關家驥搭訕道：「姐，你對祁子俊的事可真上心。」關素梅淡淡地說：「他是家裡的頂梁柱，我上點兒心是應當的。」

關家驥陰陽怪氣地說：「可惜你這一片心，都讓狗給吃了。我聽人說，他在外面有不少相好的女人，在京城還養了個戲子，沒少花冤枉錢。」關素梅心頭一動，聯想起自己見過的那顆戲珠，臉上顯出一副茫然若失的神情，但她很快就鎮定下來，嘴角掠過一絲苦笑。

關素梅說：「他在外邊怎麼樣，是他自己的事，我對得起他就行了。」關家驥無話可說，只好悻悻地離開了。關家驥來到祁家的花園，看到一棵大樹下，世禎和世祺正從地上撿樹葉的葉莖，比試誰的更結實。世禎手裡拿著的一根葉莖特別結實，扯斷了世祺好幾根葉莖，自己那根還是好好的。

關家驥看著兩個孩子，眼珠一轉，當時就有了主意。關家驥喊道：「世祺！」倆孩子一起喊：「舅舅！」

關家驥故意不理睬世禎，親熱地拉過世祺的手說：「世祺真是越來越有出息了。走，舅舅帶你出去玩。」

世祺扔下手中的葉莖，興高采烈地跟著關家驥走了。世禎一臉困惑地望著關家驥的背影。

關家驥把世祺帶到祁縣集市。集市非常熱鬧。街道兩旁擺滿了臨時的貨攤，有賣生活必需品的，賣小吃的，賣各種玩意兒的。

關家驥帶著世祺在集市上閒逛，世祺手中已經多了一個畫眉鳥籠子。走了沒多久，世祺就看見了路邊插在草把子上的冰糖葫蘆。世祺說：「舅舅，我要吃糖葫蘆。」

關家驥說：「好，舅舅給你買。」關家驥掏出錢來，給世祺買了一串。世祺高興地吃著冰糖葫蘆，但很快，又發現了新鮮東西：「舅舅，我要風箏！」他指著路邊攤位上一個紮得十分漂亮的蜻蜓風箏。關家驥說：「好，再買個風箏。」

不一會工夫，世祺手中的東西已經多到了抱不下的程度。關家驥替他拎著畫眉鳥籠子。世祺說：「舅舅，你真好，我爹從來沒給我買過這麼多東西。」關家驥說：「不是你爹不願意給你買，你爹要是給你買了，還得給世禎買，不是得多花一份錢嗎？」世祺問：「為什麼非得給他買？」關家驥說：「因為世禎他爹，是你爹的親哥哥呀。」世祺問：「為什麼你就不用給他買？」關家驥說：「舅舅喜歡你。錢是舅舅的，願意給誰花就給誰花。將來你長大了，有了錢給舅舅花，好不好？」

世祺天真地點著頭：「好。」關家驥說：「等你長大了，你有的是錢，由著你隨便花。你是祁家惟一的繼承人，你爹掙下的錢，將來都是你的。」

世祺似懂非懂地聽著。關家驥說：「走，我帶你去放風箏。」他把風箏放起來之後，交給了世祺。風箏在天空上顯得越來越小。

忽然，世祺看見天空中飛著一個更大更漂亮的蜈蚣風箏。世禎拉著風箏線，正朝這裡一路走來。世祺有些氣餒，又有些羨慕。世祺說：「舅舅，我想要那個蜈蚣。」

關家驥慫恿說：「你去跟世禎要呀。」

世祺說：「我怕他不給我。」

關家驥說：「他敢不給你?他不過是暫時借你們家住著，你才是正根兒正葉兒，是祁家真正的主人。」

世祺果然蠻橫地站在世禎面前，伸出手去：「把風箏給我。」世禎說：「你玩你自己的，幹嗎跟我要？」

世祺說：「風箏是我的。」世禎說：「這是舅舅給我買的。」

世祺半懂半不懂地說：「你瞎說，舅舅才不會給你買呢。錢都是我爹掙的，一文錢都沒有你的分！」他說著，上前跟世禎去搶。爭奪中，風箏線斷了，高高地飛上了天空。世禎氣急了，狠狠地打了世祺一巴掌。世禎說：「讓你跟我搶！」

世祺大哭著走進院子。世禎也回來了，一副悶悶不樂的樣子，獨自回到自己屋裡，關家驥跟在後面。關素梅聞聲趕緊跑了出來，問道：「又怎麼啦？」

關家驥湊到關素梅近前挑撥說：「世祺這孩子太不聽話了，非要搶他哥哥的風箏，連我都管不了他。」

關素梅緊緊地皺著眉頭。她走到世祺身邊，輕輕打了他一下，接著又把他抱在懷裡，長長地嘆了一口氣。關素梅幽幽地說：「唉，你怎麼就這麼不懂事呢？」

關素梅滿腹心事，獨自一人來到祁家墳地祁子彥墳前。她半跪在地上，用火絨點燃了一大堆紙做的寒衣和紙錢，神情悒鬱地傾訴：「世禎和世祺，都是我的心頭肉，可兩個孩子誰都容不下誰。世禎住在姥爺家裡的時候越來越長，雖說有姥爺照顧，餓不著，凍不著，可我還是放心不下。子彥，我心裡別提多害怕了，我怕有一天世禎連家都不回了，我怕孩子萬一有個什麼閃失，我對不起你。我不知道該怎麼辦，你要是天上有知，就給我托個夢，告訴告訴我吧。」

寒風蕭瑟，寒衣和紙錢燃燒著，很快就成了灰燼。

世禎又回來姥爺家。這天晚上，世禎正在和關近儒下棋，神色顯得十分專注。關近儒一邊下棋，一邊看著恭親王的《樂道堂古近體詩》。

世禎投下一枚黑子，似乎為自己這一招十分得意。但關近儒早有準備，不緊不慢地放下一枚白子，殺掉了世禎的一大片黑棋。關近儒一枚枚地把提掉的黑子撿出來。世禎急了，緊抓住關近儒的手。世禎哀求說：「姥爺，剛才那招兒棋不算。」

關近儒說：「落子無悔，不能不算。」世禎跟姥爺耍起了賴皮：「您這招兒是偷的，不能算數。」

關近儒被纏不過，只好由著外孫了：「好好，不算，就讓你這一次。你保證，下次絕不許悔棋。」

世禎把棋子重新擺好，點著頭說：「我保證。」關近儒正色道：「一著不慎，滿盤皆輸。世禎，你記住，下棋是這樣，做人也是這樣，只不過，做人絕對不能有悔棋這一說。人生的每一步，就像是落下一個子，走之前考慮清楚，才能做到一步一個腳印。」

關近儒和世禎都忘情在棋局之中，不知什麼時候，關素梅已經站在他們的身邊，還是關近儒先看見了女兒。關近儒問：「素梅，你什麼時候到的？」關素梅笑道：「你們爺兒倆光顧下棋，我在這兒站了半天，都沒瞧見。」世禎忙叫道：「娘。」關素梅說：「世禎，跟娘回家吧。」

世禎低頭看著棋局，過一會才說：「我不想回去。」關素梅說：「那也不能總住姥爺家，花姥爺的錢吧？」世禎頭一揚說：「我自己會掙。」

關素梅說：「我倒要聽聽，你怎麼掙？」世禎說：「我去大恆盛錢莊，幹活兒掙錢。」關素梅說：「你什麼都不會，能幹什麼？」世禎說：「我可以學，我可以當夥計，以後再當掌櫃。」

關近儒趁機說：「要說在錢莊裡學本事，還是得從夥計幹起，可是，當夥計有當夥計的規矩，『十年寒窗中狀元，十年學商倍加難。』你剛到錢莊的時候，身分只能是學徒，得給掌櫃的端茶送水，鋪床疊被，連夜壺都得去倒，這分苦你吃得了嗎？」世禎肯定地說：「吃得了。」

關近儒連連點頭：「好，志氣不小。」他對關素梅說：「我看，不如就讓世禎到錢莊裡去磨練磨練，對他以後無論幹什麼都有好處。」

關素梅猶豫著說：「好倒是好，只是世禎年紀太小了。」關近儒說：「我在錢莊當學徒的時候，比他年紀還小呢。」

關素梅想了想說：「就照您說的辦吧。」關近儒立馬拍板：「明天一早你過去，跟霍掌櫃說，讓他收世禎做徒弟，一切照錢莊裡的規矩辦。」

已經到了隆冬時分。大恆盛錢莊的夥計們排列在錢莊正廳門口，在刺骨的寒風中瑟縮著，不斷地跺著腳，看見霍運昌走來，趕緊恭恭敬敬地站好。世禎背著一個裝隨身衣物的小包袱，隨著關素梅走了進來。關素梅鄭重地對霍運昌說：「霍叔，我把世禎交給您了。」

霍運昌點點頭，嚴肅地說：「大小姐，世禎進了這個門，就是錢莊裡的人了，學徒期間，中途不得退徒，三年零一節不能回家，您同意嗎？」

關素梅忙說：「同意。」霍運昌又說：「學徒期間，必須服從錢莊的規矩，聽從掌櫃的和各位師兄的使喚，不聽者，當受處罰，無論打罵，家長不得袒護，您同意嗎？」

關素梅含著眼淚說：「同意。」霍運昌面無表情地說：「好，您請回吧。」

關素梅依依不捨地看著世禎，走了幾步，又回頭看看，世禎倒顯得十分平靜。等到關素梅的身影消失在視線之外，霍運昌走到大家面前，目光威嚴地掃過夥計們。世禎也站到了裡面。

霍運昌說了一聲：「開始吧。」一個學徒高聲喊道：「拜見師傅！」世禎不知是怎麼回事，傻乎乎地站著不動。身邊的一個學徒悄悄地捅了捅他：「說你呢。」

學徒又喊了一句：「拜見師傅！」世禎這才明白這是拜師的第一步禮——「拜見師傅」。他慌忙跪下給霍運昌行禮。

學徒又喊道：「拜見眾位師兄！」世禎轉身給各位師兄行禮。

霍運昌這才說道：「好，今天這個『請進』就到此為止了。世禎初來乍到，有什麼不明白的，師兄們多教著點兒，一切都不能錯了規矩。」

世禎在大恆盛錢莊學徒的第一天開始了。清早，錢莊後面的一間屋子裡，學徒們東倒西歪地睡在大通鋪上。忽然，一個學徒醒了，躡手躡腳地爬起來，當時就有幾個學徒跟著跳了起來。等到世禎睡眼惺忪地起來的時候，學徒們已經飛快地跑光了。

院子裡，學徒們爭著去搶清潔用具，有搶到掃帚的，有搶到簸箕的，有搶到水桶的，等世禎趕到時，大家已經開始打掃屋子了。世禎見無活兒可幹，就等在霍運昌臥室的門口。不久，只聽裡面咳嗽了一聲，霍運昌推門走了出來。

世禎忙問候：「掌櫃的早。」

霍運昌點了點頭。世禎走進屋裡，端起夜壺就往外走。霍運昌趕緊攔住他：「使不得。」世禎說：「我姥爺說，學徒就得這麼當。」

霍運昌說：「這不合適，讓關老爺看著，我霍運昌成什麼人了。」世禎說：「您是掌櫃的，我伺候您是應該的，姥爺肯定也這麼看。」

霍運昌拗不過他，只好由著他去了。霍運昌走到錢莊門口。眾學徒都停下手裡的活計，向霍運昌作揖。霍運昌吩咐說：「明天讓世禎掃地。」又一個清早，大恆盛錢莊學徒住處。世禎第一個醒來。他躡手躡腳地下了炕，悄悄走出門。一個學徒偷眼看著他，輕輕捅了捅另一個學徒，兩人都沒吱聲。世禎順利地拿到了掃帚和簸箕。他裡裡外外打掃著，顯得十分仔細。忽然，他在牆角看見了一塊銀子。他撿起銀子。

學徒們陸陸續續都來了。霍運昌從屋裡走了出來。世禎走到霍運昌跟前，把銀子遞了上去。世禎說：「掌櫃的，我撿到一塊銀子。」說完，他轉身繼續打掃著屋子。霍運昌望著他的背影，臉上露出欣慰的笑容。

一個師兄拍了拍世禎的肩膀：「師弟，你過關了。」世禎不解地問：「什麼過關了？」師兄問：「你撿到銀子沒有？」世禎說：「撿到了呀。」

師兄說：「你還不明白，那是掌櫃的成心考你的。」正在這時，霍運昌背著手走了過來：「世禎，吃過晚飯後，你到我屋裡來。」

第二十七章

傍晚，霍運昌把世禎叫到自己的房間裡。燈光下，霍運昌目光炯炯，將一把青銅制錢攤在桌上，對世禎說：「在錢莊裡幹活，首先要學會的是數錢。數錢的時候，一定要做到平心靜氣，沒有絲毫雜念，要把錢當成能跟著手轉動的活兒物。眼到、心到、手到，眼、心、手合而為一，這樣才能又快又準。」

世禎問：「怎麼叫合而為一？」霍運昌道：「你看著。」他隨手抓了一把錢，攤開手掌說：「你看看這些錢，記住都有什麼了嗎？」

世禎說：「十枚『乾隆通寶』小平錢，一枚『康熙通寶』折二錢。」

霍運昌點點頭，說：「好，我就要那枚折二的『康熙通寶』。」只見他手腕一抖，滿天飛花地把錢朝空中拋去，等到錢快要落下時，突然身子一躍，伸手抓住了一枚制錢。他張開手，手心裡正是那枚折二的「康熙通寶」。世禎驚嘆不已，叫道：「哇！」

霍運昌說：「要做到這一點，光靠心靈手巧還不行。錢莊人眼裡的錢，跟外面人眼裡的錢有所不同。無論是銀票、銀子，還是制錢，對錢莊裡的人來說，既是錢，又不是錢。當你站在櫃檯前的時候，這錢就只代表一個數目字兒，沒有別的意思。不過，做到這一點，還只能算修行到了一半。到了最高的境界，看錢仍舊是錢，這就叫返樸歸真。」

世禎又問：「怎麼才能做到返樸歸真？」霍運昌笑了笑說：「這個我也說不上來，你只能去問關老爺了。」

年關將近，又到了大恆盛錢莊年終結算的時候了。關近儒和霍運昌面前各放著一把算盤，兩人正在對帳。

霍運昌邊對邊說：「世禎肯下工夫，是個能吃苦耐勞的好孩子。」

關近儒說：「也許是小孩子一時心血來潮，得過一段時間，才能看出來是不是那麼回事。」

霍運昌打著算盤的手忽然停住了，緊皺著眉頭說：「年底帳面上有三萬兩的虧空，這可是從來沒有過的事情。」關近儒默默地站起身，不安地走到窗前，看著外邊。

霍運昌問：「關老爺，那分『本錢』怎麼辦？」關近儒說：「還是照老規矩，結清紅利，把紅利轉入下一年的本金。」霍運昌說：「如果刨去這筆錢的紅利，咱們還略有些盈餘，反正是一筆死錢，您不必太較真兒。」關近儒斬釘截鐵地說：「絕對不行。」

蘇文瑞家一派喜氣洋洋。寶珠已生下了一個白胖兒子。祁子俊趕忙到他家去道賀。未進家門，就聽到一陣響亮的嬰兒啼哭聲傳來。走進蘇文瑞家時，祁子俊看見了一幅其樂融融的景象。蘇文瑞喜不自禁地抱著孩子，沒留神孩子忽然撒了一泡尿，蘇文瑞衣襟溼了一大片，卻不以為意，仍舊抱著孩子在屋裡來回轉悠。寶珠接過孩子，給孩子換了一塊乾淨的尿布。

祁子俊笑道：「蘇先生，我從外面就聽見哭聲了，是男孩吧？」蘇文瑞笑得嘴都闔不上：「是男孩。」

祁子俊輕輕摸了一下孩子的臉頰，端詳著說：「長得有點兒像寶珠，也有點兒像您，把你們兩口子好看的地方都湊到一塊了。」

寶珠喜滋滋地說：「您可真會說話。」祁子俊說：「本來就是嘛。」

蘇文瑞說：「上海分號那邊的事，我都安排好了，才過來的。」

祁子俊忙說：「這麼大歲數了才得了個兒子，您就踏踏實實地在家裡多住些日子吧。」他從袖子裡拿出一個紅封套說道：「這是我的一點心意。」又拿出一個紅封套說：「這是大家湊的分子。」蘇文瑞趕忙接下說：「這怎麼好意思？」

祁子俊說：「沒什麼，義成信能有今天，您功勞第一。」

寶珠雖然生了兒子，滿月之後卻仍在祁家大院管家。寶珠手裡拿著一個雞毛撣子，正在聽關素梅交代事情。寶珠見關素梅臉色不大好，就勸道：「少奶奶，您這一陣子精神兒不大好，就安心歇著吧，家裡的事一切有我照應。」

關素梅若有所思地問：「子俊是和蘇先生在一起嗎？」

寶珠說：「不是。少東家說是出去會幾個朋友。」

關素梅臉色蒼白，緊咬著嘴脣，半晌才幽幽說道：「他的朋友可真多。呆會兒少東家要是回來，就跟他說我病了，不去吃飯了。」

寶珠說：「是。」她答應著退了下去。

祁子俊其實並未招待什麼朋友。他只是不想回家。到了掌燈時分，縣城裡各家書場、澡堂、妓院都派出人來，站在路邊招徠客人。祁子俊百無聊賴地在街上閒逛了一會兒，信步走進一家賭場。

屋裡燈火通明，七八個漢子正圍在桌邊，全神貫注地等著莊家開牌。祁子俊見那坐莊的恰恰是水蝸牛，就關心地看下去。

水蝸牛猛地將骰子擲在碗裡，嘴裡念念有詞。他的身邊坐著一個其貌不揚的小伙子。水蝸牛大喊道：「通吃！」骰子落下時，他卻大失所望，連連搖頭。水蝸牛說：「今天霉莊，真是晦氣。」

另外幾個人接著擲骰子，點數都比莊家大。水蝸牛眼前的竹製籌碼只剩下了一根，再要下注時，臉上不禁有些難為情。水蝸牛只好說：「各位多包涵，兄弟只有這一根了。」一個賭客說：「水蝸牛，你也算老賭徒了，咱玩的是『狀元籌』，最少下兩注，你這一根籌碼算什麼？」

水蝸牛抬起頭來，眼睛在周圍的人臉上掃來掃去：「哪位借我點兒錢？」眾人都不吭聲。水蝸牛說：「哪位借我點兒錢，改日加倍奉還。」眾人還是不吭聲。

忽然，從場外伸過一隻手，把一個銀元寶放在水蝸牛面前。水蝸牛抬頭一看，不禁又驚又喜，喊了聲：「兄弟！」原來是祁子俊。

這下子水蝸牛可來了勁。水蝸牛眼前的籌碼越堆越多，別人的籌碼都所剩無幾。又輪到水蝸牛坐莊了。水蝸牛身邊的小伙子幫助他押上一大把籌碼，總共六十四根。水蝸牛叫道：「六十四根，『狀元』。」

一個賭客押上了手裡的全部籌碼，總共三十二根。他跟著叫道：「三十二根，『榜眼』。」

另一個賭客押上了八根籌碼，喊道：「八根，『秀才』。」

水蝸牛屏心靜氣，將骰子在手裡晃了半天，輕輕擲在碗裡。賭桌上一陣驚呼。這竟是一副「天牌」。他通吃了。一個賭客站起身，垂頭喪氣地走了。又一個賭客站起身走了。水蝸牛一把拉起祁子俊說：「走，喝酒去！」

他們來到一間鋪面不大的飯館。水蝸牛和祁子俊面對面坐著，一個其貌不揚的小伙子也陪在水蝸牛身旁。水蝸牛指指小伙子說：「這是我新結識的小兄弟旺財，幫著我做生意。」

旺財站起身，朝祁子俊拱拱手：「久仰祁少東家大名。」水蝸牛喜不自勝地將那個元寶推到祁子俊面前說：「兄弟，今天多虧了你，才翻過本來。這頓飯，我伺候了。」

祁子俊說：「好，您請就您請。賭桌上的事，真是風水輪流轉，眼看著山窮水盡，轉眼就是柳暗花明。」水蝸牛恭維道：「還不是沾了你點兒運氣？」

祁子俊問：「大哥，多年不見，您在哪兒發財啊？」水蝸牛掩飾說：「隨便瞎混，一直也沒混出個名堂來，哪像兄弟你，要風得風，要雨得雨。」

祁子俊又問：「您不幹『那個』了吧？」水蝸牛搖頭說：「早就不幹了。年齡越來越大，就不太想幹那些冒險的營生了。不過，眼下還有幾宗買賣，做完之後，我想就此金盆洗手，置幾畝地，拴幾頭大牲口，守著老婆孩子，安安生生地過日子。」祁子俊說：「對，還是穩妥些好。」

寶珠此時卻因為擅自辭掉了世禎的老師汪龍眠受到關素梅的責怪。寶珠站在關素梅面前，低頭不語。關素梅一改往日的溫和謙讓，滿面怒容。關素梅責問道：「你怎麼不問問我，就擅自做主？」

寶珠說：「我原想著，這麼一點小事，就不必麻煩少奶奶了。」

關素梅說：「小事？你隨隨便便把汪先生辭了，還算小事？」寶珠說：「世禎從來就不喜歡汪先生，這回去大恆盛當學徒，一去就是好幾年，汪先生閒著沒事，平白無故地給家裡添一分開銷。」

關素梅怒道：「誰跟你說世禎好幾年不回來了？」寶珠說：「是汪先生自己先提出辭館的。」

關素梅說：「人家不過是客氣一下，你就當了真？汪先生這邊辭了館，轉過頭來就去找我爹，說祁家把他辭了，你讓我怎麼交代？」

寶珠小心地說：「要不，我再去把汪先生請回來？」關素梅刻薄地說：「潑出去的水，你還想給收回來？這是汪先生，要是蘇先生，你不定怎麼挽留呢！」

寶珠的臉紅一陣白一陣，小聲說：「少奶奶，我給您賠不是了。」

關素梅不依不饒：「家有家規。要是人人都由著自己的性子來，這家還成個什麼樣兒？虧你還是跟老太太長大的，才管了幾天家，就把家規都忘了？」

寶珠默然無語。過了一會，寶珠紅著眼睛，滿面淚痕地跑了出來。

窗外，幾個女人偷聽著，在一旁悄聲議論。一個女人低聲說：「少奶奶今天是怎麼了，從來沒見她發那麼大火。」

另一個女人說：「心裡不痛快唄。」又一個女人說：「少奶奶心裡的病，只怕不是一天的事。」一個女人說：「我外甥女從前也犯過這病，跟少奶奶情形差不多，後來嫁了人，生了孩子，就好了。可少奶奶這病，卻是生了世祺以後才得的。」另一個女人吐吐舌頭：「連寶珠姑娘都挨了罵，下回，不定給誰沒臉呢，咱們可得小心點兒。」前一個女人點頭：「說的是呢。」

忽然一聲門響，大家趕緊躲到一旁，都裝出很忙碌的樣子。關素梅走出門來，注意地觀察著大家的態度。下人們都低頭忙碌著，她每走到一處，大家就趕緊找個理由躲開。關素梅悵然離去。

關素梅漫無目的地徘徊著，正好碰上曾給她送紅雞蛋的女人。女人躲閃不開，只好迎著關素梅走過來問：「少奶奶好！」關素梅勉強作出一副親切的笑容。

女人說：「最近老沒看見少奶奶，比先前瘦了。」關素梅掩飾地說：「這陣子家裡的事太多了。」

女人湊到關素梅跟前，壓低聲音：「您去娘娘廟討一道符，寫上少東家的生辰八字，壓在枕頭底下，靈著吶……以前我男人總不著家，用了這法兒以後，還真把他給拴住了。」

關素梅頓時拉長了臉：「你想哪兒去了？少東家好好的，我咒他幹什麼？」女人愣了一下，自覺有些沒趣，只好小心問道：「少奶奶還有什麼吩咐？」關素梅說：「沒什麼，你走吧。」

女人訕訕地走了。關素梅木然地站了好一會兒，覺得身心都十分疲倦。她想起寶珠，便朝下人房走去。寶珠正俯著身子洗臉，關素梅站在門口，靜靜地看著她。寶珠發現了關素梅，趕忙擦乾臉問道：「少奶奶，您怎麼到這兒來了？」

關素梅說：「我剛才不知怎麼的，突然跟你發起火來了，你可千萬別往心裡去。」寶珠忙道：「瞧您說的，事情過去就過去了，我還能總記在心裡？」

關素梅點點頭，嘆口氣說：「是啊，要是你都跟我疏遠了，家裡就連個說話的人都沒有了。」沉默了片刻，寶珠說：「少東家回來了。」

關素梅心裡一痛，問：「什麼時候回來的？」寶珠說：「有一會兒工夫了，一直在堂屋呆著，說是要歇會兒，等到吃晚飯的時候再叫他。」

關素梅的神情越來越沮喪，眼睛變得暗淡無光，無力地說：「我不吃飯了。」寶珠著急地說：「不吃飯哪兒成？」

關素梅費了很大力氣才說出來：「你就跟他說，我病了。」

夜晚，關素梅獨自坐在臥室裡，對著孤燈長吁短嘆。忽然，她聽到一陣重重的腳步聲，她聽得出來，這是祁子俊的腳步，就側耳細聽。她聽到祁子俊和寶珠談話的聲音，但聽不清他們說的是什麼。腳步聲離門口越來越近。關素梅帶著一絲慌張躺到炕上，趕快蓋好被子，還拔下金簪，理了理頭髮。但腳步聲慢慢走遠了。關素梅被深深地刺痛了。眼前，燭光的光暈越來越大，漸漸地變得模糊不清了。

天亮了，一夜未眠的關素梅強打起精神，坐在炕頭剪著窗花。她六神無主，心亂如麻，一會兒剪兩下窗花，一會兒站起身，在屋裡焦慮地走來走去，忽而自語兩句，忽而臉上泛起古怪的笑容。炕上擺著許多剪得不成樣子的窗花，不是剪壞了，就是剪得十分猙獰。從這時開始，她無論做什麼事情，都帶有一種神經質的緊張感。

很快就要過年了。祁家廚房裡各種各樣好吃的麵點擺滿了桌案。關素梅還在忙碌著。她做了一個刺蝟，又做了一個老鼠拉木掀。寶珠站在一旁，不由讚嘆說：「少奶奶的手真巧，方圓百里，就沒有第二個人能做得出來您這樣子的。」

關素梅幽幽地說：「這些都是世禎愛吃的東西。」過了一會又問：「世禎說什麼時候回來？」寶珠說：「問了幾次，今天早上我還親自去了一次。世禎說，他不回家過年了。」

關素梅把手裡做好的麵點捏成了一團，說：「他不回來，這年還過個什麼勁兒？」

已經是除夕夜了。整個縣城都洋溢著節日的氣氛，不時可以聽到零星的鞭炮聲。可祁家大院裡，今年年夜飯的桌邊只有祁子俊一家三口，顯得有些淒清。不過，祁子俊並沒有這種感覺，他一邊吃飯，一邊逗世祺玩，父子倆十分開心。

關素梅的這頓飯吃得實在是揪心。她腦子裡一片混亂，狼吞虎嚥地吃著東西，根本不知道自己吃的是什麼，好像只是由於這頓飯她非吃不可。終於，她忍不住流下了眼淚。

祁子俊聲音很響地把碗摔在桌子上：「大過年的，你這是幹什麼？」他的聲音聽上去顯得十分生疏。世祺看看爹，又看看娘，不明白發生了什麼事情。

關素梅輕聲說：「我心裡不好受。」她不敢去看祁子俊，怕他看出自己目光中的絕望。祁子俊態度更為冷淡：「你不好好過年，也不想讓別人好好過？」

說完這句話，祁子俊似乎對自己的殘忍感到一絲悔意。他望望關素梅，但她那副逆來順受的表情讓他看了更加難受。沉寂持續了一會兒。

關素梅輕聲問：「你就當沒我這個人，行嗎？」關素梅痛苦得渾身顫抖。她離開桌子，一聲不吭地坐在角落裡的一個小凳子上。以後的日子裡，每當和祁子俊獨處的時候，關素梅就這樣默默地坐到角落裡，盡量不讓祁子俊感覺到自己的存在。

大雪的深夜，關素梅孤零零地縮在角落裡，緊緊地裹著被子。寒風突然吹開了窗子，風雜著雪花吹裹進來。可關素梅一動不動，似乎連關窗戶的勇氣都沒有了。

一大早，鞭炮聲還此起彼伏。雪花仍然在空中飄舞著，光禿禿的樹枝上壓滿了積雪。關素梅來到大恆盛錢莊，敲了敲學徒住處的房門，世禎出現在門口。他看見關素梅身上落滿了雪花，好像已經在雪地裡呆了好久。世禎心疼地喊道：「娘。」

世禎輕輕地掩上房門，給站在門口的關素梅拍打著雪花。屋裡不時傳出學徒們的說笑聲。娘兒倆面對面站在院子裡。關素梅的臉凍得通紅，世禎不停地搓著雙手，以免凍僵。

關素梅說：「世禎，回家過年吧。」世禎說：「不是說好了不回家嗎？」

關素梅說：「我去跟霍掌櫃說，他會同意的。」世禎著急了：「別的學徒都不回家，我不能因為自己是東家的外孫，就壞了錢莊的規矩。」

關素梅默默無語，眼睛看著別處。世禎問：「娘，您想什麼呢？」

關素梅強忍住心酸：「我想每天都能看見你。世禎，跟娘回去吧，啊。」世禎輕輕地，但十分堅決地搖了搖頭。

院子裡，光禿禿的樹枝一動不動，彷彿被雪凍僵了一樣。世禎沉默片刻，終於說：「娘，我該進去了。」

沒等關素梅回答，他已經走開了，身影很快就消失在屋裡。

關素梅忙喊道：「世禎！」回答她的是一片沉寂。關素梅許久沒有動，凝視著眼前的空間，目光茫然而又恐慌。她突然感到一陣頭暈目眩，就重重靠在一棵樹上。雪花不斷地落在她的身上。回家途中，關素梅走在滿是積雪的路上，臉上毫無血色，眼窩下陷，神色驚恐。她顧不得寒風呼嘯，只是不停地走著，彷彿一停下來就會崩潰。茫茫雪原上，她的身影變得越來越小，最後成了一個快要看不見的小點。

這天夜裡，一個身著灰棉袍的中年人，衣衫破舊，滿臉鬍子，手裡提著一盞防風的馬燈走進了關近儒家。一陣狗叫聲驟然響起。狗叫聲越來越響。關近儒披上衣服，從容地走到堂屋。那個灰袍中年人已經坐到了客人的位置上。

來人問：「您是大恆盛的東家？」關近儒拱拱手：「在下關近儒。」

來人不再講話，從衣兜裡掏出一張皺巴巴的紙片，在桌子上鋪平。這是一張大恆盛的收貨憑據，由於年深月久，紙片已經發黃，邊上有些磨損。關近儒點點頭，打開櫃子，取出一個帳本。

來人問：「我想請教您，這張收貨單還有用嗎？」關近儒毫不猶豫地說：「有用。」

中年人臉上閃著驚喜的光芒：「真的？」關近儒說：「千真萬確。」

中年人結結巴巴地說：「我只是想碰碰運氣，沒想到……說真的，我連這張單子到底是怎麼回事都不清楚，只知道是我爺爺傳下來的。我父親去年突然病故，沒來得及跟我交代。」

關近儒緩緩說道：「四十年前，有一個福建商人，長年與我們關家聯手做茶葉生意，他的名字叫顧順成。」中年人忙說：「正是先祖。」

關近儒邊想邊說：「有一年年終，快到結帳的時候了，突然聽說顧家不知因何獲罪，顧順成逃亡在外，下落不明。我父親就把全部貨物折合成銀子，作為一筆特殊的本錢存入大恆盛錢莊，每年獲得的利息轉入本金續存。當初貨款的價值是三十七萬五千兩，現在算下來，這筆錢連本帶利，共計六十二萬六千兩。這是全部明細帳，請您過目。」

中年人大喜過望：「不用看了，我想把銀票兌成現銀，全部提走。」

關近儒思忖著說：「一個月之內，我一定給您籌足現銀。請您先在客棧裡住下，這期間所有的費用，都由我來出。」

天色剛亮，關家驥就被睡眼惺忪地叫到關近儒面前。關近儒神色十分平靜，說：「家驥，你還記得從前我給你講過的那件事嗎，你爺爺把一個茶商的貨物折合成一份本錢，存到了咱們家的錢莊裡。」

關家驥說：「記得，那不就是個故事嗎？」關近儒說：「不是故事。現在，那分本錢的主人來了，你去通知霍運昌，讓他務必在一個月之內籌齊六十二萬六千兩現銀。」

關家驥不以為然：「爹，一筆陳年老帳，何必那麼認真，給他倆錢兒，把他打發走就得了。」關近儒斷喝道：「去！」關家驥只好不情願地走了。

霍運昌站在大恆盛錢莊院子裡，百無聊賴地看著四周，忽然看見祁伯興走進院子。祁伯興朝霍運昌拱拱手：「霍掌櫃，給您拜個晚年。」

霍運昌心不在焉地還了一禮，嘆道：「唉，這個年過的，不拜也罷。」祁伯興問：「您這是怎麼了？」

霍運昌說：「我心裡犯愁啊。都是長毛作亂鬧的，今年的生意格外清淡，算下來得有一半人吃閒飯。這還不算，那分茶葉本錢的主人終於來了。」祁伯興吃驚地問：「我去關老爺家拜年，怎麼沒聽他說起過？」

霍運昌道：「關老爺的為人，你還不知道？有了難處就自己硬挺著，從不會跟外人提起，何況你是大恆盛出去的人。」頓了頓又說：「也怪我無能啊，把錢莊弄得半死不活的。我犯愁啊，要在一個月裡籌齊六十二萬六千兩銀子，真是萬難。」祁伯興問：「您能籌到多少？」

霍運昌說：「滿打滿算，也就能籌到二十幾萬兩。」

祁伯興提議道：「剩下的，可以找少東家拆借。」霍運昌搖搖頭：「我提過，可關老爺不幹，說無論如何也不能找小輩兒借錢。這老爺子可真是的。」

祁伯興沉吟半晌說：「霍掌櫃，我倒有個主意，不知當講不當講。」霍運昌說：「都是多年的老交情了，你儘管說。」

祁伯興道：「我想回大恆盛。」霍運昌道：「你在那邊幹得好好的，前途無量，何苦來的呢？」

祁伯興說：「有我，有您，咱們聯手幫助關老爺，也許能讓大恆盛渡過難關，重新振興起來。」霍運昌驚喜地問：「你當真這麼想？」祁伯興說：「您是我的老掌櫃，我還能騙您？」霍運昌一拍大腿：「你要是有這個打算，我就讓賢，讓你當這個大掌櫃。」祁伯興忙說：「您是我師兄，那怎麼能行？」

霍運昌說：「沒什麼不行的。能者居其位，才能把事情做好。我去跟關老爺講，他心裡得樂開花。只是不知道祁少東家會不會放你走。」祁伯興說：「當初去義成信的時候，說好了是借，現在我要回來，也是順理成章的事情。」

山西義成信票號總號掌櫃房裡，祁子俊聽完祁伯興的話，連連搖頭。祁伯興勸道：「少東家，當初說好了是借。如今義成信興旺發達，人才濟濟，有我沒我關係不大。」祁子俊說：「我絕不能放你走。」祁伯興堅決地說：「少東家，我意已決。」祁子俊挽留道：「你要什麼條件，我都答應你。」

祁伯興說：「少東家，我回大恆盛，什麼都不圖，就是為了我當年跟過關老爺一場，現在關老爺遇見難處了，我要不伸把手，還算個人嗎？」祁子俊半天沒有說話。

這天傍晚，一輛騾車停在祁伯興的家門口。車上下來幾個夥計，搬著許多吃食走了進去。祁伯興正坐在炕桌前喝茶，不解地看著他們。祁伯興問：「你們這是……」

夥計們也不講話，收拾好桌子，很快就張羅好了一桌酒席。這時，蘇文瑞走了進來。祁伯興忙問：「蘇先生，這是怎麼說？」

蘇文瑞在祁伯興對面坐下，給他倒滿了一杯酒說：「這是少東家的一點心意。」說著，他把一個紅封套放在祁伯興面前。祁伯興把紅封套推了回去：「酒席是少東家的一片心意，不能不領，銀子是聘金，堅決不能收。」

蘇文瑞說：「少東家說，你不收，就讓我天天來。」祁伯興說：「您儘管來，橫豎我陪您吃頓飯就是了。」

已經敲過了三更的梆子聲，祁子俊仍然在掌櫃房裡等待著。蘇文瑞沮喪地推門走了進來。祁子俊忙問：「怎麼樣？」

蘇文瑞搖搖頭：「連著四五天都是這樣，我看，不用白費力氣了。」祁子俊憂慮地說：「掌櫃房裡缺了這麼個人，我總覺得心裡不踏實。」

蘇文瑞道：「他說，要他回來也可以，但有一個條件。」祁子俊急忙說：「您只管答應。」

蘇文瑞說：「我不敢答應，他想找義成信拆借四十萬兩現銀，五年之內還清。」祁子俊大吃一驚：「他要這麼多錢幹什麼？」

蘇文瑞道：「他不肯說。」祁子俊沉吟著，很快就打定了主意：「答應他。」這回輪到蘇文瑞吃驚了：「連這個都答應？」

祁子俊點點頭：「他肯定是有不想告訴別人的難處，我們也就不必再去追問了。他經手義成信的銀子何止千萬，如果有二心，義成信早就不是現在這個樣子了。」

大恆盛錢莊正堂，關近儒鄭重地把一張銀票放在那個茶葉商後代中年人面前。中年人感動地說：「您提前了十天。」

關近儒說：「錢已經完全備好了。您拿著這張銀票，隨時可以到大恆盛去兌付，您走的時候跟我打個招呼，我來給您安排押運現銀的車輛和鏢局，這麼多錢，一定得找個十分可靠的鏢局。」

中年人拿著銀票，看著窗外，片刻，忽然轉過身來：「我改變主意了。關老爺，這世界上沒有誰會讓我覺得比您更可信。這筆錢，我要永遠存在大恆盛錢莊。」

關近儒笑了，笑得十分欣慰：「謝謝您。還是那句話，要用的時候，您隨時可以到大恆盛去兌付。」

午後，和風拂面，楊柳夾道，一片春意盎然的景象。霍運昌陪著關近儒在錢莊外的小路上悠閒地散步。霍運昌說：「老爺，這事雖然過去了，但咱們錢莊以後的生意也還是難做啊。」關近儒說：「生意不興旺，我何嘗不著急。這幾年一下子多了許多票號，咱們的生意不可能不受影響。」

霍運昌說：「您總說不與人爭，可是，生意上的事由不得您，您不跟人家爭，人家要來跟您爭。」關近儒說：「不與人爭，並不是不爭著做生意，而是要獨闢蹊徑，做別人沒有想到的生意。」

霍運昌忙問：「您是不是有什麼主張了？」關近儒想了想，只說：「我還沒想好。」

深夜，關近儒躺在床上，翻來覆去地難以入睡，最後，他披上衣服，走到院子裡。關近儒久久地仰望著天空，突然，好像是察覺到了什麼，心裡一動，快步走到牆角，沿著梯子走到屋頂，對著滿天的星斗，十分專注地看著，直到深夜還沒有進屋。

第二天清晨，雄雞報曉。關近儒躺在床上，猶在酣睡。他聽到了雞叫聲，翻了個身，又睡著了。霍運昌和管家張財站在院子裡說話。霍運昌問：「老爺一向都是黎明即起，今天這是怎麼了？」

張財說：「昨天老爺很晚才睡，您要是沒什麼急事，這會兒就不必驚動老爺了。」霍運昌說：「就是幾筆帳的事，不忙。」

第二天深夜，關近儒仍然站在屋頂上，認真地觀察著星象。

關家驥喊道：「爹！」關近儒回頭：「哦，是家驥啊。」他沿著梯子走下來。關家驥問：「爹，您這是幹什麼啊？」關近儒問：「我讓你打聽的糧食行情怎麼樣了？」關家驥問：「您打聽這個，是不是想改入糧行啊？」關近儒說：「你別管，就說你打聽得怎麼樣。」

關家驥說：「這兩年風調雨順，農民家裡糧食都吃不完，糧價一降再降，城裡已經有好幾家糧行關張了。」關近儒略一思索，果斷地說：「明天一早，準備好車輛，你跟我到鄉下去轉轉。」

鄉間小路，騾車顛簸行駛著。關近儒帶著關家驥連著好幾天在鄉下低價收購了大量青苗。秋後就是一大筆糧食。關近儒說：「家驥，回去以後，你趁著眼下價錢低，大量收購糧食，需要多少銀子，只管到櫃上去支。」

關家驥抱怨說：「白花花的銀子，您就這麼扔到莊稼地裡了？」關近儒生氣地道：「怎麼是扔？」

關家驥說：「糧價一天天往下跌，您緊著收購糧食，這買賣還不是越做越賠？」關近儒搖搖頭：「你不懂。這些日子我夜夜觀測天象，今秋肯定會有大水災，到時候糧食歉收在所難免，秋冬兩季糧價至少會上漲三成。我提前在山坡地買下青苗，在倉庫裡囤積糧食，這就叫未雨綢繆。」

關家驥問：「您不怕全砸在手裡？」關近儒道：「風險是有的，但如果沒有一點過人的膽識，根本就不可能賺大錢。」

關家驥聽得半信半疑，說：「就依著您吧，到時候賣不出去，您可別埋怨我。」

深夜，李然之來到水蝸牛家，輕輕地叩著門環。

裡面傳出水蝸牛的聲音：「誰呀？」李然之答道：「是我。」水蝸牛打開門，趕緊把李然之讓了進去。

水蝸牛的老婆劉氏給李然之奉上茶來。李然之拿出兩個小金錁子，放在桌子上：「這是楊大老爺交代的，事成之後，還有一筆重賞。」水蝸牛忙道：「煩請先生替我回復，感謝楊大老爺恩典。」

李然之問：「方方面面的人，連絡得怎麼樣了？」水蝸牛說：「一切都準備停當了，請楊大老爺不必多慮。」

李然之道：「楊大老爺不能不多慮。你只知道做生意，不知道內裡的情形。楊大老爺這十幾年知府當的，鬧下了不少虧空，全指望著這筆生意來彌補，所以，這筆生意干係重大。」

水蝸牛說：「小的明白。」李然之道：「時候不早了，我該走了。咱們醜話說在前面，要是搞砸了，仔細你的腦袋。」

水蝸牛說：「先生放心，不管出什麼事，都在我水蝸牛身上，與旁人無關。」

傍晚，身著正五品服色的左公超急急忙忙地從山西鹽道衙門裡往外走，站在門口的文巡捕將他攔住：「左大老爺，對不住，請止步。」

左公超正色道：「我要出去公幹。」文巡捕道：「鹽道大人有令，府中所有人員，在明日卯時之前一律不許外出。」

左公超問：「出什麼事了？」文巡捕道：「我也不清楚，只知道有緊急公務，怕走漏了消息。」

左公超問：「什麼公務，我也該知道啊。」文巡捕回道：「到了該知道的時候，您肯定就知道了。」左公超無奈地轉身離開了。

解州鹽池一個沒有月亮的夜晚。濃重的夜色中，許多條小船滿載著厚重的鹽袋慢慢駛出鹽場，進入了一道小河灣。水蝸牛坐在船頭，警惕地注視著前面。忽然，他看見前面亮起了一盞紅燈，出現了一條大船，一個水手用鐵鉤鉤住了小船，在兩條船之間搭了一塊板子。

左公超帶著兩個人走上水蝸牛的小船。水蝸牛趕忙屈膝請安：「給大老爺請安。」左公超陰沉著臉說：「奉命緝私。」

水蝸牛心中緊張，表面上強作鎮定：「大老爺，我們是本分人家，運送糧食的。」左公超從鼻子裡「哼」了一聲，將隨身攜帶的一根中空探針深深地插入麻袋，然後向外一拔，用手沾了些上面帶出的食鹽，放在嘴裡嘗了嘗，冷冷地說：「你還有什麼話說？」

水蝸牛迅速地想著對策，看見對方的船上只有七八個人，心裡便有了主意。水蝸牛哀求道：「老爺，小的不過是混口飯吃，求求您高抬貴手。」左公超道：「按大清律，販賣私鹽者處以絞刑，知情不報者，杖一百充軍。」

水蝸牛很快從袖子裡拿出兩個小金錁子：「大家都在江湖上混，低頭不見抬頭見的，您放條生路，小的日後定當圖報。」

左公超道：「眼下這條路，你就走不通。」水蝸牛惡狠狠地說：「看來你是成心要和我過不去。」他拔出匕首，突然大喝一聲：「弟兄們，亮青子，擋風！」幾條小船迅速包抄過來，將大船團團圍住，私鹽販子們高舉著大刀、長槍。

水蝸牛喝道：「識相的，就閃開。」左公超冷笑一聲說：「我要是不識相呢？」他把手指放在嘴裡，打了個忽哨。岸上忽然亮起一片紅燈，無數清軍士兵站在岸上，張弓搭箭，等待著一聲令下。

水蝸牛大吃一驚。左公超手下的人趁機奪下水蝸牛手中的匕首，將他的雙手反剪起來。岸邊，一些清軍官兵正監督著百姓往岸上搬運鹽袋。左公超率領一隊官兵，押著水蝸牛等私鹽販子，走到山西鹽法道曹鼎臣身邊。

左公超道：「稟大人，鹽梟全部歸案，無一漏網，現在批驗所正在清點緝獲的私鹽。」曹鼎臣道：「將查獲的私鹽充公，估價後拍賣給鹽商，除獎給緝私有功人員之外，全部上繳總稅務司。」

左公超道：「是。」天大亮了。薄霧中現出一輪朦朧的太陽。押送私鹽販子的隊伍緩緩地行進著。曹鼎臣坐在轎子裡，神色凝重。一個巡捕快步來到曹鼎臣的轎子跟前：「回大人，太原府楊大老爺在前面預備下公館，伺候大人。」

曹鼎臣道：「不理他，咱們直接回太原。」楊松林率領一干官員已經站在路口打躬迎接。他顯得更加老了，不斷地用手擦著眼睛。曹鼎臣只當沒看見，逕自坐轎走了。

私鹽販子們被押著走過時，楊松林深深地看了水蝸牛一眼。水蝸牛明白他的意思，微微點了點頭。李然之道：「大老爺，咱們也回去吧。」

楊松林惱怒地衝著曹鼎臣轎子的背影說：「你別以為處處比我高明。我倒要瞧瞧，我這個從四品，鬥得過鬥不過你這個正四品。」

山西巡撫衙門的客廳裡，一個巡捕雙手持著稟帖，恭恭敬敬地遞給山西巡撫袁德明：「回大人，太原府稟見。」袁德明懶懶地說一聲：「請。」巡捕掀開門簾，楊松林忐忑不安地走進門來。

袁德明打量著坐在客位上的楊松林，多少猜出了幾分他的來意，便說：「眼下實行的官鹽包商制度確有許多弊病，最主要的後果，就是私鹽氾濫，充斥市場，官鹽存積日益增多，該收的錢收不上來，致使國庫日益空虛。」楊松林畢恭畢敬地說：「大人言之有理。不過，卑職以為，官鹽包商制度是先皇留下來的，不便輕易更改。」

袁德明抬起眼睛問道：「你有什麼杜絕私鹽的好辦法？」楊松林垂下眼睛：「此乃重要國

策，卑職不敢妄言。」

袁德明說：「但說無妨。」楊松林道：「卑職多年來蒙大人栽培，久懷仰慕之心，只恨報效無門……」說著，楊松林突然起身，跪在袁德明面前：「懇請大人將松林收為門生。」

袁德明看著楊松林，臉上的表情有些詫異，但很快就不那麼詫異了。袁德明淡淡地說：「你比我年長許多，怕有些不合適吧。」楊松林臉上帶著做作的笑容說：「韓昌黎有言曰：『聞道有先後。』松林雖然早生幾年，但大人學貫古今，以天下為己任，是治世之能臣，且有先賢遺風，松林得為門生，侍奉左右，是此生莫大的榮幸。」

袁德明道：「我總覺得有些不妥。」楊松林說：「您若是不答應，學生就一直跪下去。」

袁德明只好順水推舟：「既然如此，我就勉為其難吧。」他走上前去，扶起楊松林。楊松林順便呈上了一張義成信的銀票。

楊松林道：「這點意思，權當束脩，請大人務必收下。」袁德明一本正經地說：「既是師生，我若是不收，倒有些見外了。」兩人會心地一笑。

霧氣漸漸散去，古城太原的街道，房屋的輪廓非常清晰地顯現出來。曹鼎臣身著常服，躊躇滿志地走進山西巡撫衙門，身後跟著兩個隨從。

客廳裡，袁德明一邊聽著曹鼎臣講話，一邊用碗蓋輕輕撩撥著浮在水面上的茶葉。曹鼎臣義正辭嚴的樣子：「撫臺大人，此次緝獲的私鹽數量之大，前所未有，絕非幾個小小的鹽梟所為，應當盡快查出主謀，一網打盡。」袁德明不冷不熱地道：「既是如此，你速將涉案鹽梟移交太原府審訊。」

曹鼎臣忙道：「依卑職之見，本案最好不交太原府審理。」袁德明疑慮重重地看著他：

「什麼大不了的事，連太原府都辦不了？」

曹鼎臣道：「職道擔心，太原府有人勾結鹽梟，參與販賣私鹽。」袁德明問道：「可有憑據？」曹鼎臣道：「職道正在全力調查，眼下尚無實據。」

袁德明的目光在曹鼎臣身上停留了片刻說道：「既無真憑實據，本案仍由太原府審理。」

屋裡的空氣陡然變得緊張起來。

曹鼎臣正色道：「撫臺大人，以往數次私鹽案件，交由太原府審理，最後都是不了了之，此案已初露端倪，行將查出背後主謀之人，職道擔心，若由太原府接管，將會萌生變故，功虧一簣。」

袁德明惱火地喝問道：「你明白我的意思嗎？」曹鼎臣連忙賠小心：「職道一心為國家著想，言語若有衝撞之處，還望大人容諒。」袁德明鼻子裡哼了一聲：「為國家著想的，也不是你一個人。」他站起身，擺出了一副端茶送客的架勢。

第二十八章

水蝸牛被關進太原府監獄一間單人牢房。他環顧四周，看見窗臺上臥著一隻垂死的老貓。它是那麼老，那麼懶，甚至在水蝸牛進門的時候都懶得去看他一眼。牢房外，李然之的身影一閃，他在暗中窺伺著。

中午時分，左公超走出鹽道衙門，看看周圍沒人注意，閃身走進了一條小巷。李然之正站在一棵大樹下等他，臉上露出焦急的神色。李然之沒好氣地說：「左大老爺，您好沉得住氣，別忘了，這裡邊也有您的分兒，怎麼能坐視不管？」左公超道：「我如何能左右得了鹽道大人？」

李然之道：「楊大老爺十分惱火，託我轉告您，萬一東窗事發，您也逃不了干係。」

左公超道：「我說的全是實話。」李然之惡狠狠地說：「我說的也不是瞎話。」

左公超有點心虛，忙道：「一定是有人暗中臥底。直到出發前，曹大人才告知我，那時我想要給你通風報信，已經來不及了。」李然之道：「到底是誰從中告密，還望您盡快打探清楚。」

左公超連忙說：「這個不用你說，我也會做的。」李然之又問：「拍賣私鹽，定在什麼時候？」

左公超道：「明天一早。」李然之問：「批驗所估價多少？」左公超道：「大概在八萬兩上下。」李然之眉頭一皺：「我最多只能出三萬兩。」

左公超很為難：「差價太大，怕不太好辦。還是當心些，這事弄不好，連自己的功名都保不住。」李然之冷冷地道：「這是楊大老爺的意思。」

被查獲的私鹽堆放在鹽業批驗所門前。一群商人站在空地上等候著，李然之也混跡在人群中。一個商人興致勃勃地說：「聽批驗所的人說，這批私鹽市價在八萬兩銀子上下，估計最後的成交價，也就十萬兩出頭的樣子。」

一個商人沮喪地說：「要是超出十萬兩，我就只能放棄了。」其中一個商人發現了李然之，感到十分驚奇：「然公，您也來買鹽？」

李然之只好說：「你們能買，我就不能買嗎？」一個商人馬上看出了其中貓膩（注）：「然公此來，大概是志在必得啊。」

另一個商人很不服氣：「公買公賣，誰出的價高給誰，誰也不能強買強賣。」李然之冷冷地道：「那是自然。」沉吟片刻又說：「你和鄉鄰爭奪墳地，鬥毆傷人一案雖然已經了結，但前幾天，你手下的奴僕忽然翻供，說真正的凶手是你。」商人面紅耳赤，不再言語。

一個商人在一旁道：「案犯翻供是常有的事，也不能據此冤枉好人。」他的言下之意，頗有些打抱不平的意思。李然之點點頭：「說的倒也是。」他停了停說：「有人報告知府倘門說，去年春天，你越界販鹽，知府大老爺正在核查此事是否屬實。」

打抱不平的商人忙低下頭去。李然之又不緊不慢地說：「越界販鹽，以私鹽論處，該當死罪。據說，越界販鹽的不止一個人。」他的目光掃過眾商人，大家都一一垂下眼睛。一個商人心中憤懣，跺跺腳，轉身想要離開。

李然之忙喊：「別走啊，大家都不捧場，拍賣還怎麼進行啊？」

商人只好停住了腳步。這時，左公超拿著一份公文，從鹽所裡面走出來。左公超道：「列位，估價結果，緝獲私鹽合計白銀八萬三千兩。現在開始拍賣。哪位應價？」商人們面面相覷，都不敢吭聲。左公超又問：「八萬兩，有沒有買家？」場上一片寂靜。

左公超又問：「七萬兩，有沒有買家？六萬兩，有沒有買家？五萬兩？四萬兩？」仍然沒有人吭聲，商人們都在偷偷看著李然之。

左公超最後問：「三萬兩，有沒有買家？」李然之應道：「三萬兩，我要了。」

左公超一拍板：「好，成交。」幾個商人走上前來，圍著李然之道賀：「恭喜然公。」一個商人含譏帶諷地說：「然公此舉，真真是大手筆啊。」

楊松林在知府衙門裡，聽著李然之的報告，不禁心花怒放。

李然之誇功道：「大老爺，鹽已經全部裝車，運往外阜。鹽道大人說什麼也想不到，這一拍賣，咱們的鹽倒成了正兒八經的官鹽，不過略微損失些銀子，算下來，咱們獲利仍然不少。」

楊松林連連點頭：「好。我將來發跡了，一定大大地抬舉你。」李然之問：「左公超那裡，給他多少銀子才好？」

楊松林思忖道：「此人心思最是刻毒，少給他一文錢都會記你一輩子，眼下他官運亨通，還是不得罪他為妙，還照以前商量好的給他。」李然之納悶道：「撫臺大人一向與大老爺不睦，處處為難，這次不知為什麼忽然明白過來了。」

楊松林笑笑道：「是此一時而彼一時也。」李然之問：「鹽道大人那裡，是不是應該有一分意思？」楊松林斷然地說：「絕對不給。」

注　貓膩是北京土話——意指不為人知、有隱情。

李然之說：「有一句要緊話差點忘了，我已經知道是誰出賣了咱們。」

夜晚，鹽法道衙門內宅裡，曹鼎臣把一張銀票交給站在面前的旺財。曹鼎臣說：「此次緝私成功，多虧了你通風報信，這是你應得的賞錢。」

旺財就地一跪：「多謝大人。」曹鼎臣又交代說：「眼下最要緊的，是要查明幕後主使之人。」

旺財忙說：「水蝸牛與知府大老爺的師爺李然之過從甚密，每次見面，都背著我，也許其中有些名堂。」

曹鼎臣道：「你且去明查暗訪，找到真憑實據，我重重地賞你。」旺財興高采烈地走出衙門，一路哼著小曲，剛剛轉過一個街角，忽然從黑暗中躥出兩條漢子，用繩索套在他的脖子上，將他拉進一條沒人的小巷。旺財拚命掙扎著，沒過一會兒就斷了氣。

這時，李然之從黑暗中走出來。一個漢子摸出旺財身上的銀票，交給李然之。李然之道：「好，手腳夠乾淨。」他分別把兩塊銀子塞到兩條漢子手裡。

第二天，曹鼎臣怒氣沖沖地走進太原知府衙門二堂。楊松林趕忙站起身讓座，臉上掛著愚蠢的笑容。楊松林道：「曹大人，卑職有失遠迎，還望恕罪。」曹鼎臣怒道：「我的線人竟然在鹽道衙門前被殺，凶手如此猖獗，你有何話說？」

楊松林忙說：「大人息怒，卑職已經責成屬下嚴加查辦。」曹鼎臣又問：「水蝸牛一案，審得怎麼樣了？」

楊松林說：「本案正在調查之中，尚不便過堂。」曹鼎臣催促道：「加緊審理，從速上報刑部。」

楊松林忙回答：「是。」曹鼎臣話裡有話地問：「太原府有人在拍賣私鹽是假公濟私，手段極不光采。你可知道此事？」

楊松林說：「我是一無所知。大人，我們殊途同歸，都是效忠朝廷呀。」曹鼎臣嚴厲地看了他一眼，嘴角帶著輕蔑的笑容說：「一經查實，嚴懲不貸。我還有公務要辦，就此告辭了。」他說完話就往外走，楊松林追到外面，在轎子前打躬，他只當做沒有看見，只管坐轎去了。

楊松林回到屋裡，憤憤地將桌子上的茶碗一把掃在地上，罵道：「這官簡直不是人做的！」李然之勸道：「大老爺，您別生氣，常言道，君子報仇，十年不晚。」

楊松林恨恨道：「走著瞧吧。水蝸牛那裡情形怎樣？」李然之說：「我昨天夜裡前去探監，水蝸牛倒是十分仗義，發誓要獨自擔當下來，絕不會出賣大老爺。」

楊松林想了想說：「水蝸牛是個用得著的人，應該保全他的性命才是，只是此事我不便出面，總得有個人說情。」李然之忽生一計：「水蝸牛當年救過祁子俊的性命，讓他出面最合適。」

當晚，李然之來到水蝸牛家。水蝸牛的老婆劉氏擦著眼淚，哭哭啼啼地跪在李然之面前。劉氏哭著說：「先生，我就指望您了，一定要想辦法把水蝸牛救出來。他萬一有個三長兩短，讓我們孤兒寡母可怎麼過啊？」

李然之不耐煩地說：「現在不是哭的時候，你快快起來。先跟我說說，你有什麼主意。」劉氏道：「我一個婦道人家，能有什麼主意？您快給我想個辦法，我都聽您的，要多少錢我都出。」她拿出許多金銀首飾。

李然之說：「這事不是光花錢就能辦得了的。就是給所有審案的官員都塞了錢，也未必管用。那些人，收了錢，表面上敷衍敷衍你，哪個肯給你真正使勁？我看，你只需去求一個人。」

劉氏忙問：「誰？」李然之道：「祁子俊。你去求祁子俊出面擔保，也許能救水蝸牛一命。」

太原府大牢裡，水蝸牛牢房那隻老貓氣息奄奄地趴在地上，水蝸牛正把吃剩的食物拿給貓吃。老貓似乎連咀嚼的力氣都沒有了。祁子俊站在鐵窗外，看了一會兒才喊：「大哥！」

水蝸牛轉過身來，看見了祁子俊，臉上顯出激動的神色。水蝸牛說：「兄弟，你到這會兒還想著當哥哥的，真讓我好生感激。」

祁子俊擺擺手說：「哪兒的話。」他轉身面對身後的獄卒說：「我帶來的那點意思，跟大家都交代了嗎？」獄卒應道：「少東家儘管放心，水蝸牛大哥在這裡，一切有我們照應，管保比在家裡還舒服。」

祁子俊說：「有勞費心了。我想跟大哥單獨說幾句話。」獄卒道：「您儘管說。」他知趣地離開了。

祁子俊問水蝸牛道：「大哥，嫂子沒跟我說明白，這到底是怎麼回事？」水蝸牛黯然道：「雖然還沒過堂，但肯定是必死無疑了。」

祁子俊寬他的心說：「您別灰心，一切都在當兄弟的身上。我隨行還帶來了一位足智多謀的蘇先生，有他出主意，沒有辦不成的事。」

水蝸牛感激地說：「兄弟，你就別費心了，大哥已經這樣了，不想讓你跟著吃掛落兒。」

祁子俊忙道：「您這是什麼話？當年要不是大哥您捨生忘死救我出來，兄弟也就沒有今天，我正愁沒有機會報答您呢。您放心，知府大老爺那裡，我能說得上話。」

水蝸牛嘆道：「不光是知府大老爺，連巡撫大人都驚動了。」祁子俊問道：「不過是賣一點兒鹽，能有那麼大的響動？」

水蝸牛說：「你不知道，世上千千萬萬種生意，就屬販鹽利最大。」祁子俊眼睛一亮：「真的？」

水蝸牛說：「你大哥也是見過世面的，你想想，天底下能有多少事讓你大哥鋌而走險？」

祁子俊舉目凝視，若有所思地說：「要是有這麼大的利，我也不妨弄點鹽賣賣。」水蝸牛說：「現在販鹽，採取的是包商制度，每個地方的鹽，都是由幾個大鹽商包銷，然後層層轉包，層層加價。朝廷對於第一手包銷商人控制甚嚴，絕不輕易增加，楊大老爺一直想獲得包銷資格，都沒有弄到，這事簡直比登天還難。」祁子俊興奮地說：「越是難事，我就越想去試試。」

晚上，蘇文瑞正在客棧房間裡的燈下看書，見祁子俊進來，就闔上書，朝他笑了笑。他看的是一本《大清律》。祁子俊說：「蘇先生，人家說用枸杞子搾油，點燈看書，可以增強目力，您不妨試試。」蘇文瑞笑了笑說：「子俊，你凡事總有許多說法，連我都聞所未聞。」

祁子俊說：「我不過是道聽途說而已。蘇先生，我想請教您一個事兒。」蘇文瑞奇怪地說：「子俊，你今天怎麼客氣起來了？」

祁子俊問道：「販鹽真有那麼大的利嗎？」蘇文瑞點點頭：「不錯，販鹽的利潤，不是箇中之人，恐怕難以想像。當年陶朱公富甲天下，靠的就是——鹽。」

祁子俊道：「我去看過水蝸牛了。他心灰意冷，只求速死，我想，無論如何也要把他救出來。」蘇文瑞想了想說：「此事頗為棘手。販賣私鹽，罪過僅次於謀反，格殺勿論。販運私鹽之人稱為『鹽梟』，以示罪大惡極。但利有多高，膽有多大，販賣一次私鹽，就能把一輩子的花銷賺出來，所以，從來就有人不顧性命去幹。」祁子俊問：「想個什麼辦法，才能保得住水蝸牛的性命呢？」

蘇文瑞又想了想說：「每年到這時候，就該向刑部呈報『秋審』的案子了。案子一旦轉到刑部，經會審查明『情實』，就再無翻案的可能了。眼下只有一個辦法，就是讓楊松林慢慢地審，先把案子拖下來，咱們從長計議，再想辦法。」

祁子俊點頭道：「看來，也只好如此了。」

第二天，祁子俊熟門熟路地走進太原知府衙門，碰到的官吏都朝他打躬作揖，十分客氣。他忽然發現，跟他打招呼的一個官員，竟是張金軒，現在已經穿上了七品官員的服色。祁子俊笑道：「沒想到，你也當起官來了？」

張金軒得意地說：「是啊，多虧了少東家給我指點迷津，這年頭，不當個官，日子就不好過。以前我總以為當官和經商是兩路，其實，兩者是一碼事，一邊當官，一邊經商，兩不相擾，相得益彰。」祁子俊點頭：「說得對。」

祁子俊來到知府衙門二堂，向楊松林呈上一份禮單。楊松林的態度顯得有些矜持。楊松林裝模作樣說：「子俊，不是老哥不肯幫忙，是我實在幫不上忙。」祁子俊說：「水蝸牛與我情同兄弟，此次屬於初犯，不過是一時糊塗，還望大老爺開恩，饒他一條性命吧。」

楊松林說：「一切都由巡撫大人做主，我不過是陪著審審案子而已。別說是我不敢，就是巡撫大人也不敢輕舉妄動，除非恭王爺才敢做這個主。」祁子俊道：「只要大老爺能把案子拖過『秋審』，子俊就感激不盡了。」

楊松林就勢收起禮單說：「當了這麼多年知府，外面不知道的人，還以為我得了多少好處，其實，我何嘗想收一文錢？只是碰上你這樣的至交，實在礙不過情面，才只好收下。你可知道，做官不是那麼容易的，比經商要難許多。」

祁子俊故意說道：「我看也沒什麼難的。經商要本錢，做官卻是無本萬利。經商要學許多東西，付出許多辛苦，做官只要有三件本事就夠了，一是會歌功頌德，二是會欺上瞞下，三是會營私舞弊。」楊松林忙說：「你這些話，在老哥面前說說無妨，到了外面就不要亂講了。」

祁子俊說：「水蝸牛的事，還請大老爺多多費心。」楊松林拍拍祁子俊的肩膀說：「只管放心。拿人錢財，替人消災，老哥要連這個都不懂，十幾年的知府就算白當了。」

北京恭王府西院，正房裡高懸著「貽晉齋」的匾額。玉麟格格笑嘻嘻地走到恭親王的面前說：「哥，你找我啊？」恭親王問：「我讓你臨的《平復帖》，臨得怎麼樣了？」

玉麟格格一噘嘴：「怪悶得慌的，誰有心思臨那個老古董？」

恭親王說：「這個帖子是成親王的至寶，皇上不過委託我暫時代為保管，不知什麼時候就得收走。天下不知有多少文人墨客想一睹風采而不得，你卻根本不放在眼裡。」

玉麟格格撒嬌說：「哥，你陪我出去玩吧。」恭親王斥道：「就知道玩，眼下戶部的存銀只夠維持朝廷一個月的開銷，過了這個月，你就只有吃窩頭的分了。」

玉麟格格拍手笑道：「我最愛吃窩頭了。懿妃害口的時候，就想吃這個，有一回餑餑房給她送窩頭，我跟著吃了幾個，到現在還想吃呢。」恭親王嘆道：「你呀，真是養尊處優慣了，不知稼穡之艱難。」

這時，一個差官捧著稟帖走上來說：「王爺，戶部黃大人稟見。」恭親王點點頭：「讓他進來吧。」又對玉麟格格說：「你先迴避一下。」

黃玉昆進來了，小心翼翼地站在恭親王面前，拍馬屁說：「卑職讀了恭親王的詩文，其言也清，其旨也遠，懷風騷之義，蓄浩然之氣，有老杜之氣韻沉雄，又無老杜之離亂哀憫之感。卑職掩卷太息，國家之所以長治不亂，正因為有王爺這樣的人才，而王爺的詩之所以令人讚嘆不已，又正因為王爺有以天下為己任的胸襟。」

恭親王耐著性子聽完了黃玉昆的話，拿出一份帶有朱批的奏折說：「我請你來，不是為了談詩論文的。前幾天戶部給皇上的奏折裡，將軍機處抬寫，皇上降旨說：『此時軍機大臣奉公守法，和衷辦事，何用汝輩諂諛尊奉？黃玉昆何不曉事若此，著飭行。』你看看吧。」

黃玉昆看了看朱批的奏折，似乎並不感到吃驚。從容說道：「卑職以為，軍機處為天下政務之總匯，又有王爺在軍機處執掌朝廷大政，所以應當比別的部院衙門優異，抬寫也無不可。」

恭親王擺擺手：「算啦算啦，既然皇上不允許，你還照以前的規矩寫，以後我等只要照皇上的意思，和衷辦事即可，優異不優異的倒不是什麼要緊事。」黃玉昆說：「王爺教導得是。」

恭親王又說：「皇上只注意你抬寫軍機處，對於裡面提到的山西商人撤回原籍之事，卻隻字未提。皇上沒把它當回事，但我卻不能不當回事，今天請你來，就是想聽聽你的意思。」黃玉昆忙道：「蒙王爺垂問，此事非同小可。山西商人撤資，致使京城市面蕭條，更令人擔心的是，戶部的存銀，怕連一個月的開銷都維持不了了。」

恭親王說：「那就照以前的辦法，多鑄幾卯錢，以解燃眉之急。」黃玉昆道：「今年解到京城的雲南官銅一百萬斤，貴州白鉛一百七十萬斤，共鑄錢三十六卯，二十二萬五千串，不到半年時間，就已經全部用光了。」

恭親王笑道：「難得黃大人對這些數目字瞭如指掌。」黃玉昆道：「卑職世受皇恩，不敢稍有懈怠，當此國家危亂之秋，心存憂患，食不甘味，寢不安席，直到今天早晨，吃東西才覺得有些味道。」恭親王問：「想必你已有良策了。」

黃玉昆不急不慢地道：「屬下明察暗訪，掌握了山西票號商人的全部財產情況。」恭親王露出感興趣的神色：「哦，你說說。」

黃玉昆從袖子裡拿出一個帳本，蘸蘸唾沫，翻開第一頁說：「整個算下來，山西票號的財產占了全國錢莊、票號總資產的一半。其中資產在一百萬兩以上的共有三十六家，其中最少的協同慶，一百零九萬兩，排名第二的日昇昌，七百萬兩。排名第一的是義成信，一千二百一十八萬兩，這差不多是朝廷全年稅銀的一半。」

恭親王若有所思，表情有好半天凝然不動。黃玉昆又說：「卑職以為，可以仿照明朝的制度，以籌辦團練的名目，開徵『練餉』。」

恭親王想想說：「這倒不失為一條可行之策。不過，推行起來，首要之舉是得穩固人心，倘若搞得不好，激起民變，就成了意外之患。」黃玉昆趁機說：「王爺如能親赴山西，是再好不過的了。」

恭親王一拍大腿：「如此，你就陪我到山西去走一遭。」黃玉昆道：「卑職願效犬馬之勞。」

恭親王吩咐道：「所到之處，務必體恤百姓疾苦，嚴禁虛文縟節。」黃玉昆回道：「是。」他退後幾步，走了出去。

黃玉昆剛走，玉麟格格就從屏風後面閃了出來，說：「哥，我跟你去山西。」恭親王皺著眉說：「我有公務在身，可沒時間陪你遊山玩水。」

玉麟格格任性地說：「我就要去。」恭親王無可奈何地說：「好吧，你想去就去。」

玉麟格格又說：「虧你有閒心聽這個黃大人瞎叨咕，真是煩死人了。」恭親王卻說道：「我這是頭一遭聽黃玉昆說了句真話。黃玉昆向來就只說兩種話——假話和廢話。」

山西祁家大院，祁子俊正精神飽滿為迎接恭親王做準備。他帶著寶珠在院子各處指指點點。祁子俊吩咐道：「寶珠，我讓撫臺大人重新題寫了幾副楹聯，回頭讓人刻好了掛上去。」

寶珠說：「現在的對聯看著還挺新的，撤下來怪可惜的，等用舊了再換吧。」祁子俊說：「你不懂，萬一王爺路過咱家來看看，滿眼都是招財進寶的話，不成個樣子，顯得咱們心裡沒有國家。」

寶珠問：「王爺能到咱家來嗎？」祁子俊說：「來不來的，咱們先預備下了，省得到時候抓瞎。」

這天，院子裡一片忙亂的景象。寶珠正在指揮僕人們在各個小院門口更換楹聯。原先的「子孫賢，族將大；兄弟睦，家之肥」改成了「愛君希道聖，憂國願年豐」，橫匾「多子多福」改成了「精忠報國」。原先的「求名求利需求己，惜衣惜食緣惜福」改成了「皇恩春浩蕩，文治日光華」，橫匾「招財進寶」改成了「國泰民安」。原先的「富貴貧賤總難稱意，知足即為稱意；山水花竹無恆主人，得閒便是主人」改成了「王恩光日月，聖德炳春秋」，橫匾「懷抱古今」改成了「德在生民」。

祁子俊四處巡視著，滿意地點點頭。山西巡撫衙門裡，袁德明正在向楊松林面授機宜。楊松林道：「回大人，恭王爺駐節長治，學生已經派人前往迎接。」袁德明點頭道：「很好，王爺的隨行人員裡邊，每個人有什麼嗜好，都打聽清楚了嗎？」

楊松林道：「都打聽清楚了。」袁德明瞇著眼睛說：「讓他們離開山西的時候，每個人的行囊都是滿滿噹噹的，這樣，萬一有什麼過錯，大家也就睜一隻眼閉一隻眼了。另外，少讓曹鼎臣接觸王爺。這個曹鼎臣，明明在官場上混，偏偏對官場上的事看不順眼，簡直是不可理喻。」

楊松林道：「學生有一事請教，王爺這次出巡，到底是個什麼目的？」巡撫想了想說：「我也說不上來。我們只要小心伺候就是了，盡量只安排他去該去的地方。」楊松林說：「這個學生心裡有數。」

恭親王來的這一天，太原的通衢大道上戒備森嚴，看不見任何行人，每隔不遠就有一個兵勇站街。在兵勇們的指揮下，百姓們運來了一車車的黃土，墊在道路上，夯實之後，又灑上清水，防止揚塵。楊松林站在路旁，親自督陣。

李然之神色慌張地來到楊松林身旁：「稟大老爺，恭王爺駐節太古，停轅不動。」楊松林問：「難道他不來太原了？」

李然之道：「聽王爺手下人說，王爺要去解州。」楊松林倒吸一口冷氣：「難道說王爺要去視察鹽池？他會不會對私鹽案已經有所了解？」

李然之面有憂色：「有這個可能。」楊松林焦慮不安地走來走去，額頭沁出了細密的汗珠。楊松林又問：「陪同他的，都有什麼人？」

李然之說：「除了黃大人，就只有一個關近儒。」楊松林說道：「這就更令人猜不透了。」

此時，恭親王的行駕正在路邊休息。路旁的田野裡，蕎麥已經成熟，生長得十分茂盛。玉麟格格陪著恭親王站在路邊，看著眼前的風景。

恭親王說：「你哭著喊著要來，來了又說沒意思。」玉麟格格扭著身子說：「就是沒意思嘛。走了這麼多天，一件正事都沒幹成。」恭親王說：「如果所有事情都像你想的那麼簡單，皇上還要我們這些人幹什麼？這樣吧，你先去太原住下，我讓祁子俊陪你四處走走。」

玉麟格格噘著嘴說：「讓那麼個土頭土腦的東西跟著我，真夠煞風景的，換個人好不好？」恭親王笑著說：「只有他最合適。」玉麟格格說：「我真不明白，你為什麼這麼賞識那個老土？」恭親王說：「時間長了，你就明白了。」

恭親王一行來到解州關帝廟。「忠義參天」的牌匾高懸在關帝廟的門楣上方。恭親王在廟門外的牌樓前面走下轎子，身著祭祀時才穿的禮服，補褂是石青色，前後繡正龍，兩肩行龍，戴著紅寶石頂，儀態莊重。眾多隨從跟著他步行走進關帝廟大門，關近儒和黃玉昆緊隨左右。

恭親王在關公神像前拈香，行三拜的大禮。大家都跟隨恭親王匍匐在地上。恭親王走出正殿時，臉上的神色顯得十分輕鬆。恭親王嘆道：「陰風古樹無窮恨，長為英雄弔九泉。只有到了關公故里，才真正能夠想見昔日關公的高風亮節。」

黃玉昆點頭說：「的確如此。」恭親王對關近儒問：「近公，聽說，你原籍是解州？」

關近儒答道：「草民上一輩才遷到祁縣。」恭親王笑著問：「那麼說，你是關羽的後人嘍？」

關近儒回道：「往上推幾十輩子也許沾點親，但族譜上無考。」恭親王道：「忠義者，人之大節。山西商人都供奉關公，大概就是因為『忠義』二字吧。」關近儒道：「還有一個緣由，因為關公也是商人出身。」

恭親王道：「哦？這個我倒是頭一次聽說。」關近儒說：「方今之時，人人都只識得一個利字，王爺親赴解州，向天下人昭示忠義之精奧，可謂真正抓住了安邦治國的要領。惟有以德治國，才可以抑末利，禁貪鄙，開仁義，然後教化可行，風俗可移。」

恭親王點頭道：「近公果然有上古君子之風。不知山西商人對『練餉』一事怎麼看？」關近儒正色道：「草民斗膽說一句，這所謂『練餉』，近似於苛捐。」

恭親王道：「確實是有些『苛』，但收不上來，朝廷就支撐不下去。你們為商的也要體諒我的難處。」關近儒道：「自古利害相生，有利必有害，無論為官為商，都要致利除害，如若見小利而忘大義，則百姓不堪，天下煩擾。」

恭親王道：「天理、國法、人情，三者不可偏廢其一。『練餉』之事，關乎全局，山西富甲全國，能不能收得上來至關重要。皇上已經夠煩的了，不能再鬧出抗交『釐金』那樣的事情，還望近公在商界同仁當中，多作些解釋。」

關近儒道：「草民自當盡力。但草民以為，與其額外徵收『練餉』，不如整頓稅收，特別是鹽務一項，可以收到事半功倍之效。」

恭親王道：「『練餉』要徵，鹽務也要整頓。我早已有意考察一下山西的鹽池。當地官員當中，哪位精通鹽務？」黃玉昆忙回道：「山西鹽道曹鼎臣辦理鹽務多年，頗多真知灼見。」恭親王點頭道：「好，就讓他來一趟。」

山西巡撫衙門，袁德明、曹鼎臣和楊松林正在議事，曹鼎臣坐得離楊松林盡量遠些。曹鼎臣說：「撫臺大人，水蝸牛一案移交到太原府已經許多天了，到現在還不審理，實在讓人費解。」

袁德明臉色一沉：「楊松林，你說說為什麼。」楊松林回道：「卑職正在加緊調查，不日即將訊問案犯，只是此案太過複雜，一時難以遽然定罪。」

曹鼎臣道：「只怕最難辦的，是太原府內有人牽涉到此案之中。」楊松林問：「曹大人有何證據？」曹鼎臣道：「我的線人旺財雖然被人暗算，但我還有別的線人，早晚會查出背後的主使之人。」袁德明道：「天鑒難逃，國法具在。此案為本省前所未有，任何涉案之人，不管是誰，一律嚴懲不貸。楊松林，讓太原府的人先把手頭的事放下，全力追查此案，由你全權負責，本官要親自坐鎮指揮，一有線索，馬上報告。如有玩忽職守之事，惟你是問。」

楊松林忙道：「是。」袁德明冷冰冰地看著楊松林。隨著袁德明的話，楊松林的表情迅速變換著。忽然，一個王府的差官走上前來：「稟大人，王爺駐節解州，有要事立刻傳見。」

袁德明問：「是讓我們都去嗎？」差官回道：「只傳了曹大人。」

曹鼎臣道：「如此，卑職只好告辭了。」袁德明擺擺手：「你去吧。」

曹鼎臣走後，袁德明對待楊松林的態度立刻變得親密起來。袁德明說：「我看，你悄悄地到解州去一趟。」

楊松林卻說：「王爺面前，學生可不敢輕舉妄動。」袁德明說：「沒讓你去見王爺。我給你寫一封信，你帶上一張銀票，去拜見黃大人，打探打探消息。王爺先參拜關帝廟，又去考察鹽池，實在讓人琢磨不出是何想法。不了解王爺此行的真正意圖，我們也就無法應對。」楊松林說：「學生立刻就去。」

恭親王正在他的臨時住所裡伏案批閱文書。一個侍從手持稟帖，走到恭親王跟前：「回王爺，山西鹽法道稟見。」恭親王說：「請他到客廳去。」侍從道：「是。」他倒退著走出去。

曹鼎臣神色從容地走進客廳，上前向恭親王行禮：「山西鹽法道兼鹽運使曹鼎臣叩見王爺。」恭親王說：「起來吧，請坐。」

曹鼎臣道：「謝王爺。」他在恭親王對面斜簽著坐下了。恭親王親切地說：「我來山西之前，早已聽說過你的大名了。你是哪一年的進士啊？」

曹鼎臣忙回道：「職道是道光十五年殿試第二名，賜進士及第，授翰林院修撰，此後在奉天府供職多年，前幾年才調任山西鹽道之職。」

恭親王說：「我說怎麼在京城沒見過你。大家都說你為官清嘉耿介，不趨炎附勢，朝野上下交口稱譽。」曹鼎臣抑制不住臉上的喜色，忙說：「職道秉承家父遺訓，勤學聖人之道，以為反身修德之根本。家父曾手書聖人之言，置於中堂：治亦進，亂亦進，自反而縮，雖千萬人，吾往矣。」

恭親王又問：「令尊是哪一位？」曹鼎臣道：「家父曹振鏞，曾在道光爺朝裡出任軍機大臣。」

恭親王頗感興趣地說：「哦？予生也晚，無緣得識曹大人。父皇常以曹大人的為官之道訓誡子姪輩人。曹大人只做事，不多言，人皆稱之為『庸庸碌碌曹丞相』，其實是外圓內方，為政頗識大體，顧大局，清正廉潔，你也應當以令尊為楷模。」

曹鼎臣感恩戴德：「職道謹記王爺教誨。」恭親王一行在曹鼎臣等人陪同下來到解州鹽池。恭親王站在鹽池旁邊，舉目觀看，侍從們遠遠地站在一旁，身旁除了黃玉昆之外，就只有一個曹鼎臣。

恭親王面色沉重：「鹽運混亂，已經到了非整治不可的程度了，解州池鹽原本是貢鹽中的上品，這些年反倒讓長蘆鹽給壓下去了，就是一個很好的教訓。」

曹鼎臣說：「職道以為，解州鹽業的衰退，說來主要有兩個原因，一是地方上苛捐雜稅太多，二是私鹽盛行。」恭親王皺著眉問：「地方上的緝私人員難道不起作用？」

曹鼎臣道：「天下之鹽，表面上是官鹽，其實都是私鹽。緝私難，並不是因為沒有辦法，而是因為緝私之人即是販私之人。各種各樣的走私都好辦，惟獨這官私是不可緝的，歷代明君、賢相都沒有一個能根治的辦法。」

恭親王饒有興趣地看著他：「你有何良策？」曹鼎臣道：「現行的包商制度，是私鹽氾濫的根本原因，而且極易滋生腐敗。家父在世之時，力主推行『鹽引』制度，曾在兩江試行，頗有成效，只可惜後來不了了之。職道以為，當今之時，惟有取消包商，推行『鹽引』制度，才能降低浮費，平抑鹽價，增加稅收。」

恭親王道：「『鹽引』從明朝開始施行，到了今日仍然推行不下去，說起來容易，做起來就難了。朝代都換了，但積弊卻還是沒有消除。」曹鼎臣道：「鹽務問題流弊甚久，其所以非變不可，就因為此事上關國計，下關民生，而其中的核心問題，就是一些官員利用朝廷的制度的不完善之處貪汙受賄，助長了私鹽氾濫。眼下的首要問題是，必須制定出一套行之有效的措施，整肅吏治，懲治腐敗。吏治肅而民樂生，天子才可坐收不言利之利。」

恭親王沉吟不語，臉上的神情變得嚴肅起來。但曹鼎臣誤解了恭親王臉上表情的意思，繼續滔滔不絕地說下去。曹鼎臣說：「職道多次上疏，都是石沉大海，今日斗膽在王爺面前再次提起此事。」

恭親王一擺手：「你回去之後，把這些想法加以完善，寫成條陳，回頭我把山西巡撫和太原知府找來，咱們共同議一議。」

玉麟格格的住處設在恭親王的行轅內，雖是臨時布置起來的，卻也是珠簾繡幕，堆花砌錦，炕上鋪著編花的細竹蓆，懸著大紅的撒花帳子，炕桌上擺著粽子、櫻桃、桑葚等時鮮果品，梳妝臺上擺放著脂粉、鏡子，門上掛著蒲艾，門口還立著一架大穿衣鏡，陳設十分華麗。

屋裡有一個蛾子正在飛來飛去。祁子俊手裡拿著一把小巧的宮扇，幫助玉麟格格往外驅趕蛾子。玉麟格格盤腿坐在炕邊的錦褥上，正在解著祁子俊送給她的九連環。

祁子俊說：「我說格格，打死它不就得了？」玉麟格格道：「不行，皇上哥哥教導說，不能輕易殺生。」

蛾子終於趕出去了。玉麟格格仍是一副百無聊賴的樣子。祁子俊拿不定主意是不是該說點什麼。玉麟格格拖著腔說：「老土，咱們總得幹點兒什麼啊。」

祁子俊想想說：「我再去找倆人，陪著格格抹骨牌吧。」玉麟格格把手裡的九連環一摔：「沒意思。我覺得心煩。」

祁子俊好笑地問：「你什麼都不發愁，有哪樣可煩的？」玉麟格格說：「什麼都不發愁，那才煩呢。」

祁子俊說：「不如出去走走。今天正好是端午節，咱們出去賞午，好好吃上一頓，怎麼樣？」玉麟格格眉頭一皺：「吃來吃去就是些麵疙瘩，早就膩了。」

祁子俊又說：「去看石榴花，怎麼樣？」玉麟格格說：「不去。」祁子俊想了好半天，終於有了主意：「咱們去晉祠。」玉麟格格問：「晉祠是什麼地兒？」

祁子俊說：「你怎麼連這個都不知道？這是太原最有名的地方，不去晉祠，算是白來一趟太原。」玉麟格格說：「就聽你一回吧。等等，你容我打扮打扮。」玉麟格格對著鏡子，一時整理鬢髮，一時塗抹著胭脂、香粉，打扮得十分認真，還在衣襟上掛了一串避暑香珠，更顯得富於青春的活力。祁子俊耐心地等待著。

晉祠院子裡，周柏參天，古槐縱橫，雕梁畫棟，泉水淙淙。玉麟格格跟在祁子俊身後，漫不經心地觀看著，不時地玩弄著手腕上綾羅製成的小老虎。這是她剛從門口的小攤上買來的。

祁子俊陪著玉麟格格走出獻殿，來到「魚沼飛梁」上面，眼前出現了雄偉壯觀的「聖母殿」。祁子俊說：「咱們腳底下踩的這橋，是大宋朝造的。」

但玉麟格格似乎並不感興趣。她指指大殿問：「裡面供的是誰？」祁子俊說：「是聖母。」

玉麟格格問：「哪個聖母？」祁子俊說：「說是周武王的皇后，姜太公的閨女，太多的我也說不上來了。」

玉麟格格懶洋洋地說：「沒意思，走吧。」祁子俊問：「不去看看？」玉麟格格嘆口氣說：「不看了，跟咱們一點關係都沒有。老土，你就想不出個好玩的地方來？」祁子俊為難地說：「我實在想不出還能去哪兒。」

玉麟格格想了想說：「這樣吧，你陪我去買幾本書，也好打發日子。」

祁子俊忙說：「太好辦了。」他巴不得趕緊擺脫掉她。祁子俊和玉麟格格坐在車裡。祁子俊已經累得不行了，仍在強打精神，不知不覺地打起瞌睡來了。玉麟格格大聲喊道：「嗨！」

祁子俊懵懵懂懂地睜開眼。玉麟格格問：「老土，你還記得當年跟我爭買玉碗的事嗎？」

祁子俊說：「怎麼不記得？你那會兒還是個小黃毛丫頭。」玉麟格格一聽不高興了，噘起嘴說：「誰是黃毛丫頭？」

祁子俊自知失言，趕快岔開這個話題：「格格，什麼時候你帶我見見皇上，也算我不枉活一世。」

玉麟格格說：「這個不難，你好好請我一請就行了。」轉念一想，她又改變了主意：「不行，你總惹我生氣。」祁子俊忙說：「我哪兒敢啊，哄你還來不及呢。」

玉麟格格咯咯一笑，說：「老土，聽說你很有錢啊。」祁子俊說：「別聽他們的，都是瞎傳。」

玉麟格格說：「才不是瞎傳呢，一千二百一十八萬兩，對不對？」祁子俊嚇了一跳，問：「你聽誰說的？」

玉麟格格得意洋洋地說：「你先說對不對吧。」

祁子俊很不自在地笑著，不敢說對，也不敢說不對。過了一會，才小心地問：「你是不是聽王爺說的？」玉麟格格笑道：「我不告訴你。」

祁子俊故意說：「不說就算了。我知道，我對你再好都沒用，你是皇親國戚，才不會把我們這些平民百姓放在眼裡。」

玉麟格格果然連忙說了出來：「告訴你吧，我是聽黃大人說的。黃大人對山西每家票號有多少錢瞭如指掌。」祁子俊問：「黃大人又是怎麼知道的呢？」

玉麟格格說：「黃大人成天琢磨的就是這個，總會有辦法的。」祁子俊說：「錢再多，也是辛辛苦苦掙下的。」祁子俊賠著小心，惟恐又說出什麼讓玉麟格格不高興的話。

玉麟格格隨口又問：「你知道六哥是怎麼說你的嗎？」祁子俊頓時緊張起來，兩眼緊緊盯著格格，屏住呼吸，等著她說出話來。但玉麟格格故意打住了話頭。

祁子俊忙問：「怎麼說？」玉麟格格輕描淡寫地說：「他說，你做事情常有別人料想不到的手段。」

祁子俊大大地鬆了一口氣：「不過，在王爺面前，我只能老老實實的，有再多的手段也使不出來。」

他們來到一家挺大的書肆。書肆老闆看著眼前的祁子俊和玉麟格格，臉上堆起笑來，問道：「兩位要看什麼書啊？」玉麟格格一揚下巴：「甭管什麼書，只要好看就行。」

書肆老闆忙說：「給小姐們看的書就數我這兒最全，有《女四書》、《列女傳》、《女孝經》、《賢媛集》……」玉麟格格不耐煩地打斷他：「得得，誰讓你跟我講這些？」

書肆老闆問：「小姐要看些什麼？」玉麟格格說：「你們男人平常愛看什麼，我也想看看。」書肆老闆為難地說：「這個……」

玉麟格格問：「有沒有照『風月寶鑒』的那個？」書肆老闆忙說：「小姐說的是《紅樓夢》啊，那是禁書，我這兒從來不賣。」

玉麟格格大大咧咧地說：「怕什麼，多多地給你銀子就是了。」祁子俊趕忙將一塊二十五兩重的銀子放在櫃檯上。書肆老闆猶豫一陣，小心地關上店門：「兩位稍候。」

第二十九章

書肆老闆從後面捧出一摞書，放在櫃檯上：「這就是《紅樓夢》，又叫《石頭記》，這是《西廂記》、《牡丹亭》、《長生殿》……都是纏綿悱惻、香豔絕倫的文字，您可別跟人說是在我這兒買的，這些書，是萬萬不能給小姐們看的。」玉麟格格說：「我就不信這個邪，男人能看的，我就能看。」

買好書，祁子俊捧著厚厚的一摞，跟在玉麟格格後面走出書肆。玉麟格格得意地說：「六哥特別疼我，我要做的事，六哥總是依著我。四哥……就是當今的皇上，總說他太寵著我了。」祁子俊還在想著剛才的心事，問道：「王爺平時經常提起我嗎？」玉麟格格故意嚇他：「三天兩頭提你。」她白了祁子俊一眼，一副煞有介事的樣子。

祁子俊忙問：「還說過我些什麼？」玉麟格格又不耐煩了：「說你好，好得不得了，行了吧？老土，我又覺得沒意思了，還有什麼好玩的地方？」

祁子俊撓撓頭皮：「我實在想不出來。」玉麟格格忽發奇想：「咱們去知府衙門轉轉吧。」

祁子俊連連搖頭：「知府衙門臭氣熏天，有什麼好轉的？」玉麟格格一跺腳：「我就要去。」

祁子俊忙說：「好好，你想去就去。不過，有個條件。」玉麟格格說：「你說。」

祁子俊說：「我有個過命的朋友，因為販運私鹽給抓起來了，我想求你在王爺面前說句話。」玉麟格格說：「這個我可不敢瞎說，六哥會生氣的。」

祁子俊說：「你要不敢說，知府衙門我也不敢去。回頭你玩得高高興興地走了，知府大老爺怪罪下來，我可擔當不起。」玉麟格格好奇地問：「你為什麼非要給那個鹽梟求情？」

祁子俊鄭重地說：「從前他救過我的命。」玉麟格格想了一下說：「好吧，依著你，這回咱們算扯平了。到時候我跟六哥說，那個鹽梟家裡有八十歲老母需要奉養，我哥是個孝子，也許一感動，就把他給放了。」祁子俊忙說：「隨你怎麼說，只要把事辦成了都行。」

太原府大堂裡，楊松林正在審案。兩個女人跪在堂下，一個服飾華麗，一個衣衫破舊。李然之走過來，在他耳邊說了一句什麼。楊松林一愣，趕快站起身，隨李然之走了出去。

玉麟格格站在外面。楊松林謙卑地朝玉麟格格施禮：「參見格格。」玉麟格格一揚手：「免了吧。」她四處環顧：「我看你這太原府，還挺氣派的。」楊松林忙說：「沒什麼，都是以前留下的舊房子。」

玉麟格格問：「我問你，你這個知府平時都幹些什麼啊？」楊松林回道：「也沒多少要緊事，平日裡除了伺候上司，就是審審案子。」

玉麟格格興味盎然地問：「現在有案子要審的嗎？」楊松林道：「有。格格進門的時候，我正在審一個案子，兩個女人爭一個孩子，一個農婦，一個戲子，都說自己是孩子的親媽，相持不下，我正不知該怎麼辦呢。」

玉麟格格來了興趣：「這還不好辦？我來替你審，包管一審就清，我們女人的事，還是女人最清楚。」楊松林忙說：「格格能屈尊代勞，卑職自是感激不盡，只是案情複雜，我擔心累著格格，在王爺那裡不好交差。」

玉麟格格說：「不累不累，我也要幹件大事出來，省得六哥總說我不務正業。」楊松林摘下頂戴，托在手裡，只好說：「如此，就有勞格格了。」

玉麟格格興高采烈地說：「今天我要當一回知府大老爺了。」玉麟格格已經換上了楊松林的頂戴，臉上帶著頑皮的笑容，臨要走到堂上時，心中又有些打鼓了。她對祁子俊說：「我心裡發怵（注），不想審了。」

祁子俊說：「你自己要審的，不能出爾反爾啊。」玉麟格格只好說：「老土，那你可得幫著我。」

祁子俊說：「我沒當過官，不會審案子。」玉麟格格急了：「我就指望你了。求求你，說什麼也得幫著我。」

祁子俊安慰她說：「其實也沒什麼大不了的，下面的人看的不是你，是那個位子。不管誰坐在那個位子上，哪怕是條狗，都有了生殺予奪的權力。」玉麟格格白了他一眼，沒有吱聲。

太原府衙大堂裡有一股肅殺之氣。衙役們手持水火棍，橫眉立目地站在兩旁。玉麟格格端坐在大堂中央，左邊是楊松林，右邊是祁子俊。玉麟格格像模像樣地一拍驚堂木，喝道：「大膽刁婦，居然敢冒充孩子生母，快給我從實招來。」

那兩個爭孩子的女人，一個富女人，一個窮女人。富女人搶著說：「我是孩子的生身母親，青天大老爺，您可得給我做主啊。」

玉麟格格繃著臉說：「什麼大老爺，是姑奶奶。」富女人磕頭如搗蒜：「青天姑奶奶，您可得給我做主啊。」窮女人也急忙跪下去說：「孩子是我的，求您給我做主。」

富女人罵道：「你是冒牌貨！」窮女人回道：「你才是冒牌貨！」兩個女人說著，動手廝

注　發怵（音處），恐懼、害怕之意。

打起來。

玉麟格格坐在上面，束手無策，對祁子俊說：「怎麼辦？我頭都大了。」

祁子俊小聲說：「快喝住她們啊。」玉麟格格又是一拍驚堂木：「誰敢擾亂公堂，重打四十大板！」兩個女人都安靜下來，乖乖地重新跪回原處。

玉麟格格小聲問祁子俊：「下面該說什麼了？」祁子俊說：「讓她們陳述案情。」

玉麟格格照葫蘆畫瓢：「現在，你們倆給我把事情說清楚，不許有半點兒瞎話。」她指著富女人：「你先說。」

富女人忙說道：「兩年前，我在戲班子裡唱戲，認識了一個喜歡我的年輕公子，我們倆私訂終身，就有了孩子，後來……這個女人，她把孩子偷走了。」窮女人氣憤地說道：「胡說，孩子是我養大的，他從小瘦骨伶仃的，我為他吃苦受累，費盡了心血，要不是我辛辛苦苦拉扯他，孩子早就沒命了……」

玉麟格格一拍驚堂木：「還沒輪到你說呢！我問你，她是怎麼把孩子偷走的？」

富女人一時語塞，支支吾吾說不出來。

玉麟格格催促道：「說呀！」富女人終於把心一橫，說道：「一年前，那個狠心短命的男人把我趕出了家門。我出於無奈，生下孩子之後，就把他扔到了荒郊野外。沒過多久，那個男人得急病死了，他們家裡人找到我，說是要能找到孩子，就讓我回去，讓孩子繼承家產，他們家只有這一點骨血。我費盡千辛萬苦，終於打聽到，是這個女人撿走了孩子。青天姑奶奶，孩子是我身上掉下來的肉，我不能沒有這個孩子啊。」

玉麟格格對窮女人道：「好，輪到你說了。」窮女人說：「孩子是我的。我說不過她，可是，誰要搶走我的孩子，我就當堂撞死！」

玉麟格格一籌莫展，急得抓耳撓腮對楊松林說：「你說怎麼辦？」楊松林說：「我也不知道該怎麼辦。實在不行，胡亂判判算了。」

玉麟格格轉身對祁子俊說：「老土，你說該怎麼辦？」

祁子俊大聲說道：「派人取一桶白灰來，把孩子也領來。」玉麟格格對楊松林一揮手：「快派人取一桶白灰來，把孩子領來。」

富女人聽到這句話，眼前一亮。祁子俊注視著她。白灰取來了。一個一歲多的男孩站在大堂上，惶恐地看著周圍的人。衙役在他周圍畫了一個白圈。

祁子俊在玉麟格格耳邊低語了幾句。玉麟格格大聲說：「你們倆站在圈子外邊使勁拉，誰能把孩子拉走，誰就是真正的母親。」兩個女人各拉住孩子的一隻手。富女人臉上一副信心十足的樣子。

玉麟格格說：「開始吧。」兩人剛開始拉，富女人就搶先鬆開手，孩子被窮女人拉到懷裡。窮女人緊緊抱著孩子，親了又親。

玉麟格格一拍驚堂木，對窮女人說：「好，你拉過去了，孩子是你的。」富女人憤怒地問：「他是我的親骨肉，我能忍心把他撕碎嗎？」

玉麟格格大怒：「給我出去！再不出去，本姑奶奶判你拐騙幼童，發配新疆！」富女人哭著走了出去。窮女人感恩戴德地磕頭不止：「謝謝青天姑奶奶。」

玉麟格格笑了起來：「別謝我，要謝，就謝這位祁少東家吧。」窮女人忙說：「謝謝祁少東家。」祁子俊擺擺手：「快帶著孩子回家吧。」

從太原府衙門出來，玉麟格格坐在祁子俊身旁，對祁子俊萌生了幾分欽佩之情。玉麟格格說：「我說老土，你怎麼能分辨出誰是孩子的親媽呢？」

祁子俊笑著說：「從前包公斷案，用的就是這個辦法，孩子的親媽不忍心生拉硬拽，自己先鬆了手，這個故事後來給搬到戲臺上，名字叫《灰闌記》。咱們這樁案子裡，那個有錢的女人是個戲子，畫白圈的時候，她的樣子好像是成竹在胸，肯定是知道《灰闌記》這齣戲。這樣我就知道了，如果她搶先鬆開手，孩子反而不能判給她。」

玉麟格格忍不住說：「你真聰明。」祁子俊又說：「但是有一點，我斷定那個戲子才真正是孩子的親媽。她當初把孩子扔了，現在拚命想要回來，心裡想的，根本不是孩子，只是想去繼承那戶人家的產業。」

玉麟格格說：「孩子跟著富人家享福也沒什麼不好啊，你為什麼非要把孩子判給那個農婦？」祁子俊說：「因為那個農婦才會真心實意地對孩子好。」

玉麟格格望著祁子俊，臉上的表情越來越驚奇：「祁子俊，我哥還真說對了。」

祁子俊一下子又緊張起來：「王爺說我什麼？」玉麟格格咯咯笑著：「瞧把你嚇的，我哥十分賞識你。」

祁子俊稍稍覺得寬慰了一些，但還是放不下心來，一路走著，臉上仍是一副心事重重的樣子。

楊松林來到山西巡撫衙門，找袁德明匯報他了解到的情況。袁德明瞇縫著眼睛，正在聽楊松林講話。楊松林說：「我拜會過黃大人了。黃大人只透露說，王爺不日即將抵達太原，別的就不肯說了，還不如沒收禮的那些人說得透澈。」

袁德明淡淡地說：「他就是那麼個人。你別指望他跟你說實在話，只要他心裡有我們就行了。」楊松林不放心，問道：「學生斗膽問一句，王爺要整肅吏治，會不會有什麼名堂？」

袁德明說：「不過是老生常談而已。整肅了這麼多年，吏治非但不見好轉，反而越整越糟。整個大局是亂的，整頓一處，表面上看起來是好了，結果只會亂上加亂。」楊松林問：「我們怎麼辦？」

袁德明慢慢說道：「大和尚念經，小和尚也不能不跟著念念，但是不必過於認真，伺候好王爺，才是最要緊的事。」楊松林氣道：「這個曹鼎臣啊，王爺給他個棒槌，他還就當真了。」

山西巡撫袁德明也氣咻咻地說：「他也是進士出身，怎麼連官場上的這點事都不明白？」楊松林道：「我看他是糊塗油蒙了心，但凡為官的，總得有個分寸。」

袁德明怒道：「斷不能容他放肆。他要是得了勢，我們這些人就只有回家種田的分兒了。」

恭親王終於來到了太原。恭親王端坐在屋子中央的交椅子，看上去興致很高。黃玉昆陪坐在左側，袁德明、曹鼎臣、楊松林三人侍坐在右側，認真地聽恭親王訓話。恭親王的態度十分溫和，但屬下們似乎是習慣了王爺威嚴的樣子，反而顯得有些侷促不安。

恭親王和顏悅色地說：「皇上一向留心學問，勤求治理，我們這些做臣子的，雖然平日裡公務繁多，但也不能荒疏學理，致使迷失心性。離開了聖賢之道，也就無從談起安邦治國。聖人之道行於天下，在外體現為政令、教化、刑法，但其中的根本，卻是內裡的一個『仁』字，正所謂仁者愛人。『仁』者，可以敦教化，正人心，撥亂反正，移風易俗，所以說，王者行仁政，方可無敵於天下。」恭親王清晰地吐出每一個字，既像是在自我欣賞，又像是在享受著講話帶來的快樂。眾官員聽得頻頻點頭。

袁德明恭恭敬敬地說：「王爺不言而信，不怒而威，處心有道，行己有方，襟懷聖德，堪稱楷模，卑職聽來，實在是沒齒難忘。」恭親王看了袁德明一眼，雖然明知他是在拍馬屁，但心裡感覺還是十分舒服。恭親王又說道：「國家建官分職，於鹽務官員之選尤為慎重，是人必須品行端方。鹽務問題，為國之命脈所繫，方今內憂外患，國步顛危之時，更需要廣開言路，集思廣益，望你們據實直陳。」

曹鼎臣道：「依職道看來，鹽務問題的關鍵，在於包商制度造成走私猖獗，朝廷的法度形同虛設。卑職擬定了一套新的官鹽買賣辦法，請王爺過目。」恭親王接過條陳，隨便看了看，就放到桌子上，不以為然地說：「你的意思是說，朝廷的法度到了地方上，就都無法實行了？」

曹鼎臣卑順地說：「職道沒有這個意思。」恭親王轉過頭對著袁德明：「袁大人，你對這事怎麼看？」

袁德明忙說：「王爺，造成鹽政混亂的根本原因，是個別官員自以為是，置朝廷法度於不顧，非要另搞一套，無非是想沽名釣譽。其結果，條文越多，鹽政就越發混亂。」

黃玉昆聽著他們的爭論，一言不發。恭親王問：「黃大人，你有何高見？」

黃玉昆道：「袁大人言之有理。古人以半部《論語》治天下，正是這個意思。我朝關於鹽政的章程已經十分完備了，只要把現有的章程執行好，問題自然可以解決，不必另搞一套。」善於察言觀色的楊松林趕快附和：「奴才贊同黃大人的意見。」

曹鼎臣嫌惡地看了楊松林一眼說：「如果我朝的章程果真如兩位大人所言，試問，為什麼總有官員鑽律條的漏洞，以權謀私，蠹政害民，又為什麼鹽務官員越來越多，鹽政卻越來越亂？」

袁德明道：「浮詞陋見，肆口妄言，紊亂朝政，無裨時事。」恭親王擺了擺手：「你們這樣爭論下去，毫無益處，還是盡快拿出辦法來，杜絕私鹽氾濫。袁大人，此事就由你來主持。」

袁德明忙道：「卑職一定恪盡職守。」恭親王問：「解州私鹽案辦得怎麼樣了？」曹鼎臣回道：「已經移交太原府審理。」

恭親王斷然說道：「嚴行申飭各級官員，禁止參與販賣私鹽，違者重處不赦。限十日之內，將解州私鹽案了結，拿辦所有涉案人員，但也不許累及無辜。」三位官員齊聲說：「是。」

恭親王從堂上退下，來到他在太原臨時的住處內屋。玉麟格格正百無聊賴地呆在屋裡，看見恭親王走進來，從炕上跳起來。玉麟格格說：「哥，你成天聽他們互相攻擊，煩不煩啊？這幫人哪像朝廷命官，活生生的是一群市井小人。」

恭親王耐心地說：「你不懂。古人說得好，『兼聽則明，偏信則暗』，他們這麼鬥來鬥去，互相攻擊，我才能掌握全面的情況。聽說你到太原府瞎折騰去了？」玉麟格格笑道：「沒瞎折騰，老百姓還管我叫青天呢。」

恭親王板著臉說：「下不為例，以後再不許胡鬧了。」

玉麟格格趁機說：「哥，你放過那個鹽梟吧。」恭親王斥道：「是祁子俊讓你求情的吧？這種事情，你不要多嘴。」

玉麟格格說：「我見過那個鹽梟，看著不像是壞人。」恭親王說：「祁子俊特別看重這個鹽梟，其中必有文章。」

這天，祁子俊來到恭親王行轅，向恭親王匯報徵收「練餉」的事。祁子俊面有難色地說：

「對於徵收『練餉』一事，商人們的牴觸情緒很大。」恭親王道：「你是商會首領，應當帶頭報效國家，不准在我這兒哭窮。」

祁子俊忙道：「國難當頭，子俊憂心如焚，即便殞身碎首，也難報國家於萬一。」恭親王笑道：「你什麼時候也學會這一套了？我找你來，是想聽聽你有什麼好辦法。」

祁子俊道：「『練餉』之事，如果王爺准許，子俊即便全力承擔，也無不可。」恭親王和顏悅色地說：「說說看，你有什麼要求？」

祁子俊道：「子俊有意涉足鹽業。」恭親王搖搖頭：「包商的數目，絕對不能再增加了。」

祁子俊道：「子俊以為，不妨倣傚明朝的舊制，無論任何人，凡繳納一兩銀子『練』者，就可以獲得十引鹽的買賣權，用繳稅憑證換取買賣官鹽的『鹽引』。這樣，既增加了稅收，又澈底杜絕了私鹽氾濫。」

恭親王一聽大悅，一拍巴掌說：「這個主意好，誰報效國家越多，應得的好處就越多。我跟黃玉昆他們商議一下，讓他們盡快拿出個具體辦法來。子俊，還是靠了你，這些沒頭緒的事情才有了個結果。」祁子俊又乖巧地說：「王爺這次來，還有什麼我可以效力的？」

恭親王想想說：「我一直想去嘗嘗『清和元』的『頭腦』。」祁子俊忙說：「我去跟掌櫃的說，讓他暫時歇業一天，專門伺候您。」

恭親王笑笑說：「你的心思是好的，但擾民之舉總歸不好，周圍沒有一個人，我吃著也不是那個味兒。」

太原古城「清和元」飯館裡人聲嘈雜，等著買「頭腦」的人排成了長龍。恭親王一身便裝，正在和祁子俊一道品嘗著「頭腦」，兩人都吃得滿頭大汗。恭親王咂著舌頭說：「味道果然不錯。」

恭親王抬起頭來的時候，忽然看見楊松林也正在帶著兩個人站在店裡。楊松林想要上前請安，恭親王衝他擺擺手，示意不要這樣。祁子俊說：「王爺，子俊有個不情之請。」

恭親王警覺地說：「如果是為了那個鹽梟，你就不要再說了。」祁子俊說：「這個水蝸牛，早年同我共同販賣過鴉片，與我有過命的交情。子俊願意全力擔保，還望王爺看在子俊沒少報效國家的分上，網開一面。」

恭親王說：「我什麼都不能答應你。只有等太原府審過案子之後，再作決斷。」祁子俊只好說：「王爺能把這事放在心上，子俊已經是感激不盡了。」說罷，祁子俊朝掌櫃的招招手：「掌櫃的，結帳。」

掌櫃的趕忙走過來：「少東家，帳已經有人結清了。」

送走恭親王，祁子俊立即來到黃玉昆處，把一張銀票放在黃玉昆的面前。祁子俊說道：「黃大人，這點小意思，權當是您在山西的零花錢。」

黃玉昆瞇著眼睛說：「子俊，你怕是無事不登三寶殿吧。」祁子俊道：「黃大人明鑒。」

黃玉昆說：「『鹽引』的事，你既然有能力，就去辦吧，這對國家也是好事，我是不會阻攔的。」祁子俊道：「還有一件事要請黃大人費心，我有個至交好友，被牽涉進了解州私鹽案。」

黃玉昆緩緩點頭說：「我都知道了。王爺已經命令太原府從速結案，明日，要進行三堂會審。」

第二天，果然在太原衙門大堂審水蝸牛。大堂上，袁德明坐在正中間，左右兩側，分別坐著曹鼎臣和楊松林。水蝸牛跪在堂下。楊松林一拍驚堂木：「大膽鹽梟，竟敢違反律條，販運私鹽，背後到底是何人指使，快快從實招來。」

水蝸牛道：「大老爺在上，小的一人做事一人當，這筆買賣完全是小的一手籌劃，與旁人無關。」楊松林喝道：「既然如此，你可認罪服法？」水蝸牛低頭道：「小的甘願服法。」

楊松林大聲道：「來人，讓案犯在供詞上畫押。」李然之站起身，呈上筆錄的供詞。曹鼎臣這時卻喊了一聲：「且慢。」楊松林乜斜著眼睛看著曹鼎臣：「曹大人有何主張？」

曹鼎臣道：「小小一個鹽梟，不可能有此實力，幕後定有主使之人。」楊松林反問道：「袁大人，案犯已經認罪，曹大人這是什麼意思？」

袁德明惱怒地看了曹鼎臣一眼：「曹大人要怎麼樣，就由著他去吧。」曹鼎臣道：「水蝸牛，我看，不動大刑，你是不會招認的。來人，大刑伺候。」衙役們乾答應著，看著楊松林，都不動彈。曹鼎臣冷笑道：「看來太原府的衙役，只聽楊大老爺的吩咐。」

楊松林只好喝道：「曹大人要對案犯動刑，還不快點？」

忽然，一個文巡捕走上來，在袁德明耳邊輕輕說了幾句。袁德明臉色大變：「王爺來了。」

楊松林也變了臉色，只有曹鼎臣坦然自若。三人站起身，一起向門口走去。

恭親王威嚴地走到大堂之上。三位官員齊聲說：「叩見王爺。」

恭親王點點頭說：「起來吧。」他徑直走到中間的位置坐下。袁德明和曹鼎臣待王爺落座後，分別在兩旁坐下，楊松林站在一旁。幾位官員都不出聲，靜候著王爺發話。

恭親王說：「怎麼都不說話？接著審啊。」袁德明對楊松林說：「接著審。」

楊松林答道：「是。」他把筆錄呈到恭親王眼前：「這是案犯的供詞。」

恭親王認真地看著。楊松林等恭親王抬起頭來，才開始發問：「水蝸牛，你可有尚未交代的事情？」

水蝸牛道：「大老爺在上，凡是知道的，小人都已經說了，不知道的，不敢胡說。」楊松林大喝道：「曹大人說得對，不動大刑，你是不肯招認的。來人！」

恭親王一抬手：「且慢。」大家都不解地看著恭親王。恭親王的眼睛緊盯著水蝸牛說：「水蝸牛，你並非鹽商，如何能夠買到大宗官鹽？」

水蝸牛道：「此事十分簡單。每次鹽商出鹽的時候，我給鹽場的人一點好處，讓他們照單再出一次就是了。」恭親王又問：「私鹽到手之後，你販往何處？」

水蝸牛道：「除本省之外，大多運往南方。」恭親王問：「買鹽的人當中，可有長毛？」

水蝸牛道：「小人只管賣鹽，從不過問買家是什麼人。」恭親王點點頭：「這倒是老實話。」稍頓又問：「水蝸牛，你早年參與販賣鴉片，可有此事？」水蝸牛道：「回王爺，確有此事。」

恭親王問：「與你一道販賣鴉片的還有什麼人？」

楊松林心驚肉跳地看著水蝸牛，生怕他有哪句話說漏了嘴。他緊盯著水蝸牛說：「王爺問你的事情，從實招來，不許有半點隱瞞，也不許亂咬好人。」

水蝸牛困惑不解地望著恭親王，只好硬著頭皮說下去：「有個叫祁子俊的……」

恭親王再問：「我問你，除了祁子俊之外，還有什麼人？」水蝸牛道：「再無旁人了。」

恭親王的目光無意中落到楊松林身上，嚇得楊松林魂不附體。恭親王問：「你販賣鴉片也好，販運私鹽也好，都需要大量的銀子，這銀子從何而來？」

水蝸牛道：「是小的找人借的高利貸。」恭親王微微點頭：「這樣說來，並無旁人指使？」

水蝸牛忙說：「絕無旁人指使。」恭親王輕輕一笑：「你倒是個很仗義的人，難怪祁子俊視你為至交。」

水蝸牛趁機道：「求王爺開恩饒命。小的身犯國法，並不怕死，只是上有八十歲的老母需要奉養，她老人家只有我這麼一個兒子。」

恭親王點點頭，似乎一切都在他的預料之中。他轉身向袁德明：「袁大人，你以為怎樣？」袁德明說：「王爺，水蝸牛論罪當誅，但看他是個孝子的分上，不妨饒他一命，以示皇恩浩蕩。」

曹鼎臣著急了：「王爺，鹽梟罪大惡極，必須嚴懲。」恭親王慢慢說道：「按律確實當斬，但念其孝心可憫，姑且放他一條生路，著太原府上報刑部，承祀留養。」

曹鼎臣還想爭取：「王爺……」恭親王打斷他的話：「百善孝為先。皇上有好生之德，以不忍人之心，行不忍人之政，方可運天下於掌上。」

楊松林回到太原知府衙門，與李然之一起苦苦地琢磨著對策。楊松林百思不得其解：「王爺把水蝸牛就這麼放了，真讓人有點兒摸不著頭腦。」

李然之沉吟道：「我覺著，這是做給您看的。」楊松林猜測說：「莫非，王爺已經掌握了咱們參與販運鴉片的情況？」

李然之道：「照眼下的情形看，掌握的面更大些。」楊松林問：「王爺對販賣鴉片之事，又究竟了解多少呢？」

李然之道：「依我之見，王爺是項莊舞劍，意在沛公。」楊松林問：「你是說，他對祁子俊有所懷疑？」

李然之點頭：「正是如此。」

楊松林眼睛一亮：「這樣說來，倒是個天賜良機。」

李然之道：「眼下最好的辦法，莫過於走一著險棋，您親自去向王爺說清楚。倘若他要拿您開刀，躲是躲不過去的，主動坦白出來，反倒能爭取王爺的信任。」

楊松林果然如計而行。他來到恭親王行轅，跪在恭親王面前。楊松林道：「王爺，奴才要向您坦陳一件舊事。」

恭親王說：「講吧。」楊松林道：「水蝸牛早年販賣鴉片，幕後主使之人，正是奴才。」

恭親王沉吟片刻，忽然對楊松林產生了興趣：「難得你對我這麼坦誠。」

楊松林忙道：「卑職出於萬分信賴，才敢將性命交在王爺手上。」恭親王微微一頓說：「你同祁子俊的關係非同一般啊。」

楊松林揣摩著恭親王的心思，更加放大了膽子：「並非如此。當年奴才曾經設下一個圈套，將祁子俊販買的鴉片盡數緝獲，再轉手賣出去，祁子俊如若知情，非得恨死奴才不可。」

恭親王道：「這樣說來，你同祁子俊倒是有些過節。」楊松林表白說：「奴才死心塌地效忠王爺，絕不會與祁子俊之流的奸商沆瀣一氣。奴才對他的行為處處留心，就拿他從長毛手中逃脫來說，實在太過容易，其中有許多可疑之處。奴才懷疑他有變節之舉，早就進行明察暗訪，只是苦無實據。」這句話正中恭親王下懷。

恭親王點頭道：「你繼續查下去。」楊松林又說：「還有，他提出這個『鹽引』的事，分明是要把國家該得的利塞到自己的腰包裡。」

恭親王道：「以後，有關祁子俊的事情，無論大小，都要及時報告給我。」楊松林一低頭：「謹遵王爺吩咐。」

恭親王笑道：「以你的心機，十幾年還是個知府，未免有些屈才。」

楊松林大喜：「全仗王爺的栽培。」恭親王緩緩說道：「山西四品以上的官職，目前一個實缺都沒有，我又不想讓你離開山西。」

楊松林見機說：「卑職近年苦心鑽研，於鹽務方面，頗有心得。」恭親王有些猶豫：「不過，曹鼎臣做了這幾年鹽道，也還算稱職。」

楊松林道：「古人說得好，德勝於才為君子，才勝於德為小人，這個曹鼎臣就是個徹頭徹尾的小人。」恭親王一抬眉毛：「怎麼講？」

楊松林道：「王爺這麼抬舉他，他竟然在背後說您的壞話。」恭親王好奇地問：「說我什麼？」

楊松林道：「說您竊堯舜之詞，背孔孟之道。」恭親王被說到痛處，但又不好發作，只說：「你且下去，我自有主張。來人！」

侍從問：「王爺有何吩咐？」恭親王一揮手：「去把祁子俊給我找來。」

祁子俊來到恭親王行轅外，正要向當值的文巡捕稟見時，等在門口許久的楊松林忽然把他拉到一旁。祁子俊問：「楊大老爺有何吩咐？」

楊松林神祕地說：「子俊，有件事情，老哥不能不告訴你。『鹽引』的事情，麻煩了。」

祁子俊不解地問：「能有什麼麻煩？」楊松林小聲說：「鹽道曹大人極力反對。他一反對，王爺心裡也有些犯疑，這事就有點兒玄了。」祁子俊說：「我沒得罪過這個曹大人，他幹嗎要壞我的事？」

楊松林說：「肯定是你沒打點好。他們那幫人，哪有老哥這樣忠厚的？我看，趕緊給他送些銀子去，大家都是看在錢的分上，什麼事就都順理成章了。」

祁子俊眼睛一抬：「這樣說來，我還偏不送。」楊松林話中有話說：「要是老哥處在鹽道這個位置上，一切就都好辦了。王爺找你什麼事啊？」

祁子俊搖搖頭：「不知道。」楊松林說：「呆會兒見了王爺，千萬別提老哥告訴你的這話。」祁子俊點頭：「我明白。」

祁子俊不安地站在恭親王的面前。

恭親王面無表情地說：「子俊，推行『鹽引』之事，恐怕還要等上一段時間。」祁子俊問道：「王爺吩咐下去，有誰敢不照辦？」

恭親王推脫道：「鹽政之事，屬於重大國策，我不便獨斷專行，還須奏明皇上才是。」祁子俊問：「是不是有人從中阻撓？」

恭親王不語。祁子俊道：「要是楊大老爺能出任鹽道，推行『鹽引』也就毫不費力了。」

恭親王笑了笑：「子俊，我把這個人情留給你，由你推薦楊松林升任鹽道，楊松林心懷感激，在鹽運方面肯定會與你精誠合作。」

祁子俊忙說：「既然王爺有這個意思，子俊自當效力。」

夜晚，祁子俊回到他在太原住著的客棧，正在與蘇文瑞商議。

蘇文瑞道：「子俊，我總覺得有些蹊蹺，王爺要讓楊松林頂替曹鼎臣，何必繞個彎子，讓你去舉薦？」祁子俊說：「這個您就有些多慮了。王爺是為咱們著想，有了這層關係，以後，楊松林能不給咱們辦事嗎？」

蘇文瑞問道：「現任的鹽道怎麼辦？」祁子俊說：「反正王爺瞧著他不順眼，花點兒錢，請人參他一本就是了。」

蘇文瑞又問：「找個什麼理由呢？」祁子俊說：「理由還不好找？他身體欠佳。」

蘇文瑞搖搖頭：「子俊，事情恐怕沒那麼容易。我看，最好能連絡商會同仁，公疏請求楊松林升任鹽道，隻字不提曹鼎臣，楊松林升上去了，自然就把曹鼎臣擠下來了。」祁子俊忙道：「王爺正是這個意思。」

蘇文瑞道：「不過，你現在頭上只有一個虛銜，這道本還須由巡撫大人轉奏。我惟一的疑慮是，曹鼎臣為人究竟如何，咱們還真不太清楚。」

祁子俊說道：「不過是一個俗吏而已。您放心，咱們大清的這些官，隨便拿掉幾個，不會有錯的。」

當晚，祁子俊展開鋪蓋，正準備睡覺，左公超推門走了進來。祁子俊看著他，不禁有些納悶。

祁子俊問道：「左大老爺，哪陣風把您給吹來了？請坐。」左公超坐下問：「子俊，事情進展如何？」

祁子俊故作不解地說：「什麼事情？」左公超說：「你不用跟我裝糊塗，咱們都在為同一件事奔走。我已經散出風去了，說王爺早晚要拿掉曹鼎臣，現在，他手下的人已經都不聽他調遣了。他這個官兒，自己當著都難受。」

祁子俊不由得說：「您可真有手段。」左公超得意地說：「不過是官場上的一點小巧機關而已。」

祁子俊問：「您難道不怕把鹽政搞亂套了？」

左公超道：「怕什麼，無事要生出事來，小事要弄成大事，天下太平了，我們這些人就都沒用了。」祁子俊冷笑一聲：「依著您，世上的事情就沒個是非了？」左公超道：「無所謂是，也無所謂非，誰的官大，誰就是對的。」祁子俊只覺得脊背一陣發冷。

第二天，祁子俊來到山西商會會所，動員商人們寫保舉楊松林的奏折。奏折寫好了，平鋪在桌子上，旁邊擺放著筆墨。商人們依次走過去，簽上自己的名字。余先誠隨口說道：「應該讓關老爺也簽個名才好。」

祁子俊忙道：「區區小事，不必驚動他了。」正說著，一個文巡捕手持拜帖走進來。文巡捕問：「哪位是祁少東家？」祁子俊道：「正是在下。」

文巡捕道：「鹽法道曹大人請您過府一敘。」祁子俊道：「請上復曹大人，我即刻就到。」

山西鹽道衙門內宅裡，曹鼎臣的夫人正在服侍丈夫穿戴官服。曹夫人說：「王爺已經站到了袁德明他們那邊，你這樣硬抗下去，只怕要吃大虧。」

曹鼎臣正色道：「我拚著這官不做，也不能讓這班貪官汙吏的陰謀得逞。夫人……」曹鼎臣欲言又止。

曹夫人溫柔地說：「二十多年的老夫老妻，你還有什麼不能直說的？」曹鼎臣一字一句道：「倘若變生不測，這個家，就只有靠你一人撐持了。有一句話，務要傳下給子孫後代，作為家訓：自鼎臣之後，曹家世世代代，永不為官。」曹夫人鄭重地答應：「我記住了。」

曹鼎臣和祁子俊對坐在山西鹽道衙門客廳裡，兩人神情都十分嚴肅。曹鼎臣道：「祁少東家，我向來是不會恭維人的，但你的手段卻讓我不能不佩服。」

祁子俊不動聲色：「子俊問心無愧。」曹鼎臣問：「祁少東家何必要跟楊松林這班下三濫攪在一起？」

祁子俊嘆口氣說：「人總有身不由己的時候。」

曹鼎臣道：「我只是書生意氣，當了這麼多年官，對於官場上勾心鬥角的事，始終摸不著門兒，還是祁少東家讓我長了一回見識。只是有一句話我要關照你，跟楊松林這路人打交道，一定要格外當心。我擔心，少東家一心為楊松林算計，最後反倒讓楊松林給算計了。」他的話深深地觸動了祁子俊，但祁子俊不是個能輕易認錯的人。

祁子俊只說：「曹大人的好意，我心領了。」曹鼎臣問：「我始終不明白，祁少東家何以對曹某有如此之深的成見？」

祁子俊道：「咱們打開天窗說亮話，曹大人，子俊為國家著想，倡導『鹽引』，您為何從中百般阻撓？」曹鼎臣感到奇怪：「我何時阻撓過你？前不久，我還勸王爺倣傚明朝的『鹽引』制度，祁少東家有此想法，可以說與曹某不謀而合。」

祁子俊緊盯著曹鼎臣的眼睛。從這雙眼睛裡，他看出曹鼎臣講的是真話。他忽然感到有些後悔，也有些內疚，甚至還油然而生了一種欽佩感，便猛地站起來：「曹大人，告辭了！」

祁子俊風風火火地推開蘇文瑞的門：「蘇先生，咱們快停下來！」

蘇文瑞問：「怎麼回事？」祁子俊說道：「咱們都錯了。這個曹大人，沒想到還真是個清官。」

蘇文瑞嘆了口氣：「覆水難收。奏折已經送到巡撫大人那裡，追不回來了。」祁子俊道：「我去面見王爺，勸阻此事。」

曹鼎臣一大早就雙手舉著稟帖，在恭親王轅門前掛號。曹鼎臣道：「費心替我回一聲，就說山西鹽法道曹鼎臣稟見。」

文巡捕答道：「王爺正在議事，任何人一概不見。」

此刻，恭親王正與黃玉昆、袁德明坐在客廳裡，談笑風生。恭親王道：「人非聖賢，貪財、好色，都是小節，但不聽話，問題就大了。楊松林雖然行止有虧，但這樣的人，用起來是不會出大事的。」

黃玉昆點頭說：「卑職以為，王爺所見甚是。」恭親王繼續著自己的思路：「楊松林是鹽道最合適的人選，應該盡快讓曹鼎臣把這個位子騰出來。」袁德明摸著鬍子說：「他辦理鹽政多年，也該休息休息了。」

恭親王搜尋著合適的詞語說：「這個曹鼎臣的確很正直，但正直得有點像一個怪物。」他又對袁德明說：「你給皇上的奏折是怎麼寫的？」

袁德明回道：「我說楊松林才具優長，堪當重用。」恭親王問：「會不會有人在背後說三道四？」

黃玉昆道：「孟子曰，『大人者，言不必信，行不必果。』仁義道德這些東西，平時當然應該多講一講，它能讓人信服你、欽佩你，但到了關鍵時刻，最需要的卻還是手腕。」

恭親王行轅外，曹鼎臣推開阻攔的侍衛，一路闖進客廳。他筆直地挺著身子，神色傲然，對黃玉昆和袁德明似乎視而不見。

曹鼎臣施禮道：「職道叩見王爺。」恭親王道：「你來得正好。」

曹鼎臣不卑不亢：「職道擅闖轅門，冒犯王爺威儀，只因為有一句話憋在心裡，如骨鯁在喉，不吐不快。」恭親王道：「我洗耳恭聽。」

曹鼎臣道：「王爺仁惠天下，英明無比，但王爺身邊卻有一幫巧於鑽營、不顧廉恥的小人，黑白混淆，是非顛倒，王爺不可不防。」

恭親王緩緩點頭：「很好，很好。我這裡也有一件小事，需要跟你核實一下。五年前，你在奉天府任上，曾往京城多次拜謁黃玉昆，可有此事？」曹鼎臣坦然說：「確有此事。」

恭親王不動聲色：「交結京官，結黨營私，按照《欽定吏部則例》，應當怎樣處置啊？」

曹鼎臣身子搖晃了一下，臉色頓時蒼白起來。他答道：「革職。」恭親王的臉上帶著冷酷的笑容：「這樣說來，你是明知故犯嘍？」

曹鼎臣道：「卑職確實違反則例，但數次拜謁，均是出於黃大人邀請。」

黃玉昆忙道：「曹大人，老夫為官多年，一向嚴於律己，自信不會做出這等事情。」曹鼎臣頓時明白了自己的處境，索性將心一橫，來個魚死網破：「卑職違例，但黃大人交通外官，與卑職同罪，按例亦當革職。」

恭親王淡淡地一笑：「黃大人克己奉公，是國家的棟梁之才，皇上倚重方殷，不可能理會這等小事。黜陟大權，向來由皇上親自執掌，你妄加議論，是何居心？」

曹鼎臣道：「王爺，您要撤我十分容易，可惜我這一片忠心……」

恭親王冷冷地說：「愚忠不是忠，只是愚蠢而已。你且摘下頂戴，回去候參吧。」黃玉昆喝道：「妄言犯上，辜負聖恩，居然還敢在王爺面前放誕無禮，還不趕快謝恩退下？」

曹鼎臣跪在地上，狠命地磕了幾個頭，頭上登時流出血來：「王爺，職道去了。」他摘下頂戴，黯然離開。

恭親王喊道：「來人。」師爺從後面走出來。恭親王吩咐道：「你馬上起草一份奏章，這樣寫：戶部尚書黃玉昆敏言慎行，出大力於艱難之際，請奏保兼太子少師、協辦大學士。山西巡撫袁德明經考功清吏司大計議敘，請奏保領兵部侍郎銜，賞正二品頂戴。」

黃玉昆和袁德明一齊跪在地上：「謝王爺。」恭親王哈哈一笑：「今天是皇上的萬壽，大家擺酒慶祝慶祝。」

祁子俊這時正匆匆趕來，在恭親王行轅門口碰見了剛剛走出來的楊松林。他已經穿上了嶄新的鹽道官服。

祁子俊問：「楊大老爺，王爺在裡邊嗎?」楊松林喜形於色地道：「子俊，王爺和黃大人、袁大人都在。」

祁子俊這才注意到楊松林身上嶄新的官服：「您已經……」楊松林說道：「是啊，還不是多虧了你老弟?你找王爺有什麼事啊?」

祁子俊知道已經晚了，只好說：「沒事，沒事，我只是想見見王爺。既然王爺正忙著，我就不打擾了。告辭。」楊松林看著祁子俊的背影，心裡有些納悶。

第三十章

曹鼎臣回到山西鹽道衙門，端坐桌前奮筆寫著奏折。寫完之後，他將奏折揣在懷裡，搬過一個繡墩，踩在上面，神色平靜地取出一條白綾，搭在房梁上，然後套住脖子。他一腳踢翻了繡墩。

新上任的楊松林在山西鹽道衙門裡喜不自禁地擺弄著鹽法道的大印，在一張白紙上連連印了幾下。李然之走上前來：「楊大老爺……」楊松林打斷說：「叫我大人！」

李然之道：「是，大人。曹鼎臣懸梁自盡，還留下了一份遺疏。」

楊松林並不感到驚奇，說道：「先不忙驚動王爺，別敗了王爺的興，你去處置妥當了再報。」晚上，恭親王和黃玉昆、袁德明還在開懷暢飲。楊松林走上前來，把一份奏折呈給恭親王。楊松林道：「王爺，曹鼎臣死的時候，把這個揣在懷裡。」

恭親王接過念道：「君子孤行其意，而恥於言功；小人巧於迎合，而工於顯勤，謳歌獻諛，善投人主之所好。人主耳與譽化，目與媚化……」恭親王大怒，把奏折擲於地上。恭親王罵道：「這是跟我玩『尸諫』的把戲啊。誰是君子？誰是小人？你是怎麼弄到手的？」

楊松林回道：「我手下的師爺與曹家的師爺是好友，略施小計而已。」恭親王餘怒未消，問道：「你有何主張？」

楊松林道：「卑職已經讓人另擬了一份奏折，請王爺過目。」

恭親王從楊松林手裡接過另一份奏折，看得頻頻點頭：「很好，就是這個樣子。原先奏折中關於鹽政的部分，盡可保留，自認無能、無力擔當重任的話也可以，但一定要加上些稱頌皇上聖明的話，才算完滿。」楊松林道：「是。」

山西鹽道衙門內宅裡，臨時搭建起了一個簡樸的靈堂。祁子俊和楊松林都站在弔唁的人群裡。曹鼎臣的夫人見到楊松林，就厭惡地躲開了。祁子俊追了過去。祁子俊道：「在下祁子俊，請夫人節哀保重。」

曹夫人冷冷答道：「多謝祁少東家的關心。」祁子俊從懷裡掏出一張銀票：「兩年前，我住在太原，因為一時手頭拮据，曾經向曹大人借過一萬兩銀子，這筆錢現在算下來，連利息總共是一萬二千兩。曹大人不在了，只好請您收下。」

曹夫人答道：「祁少東家的好意我領了，但拙夫在世的時候，兩袖清風，從沒找任何人借過錢，也沒借錢給任何人。」

曹鼎臣夫人離開了。祁子俊充滿內疚地走回到曹鼎臣的靈柩前。現在，這裡只剩下楊松林一個人。楊松林撫著棺材，輕輕嘟囔著：「老弟，跟我鬥，你還嫌嫩了點。告訴你吧，世上沒有公道，只有權勢。」他抬起頭，看見祁子俊正在注視著他，不禁有些尷尬。

鹽道衙門裡，楊松林與李然之一邊說著，一邊走到屋外。李然之奉承道：「大人換上這身打扮，越發顯得年輕了。」楊松林白了他一眼說：「聽說你最近賣官的生意做得不錯啊。」

李然之笑笑：「哪裡，不過是小打小鬧。」楊松林用手比畫著一個數：「一年下來，得有這個數吧？」

李然之搖著頭：「絕對沒有。」楊松林說道：「你不用跟我打馬虎眼，你只管做你的，我是不會追究的。我這個人你還不清楚？有了好處，哪怕自己不得，也不會虧待手下人的。」

李然之吞吞吐吐地道：「大人……」楊松林眉毛一揚：「嗯？」

李然之問：「您說的那個事兒怎麼樣？」楊松林故作不明白地問：「什麼事兒啊？」

李然之囁嚅道：「……就是抬舉我的事兒。」楊松林敷衍道：「現在沒有合適的職位，這個事情還要從長計議才好。」李然之說：「我聽左公超說，他手下現在空出了一個從六品鹽場運判的職位。」

楊松林輕描淡寫地說：「鹽場運判掌管全省官鹽的販運，事務十分繁瑣，不適合你。」李然之不語，臉上毫無表情。

楊松林又說：「我手下倒還缺個掌管文書的典吏，品級雖然只有八品，但官這個東西，總要一級一級地升才好。」李然之只好說：「謝大人。」他們來到外邊。院子裡停了一頂嶄新的綠呢大轎。楊松林鑽進轎子，前頭一把紅傘，跟著一班執事，顯得十分氣派。李然之恨恨地衝著他的背影咬牙切齒道：「我看你就不是個東西！」

太原客棧裡，蘇文瑞正在收拾桌上的筆墨紙硯，準備離開，李然之忽然推門走了進來。

蘇文瑞驚問道：「然公，您怎麼有閒工夫到這兒來？」李然之恨恨地說：「我賣給你一樣寶貝，只收五千兩。」

蘇文瑞微微一笑：「我得先看看，值不值五千兩。」李然之道：「絕對值。這東西你轉手賣給祁少東家，少說得長一倍的利。」

蘇文瑞問：「究竟是什麼好東西？」李然之道：「千真萬確的好東西，但見不著銀子，還不能給你看。曹鼎臣臨死之前給皇上寫了一份奏折，你可知道？」

蘇文瑞點頭道：「知道，不過是些歌功頌德的話。」李然之搖頭說：「錯，錯，錯。那是後來楊松林改寫了的，真正的奏折，我抄了一份在手裡，其中歷數山西各級官員貪贓枉法之事，連巡撫大人都給捎帶進去了。你說，這個東西在祁少東家那裡，值不值一萬兩銀子？」

蘇文瑞臉上帶著嘲弄的神氣：「然公真是好手段。」李然之得意地笑著：「連楊大人都不會想到，我還留了一手。」

蘇文瑞冷冷地道：「這筆大生意，我怕是做不起。」李然之的笑容一下子僵在臉上，但仍舊不死心：「我想祁少東家會感興趣的。」

蘇文瑞道：「您想什麼，不關我的事。」李然之嘆道：「好，好，這事兒就當從沒發生過。我沒見過你，你也沒見過我。」蘇文瑞道：「這個你只管放心。」

當夜很晚祁子俊才回到客棧。蘇文瑞一直等到他回來，把李然之來過之事告訴了他。祁子俊說：「您就為這件事，一直等著我沒回去？」

蘇文瑞說：「我想跟你說說，此事真是荒唐，我估摸著，八成是楊松林派他前來試探。」祁子俊思忖道：「我看，倒也未必是試探。您說，這個李然之，怎麼這麼壞呢？」

蘇文瑞道：「近朱者赤，近墨者黑。前後左右都是正人君子，你想不當正人君子都不成，可你身邊要是圍著一幫小人，你也當不成正人君子。」祁子俊囑咐蘇文瑞道：「您回去之後，跟家裡說一聲，我還要在太原再多留幾天。」

天空一片晴朗。關近儒背著手在自家院子裡踱步。關家驥走過來說：「爹，已經立秋了，咱收的那幾千石糧食都堆在倉裡，糧價可還在往下跌。」

關近儒胸有成竹地說：「繼續收，把錢莊裡能調度的錢都用上。」

關家驥急了：「還收啊？您聽我一句話，趕緊往外賣吧，別到時候弄個血本無歸。」關近儒微微一笑：「沉住氣。」

夜晚，關近儒站在屋頂，仰視著浩渺的天空，望眼欲穿。晴朗的夜空中，繁星點點。

霍運昌沿著梯子走上來，不聲不響地站在關近儒身旁。半天才說：「老爺，天要總這麼晴下去，咱們倉裡的糧食可就是個事兒了。」關近儒像是對霍運昌，又像是自言自語地說：「應該會下雨啊。」霍運昌說：「我得跟您說一聲，最近錢莊裡的現銀有些周轉不開。」關近儒說：「用倉裡的糧食作抵押，先去拆借一些。」

霍運昌憂慮地說：「萬一老天爺成心跟咱們過不去呢？」關近儒說：「再等一等。」霍運昌說：「已經七月十五了，等到新糧上市，糧價還得往下跌。」

正說著，一片烏雲遮住了月亮。不知什麼時候，天空已經布滿了烏雲。霍運昌忽然感到，一顆水滴落在臉上，他用手摸了摸，等到另一顆雨滴落在臉上，才明白過來。霍運昌驚喜地叫道：「老爺，下雨了。」遠處隱隱地響起雷聲。

關家驥站在院子裡，驚喜地朝屋頂大叫起來：「爹，下雨了！」

連綿的秋雨不停地下著。關近儒穿著蓑衣，在關家驥的陪同下，走到大恆盛掌櫃房門前，脫下蓑衣，一個夥計趕忙把蓑衣接了過去。

關近儒端坐在掌櫃房裡，面前站著關家驥和霍運昌。霍運昌道：「老爺真是神了，下了半個多月的雨，平原地區的千畝良田都被水淹了，當初您買斷山區的青苗，果然有先見之明。」

關近儒微笑著說：「我看，這雨也沒幾天下頭了。霍掌櫃，等天一放晴，你就帶著人到山地去收莊稼。」

霍運昌道：「是。」關家驥說：「我探聽了一下，各家糧行漲價都在四成以上。」關近儒果斷地說：「家驥，開倉售糧！」

關家店鋪裡，夥計從一個男人手中接過錢，把小米倒進男人撐著的口袋中。關近儒帶著關家驥在店鋪裡巡視著。

關近儒和關家驥來到後堂，正在算帳的霍運昌趕忙站了起來。關近儒問：「情況怎麼樣？」霍運昌回道：「我粗略算了一下，不算地裡沒收上來的糧食，咱們已經淨賺了七八萬兩銀子。」關近儒點點頭。

關家驥不由得嘆道：「爹，您可真是有膽有識啊。」關近儒淡淡地說：「這算不上什麼。北方第一大駝商『大盛魁』的經營之道是「春天放印票，秋冬收羊馬」，我不過是從那兒學了一招而已。做買賣，不但要靠誠信，還要靠智慧。銀子是死的，本事是活的，有腦子，不愁沒銀子賺。」

霍運昌由衷地佩服：「老爺說得有理。」關近儒又說：「咱們關家的規矩，每逢荒年，都要在城裡開個粥廠，今年，我們這粥廠要開得比以往都大些，讓所有買不起糧食的人都餓不著。家驥，你去辦這件事。」

關家驥不以為然地說：「有倆夥計不就行了？」關近儒說：「不，你一定要親自去辦。」

關家的粥廠設在太原街頭正大街上。一個夥計把小米倒進一口大鍋裡，用大勺子不斷地攪拌著。鍋裡冒著熱氣。關家驥指揮著幾個夥計搬運糧食。夥計盛了一碗粥，遞給面前的一個老人。後面，等待施粥的人排成了長隊。

大恆盛錢莊裡，世禎穿著一身乾乾淨淨的衣服，站在櫃檯前，正在手忙腳亂地給一位顧客數錢。霍運昌在旁邊觀看著。顧客不滿地說：「掌櫃的，您這夥計可真夠嗆，總共沒有幾吊錢，忙活了一袋煙的工夫，還沒數清楚。」

霍運昌趕緊從世禎手裡把活兒接了過去，抱歉說：「學徒第一天站櫃檯，您多擔待著點兒。」他很快就數好了錢，給顧客開具銀票。顧客說：「薑還是老的辣。」又對世禎說：「你呀，早著呢，想吃這碗飯，不是那麼容易的。」

夜晚。世禎一人在臥室的油燈下，對著桌子上的幾串制錢出神。他學著霍運昌的樣子把錢攏在一起，不小心弄散了一串錢，錢滾了一地。世禎彎下腰去撿錢，他抬起頭來，看見祁伯興站在面前。世禎忙問候道：「叔爺。」祁伯興輕輕撫摸著世禎的頭：「學手藝不能太心急，最主要的是得慢慢練，慢慢體會。」稍頓又說：「霍掌櫃讓我來教教你。」說著，祁伯興將一個錢串子解開，抽出來，雙手上下翻飛，世禎還沒看清楚是怎麼回事，錢已經整齊地碼在桌子上。接著，祁伯興又碼好了一串錢，每串錢都是不多不少。錢在他的手上靈活地轉動著，像是有生命的東西。

祁伯興問：「看明白了嗎？」世禎搖搖頭。

祁伯興說：「我再做慢點給你看，手法並不複雜，但其中的訣竅，只能意會，不能言傳。你要是學會了這一招兒，就算是出徒了。記住，這手法是祁家的獨門絕技，連你姥爺都不能告訴，懂嗎？」世禎重重地點頭：「我懂。」

祁伯興道：「這手法，老東家只傳了兩個人，一個是你親爹，一個是我。我曾經想教給你現在的爹，但他不肯學。」

早晨。學徒們都已經起床離開了。世禎舀了一盆水，認真地洗了一下臉，換了一身嶄新的藍布長衫。霍運昌在旁邊看著他。霍運昌關切地問：「世禎，今天是櫃考的日子，有把握嗎？」世禎信心十足地答道：「有。」

世禎站在了櫃檯前，面對著的還是那個曾經搶白過他的顧客。顧客臉上帶著幾分不屑的神氣。關近儒和霍運昌站在旁邊，兩人都十分關切地看著世禎。

世禎從顧客手裡接過幾串錢，將錢放在桌上，拿起一串錢，抽去錢串子，飛快地數好，手腕擺動了幾下，非常瀟灑地將錢放在櫃檯上，順手將多出的錢放在旁邊，然後又擺好一列錢，共有五列，排得整整齊齊，每列錢不多不少。

世禎響亮地說：「總共五吊零十二文，這是給您的銀票。」顧客驚嘆道：「行啊，小夥計，早聽說過祁家有這門祖傳的絕技，還沒見誰露過，就衝這個，行。」世禎受了誇獎，不好意思地笑了笑。

世禎順利地通過了櫃考，規規矩矩地站在關近儒面前，和別的夥計在東家面前幾乎沒有什麼兩樣。

關近儒笑著說：「今天過了櫃考，你就算出徒了。在錢莊裡呆了好幾年了，我也想考考你。你說說看，怎樣才算一個真正的商人？」

世禎認認真真回答：「靠自己的本事掙錢，生財有道，富甲天下。」關近儒堅決地搖搖頭。

世禎想了想又答：「義利並重，仗義疏財，濟弱扶危，讓天下人受益。」

關近儒還是搖搖頭。世禎仔細再想了一下說：「我說不上來了。」

關近儒語重心長地說：「做一個真正的商人，最要緊的是四個字——深藏若虛。你一定要牢牢記住這四個字，記一輩子。」世禎似懂非懂地輕聲念著：「深藏若虛。」

關近儒又道：「有句俗話說，鷹立如睡，虎行似病。平日裡，老鷹和老虎看上去都是稀鬆平常的樣子，真正有本事的人也是如此，表面上看著不起眼，甚至會讓人覺得沒什麼本事。只有沒多大本事的人，才會拚命顯示自己有本事。等你學會了這個『藏』字，才算真正學會了經商。」

世禎終於回到離開了幾年的祁家大院。他來到關素梅臥室。屋外的老樹枝繁葉茂，蟬聲此起彼伏。世禎背著行李卷，掀開門簾，走進屋裡，在門口放下行李，輕聲喊道：「娘，我出徒了！」

躺在炕上愣愣出神的關素梅聞聲一躍而起，一把將世禎摟在懷裡。關素梅哭道：「世禎，你可想死娘了。」

世禎看著母親滿臉憔悴的樣子，覺得十分心疼，忙問：「娘，您怎麼了，是不是病了？」關素梅擦著眼淚說：「這一陣子總是睡不著。娘沒事，看見你就全好了。對了，這些日子世祺一直住在你屋裡，我讓他給你騰出來。」

關素梅帶著世禎來到他原來的臥室。屋裡已經大變樣子，擺放的全都是世祺的東西。世禎環顧了一下，開始收拾東西。

世祺一臉不情願的樣子，說：「我不！」關素梅道：「你還回自己屋裡去住，都給你收拾好了。」

世祺任性道：「我就住這屋。」關素梅道：「這屋是你哥哥的，還應該讓他住。」

世祺喊道：「他不是我哥哥！」關素梅惱怒地責問：「他不是你哥哥是誰？」

世祺道：「他不過是暫時住在這兒，我才是祁家的正根兒正葉兒！」

關素梅打了他一巴掌：「誰教給你的？」世祺嚎啕大哭起來。

世禎懂事地說：「娘，要不就讓他在這兒住著，我搬他那屋去住。」世祺蠻橫地喊道：「那屋你也不能住！」

世禎也生氣了：「你想讓我住哪兒？」世祺瞪著眼道：「你去跟下人住！」

關素梅又打了他一巴掌，這一巴掌打得更狠了：「我就不信管不了你了，今天你搬也得搬，不搬也得給我搬！」說著，她飛快地收拾好世祺的東西，抱著就往外走。世祺大哭著跟在後面。世祺喊道：「你們欺負我，等我爹回來再說！」

自鳴鐘報響了午夜的整點，在寂靜中，聽起來令人心悸。又是一個痛苦的不眠之夜。關素梅翻來覆去難以入睡。她心緒煩躁地爬起來，披上外衣，走到院子裡，夢遊似的四處徘徊著，不知不覺走到了世祺的臥室。

世祺甜甜地睡著，臉上帶著微笑，似乎正在做著好夢。關素梅給世祺蓋好了蹬開的被子，呆呆地出了一會兒神，然後輕手輕腳地走了出去。

蘇文瑞家裡，深夜，一陣孩子的哭聲響起，蘇文瑞和寶珠都被驚醒了。孩子睡在他們中間。寶珠伸手摸了摸孩子身子下面，說道：「又尿溼了。」她起身給孩子換尿布，想起了什麼地說：「哎！」蘇文瑞答道：「嗯？」

寶珠皺著眉說：「我看，少奶奶這些日子不對頭，整夜整夜的不睡覺，在外面蹓躂，到了白天就一個人自言自語，像是得了魔症似的。」

蘇文瑞說：「應該找個大夫瞧瞧。」寶珠說：「我找了。可少奶奶說她沒病，硬把大夫給趕走了，還問我是不是成心咒她。你說怎麼辦啊？」

蘇文瑞嘆口氣說：「少奶奶這是心病，心病還得心藥來治。」寶珠說：「你跟少東家說說才是。」

蘇文瑞搖搖頭：「說過。唉，清官難斷家務事，說淺了沒用，說深了又不合適。」寶珠道：「真是的，要那麼多錢有什麼用啊？還是像咱們這樣恩恩愛愛過日子好，你說是不是？」

蘇文瑞忙說：「是，是。」孩子不知為什麼哭了起來，寶珠趕忙湊過去看。

恭親王正在太原行轅(注)裡審視著新印好的「鹽引」憑證。玉麟格格一副懶洋洋的樣子，悶悶不樂地在屋裡走來走去。

恭親王關心地問：「你是不是病了？」玉麟格格點點頭：「有點兒。」

恭親王說：「我派人給你找個大夫瞧瞧吧。」玉麟格格不感興趣：「都是些庸醫，瞧也沒用。」

恭親王安慰說：「再將就些日子，事情辦妥了咱們就回去。」玉麟格格卻說：「我在山西還真住慣了，多住些日子也可以。」正說著，一個差官拿著稟帖走進來道：「稟王爺，祁子俊求見。」恭親王道：「讓他進來。」

玉麟格格立刻打起了精神，還掏出隨身攜帶的小鏡子照了照。恭親王看了她一眼。祁子俊進來後，拿著恭親王遞給他看的「鹽引」，面露喜色。祁子俊說：「王爺，這『鹽引』印得還真地道，都快趕上咱們的龍票了。」恭親王一本正經道：「朝廷大事，一點兒都不能馬虎。」

祁子俊沒想到，他隨口說出的話提醒了玉麟格格。玉麟格格叫著說：「對呀，祁子俊，龍票到底什麼時候還給我啊？」

祁子俊一拍腦門說：「哎喲，我還說讓人給帶過來呢，又忘了。」

玉麟格格罵道：「你可真夠意思的，從來山西之前就跟你要，到了快走的時候，還沒拿過來。」祁子俊道：「真對不住格格，忙昏頭了，明兒個我就讓人去取。」

玉麟格格說：「別，這回，你想忘都忘不了，我跟你到家裡去拿。」恭親王勸道：「祁少東家有要事在身，你別給他添亂。」

玉麟格格一扭身子：「哥，我想去看看山西土財主家裡是個什麼樣兒。」祁子俊只好說：「格格能賞光去敝宅，是我們全家的榮幸。」

恭親王點頭道：「你們明天一早就動身，速去速回。」第二天清早，騾車慢悠悠地行駛在祁縣的青石板道路上。玉麟格格哈欠連天地坐在祁子俊身邊，漸漸睡著了，隨著車子的顛簸，頭不時地靠在祁子俊的肩上。祁子俊不敢去驚動她。騾車停了下來。玉麟格格醒了，發現自己剛才靠在祁子俊肩上，臉忽然紅了起來。

玉麟格格道：「我剛才怎麼就睡著了，你也不叫我。」祁子俊說：「回頭驚嚇著格格，我可擔當不起。」

騾車來到祁家大院門前。祁子俊站在車下，給玉麟格格掀起轎簾，體貼地說：「格格小心著點兒。」玉麟格格帶著少有的興奮，走進了祁家大院。

祁家大院裡早已作好了準備。桌上已擺著豐盛的飯菜，雖然不是炮龍烹鳳，卻也是八珍具備，五味俱全。祁子俊正在給玉麟格格倒酒。玉麟格格高興地說：「祁子俊，你們家的酒味道挺好，比宮裡的御酒絲毫不差。」

祁子俊說：「是自己家釀的，回頭我讓人給格格帶上些回去。」玉麟格格將滿滿的一杯酒一飲而盡。

祁子俊囑咐道：「格格少喝點兒，別喝醉了。」

玉麟格格咯咯一笑：「我就是想喝醉。」她又說：「我小時候，有一次，皇阿瑪賞給六哥一瓶西洋進貢的葡萄酒，我每天偷著喝一點兒，酒快喝光的時候，我把酒瓶用紅糖水添滿。六哥一嘗，覺得不是味兒，就賞給下人了，還說呢，這西洋葡萄酒味道可不怎麼樣。到現在，他

注　行轅為大吏出行時所駐的地方。

都不喝西洋葡萄酒。」

祁子俊笑了起來：「你可真夠淘氣的。」祁子俊和玉麟格格的說笑聲一直傳到屋外。

關素梅大睜著睡眠不足的眼睛，目光游移不定，焦慮地在院子裡走來走去，迎面碰上了寶珠。關素梅問：「家裡來了客人，你去看看有什麼要照應的。」寶珠說：「少東家吩咐了，不用旁人在跟前。」關素梅若有所思，恍恍惚惚地走開了。

祁子俊陪著玉麟格格在院子裡四處觀看，兩人有說有笑。格格舉止輕靈，已經明顯帶有幾分酒意了。世禎扒在自己屋裡的窗戶上，注視著他們。

祁子俊領著玉麟格格，來到了院子後面的戲臺前。玉麟格格驚奇地問：「嘿，你家裡還有戲臺啊？」祁子俊答道：「有是有，可從來沒用過。」

玉麟格格高興地走到戲臺中央，祁子俊跟在後面。玉麟格格興致勃勃地說：「今天試試新，咱倆來一段兒。」

祁子俊連連搖頭：「我什麼都不會唱。」玉麟格格說：「天天泡戲園子，傻子也會哼哼兩口兒。《雁門關》，會唱吧？」

祁子俊說：「一點兒都不會。」玉麟格格又說：「《武家坡》總會吧？你接著我。」不等祁子俊回答，玉麟格格就自顧自地唱了起來：「前面跑的王寶釧……」祁子俊接著唱：「後面跟著薛平男……」

玉麟格格唱得多少像那麼回事，祁子俊唱得卻有些荒腔走板。玉麟格格嚷道：「唱的這叫什麼呀？不唱了，我給你說個笑話兒。從前有個演員，每天在河邊吊嗓子，大家都躲他遠遠的，只有一個老頭兒，一聽見他唱就流淚。演員心裡高興，找到機會跟老頭兒說，『老人家，難得遇見您這麼個知音』，老頭兒說，『咳，別提了，有一頭驢，跟了我十來年，今年春天死了，一聽見你唱，我就想起我那頭驢來了』。」沒等祁子俊反應過來，玉麟格格自己先咯咯地笑了起來。玉麟格格說：「跟你開個玩笑，你可別生氣啊。」

祁子俊也笑了：「能讓格格樂一樂，我心裡就高興。」玉麟格格沉思著說：「平日裡怪悶得慌的，有時候在宮裡，我也給懿貴妃講笑話聽。唉，我就不明白，為什麼有些事情，只有你們男人才能去做。」

祁子俊道：「女人裡邊也有幹大事的，像花木蘭、穆桂英、梁紅玉……」玉麟格格打斷他說：「我說的，是掌管天下大事。」

祁子俊恍然大悟：「原來你是想當武則天啊。」玉麟格格沉吟片刻，忽然變得十分溫柔，說話聲音也低了許多。她細聲細氣地說：「我才不想當武則天呢，我想當卓文君。我討厭這種成天裹著黃緞子的日子。我希望能幹出點兒不同尋常的事。也許哪一天，會有個人把我帶走，把我搶走都行，走得遠遠的，讓皇上、六哥，所有的人，都找不到我。」

祁子俊異樣地看著她。玉麟格格卻一點也不覺得尷尬。祁子俊說：「走得再遠，王爺都能找到你。再說啦，誰敢和你私奔啊？」玉麟格格沉入幻想：「我不知道，但肯定會有這麼個人。」她笑了笑。有個教我畫畫的師傅，是意大利人，他曾經動過這個念頭。」祁子俊道：「他真有膽子。」

玉麟格格笑著說：「可他探了探頭，又縮回去了。」她又嚷著說：「祁子俊，給我講講你的事呀。」祁子俊忙把眼睛挪開：「我沒什麼可說的。」他覺得有些難為情，說話的腔調也不自然起來。

玉麟格格調皮地說：「怎麼沒有？那個唱戲的姑娘，叫什麼玉來著……」祁子俊極力掩飾著自己的窘態：「我和她沒什麼。我只不過是常去聽戲而已。」他趕快岔開話頭：「格格累不累，咱們回屋歇會兒吧。」

玉麟格格嘴角含著笑意，還在繼續著自己的思路：「我覺得那個姑娘跟你挺般配的。」祁子俊嘆道：「我哪敢像你那樣，想怎麼著就怎麼著。」

玉麟格格突然道：「我是相信你，才跟你說這些話的，你可不能告訴別人啊。」她朝祁子俊莞爾一笑，忽然覺得自己在精神上和他有了一種奇特的聯繫。祁子俊和玉麟格格離開戲臺，穿過一個小院，走向家祠所在的院子，經過一個通道時，突然，迎面潑來一盆髒水。玉麟格格躲閃不及，渾身被澆了個透溼，樣子十分狼狽。玉麟格格叫道：「是誰……」

祁子俊看見，世禎拔腿正要往屋裡跑。祁子俊喝道：「站住！」

世禎坦然地站在院子裡。祁子俊對玉麟格格說：「真對不住。來人！」幾個丫鬟聞聲從屋裡走出來。祁子俊道：「快帶玉麟格格去換身衣服。」玉麟格格急忙跟著丫鬟們走了。

下午，祁家家祠門前，世禎冷冷地面對著祁子俊，太陽照出兩個人的影子。幾個僕人垂手站在旁邊。祁子俊罵道：「簡直是無法無天。再不好好教訓你，明天就得弒君弒父。」

世禎不吭聲，臉上一副倔強的表情。祁子俊怒道：「跪下。」世禎站著不動。

祁子俊再喝道：「跪下！」世禎仍然不動。關素梅驚慌失措地跑過來：「孩子好不容易回家來，有什麼錯，就原諒他一回吧。」

祁子俊遷怒於關素梅：「都是你慣的！」他又對世禎吼道：「你跪不跪？」世禎不理他，逕自走到關素梅身邊：「娘，我回姥爺家。」

祁子俊吼道：「今天你要是敢出這個門，就別想再回來！」

世禎冷冷地說：「既然出去，我就不打算回來了。」世禎昂然走出家門。祁子俊罵道：「忤逆不孝的東西，從今以後，不准他入祀入譜！」

關素梅身子一顫，極力支撐著才沒倒下去。她搖搖晃晃地朝祁子俊走過來：「世禎犯了再大的錯，也是祁家的骨血，你這麼做，對得起咱爹、咱娘的在天之靈嗎？」祁子俊怒氣沖沖地說：「我這麼做，就是為了不讓祁家毀在他手裡。」

關素梅輕聲說：「你別忘了，世禎在族譜上是長房長孫。」祁子俊氣咻咻地說：「我正想重修族譜。」

關素梅冷笑了一聲：「祁子俊，我算認識你了。我只是有點奇怪，你怎麼到現在才做這件事？」祁子俊不明白她的話：「你說什麼？」

關素梅道：「當初你不讓世禎給老太太摔喪駕靈的時候，就已經算計好了，遲早要把世禎趕出家門。」祁子俊道：「他不認我這個爹，就不用想入祀入譜。」關素梅悲憤地問：「你憑什麼？」祁子俊冷冷地說：「就憑我是一家之主，一族之長。」

關素梅默然無語，片刻，她哀求地跪在祁子俊面前：「我求求你，看在子彥的分上，別這麼絕情，行嗎？」

祁子俊冷漠地瞪了她一眼，頭也不回地走了。關素梅跪在地上，絕望地看著祁子俊漸漸遠去的背影。她想哭，但是沒有一滴眼淚。

世禎離開祁家大院，久久地跪在父親祁子彥墳前。世禎一字一句地說：「爹，您在天有靈，就保佑著我闖天下。今生今世，我就是凍死、餓死，也不花祁子俊一分錢，不在祁子俊家門前討一口飯！」

關素梅遠遠地走過來，從背後拉了拉世禎的衣袖：「世禎，回家去吧，有娘呢。」世禎充滿怨恨地看了關素梅一眼，掙脫了她的手，跑得無影無蹤。

關素梅心如刀絞，再也控制不住自己，撲倒在祁子彥的墳上，失聲痛哭：「子彥，我對不起你！我對不起世禎，對不起老太太，我誰都對不起！」片刻，關素梅擦乾眼淚，抬起頭來，困惑地說：「子彥，我不知道該怎麼辦，你倒是告訴告訴我該怎麼辦啊。」

風吹動著墳頭的枯草。關素梅的眼睛裡閃著空洞、恍惚而迷狂的光芒。關素梅輕聲說：「我聽見了，你說，給祁家就留下一根苗，我聽你的。」

傷心欲絕的關素梅帶著病態的激動回到家裡，打開臥室櫃子，把所有鞋墊都翻了出來。她拿起剪刀，瘋狂地剪著。鞋墊在她手裡不斷地變成碎片，落到地上。她漸漸地安靜下來。關素梅又來到世祺臥室，給世祺換好了一身新衣服。

世祺不解地問：「娘，您不是說，這身衣服留著過節穿嗎？」關素梅慢慢地說：「家裡來了客人，總得打扮打扮啊。」她發現有一個地方開線了，就拿起針，仔細地把衣服縫好，然後咬斷線頭。她的神色顯得出奇地平靜。

夕陽西下。一朵雲彩奇怪地在天空飄盪著。祁家院子後面的池塘中，一片荷花靜靜地綻放著，周圍沒有人，沒有一點聲息，水面上微微泛著漣漪。

關素梅指給世祺看池中的荷花，她的目光淒涼而呆滯。關素梅說：「世祺，你說，裡邊的荷花好看不好看？」世祺天真地說：「好看。」

關素梅說：「你跟娘一起去摘荷花，好不好？」世祺點點頭：「好。」關素梅輕輕拉住世祺的手：「走吧。」世祺問：「就這樣下去？」

關素梅像做夢一樣說道：「就這樣。」她牽著世祺的手，慢慢走下池塘。世祺站在池塘邊的淺水中，顯得十分高興，但不敢走向池塘深處。關素梅摘了一朵荷花，遠遠地遞給世祺。

世祺喊道：「娘，我要那朵最大的！」關素梅望著他，輕聲說：「到娘這兒來。」

世祺試探著朝母親走過去，池水漸漸地沒過了腰。他突然腳下一滑，關素梅抱住了兒子。世祺覺得有趣，抬頭看看母親，但關素梅的目光讓他感到了一絲恐懼。關素梅抱著世祺，慢慢地向深處走去。世祺掙扎著，想要掙脫出關素梅的懷抱，但關素梅死死地抱著他。世祺哭了起來：「不要！」

關素梅癲狂地說：「根本就不該有你。」他們繼續走向池塘深處。世祺拚命掙扎著，絕望地喊著：「娘！」

剎那間，關素梅看見了兒子滿懷乞求和希望的目光，不由得閉上眼睛，鬆開了手。世祺回轉身，拚命向岸上爬去。關素梅望著世祺爬上岸，毫無留戀地看了這個世界最後一眼，慢慢地沉到水中。

祁家家祠裡，祁子俊從桌案上取下裝著龍票的盒子，交還給了玉麟格格。玉麟格格好奇地問：「怎麼一直沒見著你太太？」

祁子俊說：「小地方的女人，沒見過世面，回頭衝撞了格格。」

玉麟格格笑著說：「你是怕我跟她說你在京城花天酒地的事吧？」祁子俊說：「格格既然要見，就見見，你可別見笑。」正說著，世祺突然神情駭然地闖進屋子．祁子俊和玉麟格格都嚇了一跳。

世祺哭道：「爹，我娘……」祁子俊著急地問：「你娘怎麼了？」世祺說不出話，哇哇大哭起來。

祁家大院裡亂成一團，僕人們不停地奔忙著。祁子俊覺得腦子裡一片空白。他茫然地看著一雙雙腳在眼前晃動，眼前一陣發黑，就倒在地上。幾個僕人急忙趕來照看祁子俊，又是掐人中，又是撫胸捶背。蘇文瑞也趕來了。

蘇文瑞叫道：「子俊！子俊！」祁子俊「哇」地噴出了一口鮮血，才悠悠醒轉，眼睛直愣愣地看著蘇文瑞。

已經到了晚上。祁家大院門口，寶珠扶著玉麟格格坐上騾車，兩人的臉色都有些沉重。寶珠關切地說：「格格，天黑了，路上當心著點兒。」玉麟格格小聲嘟囔著：「我來得真不是時候。」她快快不樂地放下簾子，在車上坐穩。隨著車把式的一聲吆喝，騾車在漸漸濃重的夜色中駛離了祁家大院。

祁家家祠再次布置成了靈堂。白色的帳帷從牆上一直垂下來，一班僧眾正在做法事，但傳到祁子俊耳朵裡的，只是一片奇怪而毫無意義的嘈雜聲。祁子俊大睜著失神的眼睛，望著停在靈柩中的關素梅。她的神色顯得十分平靜、安詳。在死去的妻子面前，他由於一種沉重的內疚，而變得迷離恍惚起來。

一陣雜沓的腳步聲傳來。祁子俊轉過身子，看見關家驥帶著一大群親屬，氣勢洶洶地跨進靈堂。

關家驥死死地瞪著祁子俊，毛髮倒豎，面沉似水。關家驥罵道：「祁子俊，今天當著三黨親屬的面，你給我把事情原原本本地交代清楚。我問你，我姐姐是怎麼死的？」祁子俊低垂著頭，不敢搭腔。

關家驥逼問道：「說，我姐姐是怎麼死的？」祁子俊仍舊不敢說話。關家驥一步躥上去，猛地扇了祁子俊一個耳光。祁子俊猝不及防，被打倒在地上。關家驥猶不解氣，狠狠地用腳踢著祁子俊。

祁子俊一動不動，任由他拳打腳踢。關家驥抓著祁子俊的衣領，把他從地上揪起來。關家驥憤怒地吼道：「說，你給我說！」蘇文瑞趕忙跑過去，擋在兩人中間，身上還挨了關家驥幾拳。蘇文瑞不住勸道：「關少爺，有話好說。」

其他人趕忙上前，把祁子俊和關家驥分別拉走。

第二天，關家驥大模大樣地坐在祁家正堂祁子俊平時坐的位置上，蘇文瑞惶恐不安地站在他面前。關家驥怒氣沖沖地說：「……我老爹要是有個好歹，一切都由祁子俊負責！」

蘇文瑞低聲下氣地說：「是，是。子俊交代了，關少爺有什麼要求，只管提。」關家驥得理不讓人：「我姐姐死得不明不白，更不能草草發送了事。要想入殮，得依我三件事。」蘇文瑞說：「關少爺請講。」

關家驥道：「頭一件，要用正位夫人的名分，把我姐姐安葬在祁家祖墳，日後跟祁子俊合葬。」

蘇文瑞道：「子俊就是這樣吩咐的。」關家驥道：「第二件，祁家所有的財產，得有世禎一半。」

蘇文瑞掏出一份寫好的文書，呈給關家驥：「子俊已經立下文書，畫了押，現在就將一半家產放在世禎名下，請關少爺過目。」

關家驥又道：「第三件，出殯的時候，祁子俊得一步一跪，一直把靈柩送到墳地。」蘇文瑞面有難色：「這個……子俊是有身分的人，總要顧及些面子，咱們能不能換個法子，變通一下？」

關家驥毫不退讓：「三條當中，少了任何一條，祁家就甭想入殮。」

蘇文瑞說：「我們這邊，一定會盡全力把喪事辦得足夠風光，至於小處，有不周到的地方，還請關少爺寬待些。」關家驥罵道：「寬待些？他祁子俊什麼時候寬待過我姐姐？」

正說著，門口響起了一個嚴厲的聲音，是關近儒。他喝道：「家驥！」關近儒顫巍巍地走了進來。一夜之間，他明顯地變得蒼老了，眼角平添了許多皺紋。關家驥連忙站起身。

蘇文瑞忙恭敬地說：「關老爺，您請坐。」關家驥扶著關近儒坐下。關近儒平和地說：「蘇先生，讓您費心了。」

蘇文瑞忙說：「沒什麼，子俊的事就是我的事。」關家驥不滿地說：「爹，早就跟您說過，不讓您管，這事全由我操辦。」

關近儒說：「我不能不管。家驥，聽爹的話，人死不能復生。出了這樣的事，子俊心裡也挺難過的，你就別再給他雪上加霜了。你這麼鬧下去，你姐姐走得也不會安心。」蘇文瑞感激地說：「關老爺，我替子俊謝謝您了。」說著，他朝關近儒深深一揖。

關家驥不依不饒：「爹，不能就那麼輕易饒過祁子俊。」關近儒怒道：「難道，你要讓所有人都知道這件事？」

月光如水，靜靜地灑在屋簷上。祁子俊的騾車停在院子裡，騾子安靜地吃著草料。世禎和世祺並排跪在關素梅靈前，兩人離得很近。世祺不時抬頭看一眼世禎，世禎卻連正眼都不看他。世祺遲疑著，許久，終於開了口。他低聲喊道：「哥。」世禎像沒有聽見一樣。世祺聲音更低地喊：「哥。」世禎仍然像沒有聽見一樣。世祺又喊：「哥……」世禎終於轉過頭來，看著世祺，他從世祺的眼睛裡看到了悔恨、自責和期盼。在這一剎那，他終於控制不住自己了。他動情地喊道：「弟弟！」兄弟兩人緊緊地抱在一起。

祁家祖墳裡多了一座新墳，位置緊挨著祁伯群夫婦合葬的墳墓，旁邊空著留給祁子俊的墓穴。墳塋的墓碑上寫著「祁門關氏夫人之墓」。

關近儒極力抑制著內心的悲傷，把供品一樣一樣地擺放在墳前。關近儒說：「素梅啊，你安心上路吧。爹知道你心裡的冤屈，可是，你別怪子俊，要怪，你就怪我們老一輩吧……」說到這裡，關近儒已是老淚縱橫。

第三十一章

關素梅葬禮之後，祁家大院冷冷清清的，顯得毫無生氣。沒有人走動，也聽不到一點聲音。院子裡的一切都還保持著關素梅去世那天的樣子，好像所有東西都不再有人動過。

關素梅臥室的房門緊緊地關閉著。臥室裡一片零亂，地上滿是被剪碎的鞋墊。祁子俊躺在滿地的破碎的鞋墊上，手枕在腦後，眼睛直愣愣地望著屋頂。他渾身無力，眼睛裡失去了往日的光采。他感到自己的生命正在一點點地崩潰。

屋角的房梁上，一隻蜘蛛結出了很大的一張網，捕捉住了一隻小蟲。外面傳來了敲門聲。是寶珠。她喊道：「少東家，吃點東西吧。」

祁子俊木呆呆地動也不動。寶珠又在門外喊道：「少東家，你好幾天沒吃東西了，身子可怎麼受得了啊？」她聽不見任何響動，擔心地透過門縫看了祁子俊一眼，然後嘆了口氣，端著麵碗走開了。

寶珠回到自己家，把麵碗和筷子放在桌子上。蘇文瑞一聲不響地吃著飯，心情十分沉重。

蘇文瑞說：「寶珠，你明白素梅臨走的時候，為什麼要拉上世禛嗎？」寶珠答道：「少奶奶是想只給祁家留一個繼承人。」蘇文瑞嘆道：「素梅入殮以後，世禛就在大恆盛錢莊裡住著，死活不肯回家。我勸了幾回，他連我的話都不肯聽了。」

寶珠說：「孩子一時轉不過來，只好先由著他，反正有他姥爺照看著，不會出什麼麻煩。」

蘇文瑞說：「我擔心的不是世禛，而是子俊。你能明白的事，子俊心裡就更明白了。只要世禎不肯回家，子俊就會永遠覺得對不起素梅。」寶珠說：「他本來就對不起素梅。」

蘇文瑞說：「現在說這些已經沒用了。子俊這樣糟蹋自己的身子，總不是個事兒。」寶珠也嘆道：「我在外面怎麼叫門，他都是一聲不吭，還有一次給他送飯，他硬是把飯碗從窗口扔出來了。」

蘇文瑞忽生一計，說：「我有個主意，不知道行得通行不通。」寶珠著急道：「你就別賣關子了，快說吧。」

蘇文瑞說：「我寫封信，你拿著到恭王爺的行轅去一趟，當面交給格格，你們女人之間好說話。」寶珠說：「你想讓格格來勸少東家？虧你想得出來，人家是金枝玉葉，憑你一句話就能來？」

蘇文瑞說：「過幾天是子俊的三十歲生日。我這封信，用子俊的口氣來寫，請格格來給子俊過生日。這邊，子俊如果聽說格格要來祝壽，說什麼也得出來。」寶珠瞥了蘇文瑞一眼：「你這餿主意管不管用，得試試才知道。」

關素梅臥室裡，祁子俊仍然躺在那，好像多少天來一直保持著這個姿勢。陽光透過窗戶照在一杯水上。水波的光影反射在屋頂上，顯得變幻不定。一片浮雲奔湊過來，遮住了太陽。

寶珠從格格那裡回來，匆匆走進院子。蘇文瑞早已等在門口，迎著寶珠走上前來。蘇文瑞忙問：「見到格格了嗎？」寶珠搖頭說：「格格覺著悶得慌，已經回京城了。」

蘇文瑞失望地說：「白忙活了一場。」寶珠說：「不過，王爺還沒走，我讓人把信交給王爺了。」

蘇文瑞說：「那管什麼用！」寶珠抱著希望說：「萬一王爺想親自來看看少東家呢？」

蘇文瑞說：「你這是一廂情願。不過，借這個因由，我們可以騙騙子俊，就說格格要來，讓他打起精神來。日後等他知道了，也不會責怪我們。你開始張羅著，子俊那裡，由我去說。」說著，蘇文瑞向關素梅的臥室走去。

蘇文瑞站在關素梅臥室門前，關切地聽著裡面的動靜。半晌，蘇文瑞喊到：「子俊，格格要來給你祝壽，你這麼呆著，豈不慢待了格格？」裡面悄然無聲。蘇文瑞又耐心地說：「你一個人隨便怎樣都不打緊，可是，這一大家子人，咱們的票號，都還指望著你呢。你不能讓祁家就這麼跟著你垮掉。」仍然沒有動靜。蘇文瑞嘆了口氣，正準備走開，忽然，兩扇房門無聲地打開了。

祁子俊神情恍惚，眼窩深陷，已經好幾天沒有洗臉了，頭髮、鬍子都是亂蓬蓬的。他步子輕飄飄地從屋裡走出來，邁過門檻時險些跌了一跤，蘇文瑞趕忙扶住他。祁子俊定了定神，強撐著虛弱的身體，慢慢地走到外面。外面的陽光晃得他有些睜不開眼睛。

蘇文瑞痛惜地說：「子俊……」祁子俊喃喃道：「蘇先生……」蘇文瑞忙說：「先去吃點東西吧，寶珠都給你準備好了。」祁子俊終於開始慢慢地喝著一碗小米粥。寶珠和蘇文瑞關切地看著他。

祁子俊慢慢說道：「蘇先生，做壽就免了吧，我實在沒有那分心思。」蘇文瑞說：「免不得。俗話說，三十要過，四十要錯，這三十歲的整壽，是一定要過的。」

寶珠也說：「是呀，明天是暖壽的日子，照理是由閨女操辦，你沒個閨女，只好由我這個乾妹妹代勞了。」蘇文瑞陪著祁子俊在祁氏宗祠外散步。天上烏雲密合，周圍的景色都沉浸在一片昏暗之中。他們沿著祠堂前的青石板路緩緩地走來。

祁子俊沉痛地說：「蘇先生，任您怎麼說，我都不會原諒自己。我總覺得，素梅就像是我親手害死的。」

蘇文瑞勸道：「你當然有錯，可這事兒，不都是你的錯。」

祁子俊在祠堂門口停住腳步：「蘇先生，我不想進去了。」蘇文瑞說：「一定要進去。你只有敢親眼看看素梅死去的地方，才能真正站起來。」

他們來到素梅自沉的荷花池邊。祁子俊出神地看著水面上輕輕蕩起的漣漪。祁子俊出神地說：「到了今天我才明白，原來死是一件那麼容易的事。」蘇文瑞說：「方生方死，方死方生。去者不及，來者不留。天地不沒，浮生可嗟。不管是誰，也無論他做過什麼，都只不過是人世的過客。所以，對待生死之事，總要達觀一些，超脫一些。」祁子俊心灰意冷：「這麼個大活人，說沒就沒了。人只要一死，一切都灰飛煙滅，想想看，平日裡求名求利，折騰來折騰去，又有什麼意義？」

蘇文瑞勸道：「不然，時光飄忽，人生短促，但正因為人肯定會死，生才更有意義。阮籍喪母不哭，莊周喪妻鼓盆，這些古代的名士，之所以能超脫生死，全在一個『達』字上。」祁子俊問：「怎樣才算是『達』？」蘇文瑞道：「順其自然。」

祁子俊聽得似懂非懂。他伸手接住了一個雨點，說道：「下雨了。」

祁子俊來到山西票號總號，重新坐在了掌櫃房的交椅上。窗外下著雨。雨點打在窗櫺上，發出均勻的聲音。他已經換了一身衣裳，梳理整齊了頭髮和鬍子。他消瘦了許多，但臉上也恢復了往日從容而自信的神色。

蘇文瑞欣慰地看著祁子俊。蘇文瑞說：「子俊，這些天我一直沒敢打擾你。撫臺大人多次派人到商會催問，為什麼有一些票號至今仍然拒交『練餉』。」祁子俊問：「有多少家？」

蘇文瑞道：「總共有二十八家。」祁子俊沉思著，似乎是心不在焉地撥拉著算盤珠子，忽然眼前一亮，兀地站起身。祁子俊叫道：「天賜良機，蘇先生，天賜良機！」

蘇文瑞道：「子俊，你把我弄糊塗了。」祁子俊道：「我一直有個念頭，想用義成信的名義把各家票號連絡起來，辦成一家規模空前的聯號。現在，機會終於來了。」

蘇文瑞搖頭道：「我越發地糊塗了。」祁子俊道：「等以後，我慢慢講給您聽。現在，您只須幫我做一件事，試探一下各家票號對這件事的態度。」

蘇文瑞道：「讓這些老字號都併到義成信旗下，只怕困難不小。我看，且不要輕舉妄動。靜則得，動則失，以靜制動，方為上策。」祁子俊堅決地說：「困難肯定是有，但我既想到了，就要做到。」

祁子俊生日到了。祁家大院廚房裡，準備好了的壽桃、壽麵整齊地碼放在桌案上。蘇文瑞正伏案在紅紙上寫著「壽」字。每寫好一張，寶珠就拿來放在壽桃上。院子各處都是一片忙忙碌碌的景象，大家都在極力營造一種慶賀壽辰的氣氛。

祁家大院正堂牆上已經早早地掛起了壽星圖，祁子俊就坐在壽星圖下。蘇文瑞和寶珠走了進來。寶珠笑嘻嘻地說：「壽星佬，我們給你行禮來了。」祁子俊忙回禮：「這可擔當不起。」寶珠呈上了一套嶄新的衣帽。

祁子俊感動地說：「寶珠妹妹，蘇先生，謝謝你們了。」祁子俊又對蘇文瑞說：「蘇先生，我怎麼聽人說，格格已經走了。」蘇文瑞只好說實話：「不騙騙你，怎麼才能讓你解脫出來？」

祁子俊嘆了一口氣說：「蘇先生，除了你們這些至近的親朋好友，我什麼人也不想見。」蘇文瑞說：「這個容易，咱們找個地方避壽去。」

祁家大院門前，寶珠將一張大大的辭帖貼在門上，上面寫著「賤辰無力治酌，謹辭貴趾」。祁子俊和蘇文瑞坐上騾車，向遠處駛去。剛剛下過一場雨，道路上都是泥濘。騾車來到荒郊野外一條小河邊。小河上架著一座獨木橋。蘇文瑞小心地從橋上走了過去。祁子俊也跟著走了過去。騾車停在河對岸。遠處不時傳來烏鴉的叫聲。

河這邊有一家破敗的小酒館。酒館分為上下兩層，破破爛爛的酒旗在風中呼呼作響。祁子俊和蘇文瑞深一腳淺一腳地走進了酒館。祁子俊在門檻上刮了刮腳下的泥，抬頭望去，裡面環境十分骯髒，連個招呼的夥計都沒有。

蘇文瑞見狀說：「咱們上樓吧。」祁子俊跟在蘇文瑞身後，沿著一條昏暗而狹窄的樓梯走到樓上。他們看見凳子上坐著一個老人，看不出來是夥計還是掌櫃的。老人靜靜地坐著，像一尊年深月久的木雕。蘇文瑞大聲喊道：「掌櫃的，來客啦。」掌櫃的站起身，佝僂著身子，慢騰騰地朝他們走過來。

祁子俊和蘇文瑞坐在條凳上，掌櫃的張羅著給兩人倒酒。祁子俊喊道：「嗨，掌櫃的，酒都灑外邊了。」掌櫃的口齒不清地說：「對不住，對不住。」他嘴裡的牙差不多全都掉光了，一副懵懵懂懂的樣子，老眼昏花地看著祁子俊。

祁子俊好奇地問：「掌櫃的，您怎麼稱呼？」掌櫃的道：「山野村民，早已不用了姓名。」

祁子俊又問：「您今年高壽？」掌櫃的道：「高壽？從來沒人問過，我自己也記不得了。」掌櫃的拖著疲憊的步子走開了。

祁子俊喝了一口酒，不禁皺了皺眉頭道：「蘇先生，這酒酸得跟醋差不多，咱們避壽，非得到這種鬼地方來嗎？」蘇文瑞道：「鐘鳴鼎食、吳歌楚舞固然令人心曠神怡，但濁酒粗飯、荒郊野店，才真正可以率性延年。」

祁子俊含笑不語，心下頗有些不以為然。蘇文瑞看出了他的心思，說道：「子俊，這裡雖然看起來清癯窮苦，居處不勝寒，衣食無所有，但不見室家之好，不聞車馬之音，細草留連，殘花悵望，蒼苔碧水，清風徐來，別有一種寂寥風味。」祁子俊笑了笑說：「這境界實在是高不可及，我還是體會不出來。」

蘇文瑞道：「『青袍白馬有何意，金谷銅駝非故鄉。』置身此中，才可拋卻名枷利索，蕭然物外，自得天機。」

祁子俊道：「看來，您是真有什麼天機要對我說破。」蘇文瑞問道：「你可知道，這裡從前是什麼地方？」祁子俊搖搖頭。

蘇文瑞道：「三十年前，咱們祁縣曾經出過一位富甲山西的商人，名叫閻秉義，你有沒有聽說過？」

祁子俊道：「聽我爹提起過。」蘇文瑞不勝感慨地說：「這裡曾經是閻秉義的宅第，當年也是雕梁畫棟，車水馬龍，說不盡的榮華富貴。」

祁子俊頗感意外地收斂起笑容：「我明白了，您是要讓我引以為戒。」蘇文瑞道：「子俊，你在經商方面，才華可謂獨步天下，但我越來越擔心，你的才華到頭來會害了自己。」祁子俊不以為然地說：「您總不會想讓我變得越來越沒出息吧？」蘇文瑞道：「富貴五更春夢，功名一片浮雲。狂花不久，英才招妒，惟退惟拙，可以免患。我真正擔心的是，你在官場上陷得太深了。」

祁子俊不自然地笑了笑說：「怎樣在官場上玩，還是您教的我。」蘇文瑞點頭道：「不錯。但官場上最大的祕密是，永遠不能玩真的，你非要玩真的，就有可能把自己給玩進去。被選來作祭祀用的，總是世間最好的牛，這種牛叫作犧牛。犧牛身上披著綾羅綢緞，吃的是上等糧草，看見耕牛勞作辛苦，就自鳴得意，自以為是，等到被迎入太廟，任人宰割的時候，想做耕牛，已經是不可能的事情了。」

祁子俊道：「您是怕我成為犧牛？我大約還是能把持自己的。」蘇文瑞誠懇地說：「子俊，照著眼前的情形，你只有從最著迷的地方，把念頭放淡，給身後留著餘地，將來萬一到了無路可走的時候，才能全身而退。你不妨試著做個天涯獨往之人，日暮倒行之客，逃名寂寞之鄉，混跡漁樵之侶，將世事榮枯得失，一概看作行雲流水，修煉到小酒館掌櫃的那種火候，才可以立足於不敗之地。」

祁子俊道：「您讓我跟那麼個糟老頭子學，能學出什麼名堂來？」蘇文瑞道：「他不是什麼糟老頭子，他就是大名鼎鼎的閻秉義。」

祁子俊瞠目結舌，半晌無語。忽然，趕車的黑娃慌慌張張地跑上樓來說：「少東家，黃大人到咱家去了。」祁子俊連忙站起身：「怎麼回事？」

祁子俊行色匆匆地趕回祁家大院，走進屋裡，卻見黃玉昆還在低頭細細地品著茶。祁子俊慌忙跪下：「給黃大人請安。」黃玉昆客氣地說：「子俊，請起。」

祁子俊說：「子俊失禮，讓黃大人久等了。」黃玉昆道：「等等無妨。我正好有機會，見識了一下你家的宅院，果然是氣象非凡啊。」

祁子俊道：「也沒什麼，都是祖宗留下來的。」

黃玉昆笑了笑說：「看來，有個好祖宗比什麼都重要。」稍頓又說：「恭王爺一直惦記著你，這不，特地派我給你祝壽來了。」祁子俊這才抬眼望去，見桌子上擺滿了壽桃、壽麵，不禁有些惶恐，忙說：「謝黃大人。」

黃玉昆道：「不必謝我，只須謝王爺就是了。」黃玉昆親手展開一副壽聯，上面寫著「修身中和忠孝名揚天下，處世率真誠信傳之子孫」。

黃玉昆又道：「子俊，王爺賜書壽聯，實在是一件不朽的盛事，老夫為官多年，都沒有遇見過這等榮耀。」祁子俊更加惶恐了：「黃大人，請代我謝過王爺。」稍頓又說：「子俊早已有意，恭請黃大人中堂訓正，只是苦於找不到機緣，今天正好碰見了。阿城，快準備紙筆。」阿城答應了一聲，立刻在桌子上預備好了文房四寶。

黃玉昆笑了笑說：「就不必啦。」祁子俊忙道：「不是不必，而是必不可少。」黃玉昆就不再客氣，提起筆來，略一思索，在紙上寫下了「仁心睿智」四個字。祁子俊叫道：「好。」他又立即奉上一張銀票道：「這個，不成敬意，權當是給黃大人的潤筆。子俊還要煩請黃大人帶上一封信，呈給王爺。」

山西恭親王行轅裡，黃玉昆把祁子俊的親筆信呈給恭親王。黃玉昆道：「祁子俊對王爺的恩典十分感激，明日還要親赴行轅致謝。」恭親王看也沒看，把信放在一旁道：「他總是那麼周到。」

黃玉昆道：「這些天來，我日思夜想，寢食難安，義成信的買賣，做得實在讓人有些擔心啊。」恭親王問：「有什麼好擔心的？」

黃玉昆道：「祁子俊之志，看來不會止於把持山西的鹽運，早晚會瞄著全國的鹽運，這對朝廷未必是好事。」恭親王問：「你有何良策？」

黃玉昆道：「您不是說過嗎，朝廷的生意也不能讓義成信全包了。」恭親王沉吟道：「姑且由著他的性子，能幹多大就讓他幹多大，能聚多少財就讓他聚多少財，天下的錢都放在他家，就更好辦了。孫猴子本事再大，也逃不出如來佛的手心。」黃玉昆道：「說起來，祁子俊真是個聰明人，就是聰明得讓人不放心。」

恭親王道：「那說明他還不夠聰明。真正聰明的人，是不會讓人覺察出自己聰明來的。祁子俊膽子大得驚人，做事機敏，才智過人，他只有一個錯誤，就是自視太高，總以為自己是世界上最聰明的人。」正說著，一個侍從走進來。侍從道：「稟王爺，軍機處緊急公文。」恭親王拆開公文，臉色大變：「長毛突襲杭州，踏平江南大營，主將張國梁為國捐軀，和春傷重，不治身亡。」他轉臉對黃玉昆說：「黃大人，我們即刻出發，剋日返京。」

祁子俊拿著一份文書在義成信山西總號掌櫃房裡仔細地看著。蘇文瑞站在一旁。祁子俊大喜道：「蘇先生，您起草的這份辦聯號的文書，正是我想要的樣子。」

蘇文瑞道：「二十八家票號中，對聯號的事反對最激烈的，當屬余先誠。」

祁子俊道：「我已經料到了。論家底，論威望，余先誠在拒交『練餉』的商人中，都是頭一份，如果能說動余先誠加入聯號，其他人自然不在話下。」蘇文瑞道：「光他同意怕還不行，他上面還有個東家呢。」

祁子俊道：「您還不知道吧，永泰源的老掌櫃身故之後，兒子是個敗家子兒，終日吃喝嫖賭，最後，只好把票號盤給了余先誠。余先誠為了盤下永泰源，還從咱們這兒借了三萬兩銀子。」

蘇文瑞道：「這麼說，永泰源就是他的命根子，他就更不會輕易答應讓別人輕易擁有股份了。」祁子俊自信地說：「我相信能說得動他。」

這天，祁縣的商人們都來到商會會所。二十八位商人全都到齊了，或立或坐，議論紛紛，看見祁子俊走進來，就都不做聲了。祁子俊不客氣地端坐在空著的首席董事位置上，說道：

「列位，今天來的，都是未交『練餉』票號的主事人。撫臺大人再三督促，讓我這個商會會首十分難辦，還請大家給我個面子。」余先誠站起來，率先發難：「這種苛捐雜稅，是我朝定鼎中原以來從沒有的事，我們不能交，也交不起。」

祁子俊從容道：「余世伯此言差矣。『練餉』一項，關乎國家大計，我們為商的，雖然地位卑微，但總要有些憂國之心，有些為國分憂之舉啊。」陳碧川諷刺道：「祁少東家既然深明大義，時刻想著為國家分憂，不妨也替我們百姓分分憂，如何？」

祁子俊道：「每個票號應交的，都有固定的分額，子俊不敢代勞。再說，用繳稅憑據獲取『鹽引』，各位也不是無利可圖。面子上的事，總得顧一些吧？」

陳碧川道：「祁少東家是商會會首，當然要顧及面子，我們首先顧及的，卻是一家老小的肚子。」張金軒冷冷地說：「敝人專心經營票號，對販鹽之事毫無興趣。」另一個商人也道：「對，我也不想要什麼狗屁『鹽引』。」

祁子俊道：「各位不願意交，朝廷又非讓交不可，子俊身為商會首席董事，深感為難。」余先誠譏諷道：「不如祁少東家替我們把『練餉』繳上，這樣，大家豈不兩全其美？」在座的人一片哄笑。眾商人隨聲附和：「對，我們不要『鹽引』，全都奉送給祁少東家。」

祁子俊用木槌敲了敲桌子，大家過了一會兒才安靜下來。祁子俊大聲道：「既然各位有這個意思，子俊願意成全大家。無論哪家票號，凡不願意繳納『練餉』者，子俊都可代為繳納。」余先誠一愣：「祁少東家此話當真？」

祁子俊接著說道：「但是，子俊也有個要求，無論哪家票號，子俊每代繳一萬兩銀子的『練餉』，就請用來換取該票號相當於一萬兩銀子的股份，各家票號招牌的後面，也請再添一個『信』字。我們辦成『信』字二十九聯號，以後，大家風雨同舟，攜手並進。」說著，他從懷裡掏出一份文書：「如果哪位願意，就請在這上面畫個押。」

陳碧川挖苦道：「原來祁少東家早有圖謀，已經做好了套子，就等著我們往裡鑽呢。」祁子俊道：「加入聯號，全憑自願，子俊絕不勉強。」

一片沉默過後，祁子俊站起身來：「如果無人願意，子俊就撕掉文書，權當沒有今天這回事。」他等待著。過了一會兒，出乎意料地，余先誠第一個站了起來：「我願意。」接著，陳碧川也站了起來：「我也願意。」

商人們一陣交頭接耳過後，依次走到桌子前畫押，然後悶悶不樂地從屋門走出去。最後，只剩下張金軒一個人。祁子俊問：「張金公，您呢？」張金軒一言不發地走到桌邊，心情沉重地畫了押。

屋裡只剩下了祁子俊一個人。他長長地舒了一口氣，向後靠在椅子上，閉上了眼睛。余先誠悄悄地走了回來，輕聲說：「賢姪……」

祁子俊坐起來，臉上露出了笑容：「余世伯，我信守諾言。」說著，他從懷裡掏出一張票據：「這是您從義成信借出三萬兩銀子的票據，請過目。」余先誠仔細地看了一眼，點點頭。祁子俊將借據慢慢撕碎。余先誠心情十分複雜，無比感慨地說：「賢姪，你比起令尊大人，可謂是青出於藍而勝於藍。」祁子俊忙道：「余世伯過獎了。」

不到兩天，太原街頭上，永泰源票號「源記」的大紅燈籠、廣恆昌票號「昌記」的大紅燈籠和瑞盛德票號「德記」的大紅燈籠都被取下來，換上了「信記」的燈籠。滿眼望去，整條街道上都是「信記」的大紅燈籠。

祁子俊信步走進一家茶館，在茶館的雅間坐下。掌櫃的趕忙跑過來，小心伺候著。祁子俊問：「上回我給你帶來的茉莉花，還有嗎？」掌櫃的忙道：「有，都給您在茶葉裡熏著呢。」

一個夥計模樣的人大搖大擺地走進來，一見祁子俊，就朝掌櫃的瞪起了眼睛：「掌櫃的，不是跟你說好了，就定這個雅間嗎？我得請幾個有頭有臉的人。」掌櫃的正要說話，祁子俊攔住了他：「多有得罪，我這就給您騰地兒。」說著，祁子俊端起茶碗，朝門外走去，快走到門口時，轉過臉來隨便問了一句：「這位爺，您是不是官面上的？」

夥計大拇指向後一蹺，那樣子根本沒把祁子俊放在眼裡：「信記。」祁子俊笑了笑，走進另外一個雅間。掌櫃的捧著茶具跟在後面。

掌櫃的道：「他是聯號恆泰信新來的夥計，好虛榮，您別跟他一般見識。」

祁子俊來到山西鹽道衙門。楊松林看著祁子俊交給他的厚厚一沓繳稅憑證，不解地望著祁子俊：「這麼多家票號的『練餉』，都是義成信一家出？」祁子俊道：「都是義成信的聯號，由義成信來繳納，也是合情合理的事情。」

楊松林仍然不解：「你確實給朝廷出了不小的力，但是，義成信現在的『鹽引』，已經足夠你賣上好幾年了，屯這麼多鹽，總不能當糧食吃吧。」祁子俊道：「我只是想儲備些，萬一哪天朝廷的規矩變了，別耽誤了生意。」正說著，楊松林的兒子直愣愣地從外面跑進來。他大約有二十多歲，一臉遲鈍的樣子，手裡搖晃著一把算盤。楊公子喊道：「爹，打算盤了！」

楊松林喝道：「快回去！你沒看見爹這兒有客人？」但楊公子並不理會他，徑直在祁子俊面前，打起了算盤，嘴裡還一個勁兒地念叨著：「二一添作五，三一三十一……」突然，他仰起臉，笑嘻嘻地指著祁子俊說：「傻瓜！」

楊松林看了一眼祁子俊，覺得十分丟面子。他尷尬地說：「不許胡說！」祁子俊問道：「這是貴公子？」

楊松林道：「正是。」他長嘆一聲：「老哥公務繁忙，對犬子一向疏於訓教，到現在仍是個不成器的樣子。」楊松林輕輕地把兒子拉起來：「快回內宅，爹一會兒就過去，慢慢教你打算盤。」

祁子俊看見，楊松林的眼神裡竟閃動著他從未見過的愛意。祁子俊道：「貴公子心性十分沉穩，在珠算一項上，不過是缺乏歷練而已。您要是同意的話，我想請貴公子到義成信總號高就，先當個三掌櫃，幹上一些時候，自然就熟練了。」

楊松林驚喜地說：「子俊，你真有這個意思？」祁子俊道：「票號裡事務繁雜，也不必太勞累貴公子。貴公子什麼時候想去玩玩，就由著他自己。三掌櫃的位置，工錢雖然不多，但每年的花紅卻還有些數量。」

楊松林感激地說：「如此，老哥就多謝你了。」稍頓又說：「『鹽引』的事，你只管放心，老哥一定全力幫你。」

楊公子果然來到義成信山西總號當了三掌櫃。他正在院子裡跑來跑去。水蝸牛走了進來。楊公子用手一指水蝸牛：「傻瓜！」水蝸牛愣了一下，隨即向掌櫃房走去。

掌櫃房裡，祁子俊請水蝸牛在客位坐下，親自給他倒了一杯茶說：「大哥，我找您來，是為了鹽的事。」水蝸牛搖頭道：「兄弟，經過那麼一回，可把我嚇慘了，私鹽這一項，我是說什麼也不敢再碰了。」

祁子俊說：「不是讓您販私鹽，是讓您販官鹽，整個山西的鹽，都交給您來辦，就連全國的鹽都交給您來販，也未可知。」水蝸牛還是不自信，說：「這麼大的買賣，我就自己沒那分能力。」

祁子俊道：「我信得過您。」水蝸牛道：「大哥當不起你的信任啊。」

祁子俊道：「大哥，咱們一起死裡逃生，我要是連您都信不過，這天下就無人可信了。」水蝸牛心情複雜地望著祁子俊，說道：「兄弟，你對人真是太仗義了。」

祁子俊道：「您不是想過安穩日子嗎？這回，您再也不用提心吊膽的了。這是『鹽引』，您拿著，需要用錢的時候，就到櫃上去支。」說著，他把一卷「鹽引」交給水蝸牛。水蝸牛正要走開，忽然想起一件事：「兄弟，你有沒有得罪過楊松林？」

祁子俊想想說：「沒有啊。」水蝸牛問道：「那你把他的兒子弄來……」

祁子俊道：「嗨，我不過是想讓他合法地得些好處。他管著鹽政，以後，打交道的地方多著呢，哄好了他，省得跟咱們為難。」水蝸牛道：「你對楊松林真是太義氣了。楊松林這個人，不值得這麼對待。」

祁子俊笑笑：「這個我早就知道。」水蝸牛好心說：「你不知道。大哥勸你一句，別跟他走得太近乎，對這種人，千萬得防著點。」

祁子俊把水蝸牛送出門外，回來的時候，朝票號正廳裡的蘇文瑞招招手，蘇文瑞跟著他來到掌櫃房裡。蘇文瑞問道：「子俊，你找我有事？」

祁子俊說：「蘇先生，我想辛苦您到南邊去一趟，催一催天朝和湘勇欠咱們的槍款。我大致算了一下，天朝欠咱們足有二十萬兩，湘勇差不多也是這個數，不能讓他們總這麼欠下去。」蘇文瑞為難道：「可是，哪邊咱們都得罪不起啊。」

祁子俊道：「槍可以照常給他們，但扣下子彈，誰還上咱們的欠款，就把子彈給誰。」蘇文瑞笑了笑說：「這倒不失為一個辦法。」

祁子俊道：「近來各個分號生意都有些清淡，您再看看有沒有其他生意可做。仗一時半會打不完，咱們可不能總這麼耗著。」蘇文瑞點頭說：「我會想辦法的。」祁子俊囑咐道：「到了那邊，一切由您做主。」

關近儒家正堂的牆上高懸著「公忠體國」的牌匾。關近儒正慢條斯理地對霍運昌講話：「眼下的時局，頗有些撲朔迷離。南京城久圍不下，長毛反倒拿下了杭州、蘇州、無錫和常州，形勢著實令人擔憂。」

霍運昌說：「長毛內訌之後，最早起事的人殺的殺，跑的跑，元氣大傷，現在已不過是強弩之末。」關近儒搖了搖頭：「不然。長毛能與大清朝分庭抗禮多年，其中確有不少能人，就拿最近興起的李秀成來說，他占據蘇、錫、常之後，施行德政，不強迫男女分館，不沒收田地財產，反倒借本錢給小商小販，讓百姓安居樂業，而且不殺俘虜，任由朝廷官兵去留，願去的還送上旅費，可謂大得人心。」

霍運昌問道：「難道朝廷就沒有對付長毛的辦法了？」關近儒道：「八旗、綠營的兵勇不堪一擊，江南大營全軍覆沒，朝廷的安危，就繫於湘軍一身了。曾大人屯兵安慶，進逼蕪湖、廬州，只怕眼前就要有一場惡仗。」

霍運昌道：「好在山西距安徽路途遙遠，戰事波及不到咱這裡。」關近儒嘆道：「國家危急存亡之秋，為商的也不能袖手旁觀，我想，咱們還是盡自己所能，為朝廷出些力。」

霍運昌問：「您的意思是……」關近儒道：「我已吩咐在雲南的藥廠，大量收購三七，全力生產白藥，保證湘軍的需要。另外，我想讓你去一趟上海，湘軍在那裡有個辦事的地方，負責籌辦軍需的何勳初是山西籍舉人，早年貧寒的時候，我曾經周濟過他，後來中了舉，一直還念著往日的交情。我這裡寫了一封信，你去找他，就說關近儒願意為國家效犬馬之勞。」

霍運昌勸道：「關老爺，運送藥品要經過長毛占領的地區，實在太危險了。」關近儒道：

「我們繞道而行，走那些土匪出沒、平時大家都不敢走的路線，多雇幾家鏢局，沿途護送，務必將白藥及時送到湘勇手中。」

霍運昌問道：「那樣一來，豈不是無利可圖？」關近儒一臉正色：「國難當頭，何必曰利？你收拾收拾，明天就動身，有什麼事情，及時寫信過來。」霍運昌忙答道：「是。」

關近儒走到前院，正看見世禎從自己屋裡走出來。世禎變得更加沉默寡言了。關近儒關切地問：「世禎，都快吃飯了，你還要出去？」

世禎道：「姥爺，今天是七月十五，放河燈的日子。」關近儒點頭道：「唔，我差點忘了。去吧，送送你娘，讓她安心地走吧。」關近儒目送著世禎的身影在漸漸濃重的夜色中離開。

夜晚的河邊，河水上漂浮著一個個小小的河燈，蜿蜒形成一條閃著亮光的長蛇。祁子俊蹲在岸邊，把一個河燈放進水裡。河燈也許是被什麼東西擋住了，在水裡打轉，不肯走開。祁子俊氣惱地走到水中，一直推著河燈走到深處，河燈才慢慢漂去。他渾身溼漉漉地回到岸上，過了片刻，看見岸邊漂來了另一盞河燈。他看見世禎正默默地從岸邊站起來。世禎的河燈很快就趕上了祁子俊的河燈。

祁子俊和世禎默默地對視著。世禎的眼神裡充滿了冷漠和孤傲，祁子俊不由得避開了他的目光。祁子俊和藹地說：「世禎，跟我回家吧。」

世禎冷冷地說：「有娘在的時候是家，娘沒了，就不是家了。」世禎驀地轉過身，噙著眼淚，一聲不響地離開了。祁子俊看著世禎的身影，頹然靠在一棵大樹上。幾片葉子從樹上慢慢落下來。

蘇文瑞這天來到上海。汽笛長鳴。一艘小型渡輪緩緩地靠了岸。

蘇文瑞隨著人流，從船上走下來，一邊走，一邊注意地觀看著路旁的景致。黃浦江邊，外灘的景象比起前幾年來更見繁華。

蘇文瑞來到上海義成信票號分號。掌櫃房裡，蘇文瑞正在和徐六交談。徐六說：「天朝的欠款，南京分號已經催過幾次了，那個姓席的小姐，每次答應得都挺痛快，但到如今也沒見到銀子。」

蘇文瑞問：「湘勇那邊情形怎麼樣？」徐六道：「也是一樣。何勳初最近經常過來走動，來了就是一大通冠冕堂皇的話，一點正經事不辦，還總打聽您什麼時候到上海分號來。」

蘇文瑞不解：「打聽我幹什麼？」徐六思忖道：「瞧他那樣子，八成又想打咱們的秋風。」蘇文瑞想了想說：「我還真想去會會他。」

第二天，蘇文瑞來到上海道臺衙門。蘇文瑞的騾車停在上海道臺衙門外邊。守門的文巡捕攔住他。蘇文瑞舉起一張稟帖：「煩請您通稟一聲，就說義成信的蘇文瑞，拜見何勳初何大老爺。」

文巡捕道：「不用通稟，自己進去吧。你瞧見拐角那間小耳房了嗎？他就呆在那兒。」蘇文瑞順著文巡捕手指的方向看了一眼，那間房子實在有些不成樣子。那就是何勳初住處。

蘇文瑞走進去，與何勳初寒暄著坐下，兩人的樣子都極是客氣。蘇文瑞道：「何兄，一向可好？」何勳初道：「沒什麼好，也沒什麼不好，一言以蔽之，焦頭爛額。」蘇文瑞問：「何兄春風得意，何有此嘆？」

何勳初嘆道：「春風常有，不過就是吹不到我身上而已。」蘇文瑞笑道：「何兄就是愛詼諧。」

何勳初道：「真格的。你看人家那些不幹正經事的，呆在雕梁畫棟的大衙門裡作威作福，我們這些真正給朝廷賣命的，就縮在這麼個鬼地方，連下人都不拿正眼看你。這且不說，我們那位曾大人，還總責備我辦事不力。」蘇文瑞道：「何兄採買洋槍，可是為湘勇出了大力啊。」

何勳初連連擺手：「不提了，不提了。」蘇文瑞說：「有件小事還得勞動何兄，湘勇欠義成信的銀子，數目可是不小了，是不是該清一清了？」

何勳初道：「你儘管放心，朝廷絕不會虧待了你們。」蘇文瑞道：「這個我相信，只是我們商家也有周轉不開的時候，還望何兄多加體諒。」

何勳初推諉道：「錢是有一些，但眼下馬上就要開仗，急需採買大量白藥，實在騰不出錢來還帳。曾大人有言曰，前方將士出生入死，為國流血負傷，務必要及時救治，不能有絲毫懈怠。可是錢呢？漂亮話不能當銀子使，哪個商家都要一手交錢，一手交貨。」

蘇文瑞也嘆道：「曾大人也有曾大人的難處。」何勳初卻說：「曾大人的難處有人體諒，我的難處誰來體諒？蘇兄，你要是體諒我的難處，就借我一百萬兩銀子。」

蘇文瑞駭道：「何兄說笑話了，我哪有那麼大的本事？」何勳初道：「蘇兄，我現在已經淪落成了一個商人，天天跟人討價還價。就說買白藥吧，價錢已經壓得夠低了，可我還是湊不足這筆錢。」

蘇文瑞略一沉吟，忽然有了主意：「我倒有個主意，說給何兄聽聽，不知是否可行。」何勳初忙道：「你說說看。」

蘇文瑞道：「雲南每年上繳的稅銀，大約有多少？」何勳初道：「我估摸著，不過一百多萬兩銀子。」

蘇文瑞說：「義成信為朝廷代轉稅銀，又為湘勇代發軍餉，如能利用這些便利，將雲南應繳的稅銀折合成白藥，再由義成信作為軍餉抵給湘勇，將來義成信拿著兩邊的憑據，直接向朝廷要錢，雲南、湘勇方面，都不用出一個子兒，又得到了自己想要的東西，豈不是兩全其美的好事？」

何動初頻頻點頭：「蘇兄真是足智多謀。我這就派人去稟報曾大人，從速上奏朝廷，依蘇兄之言而行。」蘇文瑞又道：「不過，具體怎樣折算，票號還要根據實際情況進行。」

何動初忙說：「我明白，總要讓你們有利可圖，就是連欠義成信的槍款都折算進去，我也沒意見。」蘇文瑞笑了笑說：「那倒不會。」

此時霍運昌也依關近儒的安排來到上海。他正要走進道臺衙門，忽然看見何動初正送蘇文瑞出來，兩人樣子十分親切，就趕緊閃在一旁。他目送著蘇文瑞遠去的背影，滿腹狐疑。

霍運昌來到何動初住處。桌子上擺放著的蓋碗茶一動沒動。霍運昌直瞪瞪地看著何動初，樣子顯得十分氣憤：「本來已經說定的事，你們突然又要再壓低兩成價錢，叫我怎麼跟東家交代啊？」

何動初說：「不是我不想買，是你要的價錢太高，我承受不了。」霍運昌道：「照現在的價錢，大恆盛已經是無錢可賺，再往下壓價，這生意就沒法做了。」

何動初道：「你們不做，總會有人去做，有人想把白藥生意都攬下來，我看著跟關老爺多年的交情的分上，沒答應他，特地給你們留了一部分。但是，只能照我開出的這個價錢，賣不賣隨你。」

霍運昌氣憤地說：「我們大恆盛處處為朝廷著想，朝廷總不能背信棄義啊。」何動初忙道：「不要亂講。你這牢騷，也就在咱們大清朝發發還可以，要是擱別的朝代，早就將你拿辦了。」

霍運昌嘆道：「我寧肯被拿辦，也不願意辜負了東家。」何勳初冷冷地說：「你是為錢莊著想，我是為國家著想，孰輕孰重，明眼人一看便知。這個價錢已經很公道了，你回去同關老爺商量商量，什麼時候商量好了，什麼時候過來，我隨時恭候。」他做出了一副端茶送客的架勢。霍運昌也憤憤地說：「告辭了。」

第三十二章

霍運昌回到自己在上海的臨時住處，蹙著眉頭在油燈下給關近儒寫信，不時發出一聲無奈的嘆息。這天，關家驥拿著一封信走進來，呈給關近儒：「爹，霍掌櫃來信了。」

關近儒拆開信看了看，拿著信的手顫抖著，臉色十分難看。關家驥忙問：「出什麼事了？」

關近儒不語，把信遞給關家驥。關家驥只看了一眼，頓時暴跳如雷，罵道：「這個祁子俊真是六親不認，搶生意居然搶到咱們頭上來了。」

關近儒平靜地說：「生意和親情，本來就不能混為一談。」關家驥氣道：「我找他講理去！」

關近儒道：「你不能去！」關家驥沒好氣地說：「以前我說他不好，您總護著他，這回您相信我了吧？祁子俊根本就不是個東西。我姐姐屍骨未寒，他祁子俊就翻臉不認人，這回您甭管，我跟他沒完！」關近儒忙喊道：「家驥！」

關家驥只當沒聽見，大步流星地走了出去。關家驥來到義成信山西總號掌櫃房，猛地一拍桌子，震得桌子上的茶碗、帳簿都跳了起來。祁子俊抬起頭，吃驚地望著關家驥。

關家驥大罵道：「你幹的好事！」他把那封信忽地摔在桌子上。祁子俊展開信，只看了一眼，就驚慌起來：「這個蘇先生是怎麼搞的？」

關家驥喝道：「你少跟我裝蒜！」祁子俊解釋道：「家驥，我真的是不知情，蘇先生肯定也不是成心要壞咱爹的生意。」

關家驥道：「這批藥材，光本錢就一百多萬兩銀子，你說該怎麼辦？」祁子俊緊皺雙眉，不安地走來走去。關家驥又是一拍桌子：「你倒是說呀！」

祁子俊道：「你容我想想。」他抱著頭，想了一會兒，忽然抬起頭來。祁子俊道：「我去跟爹說說。」

關家驥道：「你別以為我爹好脾氣，想跟他糊弄糊弄了事，你不給我說出個子丑寅卯來，這事就不算完。」祁子俊忙道：「我不是這個意思。」

祁子俊來到關近儒家。關近儒望著祁子俊，長長地嘆了一口氣說：「子俊，事情已經無可挽回，就不要再提了。」祁子俊說：「爹，還可以挽回。我立刻寫一封信，由家驥親自帶到上海，讓蘇先生停下藥材生意，即刻返回山西。」

關近儒說：「蘇先生那裡當然好說，但曾大人已經奏明皇上了，怎麼可能挽回？」祁子俊說：「我去求黃大人，讓戶部封還御批，再行商議。」

關近儒說：「封還御批，可不是鬧著玩的，弄不好要殺頭的，黃大人不可能幫這個忙。」祁子俊說：「眼下皇上身體不愈，奏折都由恭王爺代閱，恭王爺肯定會給黃大人這個面子。」

關近儒說：「能辦當然好，不能辦，你也不要勉強，需要多少花銷，都由我來出。」祁子俊忙說：「無論如何也不能讓您出錢。」

關近儒斷然說道：「我不能欠你的錢。」祁子俊懇切地說：「爹，我欠您的東西，要是能用錢買回來，就是傾家蕩產，我也幹！」

關近儒想了想說：「果真能處理好的話，這筆生意，對於大恆盛來說，倒是一個轉機。」祁子俊道：「這個何動初，當年跟您不是還有些交情嗎？」

關近儒說：「從前是有些交情。子俊，你知道，有些人是不能當官的，一旦當了官，他就不再是人，而是人渣兒了。」

關家驥帶著祁子俊的信，底氣十足地走進上海義成信票號分號正廳，夥計們看見關家驥，臉上都有些驚詫，但還是禮貌地同他打招呼。

關家驥客氣地說：「大家都忙吧，我找蘇文瑞講話。」徐六忙說：「蘇先生在掌櫃房裡，我去給您通稟一聲。」關家驥伸手攔住他：「慢著，我自己去。」

蘇文瑞一見關家驥，就熱情地招呼關家驥入座，說道：「關少爺，您可是稀客。」關家驥傲慢地打量著蘇文瑞，看得蘇文瑞心裡有些發毛。關家驥冷冷地道：「蘇先生在義成信混了些日子，越發的精明了。」蘇文瑞說：「哪裡哪裡，不過是稍微學了一些生意上的皮毛。」

關家驥挖苦道：「蘇先生不過學了些皮毛，就已然如此，要是學到了家，只怕大恆盛早已蕩然無存了。」蘇文瑞驚問道：「關少爺何出此言？」

關家驥並不答話，將一封信交給蘇文瑞。蘇文瑞拆開信看了看，沉吟不語。

關家驥問：「蘇先生還有什麼話要說嗎？」蘇文瑞說：「少東家的意思，我一定照辦。」

蘇文瑞按照祁子俊的意思，極力疏通，終於替關家大恆盛挽回了那筆藥材生意。這天，何動初也來到霍運昌在上海的臨時住處賠罪。何動初將一盒禮品放在桌子上，厚著臉皮對霍運昌賠笑。關家驥冷冷地打量著他。何動初賠笑道：「霍掌櫃，一切都是上邊的意思，我不過是個當差的，還望多加體諒。」霍運昌冷冷地說：「這些事情，跟我們關少東家講。」

何動初趕快把臉轉向關家驥：「請關少東家多多包涵。」關家驥極力做出一副不卑不亢的樣子：「我們大恆盛一向是急國家之所急，想國家之所想。」

何動初忙說：「這是有目共睹的事情。我和關老爺相交多年，對關老爺的為人，極是欽佩，現在又見關少東家有乃父之風，實在令人欣慰。我在曾大人面前，極力讚揚大恆盛的藥材貨真價實，建議除了大恆盛，不再收購別家的藥材。」

關家驥不冷不熱地說：「那倒要多謝何大老爺的美意了。」何勳初道：「只是目前朝廷還有部分銀子尚未解到，我自作主張，在現在收購價錢的基礎上，給大恆盛再提高一成。」關家驥道：「提高價錢倒不必了，我們關家做生意，從來就不二價，說什麼價，就什麼價。」

祁子俊也跟著馬不停蹄地趕到北京來拜見黃玉昆。祁子俊在黃府門前下了車，走進黃府，門口的僕人禮貌地朝他作揖，祁子俊也還了一禮。

黃府正堂裡，黃玉昆笑咪咪地接過祁子俊遞過來的銀票，卻皺著眉頭說道：「子俊，你這回給我出的難題可太大了，封還御批，豈是像你想的那麼容易？」祁子俊道：「子俊也是不得已，才出此下策，承蒙黃大人鼎力相助，子俊實在是感激不盡。」

黃玉昆賣弄道：「多虧了軍機處那幫人還買我這個老面子。」祁子俊連忙奉承：「有誰能不買您這三朝元老的面子？」

黃玉昆嘆道：「大有人在啊。朝廷裡的事，畢竟不像生意場上那麼簡單。」祁子俊趁機道：「子俊雖然跟不少官員打過交道，但真正能仰仗的，就只有您一個。黃大人，子俊在鹽務方面還有些疑難，懇請您不吝賜教。」黃玉昆沉吟片刻道：「子俊，恐怕連你自己都沒想到，你為朝廷辦了一件多大的事。自從實施『鹽引』制度以來，成效卓著，不僅私鹽氾濫得到有效控制，長毛那邊還發生了鹽荒。你是頭功一件。」

祁子俊忙道：「離開了黃大人的訓導，子俊只會一事無成。」黃玉昆猜測道：「你是不是又在動什麼心思？」祁子俊道：「子俊有意再為國家多出些力。」黃玉昆問道：「難道說，整個山西的鹽，還不夠你賣的？」

祁子俊道：「這倒不是。只是『鹽引』制度在實施當中，仍然禁止越界販鹽，對於鹽商仍有諸多不便，就拿我來說，按照目前繳納『練餉』所得的『鹽引』，如果限制在山西一地，恐怕幾年之內都賣不完。」

黃玉昆問道：「你有何主張？」祁子俊道：「子俊以為，既然推行『鹽引』制度，地域限制已經形同桎梏，不如打破陳規，只要擁有『鹽引』，在任何地方就都有販鹽的權利，這對朝廷和鹽商，是兩便的事。」

黃玉昆思忖道：「好是好，但這樣的大事，還要奏請皇上許可。」祁子俊忙道：「只要您同意，皇上自然會認可。」黃玉昆道：「不是這樣說的。」他沉吟著又說：「看來，我還是低估了義成信的實力。」

祁子俊辭別黃玉昆，從正堂裡走出來，看見黃公子站在廊下，愁眉苦臉地背著書。祁子俊問道：「黃公子，多日不見，怎麼忽然發憤，讀起聖賢書來了？」黃公子唉聲嘆氣地說：「老頭子給我捐了個監生，硬逼著我死背這些破玩藝兒，好參加今年的鄉試，已經半年沒讓我出門了。」

祁子俊好笑道：「那還不把人憋出毛病來？」黃公子說：「可不是，我這渾身上下，沒一個地兒舒坦。」

祁子俊道：「黃大人不過是找個理由，讓你讀書而已。洋人把天津都占了，今年哪兒還能有什麼鄉試？」黃公子道：「我巴望著永遠都別有什麼這試那試的了。你剛才說什麼，洋人把天津都占了？」

祁子俊說道：「你真是兩耳不聞窗外事。洋人眼瞅著就快打到通州了，皇上正為這事兒犯愁呢。」黃公子拍拍手裡的《中庸》說：「我比皇上還愁呢。」

祁子俊笑著說：「看你這樣子，真是怪受罪的，不如跟我到春草園去散散心，怎麼樣？」

黃公子心中一動，但看了看黃玉昆所在的屋子，朝祁子俊撇了撇嘴。

祁子俊忙道：「別擔心，回頭我替你遮掩遮掩就是了。」黃公子小聲道：「噓，那咱可得悄悄的。」兩人躡手躡腳地走出院子。

祁子俊和黃公子來到春草園戲班。黃公子坐在椅子上，一副身心愉悅的樣子，歪頭看著祁子俊說：「祁公子，你可是我的大救星啊。」

祁子俊笑道：「回頭你還在會賢堂請我吃魚翅席得了。」黃公子不好意思地說：「別提，別提。」

正說著，潤玉把幾樣小點心擺在桌上，就問道：「會賢堂是怎麼回事？」祁子俊笑了笑說：「這是我和黃公子之間的事。」潤玉大致猜出兩人之間曾發生過什麼，但也不好再問下去了。

此時，臺上正在演出《易鞋記》中韓玉娘「夜紡」一場，潤玉坐在祁子俊身邊，心中別是一番滋味。黃公子看看祁子俊，又看看潤玉，說道：「妹妹，你和祁公子倒真是般配。」

潤玉臉一紅，罵道：「別胡說。」黃公子道：「我說的是真心話。」潤玉佯裝生氣地說：「你再說，我就不理你了。」

黃公子忙道：「我不過是順嘴說說，妹妹，你別往心裡去。」他忽然想起似的說：「你這戲班子裡的行頭，可是大不如從前了。」

潤玉嘆道：「這些行頭用了好幾年，早該換了，可自從去年開始，綢緞莊裡賣的就都是以前積壓的舊貨，我想等等吧，可到了今年，連一絲綢緞都見不著了。」

祁子俊也說道：「你一說我才想起來，這街上還真沒什麼人穿新衣裳，就是有，也都不是絲綢做的。」黃公子道：「可不是。你瞧我這身，也是舊的。祁兄，你要是弄些絲綢到京城來賣，可是一筆不小的生意。」潤玉點頭說：「黃公子說得有理，你不妨試試做點兒絲綢生意。」

祁子俊笑了笑說：「我對絲綢生意沒什麼興趣，但戲班子裡的行頭要用的這點兒絲綢，我倒可以找著門路。」

祁子俊回到北京義成信票號，走進票號院子的時候，袁天寶已經鎖好了掌櫃房的門，正要離開。

祁子俊問道：「袁掌櫃，今天有什麼事嗎？」袁天寶答道：「沒什麼事，就是頭晌午的時候，有個姓席的公子來找過您，我讓他明兒個再來。」祁子俊心中一動，忙問：「您沒看錯，肯定是個男的？」

袁天寶說：「瞧您說的，我還能連男女都分不清？肯定是個男的，不過，人長得倒挺清秀。」祁子俊問：「她說有什麼事了嗎？」

袁天寶搖頭道：「沒說，看樣子挺著急的。」祁子俊道：「回頭她再來，您就說我一直沒回來，也不知道上哪兒去了。」

袁天寶不解地問：「那為什麼啊？」祁子俊道：「您別管了，就照這麼說。」說著，祁子俊同袁天寶一道走出了票號。袁天寶又問：「您剛回來，怎麼就要走？」

第二天，席慕筠一身富家公子打扮，警覺地走進北京義成信票號。票號門前沒有多少顧客來往，罕見地出現了門庭冷落的局面。幾隻麻雀蹦蹦跳跳地在地上尋找著食物。

席慕筠站在票號正廳的櫃檯前，期待地望著袁天寶，探詢地問：「祁少東家還沒回來？」

袁天寶不自然地說：「少東家昨兒個就沒回來。」席慕筠問道：「什麼時候能回來？」袁天寶支吾道：「這個，可說不好。」席慕筠又問：「他能去哪兒？」袁天寶道：「東家的事兒，我們底下人可不敢隨便亂問。」

席慕筠失望地離開了，剛走到門口，卻見袁天寶跟在她後面，緊走了幾步說道：「鼓樓那兒有個春草園，少東家常去那兒聽戲，您去瞅瞅。」

席慕筠終於找到春草園戲班。一個夥計在化妝間找到了正忙著給大家分派差事的潤玉，說道：「潤玉姑娘，有人找您。」潤玉詫異地看著出現在眼前的席慕筠，心中充滿疑慮和困惑。席慕筠的神情顯得落落大方，說道：「是潤玉姑娘吧？我姓席。」

潤玉戒心十足地問道：「席姑娘有何貴幹？」席慕筠爽快地說：「我來找祁子俊。」潤玉淡淡地答道：「這兒不是他家。」席慕筠道：「也許潤玉姑娘能告訴我他在哪兒，我有點兒急事。」

潤玉不高興地說：「我跟他一不沾親，二不帶故，他去哪兒，跟我說得著嗎？」席慕筠忙道：「潤玉姑娘，你誤會了。」潤玉道：「不是，是席姑娘誤會了。」席慕筠急切地說：「我真的是有事，是生死攸關的大事。」潤玉冷冷地說：「我只會唱戲，跟什麼大事都沾不上邊兒。席姑娘要是沒有別的吩咐，我還要去辦正經事。」席慕筠忙喊道：「潤玉姑娘……」可是潤玉卻頭也不回地走了。

無可奈何的席慕筠漫無目的地在街上走著。路邊，練把式的藝人招來了一群看熱鬧的人。席慕筠偶爾瞥上一眼，但對這些絲毫提不起興趣。

恭王府花園裡，格格躺在樹下的軟椅上，閉著眼睛，嘴裡含著糖塊。陽光透過樹葉灑在她的臉上。周圍的環境透露出一股懶洋洋的氣息。

三寶從外面走進門，躡手躡腳地想從她身邊繞過去。玉麟格格突然喊道：「三寶！」三寶嚇得一激靈：「格格叫我？」玉麟格格問道：「你躲著我幹什麼？」三寶忙回道：「我見格格正在養神，怕驚動了格格。」玉麟格格問：「我讓你找祁子俊，找到了嗎？」

三寶道：「能找的地兒都找遍了，連個人影兒都沒有。」玉麟格格納悶地說：「這個祁子俊，跑什麼地兒去了？」三寶一臉無奈的樣子：「是呀，他到底在哪兒啊？」

天已經晚了。席慕筠沿著前門大街，從大柵欄前往琉璃廠的方向走著，這裡是著名的八大胡同所在地。一個女人和一個男人正在一家妓院門口不知為什麼事爭吵著，看樣子，那男人是女人的丈夫。席慕筠心中忽然一動。她想到妓院裡去找找祁子俊。

席慕筠已經換了一身男裝，來到一家妓院裡尋找著祁子俊。她推開一扇門，只見兩個男女正親熱地摟抱在一起。她趕緊退了回來，又推開一扇門，看到的是同一幅景象。

席慕筠來到一家名叫倚翠樓的妓院。她走進倚翠樓，妓院老鴇滿面笑容地迎上前來：「公子，您在我們這兒有沒有相好的姑娘？」

席慕筠往樓上隨便一指。老鴇笑咪咪地說：「是找翠紅姑娘吧？她在樓上等著您吶。」席慕筠耐心地挨間屋子尋找著，終於，當她推開一間房門的時候，看見了祁子俊。

祁子俊雙腿搭在牆上，正在練習倒立，看見席慕筠，吃了一驚，一時竟忘了下來。席慕筠笑道：「祁少東家，你好自在！」

兩人相見畢。席慕筠坐在炕上，捧著一碗熱茶，慢慢地喝著，臉上顯出疲憊不堪的神色。

祁子俊問道：「天朝的情形怎麼樣？」席慕筠道：「現在天王手下有個得力幹將，是忠王李秀成。忠王能征善戰，深謀遠慮，讓清妖聞風喪膽。這些日子，忠王整肅朝綱，清除奸佞，廣招賢才，減輕賦稅，深得百姓擁護。」祁子俊感興趣地說：「這麼說來，倒是有些中興的氣象。」席慕筠道：「我來找你，是因為天朝遇見一個極大的難題。清妖實施『鹽引』制度，對販鹽控制極緊，原先賣鹽給天朝的淮鹽商人都不敢再賣了。現在，天朝治下出現了鹽荒。忠王把買鹽的事情交給我辦，我想來想去，只有你才能解決這個難題。我直接去了趟山西，聽說你已經走了，就又趕到這裡來找你。」

祁子俊連連擺手：「我都有點怕你了，你每次找我，都是讓我冒著掉腦袋的危險做生意。」席慕筠正色道：「清妖一天不除，天下百姓就永無寧日。雖然你祁少東家錦衣玉食，富貴風流，但對清妖妖頭來說，也不過是個奴才，即便給你些虛假的好處，也是急則與之，緩則奪之，說到底，只能任由他們宰割。你雖然家有豪宅，實際上卻容身無地，惶惶不可終日。」祁子俊悚然動容。兩人都不講話，席慕筠直視著祁子俊道：「南京百姓斷鹽多日，同樣吃不上鹽的，也有你在南京分號的夥計，你怎能忍心坐視不管？」祁子俊嘆道：「我有心管，只怕是鞭長莫及。」

席慕筠尖銳地說：「我知道，你在盤算，為這筆生意冒這麼大的風險，究竟值還是不值。但我坦白地告訴你，祁少東家，我不是要帶給你一筆大發橫財的買賣，而是帶給你一個援救蒼生的機會。我來求你，是把你當做個英雄豪傑，如若你甘心自棄，我只能說一句，我看錯人了。」祁子俊道：「你容我再想想。明日此時，你到我票號裡來，我給你一個答覆。」

春草園裡，潤玉在後臺東走走，西看看，神色顯得有些不安。老琴師關切地問：「潤玉姑娘，你是不是有什麼心事？」

潤玉忙道：「沒有啊。」老琴師道：「要是有什麼事兒，你就說出來，看看大夥兒能不能幫上忙，別壓在心裡頭。」潤玉想了想說：「今兒晚上，您在這邊替我照應著點兒。我到義成信去一趟，祁少東家答應咱們的絲綢，不知置辦得怎麼樣了。」老琴師道：「您只管去，這邊戲上的事，用不著操心。」潤玉憂心忡忡地離開了。

祁子俊回到北京義成信票號分號，與袁天寶商量席慕筠所說往南京賣鹽的事。袁天寶緊張地看著祁子俊，連連搖頭：「少東家，您真不怕朝廷給你安個『通逆』的罪名？」

祁子俊道：「我怎麼不怕？可是，連咱們南京分號的人都吃不上鹽了，豈能坐視不管？」袁天寶道：「可是，湘勇早已切斷了從安徽到江蘇的道路，就是能買到淮鹽，也運不過去啊。」祁子俊道：「即便交通沒有中斷，也不能打淮鹽的主意。朝廷為了製造鹽荒，對淮鹽控制極嚴，稍有不慎，就會露出馬腳。眼下之計，只有從山西將鹽運往上海，再通過運送洋槍的祕密通道轉運南京。我積攢了大量『鹽引』，辦理鹽運的水蝸牛與我是生死之交，這算是最穩妥的辦法。」正說著，外面響起了敲門聲。祁子俊道：「人來了。」

袁天寶打開門，把站在門口的席慕筠讓進屋裡，自己轉身離開了。席慕筠還沒有坐穩，劈頭就向祁子俊發問：「祁少東家，咱們昨晚商量的事怎麼樣了？」祁子俊道：「鹽，我保證給天朝運到，但錢，天朝可不能拖著不給。」席慕筠面有難色：「你寬限些日子，我會想辦法給你的。」

祁子俊道：「我估摸著，無論寬限多少日子，也還是沒有辦法。」席慕筠問道：「你有什麼好辦法，說給我聽聽。」祁子俊道：「既然天朝拿不出現銀來，咱們就用最老的辦法，以貨易貨。」席慕筠心裡一動：「怎麼個以貨易貨？」

祁子俊從容道：「眼下，常州、無錫、蘇州、杭州都在天朝治下，我想用鹽跟天朝換取絲綢。」席慕筠緩緩點頭：「這倒是個辦法。」祁子俊又道：「我把鹽運到南京，天朝將同等貨值的絲綢運到上海，一批抵一批，概無賒欠。」席慕筠果斷地說：「我這就給忠王寫信，我想，應該沒有什麼問題。」

祁子俊把自己的位置讓給席慕筠。席慕筠看看桌子上的毛筆，似乎覺得有些不趁手，祁子俊趕緊遞給她一支自來水筆。

席慕筠驚奇地問：「你怎麼也用起這個來了？」祁子俊笑了笑說：「什麼好用，我就用什麼。」稍頓又說：「你順便給我催催那筆槍款。」席慕筠道：「放心，天朝是講信譽的。」祁子俊道：「我從昨天就想問你，你難道不擔心清妖把你抓住？」席慕筠道：「除了你，沒人知道我是誰。再說，我有這個。」她從懷裡掏出一枚炸彈，小心地放在桌上。

祁子俊好奇地問：「這又是什麼新鮮玩意兒？」他伸手就要去拿。席慕筠趕忙攔住他：「千萬別碰。萬一清妖把我抓住，我就用這個，跟他們同歸於盡，要是碰上個大妖頭，就算夠本兒了。」她說話的語氣十分輕鬆。

天上淅淅瀝瀝地下起了雨。潤玉站在北京義成信票號門外，猶豫著是不是該進去。忽然聽見一聲門響，她趕緊躲到旁邊。她看見，祁子俊和席慕筠打著同一把傘，說說笑笑地從票號裡面走出來，一前一後上了祁子俊的騾車。潤玉目送著騾車消失在夜色中，懷著悵惘的心情離開了。她身上已經被雨水淋溼了，但似乎渾然不覺。

沒隔多久，北京義成信票號院子裡堆滿了花花綠綠的絲綢。袁天寶正對著絲綢發愁。

祁子俊說：「袁掌櫃，咱們得趕快把這些絲綢運走，時候長了，人家還以為咱們改開綢緞莊了呢。」袁天寶說：「所有綢緞莊的庫房一下子都滿了，連咱們的銀庫裡都放滿了，剩下的，只好暫時這麼堆著。」祁子俊說：「總這麼擱著也不是個法兒，您給票號裡的夥計們每人分點兒，然後，這個王爺那個大人的，凡是咱們用得著的人，都給他送點兒去。」袁天寶忙答道：「哎。」他顯得十分愉快，說：「少東家，您知道這筆買賣做下來，咱們掙了多少？」祁子俊道：「我還沒來得及算。」

袁天寶說道：「不多不少，整整二十萬兩。」祁子俊也高興地說：「這麼說，絲綢買賣的利潤，還真不小。」袁天寶道：「這不算什麼，聽人說，生絲買賣利更大，洋人每年都從咱們這兒買走幾百萬兩銀子的生絲。」祁子俊露出感興趣的神色，說道：「哦？您先打聽著，要是合適，咱們也做。」袁天寶道：「別的不怕，我就怕一來二去的，把咱這票號的生意給耽誤了。」祁子俊笑道：「什麼賺錢就做什麼，也不必太過拘泥。」

瑞王府的陳寶蓮這天也走進北京義成信票號院子，一見到祁子俊，就連連作揖：「祁少東家，恭喜發財，恭喜發財。」

祁子俊忙回禮道：「陳老爺，有段日子沒見了，您最近忙什麼呢？」

陳寶蓮笑道：「我除了伺候瑞王爺，還能忙什麼？瑞王爺這一陣子總念叨你哪。」祁子俊會意一笑，說道：「讓他老人家記掛了。我還說哪天讓人給王爺送些絲綢過去，正好您就來了，您說巧不巧？順便，您也給自己挑點兒。」陳寶蓮不勝豔羨地撫摸著光滑的絲綢：「不錯，都是上等貨啊。」祁子俊道：「您挑好了，放在一邊兒，回頭我讓人送到王府去。」

春草園戲班裡，大家都在忙著練功；不時響起演員喊嗓的聲音。

潤玉正在臺上看著演員們排練，忽然，一個夥計慌裡慌張地跑過來：「潤玉姑娘，瑞王爺來了。」潤玉不禁愣了一下：「瑞王爺？」

正說著，瑞王爺已經來到了臺上。他明顯的蒼老了許多，走路也有些遲緩了。陳寶蓮跟在後面，背著一個包袱。

潤玉忙道：「王爺，您怎麼到臺上來了？」瑞王爺興高采烈地說：「潤玉姑娘，瞧瞧我給你帶什麼來了！」

陳寶蓮趕忙解開包袱，炫耀地展露出裡面滿滿的一包絲綢。

瑞王爺道：「你不是從去年就發愁做行頭沒料子嗎？這可都是正宗的蘇州貨，我費了好大力氣才搞到手的，你拿去，隨便用吧。」

潤玉道：「謝王爺。」瑞王爺拍拍潤玉的手：「不用謝。」

潤玉道：「王爺，戲還得等一陣子才開演，我陪您到包廂去歇會兒。這陣子您雖然沒過來，但您的專座兒可一直留著呢。」瑞王爺嘆道：「難得你還惦記著我這個老頭子。」

瑞王爺跟著潤玉往外走去，走過一間屋子時，不經意地向裡邊看了一眼。他看見房間裡整齊地懸掛著大量新製的戲裝。瑞王爺頓時大失所望：「原來你的絲綢比我還多啊。」潤玉掩飾地說：「這些行頭，都是託朋友從外地做的，比不上您帶來的絲綢，是真正的上等貨。」瑞王爺無限慨嘆：「廉頗老矣，廉頗老矣。」

潤玉又來到北京義成信票號分號，在客位坐下，阿城奉上茶來，然後退下。潤玉的態度顯得有些矜持。

祁子俊親切地說：「潤玉姑娘，你可是稀客。」潤玉淡淡說道：「祁財東為我們戲班子解決了大問題，小女子特來致謝。」祁子俊道：「哪裡，我不過是藉機做了一筆生意。」潤玉問道：「需要多少錢？我讓人送到櫃上。」祁子俊道：「你怎麼變得客氣起來了？」潤玉冷冷地道：「祁財東要送的人很多，回頭看別把生意做賠了。」

潤玉的語氣讓祁子俊著實有些摸不著頭腦，只好說：「不過是一點絲綢，實在算不上什麼。」潤玉又道：「祁財東是場面上的人，倘若這個姑娘那個姑娘的都來找你要，怕也有些吃不消。」祁子俊忙表白道：「潤玉姑娘，我是第一個給你送去的。」潤玉道：「誰知道呢？」

祁子俊忽然心有所悟，忙說：「那個席姑娘，跟我只是生意上有來往。」潤玉聞言，心下寬慰了許多，但嘴上卻絲毫不讓人：「我不認識什麼席姑娘，也不想認識。」

祁子俊送潤玉出來，說：「你坐我的車走吧。」正說著，袁天寶走了過來：「少東家，給格格的絲綢送到了，格格十分喜歡。」潤玉朝祁子俊投來探詢的一瞥。祁子俊有些不知所措，但潤玉聽見才給格格送去，臉上不禁流露出歡喜的神情。袁天寶又道：「還有，戶部的丁主事派人來，想從咱這兒買點絲綢。」祁子俊不滿地說：「買絲綢去綢緞莊啊，到咱這兒來幹什麼？」袁天寶道：「嗨，說是買，還不就是要？」祁子俊道：「給他，要多少都給他。」他朝潤玉苦笑了一下，說：「瞧見了沒有，誰都不能得罪。」

山西鹽道衙門的楊松林也得了不少上好的蘇州絲綢。此刻，楊松林的桌子上就擺著許多。楊松林只拿了一小卷，遞給李然之說：「然之，你拿回去，給老婆孩子做衣裳使。」李然之假裝客氣說：「這麼好的東西，給他們用也是白糟蹋。」楊松林道：「哪裡話，你要是看不上，我也就不勉強你了。」

李然之趕忙接過絲綢，仔細看看說：「楊大人，這些絲綢都是正宗的蘇州貨。」楊松林點頭道：「不錯，好眼力。」李然之露出狡黠的神色說：「蘇州可是在長毛手裡啊。」楊松林心有所悟，問道：「你是說，祁子俊暗通長毛？」李然之道：「您不是一直有這個懷疑嗎？您想，好端端地，他給您送哪門子禮啊？」楊松林慢慢地點點頭道：「這正說明他心裡有鬼。」

李然之道：「據鹽業批驗所的人報告說，最近祁子俊所購官鹽數量巨大，且不知運往何處，現在，他忽然送來了這麼多蘇州絲綢，兩件事同時發生，肯定絕非偶然。」楊松林沉吟片刻，變得越加興奮起來了：「如果能查出祁子俊通逆的真憑實據，在恭王爺那裡，我就是大功一件，說不定晚年還能再輝煌一把。不過，照祁子俊以往的作為，他既然有膽子將鹽賣給長毛，肯定不會留下什麼破綻。」

李然之道：「就算祁子俊再精明，也總有他算計不到的地方。」楊松林忙問：「此話怎講？」李然之笑道：「他千算萬算，絕不會算計到水蝸牛是您的線人，他千錯萬錯，又錯不該把販鹽的事交給了水蝸牛。」楊松林一拍桌子：「你馬上去找水蝸牛，只要順籐摸瓜，一定要查出祁子俊通逆的證據。」李然之搖頭道：「我已經盤問過水蝸牛了，但他死活不肯說。」楊松林自以為是地道：「然之，這你就錯啦。什麼東西都是有價錢的。你把他給我找來，只要給足了錢，沒個不開口的。」

這天，水蝸牛被叫到山西鹽道街門。他走進衙門，屈膝跪在楊松林面前道：「給楊大人請安。」楊松林親切地扶起水蝸牛：「水蝸牛，你好啊。請坐吧。」水蝸牛說：「小人不敢。」楊松林笑容滿面：「坐，一定要坐。」他幾乎是強把水蝸牛按下去，水蝸牛只好斜簽著坐下。李然之反倒站在一旁。楊松林笑咪咪地問：「水蝸牛，我平日裡待你如何？」

水蝸牛道：「這麼多年，要不是楊大人一直照顧著，我什麼生意也做不成。」楊松林點頭道：「你記著這個就好。聽說，最近你一直在給祁子俊販鹽，可有這麼回事？」水蝸牛道：「不過是用用我的一些舊關係而已。」楊松林搖頭道：「恐怕沒有那麼簡單。祁子俊買了大量的官鹽，究竟銷往何處，你肯定是清楚的。」水蝸牛肯定地說：「凡我經手買的鹽，沒有一袋運出過山西。」

楊松林道：「不會吧？這可不像祁子俊幹的事，你不必替他遮掩。」水蝸牛一口咬定：

「我知道的就是這樣。」李然之插嘴道：「此事干係重大，在楊大人面前，你一定要講實話。」水蝸牛道：「小人所講的，句句都是實話。」

楊松林緩緩道：「我知道，你念著祁子俊救過你一命，不願意把他的底細抖落出來，我敬重你的，就是這分義氣。」水蝸牛忙說：「多謝大人誇獎。」楊松林又道：「但是，祁子俊有私通長毛的嫌疑，這是滅九族的勾當，你替他隱瞞，萬一事發，你們全家，可就成了祁子俊的替罪羊了。」

水蝸牛沉默不語。

李然之趁機道：「祁子俊和楊大人之間，誰遠誰近，你不會不明白吧？」水蝸牛又忙說：「我當然明白。」楊松林朝李然之使了個眼色：「然之……」李然之遞過一個精緻的禮盒。楊松林打開禮盒，放在水蝸牛眼前，裡面是整齊地碼放著的金磚。楊松林道：「這是二百兩黃金，足夠你後半輩子的花銷了。拿去吧。」水蝸牛連連擺手：「小人不敢無功受祿。」楊松林道：「你我之間還客氣什麼？馬上你就要立大功了。你回去好好合計合計，明天給我個回話。」

水蝸牛回到家已是深夜。他老婆劉氏已在炕桌上擺了幾樣小菜，還有一壺燙好的酒。外面傳來了敲門聲。劉氏打開門，只見水蝸牛醉醺醺地走了進來。劉氏忙遞上一塊擰乾的熱毛巾，水蝸牛擦了把臉，才算是感覺清醒了一些。他脫了鞋，在炕桌旁坐下，又給自己倒了一杯酒。劉氏忙止住說：「你都成這樣了，怎麼還喝啊？」水蝸牛一揮手道：「別管我，今天，你讓我喝個痛快。」水蝸牛把杯中酒一飲而盡，滿意地咂著滋味。劉氏猜測著道：「你有什麼不痛快的事，說出來，別光知道喝悶酒。」水蝸牛道：「你看看這個。」他把那個禮盒放在炕桌上。

劉氏打開禮盒，看見裡面的金子，顯得又驚又喜，忙問：「哪兒來這麼多錢啊？」

水蝸牛說：「別管啦，錢當然是越多越好。」劉氏望著水蝸牛，心裡七上八下的，但也不敢去問。水蝸牛又給自己倒了一杯酒，一飲而盡。他站起身，突然抱起劉氏，幾乎是粗魯地把劉氏扔到炕上。劉氏吃驚地叫喊著：「你幹什麼呀……」

水蝸牛並不答話，俯下身去解劉氏的衣裳。一陣劇烈的動作中，炕桌被碰翻到了地上，發出一陣嘩啦啦的聲響。那個禮盒裡的金磚灑了一地。水蝸牛躺在炕上呼呼大睡。劉氏整理了一下散亂的鬢髮，滿懷疑慮地看看丈夫，拉過一床被子，給他蓋上。然後，她彎下腰，收拾起地上的金磚。

第二天，楊松林和李然之在山西鹽道衙門密商對策。李然之說：「大人，一上午都過去了，水蝸牛連影都沒看見，是不是去他家裡看看？」

楊松林道：「不必多慮，我拿得準。」李然之道：「可到了這時候……」楊松林不急不慢地道：「放心，他肯定會來。如果不來，他就不是水蝸牛了。」

水蝸牛家裡，水蝸牛仍在呼呼大睡著。劉氏推了推水蝸牛：「喂，你醒醒，醒醒……」水蝸牛帶著宿醉，睜開朦朧的睡眼。劉氏道：「快起來吧，一覺都睡到中午了。」

水蝸牛聞言一驚，趕緊一骨碌爬了起來。他走到水缸前，舀了一瓢涼水，從頭上澆下去，頓時精神抖擻起來。

劉氏把禮盒放在水蝸牛面前，問道：「你哪兒來這麼多錢啊？」水蝸牛道：「你不是一直勸我，早點金盆洗手嗎？我老想著，等咱們掙上一筆大錢，就澈底不幹了，踏踏實實地過日子。這回，咱們終於有錢了。」劉氏擔心地問：「這不會是什麼黑心錢吧？」水蝸牛道：「是楊松林給我的。」劉氏的神色變得憂鬱起來：「你跟我說說，到底是怎麼回事。」水蝸牛道：「楊松林憋著要害祁少東家。」

劉氏大驚，問道：「祁少東家平日裡，不是沒少給楊松林好處嗎？」水蝸牛恨道：「給他再多的好處都沒用，只要他看見了更大的好處，就會變著法兒地害你。他要從我這兒得到祁少東家賣鹽給長毛的證據。」劉氏嚇得臉都白了：「祁少東家把鹽賣給了長毛？」水蝸牛點點頭：「千真萬確。」劉氏問：「你想告訴楊松林？」

水蝸牛搖頭道：「祁少東家一直視我為生死之交的兄弟，我怎麼可能做這種沒良心的事？你給我做碗麵，一會兒，我該去鹽道衙門見他了。」

劉氏煮好麵，把麵放在水蝸牛面前。水蝸牛狼吞虎嚥地吃著，顯得十分香甜。劉氏默默無語，憂心忡忡地看著他，問道：「你給楊松林賣了那麼多年命，他不會不念過去的交情吧？」水蝸牛道：「楊松林心狠手辣，翻臉不認人。誰要是得罪了他，他會叫你求生不得，求死不能。」劉氏道：「你又沒得罪他，怕什麼？」水蝸牛嘆道：「我不順著他，就是得罪了他。」

劉氏勸道：「凡事多忍著點，別硬碰硬，挺過這一陣子，咱們好好過日子，不管誰來找，咱們都不幹這種提心吊膽的營生了。」水蝸牛心事重重：「但願能這樣。」他把碗裡的麵條吃得乾乾淨淨，連湯都喝得一滴不剩，然後抹了抹嘴說：「我該走了。」劉氏望著水蝸牛，突然意識到什麼，衝上去緊緊地抱住丈夫道：「我不讓你去。」水蝸牛淒涼地一笑道：「傻話。事到如今，我已經是身不由己了。」劉氏道：「咱們逃走，逃得遠遠的，讓楊松林找不到咱們。」

水蝸牛輕輕地搖搖頭：「不可能。從離開鹽道衙門那一刻起，楊松林就已經派人盯上我了。」他又囑咐說：「我走之後，你要裝得沒事人似的，對街坊鄰居說，要去串親戚，趁沒人注意的時候，趕緊去找義成信的蘇先生，把前前後後的事，一五一十地告訴他，讓祁少東家提防著楊松林。然後，你拿上這些錢，出去躲些日子，等事情過去了再回家。」劉氏含著眼淚，點點頭：「我聽你的。」水蝸牛輕輕地從劉氏的懷裡掙脫出來，走到門口，又扭過頭來，看著劉氏：「記住，一定照我說的去做。」劉氏哭著點頭：「嗯。」

水蝸牛不慌不忙地出了家門，走了沒有多遠，兩個楊松林派的打手就從後面跟了上來。一個打手說道：「水蝸牛，你可真沉得住氣啊。」水蝸牛笑道：「楊大人都沒著急，你急什麼？」兩個打手訕訕地跟在水蝸牛後面走著。

水蝸牛雖然到了鹽道街門，可就是不肯說出祁子俊賣鹽給太平軍的事。他被關到了地牢裡。水蝸牛遍體鱗傷，被一根繩子捆著雙手，吊在房梁上。一個打手用皮鞭狠狠地抽著水蝸牛。李然之在一旁說：「水蝸牛，說吧。」水蝸牛睜開眼，嘴角露出一絲譏諷的笑容：「你讓我說什麼？」李然之道：「祁子俊通逆的事。」水蝸牛道：「連楊大人都知道，祁少東家跟我是過命的朋友，他不是敬重我的義氣嗎？我不能辜負了楊大人。」

水蝸牛的語氣中充滿了輕蔑，李然之張口結舌，氣急敗壞地說：「好，李某也佩服你的義氣，但你要講義氣，就得吃苦頭。拿夾棍來！」其中一個打手放下水蝸牛，另一個打手拿來了夾棍，兩人給水蝸牛上好刑具，狠命地一使勁。水蝸牛痛得昏死過去。一個打手拎來一桶水，潑在水蝸牛身上。水蝸牛悠悠醒轉。李然之道：「這回你該招了吧？」水蝸牛有氣無力地說：「我什麼都不知道。」李然之惡狠狠地說：「你要袒護祁子俊，後果便是死路一條。」水蝸牛斷斷續續地道：「我沒什麼可說的。」

李然之喝道：「再加點作料。」一個打手將一桶鹽拎過來，仔細地撒在水蝸牛的傷口處。水蝸牛痛苦地掙扎著，緊閉雙眼，不再言語了。

第三十三章

水蝸牛死都不肯說出祁子俊通逆之事，楊松林很惱火。他看著李然之，不快地皺著眉頭道：「連個水蝸牛都拿不下來，還怎麼去對付祁子俊。」李然之辯解道：「大人，能用的手段都用上了，可他就是不招，我是一點法子都沒有了。」楊松林罵道：「蠢貨！去把他老婆抓來。」李然之道：「已經派人去了。他老婆不在家，說是串親戚去了。」楊松林囑咐道：「派人晝夜盯著，人一回家，就給我帶來。」李然之點頭道：「這個您儘管放心。」楊松林又道：「絕不能走露半點風聲。對外面就說，水蝸牛上回的私鹽案，還有餘案尚未交代清楚。」李然之道：「是。」

楊松林思忖道：「我去向恭王爺稟報，總要有過硬的憑據才好。」

李然之道：「我看，您就是太慈悲了，通逆這種事，別說做了，連想想都該殺頭，既然祁子俊有這麼大的嫌疑，先給他定了罪，到時候隨便找兩個證人，還不容易？」

楊松林點頭道：「你說得倒也是，等過兩天抽出空來，我到京城去一趟。瑞王爺那裡就算了，給恭王爺和黃大人孝敬些什麼，你還得我出出主意。」李然之道：「依小人之見，給黃大人的孝敬，當然是越貴重越好，給恭王爺，只需送些咱們山西特產的小米就可以了。」楊松林不解道：「這豈不等同兒戲？」

李然之道：「大人想想，恭王爺跟皇上是親兄弟，天下都是他們家的，您送什麼，他也不覺得稀罕，送些土產，一來顯著您為官清廉，二來也是奉承王爺為官清廉。」

楊松林微笑頷首道：「然之，這主意只有你才想得出來。」

這天晚上，蘇文瑞家響起了一陣急促的敲門聲。正在給孩子餵飯的寶珠停了下來。寶珠問：「誰呀？」她滿臉不高興地打開門，看見是一個女人，就越發不高興起來。那女人一臉淒惶地說：「我是水蝸牛的女人，找蘇先生有要緊事。」寶珠忙說：「進來吧。」

水蝸牛的老婆劉氏一見蘇文瑞，眼含熱淚，「撲通」一聲跪在他面前。蘇文瑞忙說：「大嫂快不要這樣。」寶珠趕忙攙扶起劉氏。劉氏哭道：「蘇先生，求您想個法子，救救水蝸牛吧。」蘇文瑞道：「出什麼事了？」劉氏道：「水蝸牛落在楊松林手裡了。楊松林要害祁少東家，逼著水蝸牛招認祁少東家賣鹽給長毛的事。」

蘇文瑞大驚失色：「楊松林憑什麼懷疑祁少東家賣鹽給長毛？」劉氏道：「他拿不到憑據，才千方百計地逼著水蝸牛開口。」蘇文瑞驚問道：「水蝸牛能招認嗎？」劉氏搖頭道：「水蝸牛現在只擔心祁少東家的安危。」

蘇文瑞問：「水蝸牛給祁少東家販鹽，楊松林是從哪兒知道的呢？」劉氏道：「水蝸牛本來就是楊松林的線人。」蘇文瑞倒吸了一口冷氣：「這麼說，楊松林一直在監視著祁少東家？」劉氏道：「從水蝸牛鼓動祁少東家賣大煙開始，背後就都是楊松林在搗鬼。」

蘇文瑞變得越來越吃驚了：「原來是這樣。」劉氏道：「水蝸牛還跟我說過，楊松林升任鹽道，其實完全是恭王爺的意思，不過是利用了一下祁少東家。蘇先生，我要到親戚家裡躲些日子，求您務必想個法子，搭救水蝸牛。」蘇文瑞點頭道：「我心裡有數。」

寶珠送走劉氏，焦慮地催促著蘇文瑞。她心急火燎地說道：「你倒是快拿個主意啊。」蘇文瑞緩緩道：「別急，你讓我把整個兒事情想明白了。」寶珠道：「有什麼好想的？快點把水蝸牛救出來，也不枉人家對少東家這麼仗義。」

蘇文瑞喝道：「你這是婦人之見。只要水蝸牛咬緊牙關，不過是受些皮肉之苦，短時間裡不會有性命之憂，真正讓人擔心的是子俊。」寶珠道：「他有王爺罩著，怕什麼？」蘇文瑞嘆道：「怕的就是王爺。當務之急，一定要讓子俊有個準備，別往人家設下的圈套裡鑽。」寶珠就說：「那派人送封信去，讓少東家防著點兒就是了。」

蘇文瑞沉思不語。

寶珠又說：「你成天瞎吹自己如何有計謀，到了關鍵時刻，你那些計謀都上哪兒去了？」蘇文瑞把心一定：「事到如今，我只有親自到京城走一趟了。」

楊松林此時已經來到北京，進了恭王府。恭親王坐在太師椅上，神情專注地看著書。三寶輕輕地走進來：「回王爺，山西鹽道楊大人稟見。」恭親王道：「讓他進來。」

三寶走到門口，撩開門簾，讓楊松林走進來，然後悄然退下。楊松林跪在恭親王面前。恭親王放下手中的書，這是張德堅編寫的《賊情匯纂》。

楊松林行禮：「奴才叩見王爺。」恭親王道：「起來吧。你怎麼有閒工夫到京城來了？」

楊松林道：「奴才來得匆忙，沒什麼好孝敬的，特地讓人千挑萬選，給您帶來了一些『沁州黃』小米。」恭親王淡淡地說：「好啊。」楊松林忙說：「謝王爺誇獎。」恭親王又說：「我的鳥最愛吃的，就是你這『沁州黃』。」楊松林有些不知所措，只好說：「奴才有一件要事向您稟報。」

恭親王不語，臉上顯出注意聽的樣子。楊松林道：「最近一段日子，祁子俊買了大量官鹽，又不知流向何處。」

恭親王一笑道：「哦，原來是這件事。昨天，袁德明已經派人來稟報過了。」楊松林心中不禁有些懊悔，沒想到自己竟遲了一步，忙道：「祁子俊通逆，已經是證據確鑿。」

恭親王眼睛突然睜大了說：「可有物證？」楊松林道：「物證倒是沒有，但為祁子俊販鹽的水蝸牛，現在就押在山西鹽道衙門，另外兩個同案罪犯已經供認不諱。」

恭親王又面無表情了，說道：「這樣的大事，一定要有物證才行。犯人今天招供，明天得了些好處又來翻供，都是常有的事情。果真出現這種情形，大家面子上都不好看。」楊松林道：「王爺教訓得是。」恭親王又道：「不過，這件事情也切切不能放鬆。你回去之後，還要全力追查，務必要找到確鑿的證據，一切事情，都要依從朝廷的法度。懂嗎？」楊松林忙道：「奴才明白。」恭親王一揮氣：「你下去吧。」楊松林倒退著走到門口。

楊松林從恭王府出來，來到黃玉昆府上。黃府的僕人抬著禮品走過黃玉昆面前。黃玉昆笑咪咪地看著楊松林呈上的禮單說：「你我相交多年，楊大人何必如此客氣？」楊松林道：「一點小意思，不成敬意。」稍頓說：「黃大人，職道有一事不明，要向您請教。」

黃玉昆說：「豈敢，豈敢。」楊松林問道：「祁子俊賣鹽給長毛，已經是證據確鑿的事情，恭王爺為什麼態度如此曖昧？」黃玉昆沉吟半晌說：「王爺洞察秋毫，考慮事情到底比你我周全。」楊松林不解地問：「請黃大人明示。」黃玉昆邊想邊說道：「其一，祁子俊現在對朝廷尚有不小的用處，既然已在掌控之中，抓不抓他意義不大。其二，恭王爺還不想這麼快就消滅長毛。」

楊松林一臉的困惑：「您越說我越糊塗。」黃玉昆道：「朝廷裡面，只有一件事讓恭王爺最為頭疼，曾國藩與肅順關係過於密切，他的幕僚出入肅順家中，如履平地。」楊松林仍舊是一頭霧水：「這又與長毛有什麼關係？」

黃玉昆道：「戰勝長毛只是個時候長短的問題，多拖些日子，對恭王爺更有好處。如今朝廷當中，肅順與鄭王爺、怡王爺聯成一氣，專與恭王爺作對。曾國藩手握重兵，深受皇上倚重，削弱了曾國藩的勢力，就相當於打擊了肅順一夥兒。」

楊松林恍然大悟：「黃大人聖明，經您這麼一說，我就透澈了。」黃玉昆又道：「至於祁子俊嘛，治不治他的罪，也要根據時機來決斷。你知道王爺為什麼現在還不動他嗎？」楊松林道：「職道不明白。」黃玉昆陰冷地笑笑：「因為他還不夠肥。」

蘇文瑞此時也日夜兼程趕到了義成信北京分號。夜晚，祁子俊聽完蘇文瑞的陳述，頓時面如土灰。祁子俊連聲嘆道：「沒想到，真是沒想到！」蘇文瑞說：「其實早該想到了，你的一舉一動，都沒逃過恭王爺的眼睛。」祁子俊道：「這事不能細想，想起來讓人心驚肉跳。我把水蝸牛視為生死之交，沒想到他竟是楊松林的線人。我把楊松林推到鹽道的位子上，自以為在官府中有了能替我辦事的人，沒想到他竟成了恭王爺的線人。可怕，真是可怕。」蘇文瑞道：「可怕的還不止如此，恭王爺明知你鑄過偽錢，賣鹽給天朝，卻偏偏不治你的罪，其中的奧妙，實在讓人難以捉摸。」祁子俊一抽冷氣：「說不定，他連給天朝買洋槍的事都知道。」

蘇文瑞點頭道：「有這個可能。」祁子俊坐立不安，實在不敢再想下去了，忙說：「我去王爺那裡打探打探。」蘇文瑞不放心地說：「一定要多加小心。」祁子俊道：「我知道。」

祁子俊好不容易挨到第二天天亮。他一早就出了門，慢騰騰地在路上走著，掩飾不住內心的焦慮。路旁，一個瞎子擺著算命的卦攤。所謂卦攤，不過是幾塊石頭壓著一張黃紙，紙上畫著太極圖譜，左邊寫著「文王神卦」，右邊寫著「梅花易數」。

祁子俊在卦攤前駐足觀看。瞎子敏感地覺察到了有人站在自己面前。算命的瞎子道：「這位爺，您是要問前程，還是要斷吉凶？」祁子俊道：「都不要。」他急急忙忙地走開了。

祁子俊通過恭王府大門，向王府深處走去時，卻驚奇地發現，守衛在王府正堂門前的不是常見的侍衛，而是蒙古軍官巴特爾。祁子俊招呼道：「巴特爾！」巴特爾也認出了祁子俊，熱情地拍了拍祁子俊的肩膀：「祁少東家！」祁子俊問道：「你怎麼到京城來了？」

巴特爾道：「洋人要和咱們開仗，我隨巴特爾札薩克進京勤王。」祁子俊問道：「札薩克在哪兒？」巴特爾道：「札薩克率領一隊親隨，在圓明園伺候皇上，我留在這兒護衛恭王爺。」

祁子俊道：「等趕走了洋人，我來做東，叫上札薩克，咱們在一起，好好喝上一通。」兩人情緒都十分高漲，說話聲音不禁高了些。恭親王在裡面咳嗽了一聲，問道：「是子俊來了嗎？」

祁子俊大聲答應著：「是。」又對巴特爾說：「我先去見王爺，回頭有工夫，咱們慢慢聊。」

祁子俊走進恭王府正堂，恭親王笑吟吟地望著祁子俊，態度十分和藹。他放下手中的書，還是那本《賊情匯纂》。恭親王問道：「子俊，你跟這個蒙古侍衛是怎麼認識的？」

祁子俊道：「說來話長。早年我販運貨物，經過漠北，因為通關手續不符，差點讓他們殺掉，後來，多虧龍票救了我一條命。」

恭親王笑了笑：「你真是福大命大。」祁子俊心中一悸。恭親王道：「子俊，這本《賊情匯纂》，你看過沒有？」祁子俊搖頭道：「不曾看過。」恭親王嘆道：「好書啊。我想，不是親身在長毛那裡混過幾天的人，絕對寫不出這樣的東西。」祁子俊尷尬地說：「得了空，我一定好好看看。」恭親王就勢說：「你既然想看，這本就送給你好了。」祁子俊忙說：「謝王爺。」

恭親王又道：「世事紛亂，腳踩兩隻船的，大有人在。不過，對於一時糊塗歸降長毛的人，只要迷途知返，卻也不必太過追究，即便長毛裡面，未嘗沒有忠義之士，將來一樣可以為我所用，你說是不是？」

祁子俊心驚膽戰：「王爺說的極是。」

恭親王道：「皇上有容人之德。吳健彰在長毛圍攻上海之際，棄城逃跑，後來小刀會占領上海縣，吳健彰被俘，隻身逃脫，明擺著有通逆的嫌疑，但皇上兩度都不殺他，仍讓他官復原職，足見皇恩浩蕩。」

恭親王盡力保持著漫不經心的語調，但他的每句不經意的話，都讓祁子俊不寒而慄。祁子俊戰戰兢兢地說：「皇上真是聖主啊。」恭親王道：「你這次倡議實行『鹽引』制度，協助徵收『練餉』，為朝廷解了急難，龍顏大悅，吩咐賞黃江綢一卷，准穿黃馬褂，可謂恩重如山。我朝的商人之中，能穿上黃馬褂的，你是頭一個。」

祁子俊趕緊就地跪下一叩首：「全賴王爺提攜，子俊感激不盡。」嘴裡這樣說著，祁子俊心裡卻更加緊張了。恭親王不重不輕地說：「軍機處密報，長毛手裡竟然有鹽了，到底是怎麼流進去的，這件事很讓我有些想不通。」祁子俊不由自主地打了一個冷戰，硬著頭皮說：「也許有不法商人，見利忘義，暗中賣鹽給長毛。」

恭親王慢慢地點點頭：「你說的不錯。我甚至懷疑，湘勇裡面也有人暗通長毛，協助此事。不過，古人云，『是非以不辨為解脫』，有些事情，是不能深究的。」

祁子俊頭上沁出一層冷汗，似乎覺得恭親王已經看穿了自己所有的把戲。

恭親王又說：「有件事情不知你聽說過沒有，楊松林已然拜在袁德明門下。」祁子俊道：「我是頭一次聽說。」恭親王道：「楊松林比袁德明年長十幾歲，口口聲聲自稱學生，還振振有詞地說什麼，『聞道有先後』，你說可笑不可笑？」恭親王說著，自己就先笑了起來。祁子俊並沒有感覺有多可笑，但也只好陪賠著笑了笑。

祁子俊走出王府正堂，卻並沒有馬上離開，在院子裡徘徊了一會兒，總覺得還應該幹點什麼。三寶悄悄地朝他走過來，輕聲說：「少東家，格格這兩天，天天念叨著要找您。」祁子俊忙說：「千萬別說我來過，這個姑奶奶，可得躲著她遠點兒。」他轉身正要走開，忽然又改變了主意，對三寶說：「你去跟格格說，我想見她。」三寶問：「您不怵她了？」祁子俊道：「怵，可不見還不行。」

玉麟格格的房間裡也堆了大量的絲綢。裁縫正在給玉麟格格量體裁衣。玉麟格格興致勃勃地說：「這個團花的，給我做一身，這個灑墨淡花的，也做一身……算了算了，乾脆，每個花色，你都給我做一身。」

裁縫不聲不響地裁剪著。一個丫鬟走進來，在玉麟格格耳邊悄悄說了句什麼。玉麟格格一喜，說道：「讓他在外邊等著，我馬上就出去。」

玉麟格格把祁子俊引到自己的臥室，指點祁子俊看一幅畫。畫上是端坐著的恭親王，神色威嚴、冷峻。玉麟格格說：「你就照這樣子坐好，讓我來畫你。」原來她要給祁子俊畫像。祁子俊道：「王爺的威儀，我哪兒擺得出來？」

玉麟格格驕橫地道：「讓你擺你就擺，別囉嗦。走吧。」她拎著畫架，娉娉婷婷地走在前面，祁子俊搬著一把椅子跟在後面。連祁子俊都不明白，自己為什麼總是這樣順從她。

他們來到恭王府花園蝠廳旁邊的空地。那裡擺放著恭親王曾經坐過的那把酸枝太師椅。玉麟格格讓祁子俊坐在椅子上，雙手放在膝蓋上，擺成同恭親王一模一樣的姿勢。

玉麟格格道：「挺起腰桿來。」祁子俊挺了挺腰。玉麟格格又道：「頭稍微揚起點兒來。」

祁子俊又揚了揚頭。玉麟格格歪著頭看了看，仍然覺得不滿意，就親自走上前來，把祁子俊的頭擺得端正些。祁子俊顯得有些難為情，玉麟格格做起來卻非常自然。

玉麟格格道：「這回可以了……你稍微自然點，別那麼僵硬行不行？」祁子俊道：「格格，我這已經是最自然的了。」

玉麟格格很快就畫出了一個大致的輪廓。但看了看，似乎覺得不滿意，又用橡皮全擦掉了。玉麟格格道：「今天先到這兒。你什麼時候還過來？」

祁子俊忙說：「我一有空就過來。」正說著，三寶走了過來：「格格，王爺有請。」玉麟格格走進王府正堂時，還沉浸在剛才的愉快心情中。玉麟格格嬌聲喊道：「哥，你找我有事？」

恭親王面帶笑容地看著她說：「昨天，皇上把我召到養心殿，責備了我一通，說我對你漠不關心。」玉麟格格笑道：「哪兒的話，哥哥們當中，就屬你最疼我。」恭親王道：「皇上說的，是你的婚事。」玉麟格格一噘嘴巴：「我不想嫁人。」

恭親王道：「男大當婚，女大當嫁，沒什麼好難為情的。我斟酌來斟酌去，選出三個人來，說給你聽聽：太子少保官文的公子，今年二十三歲；僧格林沁的公子，今年二十四歲；還有一個是鑲黃旗的崇厚，現今當著兵部侍郎。三個都是百裡挑一的人才，皇上中意僧格林沁的公子，我更喜歡崇厚。不過，這畢竟是你的事，大主意還得你自己拿。」

玉麟格格腰一扭：「我還沒準備好。」恭親王喝道：「什麼話，出嫁還用準備？你年紀不小了，也該收收心性，不能一味胡鬧下去。」玉麟格格嘆道：「你讓我從這幾個人裡挑，還不如讓我去死呢。」恭親王道：「難道你要在家裡呆一輩子？」

玉麟格格任性地說：「沒有中意的人，我情願等著。」玉麟格格答著話，眼睛卻根本不看恭親王。

恭親王道：「九妹，你這是給我出難題，別忘了，你是皇家的人，不能事事都由著自己的性子。」玉麟格格生氣地說：「我生在皇家，真是倒楣透頂！」恭親王沉下臉來：「你太不像話了。」玉麟格格頂嘴道：「你才不像話，為了籠絡人心，居然拿親妹妹當人情。乾脆，你給我插上草標，拉到集市上去賣得啦。」恭親王道：「這是皇上的意思。」玉麟格格道：「我才不管是誰的意思呢！我不願意的事，誰也不能逼著我做！」她氣惱地拂袖而去。

玉麟格格走回自己的臥室，猛地摔上門。

晚上，恭親王一個人坐在飯桌旁吃飯，可桌子上的飯菜動也沒動。三寶站在旁邊伺候著。恭親王問：「玉麟呢？」三寶答道：「已經催過兩次了，格格說她不吃了。」恭親王一皺眉頭：「又耍小孩脾氣！」

夜深，玉麟格格獨自一人站在窗前，對著天空的繁星出神。她深深地嘆了口氣，走到繪有暗八仙圖案的架子床前，脫下外衣，掛在扶手的衣架上，然後鑽進被子，用被子蒙住頭。

第二天吃飯的時候，飯桌旁坐著的，仍然是恭親王一個人，三寶在旁邊伺候著。恭親王問：「玉麟怎麼還不來？」三寶答道：「格格把自己關在屋裡，誰叫門也不答應。」恭親王氣道：「豈有此理！不管她。」他拿起筷子，但只吃了兩口飯，就停了下來，心神不定地朝外走去。

外面陽光燦爛，連玉麟格格的床上都要灑滿了陽光。玉麟格格躺在床上一動不動，似乎在想什麼心事。外面響起了敲門聲。玉麟格格假裝沒有聽見。敲門聲變得急促起來，是恭親王在門外喊：「九妹，你沒事吧？」

玉麟格格起身走到門前，透過門縫看著恭親王，遲疑了一下說：「不敢勞你動問，王爺。」恭親王勸道：「我不提這事了，好吧？」玉麟格格帶著哭腔說：「你從來就沒把我放在心上。」恭親王嘆道：「我是對你太上心了。」

玉麟格格哭道：「你以前對我是挺好，走到哪兒都護著我。可現在你權勢大了，就想著把我推出去不管。」恭親王長嘆一聲道：「唉，我怎麼才能讓你明白呢？九妹，我的境遇不是外面想像的那樣。大家看著我耀武揚威的，恭維我，害怕我，可是，這更讓我感到孤單。沒人跟我說真心話，我說出來的話，沒有一句是自己想說的。我大包大攬，把天下興亡都承擔起來，可是，我真的能承擔起來嗎？我一個人呆著的時候，就會感到害怕。」

玉麟格格問道：「你為什麼非要跟自己過不去？」

恭親王道：「為了大清的江山，祖宗的基業。說實話，我早就厭倦了，可我不能不繼續做下去。我在皇上面前提心吊膽，跟大臣們在一起的時候，總要防著別人。我既是獵人，又是獵物，只有跟你在一起的時候，我才覺得無憂無慮。唉，我跟你說這些幹什麼？咱們還像以前那樣，好不好？九妹，你不能跟我說點兒什麼嗎？」

一聲門響，玉麟格格一臉雲淡風輕的樣子出現在門口，天真地說：「哥，我餓了。」

北京街頭秋風蕭瑟，黃葉飄零，隨處可見熟透而落在地上的柿子。東四大街上空蕩蕩的，家家戶戶大門緊閉。義成信北京分號也有史以來第一次在白天上起了門板。

袁天寶愁容滿面地看著祁子俊說：「一個多月了，光見取錢的，不見存錢的，一點兒進項都沒有。這兩天可倒好，連取錢的都沒了，這麼下去，咱們可撐不了多久。」祁子俊無奈地說：「撐不下去也得撐。原先，大家都指望著僧王爺兵強馬壯的，能在通州抵擋住洋人，結果怎麼著？望風而逃！」袁天寶問：「這洋人到底想幹什麼啊？」祁子俊說：「說穿了，就是惦記著咱們大清朝的錢。說賠款就賠款，要多少有多少，大清朝哪兒來的錢啊？都是咱老百姓的血汗錢，皇上花著敢情不心疼。」

袁天寶說：「兵荒馬亂的，最受影響的就是咱這票號了。我看，不如先把夥計們打發回家，還可以省些開銷，等時局安定了，再把大家召回來。」

祁子俊搖搖頭說：「無非就是幾個工錢的事，省不下多少。多幾個人，就多幾分人氣，萬一有什麼事，大家也好相互幫襯著。」

袁天寶想想說：「我想也是。北京城是福地，洋人在這兒的日子，長不了。」祁子俊說：「回頭我去恭王爺那兒探聽探聽，看看王爺有什麼主張。」

黃玉昆這時也來到了恭王府。他輕手輕腳地走進王府正堂，朝恭親王走過去。沒等黃玉昆行禮，恭親王已經站起來，朝黃玉昆拱了拱手：「黃大人，恭喜恭喜。」黃玉昆受寵若驚，趕快還禮：「王爺，您別拿我開心了。」恭親王笑道：「皇上擢升你為內閣大學士，由從一品升成了正一品，當然可喜可賀。」

黃玉昆嘆了一口氣道：「肅順頂替了我的戶部尚書，還兼著協辦大學士，署領侍衛內大臣，文功武備加於一身，出將入相，是何等的榮耀。您還不知道嘛，內閣大學士是個虛銜，軍機處有穆蔭、匡源他們那一班人，同聲相應，同氣相求，我不過是個擺設而已。」

恭親王說：「不要說你，連我都成了擺設。」黃玉昆忙問道：「王爺何出此言？」恭親王道：「皇上出狩木蘭，隨駕的人當中，有怡親王、鄭親王，獨獨把我留在京城，與洋人周旋，這不是明擺著的事？」

黃玉昆道：「您是欽差，便宜行事全權大臣，如果不是親兄弟，皇上不能這麼放心。」恭親王也嘆了口氣：「越是親兄弟，就越不放心。皇上最近身體總不見好，全靠那點兒鹿血撐著，萬一哪天皇上駕崩，我們這些人，恐怕就會淪為肅順、端華他們的俎上魚肉。」

黃玉昆道：「王爺既然都把話挑明了，卑職就表個態，願同王爺生死與共。既然朝中有人弄權，我們也不能坐以待斃。」恭親王一咬牙道：「到了萬不得已的時候，就只有『清君側』一條路好走了。」黃玉昆忙表態道：「願聽王爺差遣。不過，卑職以為，如有必要，也應該讓瑞王爺那樣的三朝元老起點兒作用。」

恭親王點點頭：「言之有理，不過，現在還不到時候。這次隨皇上出巡，一定要多加小心。你現在雖然不在戶部尚書的位子上，但戶部的事，卻要比以前更加留心。」黃玉昆答應道：「王爺儘管放心。」

恭親王又道：「皇上要帶著南海子的麋鹿去熱河，隨時飲用鹿血，我百般勸阻，皇上心裡很不痛快，得想個法子，讓皇上高興起來才是。」黃玉昆想想說：「我帶上昇平署的戲班子，隨時準備承應。」

恭親王搖搖頭說：「此次出巡，知道的人越少越好，一招呼昇平署的人，動靜就太大了，得另外想個法子。」黃玉昆點頭說：「卑職明白。」

黃玉昆從恭王府出來，匆匆來到潤玉的春草園戲班。舞臺上正在演出著《貴妃醉酒》。黃玉昆眼睛瞅著臺上，根本無心看戲。潤玉給黃玉昆倒茶，說道：「這齣《貴妃醉酒》雖是一齣平常的戲，演法卻跟老一輩傳下來的不大相同，世伯您覺得怎麼樣？」

黃玉昆漫不經心地點頭：「好，好。」潤玉隨便問了一句：「最近怎麼總不見世兄？」

黃玉昆道：「他最近準備秋闈，讀書倒是頗為用功，也不大在外面走動。」稍頓又說：「玉兒，最近洋人突然翻臉，攻占了通州，對京城虎視眈眈，你可知道？」潤玉道：「我聽說了一點。」

黃玉昆道：「皇上準備巡狩熱河，遣我隨行，不日就要啟程。家裡沒什麼可操心的，只是你一個人留在京城，頗讓我有些放心不下。」

潤玉道：「世伯儘管放心，潤玉經歷過一些磨難，能照顧好自己。」黃玉昆又說：「上次去宮裡承應的時候，皇上對你青眼有加，一個勁兒地問是哪個班子的。」潤玉敷衍說：「難得他老人家動問。」

黃玉昆說：「能讓皇上動問的人，實在是不多。我想，你這次如能隨駕前往熱河，就會多些親近皇上的機會。皇上身邊也有不少漢家女子，只要能讓皇上高興，將來弄個答應、常在（注1）什麼的，不過是輕而易舉的事。」

潤玉淡淡說道：「潤玉只想本本分分地唱戲，不敢有此奢望。」黃玉昆勸道：「人往高處走，水往低處流。玉兒，你要是終身有靠，他日我與你爹相見泉下，也好有個交代。」

潤玉正色道：「人各有志。潤玉甘於清貧，過不慣那種小貓小狗似的受寵的日子。」黃玉昆頓覺有些下不來臺，但也無可奈何：「如此，你就好自為之吧。」

這天，玉麟格格封上一封信，在信封上寫下了祁子俊的名字，喊道：「三寶。」

三寶在門外應道：「格格有什麼吩咐？」玉麟格格猶豫著，忽然又改變了主意，把信撕掉了，說：「沒事，你去吧。」三寶卻在門外說：「王爺請您過去。」玉麟格格來到恭親王的房間，卻把背對著恭親王，滿臉不情願的樣子。

恭親王問：「怎麼又不高興了？」玉麟格格說道：「我不去熱河。」恭親王勸道：「連皇上都要走了，京城很快就要成為洋人的天下，你留在這兒不安全。」玉麟格格反問道：「你怎麼留在這兒?」恭親王道:「你當我願意留在這兒啊?我是奉旨辦事,不得已而為之。」

玉麟格格道:「我打小就和你在一起,相依為命,有點風吹草動就跑,算什麼英雄?」

恭親王道:「你一個姑娘家,沒人讓你當英雄。聽話,趕緊收拾東西去圓明園,跟皇上一起走,不然就來不及了。」玉麟格格任性地說:「我就要跟你在一起。」恭親王道:「我自身難保,根本顧不上你。」玉麟格格頑皮地道:「怕什麼,有我保著你。」恭親王嘆道:「你怎麼就這麼不懂事呢?」玉麟格格道:「說什麼我也要留下。」恭親王嘆了一口氣:「好,隨你,隨你。」恭親王走出房間。玉麟格格跟在後面,看見王府裡的下人們正在忙碌地搬著家具。

玉麟格格問:「咱這是要往哪兒搬啊?」恭親王沒好氣地說:「長辛店。」(注2)

袁天寶這天洗漱完畢,例行公事地打開北京義成信票號大門,走出去看了看。忽然一聲槍響,他嚇得趕緊趴在地上。一陣亂槍響過,義成信的大門被打得千瘡百孔。

潤玉從春草園戲班回到自己菊兒胡同老宅,大吃一驚。她家裡已經住滿了八國聯軍的士兵。她趕緊轉身就走,路過一戶人家時,發現院子的大門敞開著,不經意地往裡面看了一眼。一個四五歲的孩子守在母親的屍體旁邊。孩子的母親衣衫不整,身上有一道深深的傷口,血流在地上,已經變得乾涸了。

潤玉輕輕地走過去,在孩子身旁蹲下,問道:「你爹呢?」孩子說:「我爹出去幾天了,一直沒回來。姨,我媽睡著了。」潤玉傷感地望著孩子說:「你也該睡了。」孩子搖搖頭:

注1「答應」、「常在」皆清代女官的名稱——位在「貴人」之下,有僕役、隨從,並無品級。

注2北京近郊舊地名。

「不，我媽睡著了，我要守著她。」潤玉摟著孩子的肩膀說：「跟姨走吧，明天再來看你媽。」孩子倔強地說：「我要守著我媽，我媽睡著了，晚上有老鼠。」潤玉說：「別擔心，晚上有老鼠，但也有貓，老鼠一出來，貓就會把它吃掉。你看，那兒不是有隻貓嗎？」

孩子順著潤玉手指的方向，果然看見一隻貓正趴在屋脊上。潤玉又說：「有貓守著媽媽，你放心跟姨走吧。」潤玉含著眼淚抱起孩子。孩子伏在潤玉身上，走到門口的時候，還回過頭來，戀戀不捨地看了母親一眼。

恭親王和玉麟格格逃到了北京郊區的長辛店。早晨，玉麟格格一覺醒來，窗外一片鶯啼鳥囀。

守在床前的丫鬟趕緊將手中的香茶遞給格格，又搖起放在痰盂托上的痰盂。玉麟格格含了一口水，漱了漱口，然後睡眼惺忪地下了床，趿著鞋，打著哈欠，走到梳妝臺前認真地梳著頭。

丫鬟小心地稟報：「格格，早點已經給您預備下了。」玉麟格格漫不經心地問：「都有什麼啊？」丫鬟答道：「有槽子糕、西洋糕、薩其馬、杏仁餅、雞油餅、蛋黃酥……」玉麟格格不耐煩地說：「得得，全是老一套，也沒個新鮮的。」丫鬟道：「兵荒馬亂的，格格將就些吧。」

玉麟格格把梳子往桌子上一摔：「別跟我囉嗦！」丫鬟嚇得趕緊退了出去。玉麟格格坐在床上，百無聊賴地用紙牌通關，擺了幾遍，牌總也通不了，她氣得用手把紙牌都掃到了地上。她忽然看見牆角的畫架，就拿了起來。這是一幅未完成的畫。畫面上的祁子俊好像正看著她。她嘆了一口氣，把畫架輕輕放到床上，喊道：「三寶！」

三寶在外面答應了一聲。玉麟格格已經走到了門外，問道：「我哥呢？」三寶答道：「王爺一大早就出去了，說是要去商量跟洋人講和的事兒。」玉麟格格道：「我想進趟城，去吃合義齋的灌腸。」三寶忙道：「那可不行。王爺吩咐下來了，不讓您出這院子，也不讓我離開一步。」玉麟格格道：「你不去，我一個人去。」她說著就往外走。

三寶只好說：「得，我還是跟著您吧。」他順手抄起一根木棒，跟在玉麟格格身後。玉麟格格和三寶坐了一輛驢車進城。驢車在距離城牆很遠的地方停了下來。趕車的說：「到了。」三寶問：「這才到哪兒啊？」

趕車的說：「您順著這條路，往前邊一拐，就是廣安門，您拐個彎就進城了。」玉麟格格哄著說：「你把我們拉進城，我多給你車錢。」趕車的動心了，問：「您打算去哪兒？」玉麟格格道：「東四牌樓。」趕車的連連搖手：「不去不去。」玉麟格格又道：「我給你加一倍。」趕車的仍是搖手：「不去。」玉麟格格道：「加十倍。」趕車的嘆了口氣：「您給多少錢，我都不能去。城裡盡是洋鬼子，明火執仗，燒殺搶掠，我的小命兒還想留著呢。」

三寶忙道：「格格，您聽見了嗎，咱還就著這輛車回去得啦。」玉麟格格罵道：「沒出息的東西，要回你自己回。」說著跳下車。三寶也只好跟在玉麟格格後面走著，距離城門的箭樓已經很近了。三寶說：「格格，這附近就有賣灌腸的，咱在這兒吃點兒，成嗎？」

玉麟格格說：「我就要吃合義齋的。」三寶著急了：「那得奔鼓樓，可還遠著呢。」玉麟格格道：「嫌遠你就回去，我還不樂意讓你跟著我呢。」三寶道：「王爺吩咐，讓我一步不許離開您，出點什麼差錯，我擔當不起。」玉麟格格突然說：「我到那邊去一下。」她指指不遠處一片茂密的小樹林。三寶忙道：「我跟您一起去。」玉麟格格惱火地說：「我去方便一下，你也跟著我？」三寶嚇得一吐舌頭：「您去吧，我在這兒等著，您可別走遠了。」玉麟格格步子輕盈地朝樹林中走去。

三寶翹首張望，等了許久，還不見玉麟格格從樹林中走出來，便試探著接近小樹林，喊道：「格格！」沒有人答應。三寶提高了聲音又喊：「格格！」仍然沒有人答應。三寶慌了，一路叫著，跑進了樹林。玉麟格格已經消失得無影無蹤。

鼓樓大街冷冷清清，見不到幾個行人。玉麟格格悠閒地走著。她出了合義齋灌腸鋪，手裡捧著剛買的灌腸，一路走，一路吃。路邊，依次排列著聚茂齋靴鞋鋪、北豫豐煙葉鋪、信成槓房等等鋪面。遠遠地可以看見一個一人多高的大葫蘆，外面塗著紅漆，十分醒目，這是寶瑞興油鹽醬菜店。

玉麟格格正看得起勁，不知從哪裡躥出了兩個英軍士兵，不懷好意地攔住了玉麟格格的去路。

一個英軍士兵色迷迷地說：「來呀，寶貝。」玉麟格格厭惡地閃身躲開。

另一個英軍士兵說：「我有錢，有的是錢。」說著，他掏出一塊碎銀子。玉麟格格「呸」地啐了一口，扭轉身就跑。英軍士兵一把抓住她，玉麟格格拚命廝打著，想要掙脫開。另一個英軍士兵說：「我喜歡火辣辣的女孩。」

忽然，一根木棒結結實實地打在他的後背上。英軍士兵痛得呲牙咧嘴，玉麟格格順勢掙脫出來，看見三寶正握著木棒，站在她面前。玉麟格格驚喜地喊道：「三寶！」三寶拉起玉麟格格，兩人沒命地向前跑去，一頭扎進了寶瑞興油鹽醬菜店。

第三十四章

玉麟格格和三寶一頭跑進寶瑞興油鹽醬菜店裡，驚魂未定地喘息著。掌櫃的關切地看著他們，問道：「是不是碰見洋鬼子了？」玉麟格格點著頭，喘得說不出話來了。掌櫃的道：「今兒個連你們，是第三起了，都是躲洋鬼子躲到我這兒來了。」三寶忙道：「掌櫃的，給您添麻煩了。」掌櫃的搖頭說：「不麻煩，應該的。」玉麟格格問：「洋鬼子追來怎麼辦？」掌櫃的說：「說來也邪門，洋鬼子到了我這兒，硬是不敢進門。我琢磨著，興許是祖宗傳下來的大葫蘆把他們給鎮住了。」

果然，寶瑞興油鹽醬菜店外，兩個英軍士兵對著店門前的大葫蘆望而卻步，指指點點。一個英軍士兵說：「這是什麼？」

另一個英軍士兵說：「中國人的名堂太多，誰能搞得清楚？」一個英軍士兵端著刺刀走過去：「我捅它一刀試試。」

另一個英軍士兵忙止住他說：「千萬碰不得，要是炸彈就麻煩了。」兩個英軍士兵訕訕地走開了。

過了一會，寶瑞興油鹽醬菜店掌櫃的探頭朝外看了看，轉身走了回來說：「洋鬼子走了。」玉麟格格跳起來說：「掌櫃的，真得好好謝謝你。」掌櫃的笑著說：「不用謝，以後多買我點兒醬菜就行了。」玉麟格格急忙說：「還用等以後？我今兒個就買。」她隨手掏出一塊銀子，遞給掌櫃的。掌櫃的問：「您都要什麼？」玉麟笑道：「每樣都來點。」

掌櫃的把一罈罈醬菜放在筐裡，每罈醬菜上都用紅紙寫著「財源茂盛」四個字。筐裡已經裝得滿滿的，但掌櫃的還在繼續往裡裝。

玉麟格格忙說：「夠了夠了。」掌櫃的說：「還差著您錢呢。」玉麟格格說：「你救了我們一命，多給你點兒銀子算什麼。」掌櫃的道：「那就謝謝了。您以後要吃醬菜，儘管來。」

玉麟格格招呼三寶：「三寶，咱們走吧。」三寶背起醬菜筐，哭笑不得地跟在玉麟格格後面。

三寶道：「這麼多醬菜，一年也吃不完啊。」掌櫃的道：「你們打後門走，安全些，出了門，瞅著前邊有個戲園子，往北一拐就是鼓樓了。」玉麟格格忙道：「戲園子？是不是春草園？」掌櫃的點頭道：「就是。」玉麟格格心中暗喜：「三寶，咱們走。」

玉麟格格和三寶來到戲園子門前。玉麟格格說：「咱們進去吧。」三寶說：「裡邊早就沒人唱戲了。」玉麟格格說：「沒人唱，咱自己唱。」三寶推了推門，門是鎖著的。戲園子裡靜悄悄的，沒有一點聲息。三寶說：「人家鎖著門呢。」玉麟格格嗔道：「你不會叫啊？」三寶只好用力拍了拍大門：「開門！」玉麟格格也大聲喊：「開門！」

過了一會兒，門開了，潤玉出現在門口。她看見玉麟格格，不禁愣了一下：「格格？」

玉麟格格趕緊說：「快給拿點吃的來，我可是餓得前心貼後心了。」

戲園子包廂裡，玉麟格格累得歪歪斜斜地靠在椅子上，面對著空蕩蕩的戲臺。潤玉端著一盤饅頭走過來說：「這是我自己蒸的饅頭，鹼擱得稍微多了些。」三寶一看說：「您這鹼還擱得『稍微』多了些，黃得跟鴨梨差不多。」潤玉不好意思地說：「您湊合著吃吧。」玉麟格格咬了一口饅頭，一邊吃，一邊把臉轉向潤玉，問道：「有菜沒有？」潤玉道：「街上早就沒有賣菜的了。」三寶一拍腦門：「格格，咱不是有醬菜嗎？」玉麟格格眼睛一亮：「你放哪兒了？」三寶道：「我放門口了。」玉麟格格喊道：「快拿來！」

不一會，桌子上擺著好幾罈打開的醬菜。潤玉把筷子分給玉麟格格和三寶。玉麟格格早已等不及了，手裡拿著一根醬黃瓜，啃了一口，連聲說：「好吃，好吃。」

潤玉夾了一筷子甜醬甘露，放在嘴裡嘗了嘗，也連聲說：「好吃。」三寶夾了一筷子麻仁金絲，放在嘴裡說：「我覺著，還是咱恭王府裡的菜好吃。」玉麟格格白了他一眼。潤玉說：「今兒個多虧了格格這點兒醬菜。」玉麟格格得意地對三寶說：「還是我有先見之明吧？」三人吃得分外香甜。玉麟格格吃著吃著，忽然停了下來，對潤玉說：「這幾天你看見祁子俊了嗎？」潤玉說：「沒有。」她憂心忡忡地說：「也不知他怎麼樣了。」玉麟格格道：「三寶，回頭吃過飯，你去一趟東四牌樓。」三寶佯作不解地問：「去東四牌樓幹什麼？」玉麟格格說：「看看祁子俊在不在票號。」三寶問：「在那兒怎麼說？不在怎麼說？」玉麟格格道：「在那兒就罷了，什麼都不用說。不在，想什麼轍(注)都得找到他。」三寶拖著長聲說：「明白啦。」

夜晚，戲園子後臺化妝間裡，玉麟格格和潤玉面對面，分別躺在衣箱上，身上蓋著行頭，但兩人都睡不著。遠處不時傳來冷槍的聲音。

玉麟格格罵道：「這個臭三寶，怎麼還不回來？」潤玉自寬自解道：「他一個大男人，應該不會出什麼婁子。」玉麟格格道：「我可是有點兒擔心。你別說，他要是不在跟前，還真怪冷清的。」潤玉嘆口氣說：「只要平安無事就好。」玉麟格格道：「我也這麼想。」潤玉隨口問道：「格格，你平日裡都幹些什麼？」玉麟格格道：「看看書，聽聽戲，要不就呆著。『卻原來奼紫嫣紅開遍，似這般都付與斷井頹垣……』」潤玉接下去，低聲哼唱著崑腔：「良辰美

注　辦法、主意。

景奈何天，賞心樂事誰家院。朝飛暮卷，雲霞翠軒，語絲風片，煙波畫船，錦屏人忒看得這韶光賤。」玉麟格格很專注地聽著。過了半晌，潤玉喊道：「格格……」玉麟格格不講話，假裝睡著了。兩人都屏住呼吸，好像在極力傾聽對方心裡的聲音。

第二天，三寶還沒有回來。潤玉笨手笨腳地用木柴生火，玉麟格格站在旁邊幫忙，與其說是幫忙，還不如說是添亂。兩人弄得屋子裡煙熏火燎，玉麟格格被煙熏得直流眼淚。

潤玉好笑地問：「格格，你這是頭一遭生火做飯吧？」玉麟格格深有感觸地說：「唉，吃頓飯真不容易。」潤玉道：「種田就更不容易了，要不古人怎麼說『誰知盤中餐，粒粒皆辛苦』呢。」

玉麟格格說：「既然種田那麼辛苦，大家都吃肉不就得啦。」潤玉笑道：「你當誰都能吃上肉啊？格格，你看過《禮記》沒有？」玉麟格格說：「看過，可是看不下去。」潤玉道：「聖人說，比天下大同差一個等級的，叫『小康』，我尋思著，這小康，就是人人都能吃上肉。」突然，外面傳來一陣嘈雜聲。

一群英軍士兵闖入了戲園子。他們粗野地唱著，笑著，還有人跑到戲臺上，表演起了滑稽戲。一個英軍士兵朝玉麟格格招手，喊道：「我愛你，寶貝兒。」英軍少尉生氣地說：「我再跟你說一遍，對婦女要有禮貌，我們是軍人，不是強盜。」英軍士兵忙道：「是，長官。」英軍少尉頗具風度地摘下帽子，朝潤玉和玉麟格格鞠了一躬：「女士們，很抱歉打擾了你們。」潤玉和玉麟格格感到莫名其妙。

忽然，一個英軍士兵走進來，舉著槍，刺刀上挑著一頂清朝官員的帽子。戶部丁主事跌跌撞撞地跟在後邊，喊著：「求求你，洋軍爺，把頂帶還給我吧。」英軍士兵調笑道：「來拿呀！」

丁主事剛要伸手去拿，英軍士兵把帽子高高地拋起來。丁主事剛要去接，又有英軍士兵早搶過帽子，扔給另一個英軍士兵。帽子在英軍士兵中間傳遞著，丁主事狼狽地追逐著，引得英軍士兵一陣哈哈大笑。最後，帽子掉在地上，丁主事大著膽子，剛要去撿，英軍士兵把帽子一腳踢開。丁主事又要去撿，一個英軍士兵把刺刀橫在帽子前面。丁主事看看帽子，又看看英軍士兵，嚇得不敢動彈，眼睛裡閃著哀求的神色。又一陣肆無忌憚的笑聲，英軍少尉嘲弄地看著丁主事。

忽然，笑聲停住了。只見潤玉平靜地朝英軍士兵走過去，彎下腰，撿起帽子，輕輕撣去上面的灰塵。大家都注視著潤玉。潤玉捧著帽子，一步步地朝丁主事走去，鄭重地將帽子交到丁主事手中。她做這一切的時候是那麼坦然，那麼從容不迫。所有人都呆呆地看著她。

祁子俊和三寶從外面走進來，正好看見了這一幕。

祁子俊走到英國士兵中間，比畫著喝酒的架勢，把一塊又一塊銀子塞到英軍士兵的手中，英軍士兵們高高興興地走了。

潤玉輕輕地舒了一口氣。格格也舒了一口氣，卻嗔怪道：「祁子俊，你怎麼這時候才來啊？」祁子俊說：「格格，我雇好了車，還從鏢局找了武師，一會兒就讓人送您回去。」好不容易送走格格和三寶，戲園子裡只剩下了祁子俊和潤玉。祁子俊感慨道：「你膽子可真大，這些洋鬼子都是蠻不講理的。」潤玉笑笑說：「你越是怕他們，他們就越不知道好歹。」祁子俊說：「說不定什麼時候，洋鬼子還會再來搗亂。眼下，京城裡已經沒有安全的地方了，你不如跟我回山西老家去躲一陣，等時局安穩了再回來。」潤玉搖頭道：「我不想給你添麻煩。再說，我還收養了一個孩子。」祁子俊想想說：「還是把孩子另找個人收養吧。兵荒馬亂的，你也不會帶孩子。」潤玉猶豫了一下說：「好，我聽你的。」祁子俊忙說：「你安置好孩子，收拾收拾東西，我回去準備車輛。」

潤玉把收養的孩子託付給菊兒胡同的老鄰居，收拾好東西來到北京義成信票號時，祁子俊的騾車已經停在門口了。潤玉提著包袱坐上車，祁子俊正準備上車，忽然看見三寶急匆匆地跑來。三寶喊道：「少東家！」祁子俊問道：「三寶，你怎麼來了？」三寶道：「王爺找您，讓您趕緊去見他。」祁子俊說：「你就說我已經回老家了，沒找到。」三寶說：「不行啊，少東家，王爺正在氣頭上，說如果找不到您，就讓我提頭去見他。」

祁子俊無奈地看了潤玉一眼。潤玉說道：「你去吧，也許有要緊事。」祁子俊說：「等事情料理停當之後，我去看你。」祁子俊把阿城拉開到一旁囑咐道：「記住，千萬不要讓任何人對潤玉姑娘提起少奶奶的事。」阿城點頭道：「我記住了。」阿城走過去，坐在駕車的位置上。祁子俊喊道：「路上當心。」阿城道：「放心吧，少東家。」祁子俊目送著騾車漸漸遠去。

恭親王在長辛店寓所裡躁動不安地從屋裡走到院子裡，又從院子裡走到屋裡，步子越走越快，呼吸越來越沉重。他的臉上，已經看不到一絲高貴和威嚴，代之是一副疲乏和愁苦的表情。他終於無法掩飾自己的絕望和恐慌了。

他在屋裡停下來，透過窗戶望著院子，但院子裡美麗的風景似乎讓他更加煩躁。最後，他親自動手，把屋裡所有的簾子都放了下來。屋裡的光線頓時暗了許多。

三寶陪著小心走了進來：「回王爺，祁子俊稟見。」恭親王面無表情地說：「讓他進來。」三寶掀開門簾，祁子俊風塵僕僕地走進來，玉麟格格也在後面跟著進來了。祁子俊施禮道：「叩見王爺。」恭親王道：「免了。」

恭親王面對祁子俊時，彷彿帶上了一副面具，除了往日的威嚴之外，還多了幾分誇張的親切。恭親王問道：「子俊，最近生意怎麼樣啊？」

祁子俊道：「糟透了，就只是一個賠錢，哪還有什麼生意？」恭親王道：「連你尚且如此，普通的百姓可想而知，早已是苦不堪言了。」祁子俊問道：「王爺，總不能讓洋人就這麼一直占著京城吧？」恭親王道：「國步艱危，天日無光，京師蒙塵，生靈塗炭。子俊，你可知道歷史上有個『澶淵之盟』？」祁子俊道：「小時候聽私塾先生講過。大宋朝與大遼國決戰澶州，宋真宗不聽寇準之言，屈辱求和，賠了許多銀子，後世深以為恥。」

恭親王搖搖頭道：「不過是書生之見。宋遼對峙之時，大遼國兵強馬壯，大宋朝連年邊境不安，盜賊蜂起，國力空虛，如若真與大遼國決戰，結果難以逆料。宋真宗用銀子換取和平，此後宋遼成為兄弟之國，互不侵犯，由此看來，『澶淵之盟』反倒是利國利民之舉。」

祁子俊道：「子俊以為，現在只能進，不能退。孤注一擲，與洋人決一死戰，雖然未必就能取勝，卻足以振我大清國威，如若委曲求全，只怕會落得人心崩潰。」

恭親王堅決地搖搖頭：「無論哪朝哪代，都沒什麼新鮮玩意兒，不過是翻來覆去地重演以前的舊戲，也就是換些行頭而已。我們現在的處境，大概還不如『澶淵之盟』的時候。那時候有宋真宗御駕親征，現在，皇上都到熱河巡狩去了，還談什麼決一死戰？況且大清與洋人之間，強弱之勢，判若雲泥，眼前之計，只能盡快了結此事，以後再圖振興國運。破財免災吧，能簽個『澶淵之盟』，已經是最好的結局了。」

祁子俊有些不以為然，但又不敢反駁。恭親王又說：「子俊，我想請你想個法子，打聽打聽洋人的議和條件。」玉麟格格站在旁邊，一個勁兒地朝祁子俊使眼色，讓他不要答應。祁子俊假裝沒有看見，道：「王爺，我試試。」恭親王異常和藹地笑了笑：「禮之用，和為貴。我願意誠心講和，但洋人也不能太讓我為難。你跟他們一定要把這層意思挑明了。」

三寶正在恭親王門口伺候著，看見祁子俊走出來，就一直追到了外面。祁子俊問道：「三寶，王爺讓我打聽洋人的議和條件，你說，我跟誰打聽去？」三寶說：「您自個兒答應的事，我哪知道？」祁子俊說：「你倒是給我出出主意啊。」三寶說：「這些日子，成天有好多人在王爺這兒高談闊論，最終也沒個結果。要是我說啊，您就不該攬這事，辦成了還好，辦不成，不是給自己找麻煩嗎？」

祁子俊說：「不是我找麻煩，是麻煩找上我了。」三寶說：「您自個兒心裡沒譜，答應他幹什麼？」祁子俊說：「王爺吩咐下來了，根本就沒有答應還是不答應這回事。」

屋裡，玉麟格格不滿地對恭親王大發牢騷：「那麼多朝廷命官都辦不了的事，你讓一個平民百姓辦，這不是難為他嗎？」

恭親王道：「軍機處的全班人馬，都隨皇上去了熱河，吏、戶、禮、兵、刑、工六部，有哪個能幹這事兒？總不能讓我親自去求洋人吧？」

玉麟格格說：「讓理藩院去幹。」恭親王道：「理藩院的人說了，他們管的是蒙、回、藏事務，管不著英吉利、法蘭西的事兒。」玉麟格格說：「那還有翰林院呢。」恭親王搖頭道：「翰林院的人，除了舞文弄墨，還能幹什麼？臨陣賦詩一首，能詠退敵兵嗎？」玉麟格格說：「可是，祁子俊連一句洋文都不會說，你讓他怎麼打聽？」恭親王笑了笑：「你放心，沒有他辦不到的事。再說，讓民間先辦著，將來，我好有個迴旋的餘地。」

祁子俊回到北京義成信票號分號，坐在桌旁托腮沉思，絞盡腦汁地想著辦法。

袁天寶說：「少東家，我還從沒見過您這麼犯愁呢。」祁子俊嘆口氣說：「王爺派下來的這事兒，還真把我給難住了。」袁天寶說：「您糊弄糊弄，說打聽不著不就得了？」祁子俊搖頭道：「不成。」袁天寶說：「王爺自己都辦不成的事，總不能推給您一個老百姓啊。」祁子俊道：「要是衝著王爺，這事兒可以不管，要是衝著京城千家萬戶的百姓，這事兒我還非管不可。」兩人正說著，突然，掌櫃房的門被推開了。蒙古軍官巴特爾渾身血汙，出現在祁子俊面前。祁子俊嚇了一跳。

祁子俊驚問道：「巴特爾，你這是怎麼了？」巴特爾說：「我們在圓明園跟洋鬼子打了一仗。」祁子俊納悶說：「皇上都跑了，你們還打哪門子仗啊？」巴特爾說：「皇上是跑了，可園子裡那些東西，不能由著洋鬼子糟蹋啊。巴特爾札薩克帶著我們幾個親隨，還有守衛圓明園的兵勇，跟洋人打了一整天，結果寡不敵眾，沒剩下幾個人，我是從死人堆裡爬出來的。」祁子俊大驚：「巴特爾札薩克呢？」巴特爾沉痛地說：「札薩克已經為國盡忠了。」祁子俊忙問：「屍首在哪兒？」巴特爾說：「我把札薩克的屍首背出來，在外面躲了兩天，心裡合計著，札薩克為國盡忠，不能草草安葬了事，所以就來求您了。」祁子俊注視著巴特爾，稍一思索，喊道：「袁掌櫃！」

袁天寶聞聲快步走了進來。

祁子俊說：「您去信成槓房說下，準備一副上好的金絲楠木棺材，一份一百零八人的大槓。」袁天寶吃驚地問：「您說的，這可是皇槓的規矩啊。」祁子俊果斷地說：「就照皇槓的規矩。」袁天寶為難地說：「棺材倒是有，可頭幾天，槓房的夥計就全都跑光了。」祁子俊沉思著緩緩地說：「明天，咱們票號上下一切人等，一律披麻戴孝，給巴特爾札薩克出殯。」

第二天，巴特爾札薩克的靈柩停放在院子裡。票號裡所有人一律穿著孝服。祁子俊也穿著孝服，從掌櫃房裡走了出來。

北京街頭上，票號夥計們抬著巴特爾札薩克的靈柩，緩緩地走在街道上。祁子俊和袁天寶走在最前面。忽然，一隊英軍士兵擋住了去路。送靈隊伍和士兵隊伍各不相讓。領頭的英軍少尉蠻橫地喝道：「讓開！」

祁子俊巋然不動，槓仍然扛在肩上。英軍少尉又喝道：「我再說一遍，讓開！」祁子俊仍然不動。英軍少尉做了一個手勢，英軍士兵舉起槍，齊刷刷地拉開了槍栓。英軍少尉喊道：「最後說一遍，讓開！」送葬的隊伍仍然不動。

英軍少尉下令：「預備！」英軍士兵的槍口紛紛瞄準了祁子俊和袁天寶。

突然，隊伍後面傳來一聲大喊：「停下！」原來是祁子俊在上海認識的英國商人哈特爾氣喘吁吁地跑過來了。英軍少尉問哈特爾：「你想說什麼？」

哈特爾生氣地說：「你幾乎鑄成大錯，這個中國人是英國公使最好的朋友之一。」

英軍少尉愣了一下，但態度仍然十分強硬，問祁子俊道：「你們要幹什麼？」祁子俊理直氣壯地說：「出殯。」哈特爾翻譯給英軍少尉聽。英軍少尉又問：「給誰出殯？」哈特爾翻譯道：「他問你給誰出殯。」祁子俊更加理直氣壯：「英雄。」哈特爾又翻譯給英軍少尉。英軍少尉不屑地說：「你們中國還有英雄？」哈特爾沒敢直接翻譯出來：「他問你是什麼英雄。」祁子俊道：「為國捐軀，算不算英雄？」哈特爾翻譯給英軍少尉。英軍少尉道：「當然。」哈特爾朝祁子俊點點頭。

祁子俊道：「他就是在圓明園跟你們作戰，為國捐軀的英雄。」

哈特爾翻譯給英軍少尉。英軍少尉一下子愣住了，半天才回過神來：「我敬重一切英雄。」他揮揮手，英軍士兵忽地分列閃在一旁。

祁子俊率領靈柩隊伍，莊嚴地昂首通過。哈特爾衝著祁子俊的背影說：「他說你也是英雄！」

北京郊外立起了一座新墳，墳前擺放著幾樣蒙古人常用的供品。墓碑上寫著「為國捐軀，忠勇可風」。

祁子俊默默地把一碗酒灑在墳前。哈特爾向墳頭恭恭敬敬地鞠了三個躬，轉身朝祁子俊走來。

祁子俊問：「哈特爾先生，你怎麼到這兒來了？」哈特爾回答說：「裕豐洋行奉命向英法聯軍提供軍需物資，所以，我就隨軍到了北京。」祁子俊的態度立刻變得冷淡下來了：「這麼說，在圓明園燒殺搶掠，也有你的分？」哈特爾心情沉重地說：「我沒幹一件燒殺搶掠的事，但是，我真誠地覺得，他們犯下的每一件罪行中，都有我的一分。」祁子俊不以為然地說：「冠冕堂皇的話，中國人說得已經夠多了，用不著再聽洋人說了。」

哈特爾說：「我理解您的心情。但是，有這種負罪感的不只我一個人。」他從衣兜裡拿出一張信紙，接著說：「有個朋友轉來了一封信，我來翻譯給您聽：在地球上某個地方，曾經有一個世界奇跡，它的名字叫圓明園。藝術有兩個原則：理念和夢幻。理念產生了西方藝術，夢幻產生了東方藝術。同希臘帕提農神廟是理想藝術的代表一樣，圓明園是夢幻藝術的代表。它彙集了一個民族幾乎是超人類的想像力所創作的全部結果。一天，兩個強盜走進了圓明園，一個搶掠，一個放火。可以說，勝利是偷盜者的勝利，兩個勝利者一起澈底毀滅了圓明園。在歷史面前，這兩個強盜分別叫作法蘭西和英格蘭。我要抗議。統治者犯的罪並不是被統治者的錯。政府有時會成為強盜，但人民永遠也不會。法蘭西帝國將一半戰利品裝入了自己的腰包，而且現在還儼然以主人自居，炫耀從圓明園搶來的精美絕倫的古董。我希望有一天，法蘭西能夠脫胎換骨，洗心革面，將這不義之財歸還給被搶掠的中國。在此之前，我謹作證：發生了一場偷盜，作案者是兩個強盜。」讀畢，他放下信紙，默默地望著祁子俊。

祁子俊問：「這話是誰說的？」哈特爾說：「一個法蘭西詩人，名字叫雨果。」祁子俊說：「你去跟這個叫雨果的人說，義成信的祁子俊想跟他交個朋友。」

什剎海銀錠橋東側有一個「雨來散」的露天攤位，這裡是烤肉季的前身。簡陋的桌子上，擺著切好的薄肉片。祁子俊正與哈特爾一道，津津有味地吃著烤肉。

祁子俊擺出一副尚武的架勢，一隻腳踩在長條凳上，用一尺來長的大筷子夾了些肉片，放在涼水中蘸了蘸，然後放在肉炙子上燒烤。肉片很快就變了顏色。祁子俊蘸了些作料，一邊吃，一邊就著燒餅。

哈特爾吃得滿頭大汗，早已脫了外套，又在解背心的扣子。哈特爾說：「我想起了中國的一句俗語，『踏破鐵鞋無覓處，得來全不費功夫。』有意思的是，兩邊的政府在沒有辦法的情況下，不約而同地想到了用民間的形式開展外交。」祁子俊問：「這有什麼意思？」哈特爾說：「我的意思是說，統治者在無能這一點上，是完全相同的。」祁子俊說：「閒話少說，我不管你們跟朝廷簽什麼狗屁條約，只要依我一件事就成。」哈特爾問：「什麼事？」祁子俊說：「立即停止燒殺搶掠，別再讓老百姓受苦了。」哈特爾說：「這個不難，因為這場燒殺搶掠，根本就是在聯軍統帥指揮下進行的。」祁子俊說：「依著我，你們趕快撤兵才是真的，那些條約什麼的，不過是個糊弄局兒。」哈特爾說：「我同意您的看法，問題的關鍵是盡快制止戰爭，至於採取什麼形式，對您我，對所有老百姓來說關係不大。」

長辛店恭親王住處，三寶站在恭親王面前說：「回王爺，祁少東家說，明天就能拿到洋人的議和條件，一拿到，他就送過來。」

恭親王忙說：「你讓他不必來了。」三寶問：「王爺的意思是……」恭親王道：「事情緊急，刻不容緩，我親自去一趟京城。讓他明天下午送到地安門外的天匯軒大茶館，我在那兒等著他。」

祁子俊接到席慕筠口信，風風火火趕到席慕筠住處，正是早晨。席慕筠問：「你怎麼才來？」祁子俊說：「我只能呆一會兒工夫，馬上就得出去辦事。」席慕筠說：「這幾天我一直休息不好，每天只能靠這個幫助入睡。」她晃了晃一個小藥瓶。

祁子俊問：「這是什麼？」席慕筠說：「安眠藥水。」祁子俊問：「又出什麼事了？」席慕筠說：「天朝那邊的鹽又斷了供應。咱們不是說得好好的，你怎麼不講信用？」祁子俊忙說：「不是我不講信用，是清妖控制得太嚴，我手下辦事的人又給抓進大牢了，真是難辦。你容我再想個法子。」席慕筠說：「你別急著走，咱們趕快商量個辦法出來。」祁子俊說：「我實在不能呆時間長了，票號裡一大堆事等著我，恭王爺下午還要見我。」席慕筠心中一動，忙問：「在什麼地方？」祁子俊說：「天匯軒大茶館。」席慕筠說：「別急，你喘口氣，喝杯茶再走。」她背轉身去，給祁子俊倒了一杯茶，順便加了一點安眠藥水進去。祁子俊接過茶，一飲而盡：「我還真有點兒渴了，再來一杯。」席慕筠又給他倒了一杯茶，問道：「你管他叫恭王的這個妖頭，長得什麼樣啊？」祁子俊說：「年紀比我輕，樣子可比我老成多了，看上去深不可測。」席慕筠問：「穿什麼衣裳呢？」祁子俊說：「我估摸著，他不能穿官服，穿便服的面兒大。你打聽這個幹什麼？」席慕筠說：「隨便問問。多知道點兒清妖的事，就更好對付他們了。」她故意拖延時間：「鹽的事，你一定放在心上。」祁子俊說：「放心，既然答應了天朝，不管多難，我都會信守諾言。」席慕筠又說：「平時總聽人說，富人家如何如何，到你家看過之後，才真正知道了什麼叫富。」祁子俊說：「也沒什麼。」席慕筠問：「我忘了問你，你家裡人都穿著孝，是怎麼回事？」祁子俊不做回答，說：「這回我真得走了。」他說著就往外走，忽然感到一陣頭暈。

席慕筠趕忙扶住他：「祁少東家當心點兒。」她一邊說，一邊把祁子俊放倒在床上，然後，從行李中拿出一套男裝。片刻，她瞥了一眼祁子俊。祁子俊已是鼾聲如雷。席慕筠脫下外衣，不緊不慢地換好了衣裳，儼然是一個風流儒雅的公子哥兒。

席慕筠笑道：「祁少東家，你踏踏實實地睡吧。」她走了出去，隨手帶上門。

北京天匯軒大茶館裡，下午，一陣悅耳的鳥哨傳來。恭親王一襲便衣，一邊喝茶，一邊逗著籠中的畫眉鳥。三寶等幾個僕人遠遠地垂手侍立。

席慕筠坐在另一張桌子前，不時瞥一眼恭親王，心裡盤算著怎樣與他接近。恭親王也注意著席慕筠。茶館裡空蕩蕩的，只有他們兩人在喝茶。

席慕筠終於打定了主意，把臉轉向恭親王：「這位仁兄，咱們好像在哪兒見過。」恭親王不置可否：「也許吧。」席慕筠說：「是不是在哪位王爺的府上？」恭親王心中一動，表面上卻不動聲色：「我愛聽戲，說不定是在哪位王爺的堂會碰上過。」席慕筠說：「差不多，我也在王府裡聽過幾齣堂會。」

她下意識地看了一眼懷裡藏炸彈的地方。

恭親王問：「閣下貴姓？」席慕筠答道：「姓席。你呢？」恭親王說：「姓宮。」席慕筠說：「京城裡兵荒馬亂的，難得你還有這分雅興。」恭親王說：「我在等一個朋友。席兄，你呢？」席慕筠說：「我也在等人。不過，等的不是朋友。」恭親王說：「閒來無事，就請席兄過來一敘，如何？」

吃了席慕筠安眠藥的祁子俊終於醒了。他發現自己睡在席慕筠床上，席慕筠卻不見了蹤影，感到十分奇怪。他起身走了幾步，覺得有些昏昏沉沉的，就用手扶住桌子。他突然看到了桌上的安眠藥瓶。他搖了搖，藥瓶已經空了。他立刻明白了是怎麼回事，嚇出一身冷汗，撒開腿跑出門去。

祁子俊急急忙忙地坐上了一輛洋車，喊道：「天匯軒！」車伕慢騰騰地在鞋底上磕了磕煙袋鍋子，插在腰帶上。祁子俊喊道：「快，不然就來不及了！」車伕說：「就走，就走。」說著，他不緊不慢地提上鞋，站起來，又緊了緊腰帶，才彎腰抄起車把。

天匯軒大茶館裡，恭親王感興趣地看著席慕筠，說道：「席兄，依你之見，大清朝如今積貧積弱的局面，完全是《南京條約》造成的？」席慕筠道：「正是如此。」恭親王道：「可是，當年英吉利大兵壓境，朝廷割地賠款，實屬無奈。」席慕筠猶豫著是不是該引爆炸彈，應付說：「當年在廣州，老百姓自發組織『平英團』，狠狠地教訓了洋鬼子一通，如果全國軍民同仇敵愾，未嘗不可一戰。」恭親王說：「城下之盟，《春秋》所恥。」席慕筠道：「痛定思痛，就應當力圖自強，以為禦侮之計。」恭親王說：「只能慢慢來。將來有一天，洋人所有的堅船利炮，我們也都有了，再打起仗來，就可以立足於不敗之地。」席慕筠搖頭道：「我看未必。」恭親王詫異道：「席兄有何高見？」

席慕筠道：「西洋文明的精華，並不在這些外表上的東西，而在於它的思想和制度。現在的大清朝，已經是積重難返，如果不來一個徹底革新，即便有再多的洋槍洋炮，鐵路輪船，也是無濟於事。」恭親王道：「祖宗之法，是不可輕易改變的。」席慕筠道：「到了非改變不可的時候，難道也不能變嗎？」

恭親王道：「咱們大清朝就像一條大船，經過了多少年的風風雨雨，早已是千瘡百孔，隨時都有可能沉下去，也不知要駛向何方。這時候，掌舵的要是硬撐下去，堅持按照既定的航線行駛，也許還有救，要是掌舵的放棄了，或者忽然改了主意，就一切都完了。」

北京街頭上，車伕拉著祁子俊，跑得氣喘吁吁的。祁子俊還在喊：「快點兒，再快點兒！」車伕說：「沒法再快了。」終於，洋車來到了天匯軒大茶館門前。沒等車子停穩，祁子俊就跳下車，隨手扔下一塊銀子，心急火燎地跑進茶館。

茶館夥計招呼道：「來了，您吶。」祁子俊顧不得答應，三步併作兩步，沿著樓梯跑上去。祁子俊氣喘吁吁地跑過來，看見恭親王安然無恙，終於大大地鬆了一口氣，喘息未定地說：「我險些來晚了。」恭親王毫無察覺：「不晚，不晚。我正同這位席公子聊天。席公子談吐風雅，見識過人。席兄，我來給你引薦一下，這位是義成信的祁少東家。」祁子俊假作不認識：「席公子，在下有禮了。」席慕筠也道：「祁少東家，久仰大名，今日識君，三生有幸。」祁子俊道：「席公子，我要同恭……」恭親王忙朝他使了個眼色。祁子俊改口道：「我要同宮先生借一步說話。」席慕筠只好說：「祁少東家請便。告辭了。」她轉身準備離開。恭親王問：「席兄不等人了？」席慕筠道：「相約的時辰已過，不用再等下去了。」

席慕筠走後，祁子俊把一份文件呈給恭親王。恭親王只是略略翻了翻，就放在一旁說：「跟洋人說，全都答應他們的條件。」祁子俊情急地說：「王爺，不能全答應。照著這個東西，咱們可是吃了大虧啊。」恭親王說：「現在這個形勢下，除了答應他們，別無他途。」祁子俊說：「咱們已經割讓了香港，再割讓九龍，一天天割下去，咱們大清國還能剩下什麼？」恭親王不以為然：「割點土地，賠點銀子，算不了什麼，只要他們不想掀翻皇上的御座，就都好說。不過，在重大問題上絕不能讓步。」祁子俊問：「還有什麼比割地賠款更重？」恭親王說：「洋人朝見皇上，必須要行三拜九叩的大禮。」

祁子俊辭別恭親王，走到茶館門外，看見席慕筠正坐在一輛洋車上，朝他招手。祁子俊走過去，與她坐在同一輛車上。祁子俊抱怨說：「你可嚇死我了。」席慕筠問：「我有那麼嚇人嗎？」祁子俊低聲說：「你不嚇人，你身上的炸彈可是嚇人。」席慕筠淡淡地一笑：「我要是想引爆炸彈，早就動手了，還能等到你來？」祁子俊問：「你為什麼改變主意了？」席慕筠說：「我想清楚了。必須從根本上革新，殺一兩個妖頭，無濟於事。」

一個陽光燦爛的早晨。北京城裡重新蕩漾起了早晨的鐘聲。天上高高地飛翔著各式各樣的風箏，什剎海裡，船夫們撐著船，撈著湖面的水草。人們又恢復了往日平靜的生活。

北京義成信票號裡，袁天寶正在對祁子俊講著什麼事情。祁子俊一邊聽袁天寶講話，一邊洗臉漱口。他嘴裡含著水，聽袁天寶說完話，才把水噴了出去。

祁子俊說：「袁叔，我呆會兒吃過飯就動身。」袁天寶問：「少東家這次回山西，要去多少日子？」祁子俊說：「沒定準。潤玉姑娘好容易去一趟山西，我想留她多住些日子。」袁天寶說：「不過，這邊還有不少事情，要等著您來決斷。」祁子俊說：「這邊的事情，您跟蘇先生商量著辦就行了，不用非得等我回來。」

載著潤玉的騾車終於停在了祁家大院門口。阿城率先跳下車，掀開轎簾。阿城道：「到家了。潤玉姑娘，小心著點兒。」

潤玉從車上走下來，在阿城的引導下，來到祁家大院門前。她顯得風塵僕僕，面帶倦色，卻掩飾不住內心的興奮。正在門前玩耍的世祺停了下來，大睜著憂鬱的眼睛，看著潤玉。阿城親切地撫摸了一下世祺的頭頂。

潤玉問：「這是誰家的孩子？」阿城道：「是小少爺，叫世祺。」潤玉衝著世祺笑了一下，世祺卻毫無反應。

阿城背著行李，潤玉跟在阿城後面走進院子。她多少有點緊張，細心地端詳著院子裡的一切。僕人們都停下手中的活兒，用一種奇怪的神情打量著這個不速之客。潤玉大大方方地走著，經過一排房子，眼看就要來到關素梅的臥室門前。

阿城趕忙招呼：「潤玉姑娘，這邊走。」潤玉不明就裡，但還是朝阿城站的地方走了過去。

寶珠迎著兩人走上前來，上上下下打量著潤玉，目光中充滿了疑問。阿城道：「這位是潤玉姑娘，少東家從京城請來的客人，這位是……」寶珠不客氣地打斷他的話：「我姓祁。」潤玉忙問候道：「祁姑娘好。」潤玉臉上露出親切的笑容，但寶珠的冷淡立刻讓她收斂起笑容，興奮感也隨之消失了。寶珠說：「阿城，你領上客人，先去堂屋歇著吧。」阿城答道：「哎。」

潤玉跟著阿城離開了，臨走之前，還想再對寶珠表示一下什麼，但終於沒有說出口。寶珠目送著潤玉的背影，撇了撇嘴。

祁家正堂裡只有潤玉一個人。她安安靜靜地坐在客位上，樣子顯得十分不自然。外面不時傳來僕人們忽高忽低的笑聲、說話聲，但聽不清他們說的是什麼。潤玉注意地傾聽著。一個丫鬟走了進來。潤玉忙低下頭去，喝茶。

祁家前院，阿城正在和寶珠爭辯，樣子顯得有些著急。阿城說：「來了客人，你這個當管家的，說什麼也該去陪陪啊。」寶珠冷冷地說：「少東家的客人，我一個下人去陪，不合適。」阿城說：「除了你，還有誰能去？」寶珠說：「你去！」阿城急了：「我去算哪檔子事兒？」寶珠說：「一路上不都是你陪著嗎？」阿城說：「那是在路上。到了家裡，就得照著家裡的規矩。」寶珠說：「反正我不去。」阿城急得抓耳撓腮：「那，你倒是說說，讓潤玉姑娘住哪兒？」寶珠想了一下：「以前大少爺住的那屋，不是一直空著嗎？你帶人去收拾收拾。」阿城說：「那屋好多年沒人住了，能不能……」寶珠說：「聽我的還是聽你的？趕快去！」阿城猶豫著，又說：「少東家吩咐下來了，不讓任何人提少奶奶的事。」寶珠「哼」了一聲，抬起腳走了。

客房門前，阿城、黑娃拿著清潔用具，站在房門前，等著丫鬟開鎖。丫鬟費了好大勁，也沒打開鎖。丫鬟說：「都鏽死了。」

黑娃說：「我來試試。」他走上前來，脫下鞋，用鞋底照著鎖使勁一拍，鎖竟然被他拍開了。黑娃說：「進吧。」阿城說：「你先進。」丫鬟說：「你們倆讓什麼，誰先進不一樣？」阿城和黑娃面面相覷，誰也不敢先推門進去。黑娃說：「先前京城來的那個什麼范大人，是不是就吊死在這兒？」阿城點頭道：「是啊。」丫鬟聞言，趕緊倒退了幾步。丫鬟罵道：「死阿城，你怎麼不早說？」黑娃說：「聽說，到了後半夜，裡面經常有響動，還有哭聲。」阿城忙說：「都是瞎傳，誰也沒親耳聽見過。」黑娃說：「那你怎麼不敢進去？」阿城說：「誰說我不敢？」說著，他從懷裡掏出一個酒葫蘆，仰脖灌了一大口。黑娃奪過葫蘆，也喝了一大口。沒等他擦乾嘴，丫鬟又把葫蘆搶過去，喝了一口。三人屏聲靜氣地站在門前，都做好了逃跑的準備。阿城猛地推開門，什麼也沒發生，三人總算鬆了一口氣。

第三十五章

阿城、黑娃和丫鬟收拾著潤玉住的房間。丫鬟打掃著地上的老鼠屎說：「這麼多的老鼠屎啊。」黑娃心驚膽戰地說：「我老覺得房梁上有什麼東西似的。」丫鬟白了他一眼：「你別瞎說，怪嚇人的。」黑娃說：「不是瞎說，自打進了這屋，我就覺得脖子後面冒涼氣。」阿城喝道：「少費話，快點兒幹活！」黑娃問：「阿城，要是讓你一個人住這兒，你怕不怕？」

阿城說：「我才不像你呢。」正說著，丫鬟不小心踢翻了水盆，阿城和黑娃驚恐萬狀地搶著跑了出去，丫鬟不知發生了什麼事，也驚慌失措地跟在後面。忽然聽見一聲斷喝：「站住！」三人抬頭看去，寶珠正站在他們面前。

寶珠數落著他們：「瞅瞅你們，兩個大男人家的，膽子還沒有針鼻兒大。你們又沒做虧心事，有什麼好怕的？」她若無其事地走進屋裡。阿城等三人只好硬著頭皮跟了進去。

晚上，祁家後堂桌上已經擺好了飯菜，可吃飯的仍然還是潤玉一個人。潤玉端起碗，用筷子挑起麵條，默默地吃著，每一口都咀嚼得十分緩慢。外面不時傳來僕人們忽高忽低的說話聲，但聽不清他們說的是什麼。潤玉注意地傾聽著，隱隱約約地可以聽到「京城來的大官……」，「上吊死的……」，「一到初一、十五就鬧鬼……」，「多少年一直空著，沒人敢住……」等隻言片語。

夜晚，終於來了一個丫鬟把潤玉領進她住的房間，點上燈，麻利地為潤玉收拾好了床鋪。丫鬟道：「姑娘歇著吧。」

潤玉環顧四周，屋裡的擺設已經顯得十分陳舊了。丫鬟轉身退了下去。潤玉望著丫鬟離開的背影，一陣淒涼的感覺突然湧上心頭。她走過去，插上門，然後脫下衣服，想要吹滅油燈，猶豫了一下，卻還是沒有吹，輕輕地嘆了一口氣。

寶珠正在招呼世祺睡覺。她看著世祺鑽進被窩躺好，才吹滅油燈，準備離開。世祺在黑暗中睜大眼睛，望著寶珠喊道：「姑姑！」寶珠扭過臉來，看著世祺。世祺說：「我怕。」

寶珠說：「世祺不怕，世祺是大小伙子，什麼都不怕。」寶珠說著，心中不覺一陣酸楚，眼圈一紅，便走過來，坐在炕上，摟住世祺。世祺依偎在寶珠懷裡，漸漸睡著了。寶珠輕輕地把世祺放在炕上，給世祺蓋好被子。世祺喃喃地說著夢話。

潤玉好不容易終於入睡了。睡夢中，潤玉突然被一陣咬嚙的聲音驚醒了。她猛地坐起來，看見桌子上趴著一隻碩大的老鼠。老鼠死死地盯著熒熒的油燈。外面，秋風呼嘯。一陣恐懼攫住了潤玉。她坐起來，用被子緊緊地裹住自己的身體，緊緊地瞪著老鼠。她覺得自己的眼淚就要流下來了。

第二天，潤玉早早起了床，「吱呀」一聲推開房門，輕手輕腳地走出來。僕人們井然有序地打掃著院子，看見潤玉走過來，就都客氣地讓出一條路，態度顯得冷淡而刻板。潤玉拘謹地四下張望了一會兒，不知該幹點什麼，忽然看見阿城站在不遠的地方，就朝他招招手。阿城只好硬著頭皮迎上前來招呼：「潤玉姑娘，早啊。」

潤玉說：「阿城，我問你句話。」阿城說：「姑娘有什麼話，只管問。」潤玉說：「怎麼沒見著少奶奶？」阿城遲疑了一會兒說：「少奶奶沒了。」潤玉愣了一下，說：「沒聽人說起過呀。」阿城說道：「是今年夏天才發生的事。少奶奶是個好人，過去這麼多日子了，大家提起來，都還有免不了傷心。」潤玉納悶地說：「少奶奶年紀輕輕的，怎麼會……」阿城忙說：

「少奶奶身體一直不大好。」潤玉沉默了一會說：「我有點兒不明白，祁姑娘為什麼總不願見我？」阿城支支吾吾地說：「她就是那麼個人，您別理她就是了。」

潤玉百無聊賴，獨自一人悶悶四下裡轉悠著，忽然看見世祺站在抄手遊廊下，就朝著孩子走了過去。世祺沒等潤玉過來，就遠遠地躲開了。

世祺走到荷花池邊，潤玉緊走了幾步，上去攔在世祺面前，柔聲細氣地問：「你叫世祺，對吧？」世祺點點頭，膽怯地看著潤玉。潤玉蹲下身，溫情脈脈地拉住世祺的手。世祺畏縮地把手抽了回來。潤玉說：「我跟你爹、阿城叔叔都是好朋友，世祺願不願意跟我當好朋友？」世祺問：「你怎麼知道的？」潤玉說：「知道什麼？」世祺天真地說：「我的名字。」潤玉笑著說：「我會猜。不管是誰，我一看見，就能猜出他叫什麼。」世祺將信將疑：「我不信。」潤玉說：「不信，你去問阿城叔叔。」她又問：「你會不會寫自己的名字？」世祺點頭說：「會。」他撿起一根樹枝，在地上端端正正地寫下了「世祺」兩個字，然後，仰起臉看著潤玉問：「我還不知道你叫什麼呢。」潤玉說：「你就叫我潤姨吧。」

第二天一早，潤玉正在梳頭，忽然從鏡子裡看見了世祺瘦小的身影，不知什麼時候，世祺已經來到了屋裡，一直不聲不響地站在門口。潤玉趕緊站了起來，朝世祺走過去：「世祺，你怎麼來了？」世祺說：「潤姨，我想讓你教我怎麼猜名字。」潤玉高興地說：「好，一會兒我就教你。」她親熱地把世祺拉到懷裡。

寶珠一早起來沒見著世祺，匆匆忙忙地走著，逢人便問：「看見世祺了嗎？」她到處尋找著。

潤玉住的房間裡，潤玉一邊哼著曲子，一邊細心地為世祺梳著辮子，世祺坐在她的懷裡，顯得十分安靜。

潤玉說：「你照照鏡子，看看潤姨梳的辮子好不好看。」世祺對著鏡子看了一下，點頭說：「好看。」潤玉耳語般地說：「以後，潤姨天天給你梳辮子。」世祺說：「嗯。」潤玉走到桌前，拿了一些蜜餞，遞給世祺，世祺正要去接，屋外忽然傳來寶珠的厲聲叫喊：「世祺！」

世祺顧不得接東西，連忙朝屋外跑去。潤玉看著世祺的背影，一陣悵然之感油然而生。潤玉來到祁家正堂，遲疑了一會兒，才走進屋裡，看見寶珠蹲在地上，正給世祺試穿一雙新鞋。

潤玉招呼道：「祁姑娘……」寶珠連頭都沒有抬，仍舊給世祺試鞋，對世祺說：「走幾步看看，夾不夾腳。」世祺走了幾步說：「不夾。」寶珠說：「去玩吧。」世祺看看寶珠，又看看潤玉，朝屋外跑去。

寶珠把背對著潤玉，皺著眉頭，望著窗外。潤玉不知如何是好，多少感到有些緊張。片刻，她鼓足勇氣，來到寶珠身邊：「祁姑娘……」

寶珠轉過身，直直地看著潤玉，兩人尷尬地對視了一會兒，直到潤玉覺得自己無法再沉默下去的時候，潤玉才說：「我有點兒不明白，我什麼時候得罪過祁姑娘？」

潤玉謹慎地選擇著用詞，沒想到寶珠的反應卻十分激烈。寶珠挖苦道：「只有我得罪姑娘，哪有姑娘得罪我的道理？再說啦，姑娘是少東家的朋友，就是得罪了我，我一個當下人的，也不敢有什麼表示啊。」潤玉吃驚地說：「我不明白你的意思。」寶珠說：「姑娘要是不明白，就不必明白了。」潤玉臉色蒼白，心中更增添了疑問，但還是極力忍耐著。困窘地問：「我做錯什麼了嗎？」寶珠冷笑了一聲：「我已經告訴你了。」

潤玉溫和地說：「我不能勉強你喜歡我。要是我有什麼地方得罪了你，肯定是出於無心，還請祁姑娘見諒。」但潤玉的真誠一點也沒有讓寶珠受到感動。寶珠尖刻地說：「我才不聽你那一套呢。」

潤玉索性直接把話挑明：「你以為我到祁家來，是抱著什麼目的吧？」寶珠說：「我什麼都沒以為。」

潤玉說：「我是才知道少奶奶病死的事。」寶珠不顧一切地說：「少奶奶不是病死的，是尋了短見。」潤玉大吃一驚：「為什麼？」寶珠冷冷地說：「這得問你！」潤玉更加吃驚：「我？這跟我有什麼關係？」寶珠說：「少東家心裡想著你，不好好跟少奶奶過日子，少奶奶徹底寒了心，才走上了絕路。」

潤玉像是被蜇了一下，感到十分不安，茫然地望著寶珠，說不出話來。

寶珠冷漠地說：「你覺得難受了嗎，潤玉姑娘？」寶珠這樣一說，潤玉的態度反倒冷靜下來了，坦然地說：「我和他之間沒有那種事。」寶珠大聲說：「你撒謊。本來好好的日子，全讓你給攪了。少奶奶屍骨未寒，你又跑到祁家來，算計著霸占這個位置。」潤玉冷靜地說：「我還沒蠢到那種地步。」寶珠問：「你為什麼纏著世祺不放？」潤玉沉重地說：「我只是可憐世祺。面對一個沒娘的孩子，任何一個女人都會像我那樣做。」寶珠說：「少東家怎麼對你，是他自己的事。可我告訴你，世祺不會忘掉他娘，我也不會忘掉少奶奶，祁家上上下下，沒一個人會喜歡你，潤玉姑娘。」她特別強調地說出後面這幾個字。潤玉極力保持住自尊：「不管你怎麼想，反正我問心無愧。人死不能復生，現在，我只想能為世祺做點兒什麼。」寶珠問：「你還想怎麼樣？」潤玉誠懇地說：「我不想給任何人添麻煩。」寶珠衝口說道：「你呆在這兒，就是個麻煩。」話一出口，寶珠馬上感到有些後悔了。她氣猶未消地轉身離開，快要走到門口時，忽然轉過臉來：「現在，我好像不那麼恨你了。」寶珠走到院子，迎面碰見了剛剛回到家裡的祁子俊。寶珠忙問道：「少東家什麼時候回來的？」祁子俊道：「剛進門。潤玉姑娘呢？」寶珠心裡一冷：「在堂屋等著你呢。」

潤玉呆呆地立在祁家正堂裡，想著寶珠的話，心緒不寧。見祁子俊進屋，一時不知該說些什麼，半晌才說：「你總算來了。」祁子俊說：「我一直惦記著你，怕你住不慣。洋鬼子一退出京城，我就趕緊過來了。」潤玉言不由衷地說：「住得慣。」祁子俊安心地說：「住得慣就好。過兩天，我帶你四處走走，你不是唱過《雁門關》嗎？我就帶你親自去雁門關看看。」潤玉突然說：「我想回京城。」祁子俊勸道：「別著急。好容易來一趟，就多住些日子。」潤玉說：「戲園子該重新開張了。」祁子俊說：「不在乎這一時。」潤玉堅決地說：「這麼閒呆著，會讓我覺得自己是個沒用的人，遲早會呆出毛病來。」祁子俊失望地問：「你一定要走？」潤玉肯定地點點頭。潤玉果然第二天就動身回北京了。她已經坐在了騾車上。祁子俊幫助潤玉把行李放上車，最後，自己也上了車。

潤玉勸道：「你該在家裡住些日子。」祁子俊真誠地說：「你走了，我住著也沒什麼意思。」阿城吆喝了一聲，騾車上了路。

騾車顛簸著，祁子俊和潤玉坐在車裡。潤玉隨口問道：「京城裡的情形怎麼樣？」祁子俊說：「還是那樣，別的沒變，就多了一個衙門，叫什麼『總理各國事務衙門』，由恭王爺管著，專門跟洋人打交道。」祁子俊滔滔不絕地講著，潤玉聽著，心思卻早已轉到了別的地方。

祁子俊說：「現在恭王爺成了議政王，滿朝文武都歸他管，真正是一人之下，萬人之上。你猜怎麼著，別看王爺平日裡威風凜凜的，可一沾上洋人，立馬就成了草包。我跟王爺說，不能讓洋人占那麼大的便宜，可王爺不聽，硬說什麼，要以大清的江山為重，依我看，他哪兒是保大清的江山，簡直是毀大清的江山。」

潤玉喃喃自語著：「真是沒想到。」祁子俊問道：「什麼？」潤玉說：「你夫人的事。」

祁子俊問：「你怎麼知道的？」

潤玉說：「外面的人看著，都覺得你風光十足，誰也想不到，你心裡也會有許多苦楚。可是話又說回來了，你怎麼能那樣對待她？她跟你，總算是夫妻一場啊。」

祁子俊沉痛地說：「這事從頭到尾就是一個錯誤。我不該答應這樁婚事，不該有世祺，更不該把生意做得那麼紅火，說到底，全都是我的錯。」潤玉說：「我自以為對你十分了解，現在我才知道，其實我錯了。」

潤玉不再講話，默默地看著窗外。

早晨，瑞王爺一身便裝，正在瑞王府庭院中舞劍，臉上顯得有些虛胖。陳寶蓮走了進來，輕聲道：「恭王爺來了。」

瑞王爺停止舞劍，神色凝重起來，說道：「他自從封了親王，就再沒到我這兒走動過。」他又問陳寶蓮：「他穿的什麼衣裳？」陳寶蓮回道：「穿的是吉服。」瑞王爺道：「請。」

恭親王正在瑞王府正堂賞玩博古架上的古董，瑞王爺也已經換好了吉服，從外面走進來。恭親王迎上前去：「五叔，給您請安了。」他說著就要跪下去，瑞王爺趕快攔住他。

瑞王爺說：「使不得，使不得。」恭親王說：「在家裡，還得遵從家法。」說著，他硬生生地請了一個安。瑞王爺忙說：「賢姪，快請坐。」兩人分賓主坐下。陳寶蓮奉上茶來，然後退下。

瑞王爺問道：「你這次去熱河，是何情形？」恭親王道：「先帝病危時，曾數次出旨，召我前往熱河，載垣、端華一直是祕而不宣。先帝駕崩之後，我赴熱河奔喪，載垣等人竟敢肆行阻攔，被我說了一句『此乃家事，何敢阻攔』，才算罷了。」瑞王爺說：「說得好。後來呢？」恭親王道：「新皇登基，尊皇后為『母后皇太后』，懿貴妃為『聖母皇太后』。皇上駕崩前，曾指定了八位『贊襄政務』大臣。」瑞王爺道：「這豈不就等同於託孤？都有什麼人？」恭親王道：「除了載垣、端華、肅順之外，還有景壽、穆蔭、匡源、杜翰、焦佐瀛。」瑞王爺問：「你為何不在其中？」恭親王別有用心地說：「我倒沒什麼，只是五叔您這樣的三朝元老，理應在顧命大臣之列。」瑞王爺說道：「這幫大逆不道之徒如果得了勢，咱們的日子都不好過。只是有先皇的遺命，恐怕是無可奈何了。」恭親王道：「也不盡然。」瑞王爺問道：「你有何主張？」恭親王道：「兩宮皇太后向我哭訴，載垣、端華等人擅權，根本不把她們放在眼裡。」瑞王爺道：「哦？」恭親王道：「到了緊急關頭，就只有『清君側』了。」瑞王爺沉吟不語。恭親王取出一封密旨：「兩宮皇太后懿旨。」瑞王爺趕緊跪下：「臣仁祥接旨。」恭親王道：「五叔，您自己看吧。」瑞王爺仔細地看了一遍密旨，說道：「謹遵兩宮皇太后懿旨。」恭親王道：「皇上、兩宮皇太后和載垣、端華等人預計在九月二十九抵達京城，我自會處置，最難對付的，是護送皇上靈柩的肅順，在進京之前，務必將他拿下。」瑞王爺道：「你只管放心。」恭親王道：「具體的事情，不勞五叔操心，我已吩咐由醇郡王辦理。」瑞王爺問：「你怕我一個人辦不了？」恭親王笑了笑說：「不是。醇郡王年輕氣盛，我擔心他辦事過於急躁，有五叔坐鎮，我就可以放心了。」

幾天後，北京街頭一個差役敲著銅鑼，大聲吆喝著：「皇上加恩，賜令原怡親王載垣、鄭親王端華自盡，原戶部尚書協辦大學士署領內侍衛大臣肅順處斬，原兵部尚書穆蔭發往軍臺效力，原一等公景壽、原軍機大臣匡源、杜翰、焦佐瀛革職，免於遣戍……」

北京義成信票號分號裡，阿城正帶著一個木匠正在大門口修補著槍眼。祁子俊從他身邊經過，走到院子裡。

阿城道：「少東家，有人等著見您。」祁子俊問：「什麼人？」阿城小聲說：「擠兌過咱們的那位。」祁子俊問：「人在哪兒？」阿城說：「在掌櫃房裡，袁掌櫃正招呼他呢。」

祁子俊邁步走進掌櫃房，看見鄭親王二貝勒正木然地坐在屋裡。袁天寶趕忙站了起來，對二貝勒說：「少東家來了。您坐著，我出去辦點事。」他朝祁子俊使了個眼色，轉身走了出去。

二貝勒神色緊張，顯得十分憔悴。二貝勒說：「祁少東家，多有打擾。」祁子俊忙說：「二貝勒，您請坐。」二貝勒神色黯然地說：「已經沒有什麼二貝勒了，我不過是一介平民，眼前的處境比普通的平民還要淒慘。」祁子俊問道：「這是怎麼說的？」二貝勒說：「想必你也聽說了，恭親王領銜上奏，將我爹處死，我也被遣戍新疆。我是買通了差役，偷著跑出來的。」祁子俊望著他，一陣同情油然而生：「我能給您幫什麼忙？」二貝勒說：「我想找祁少東家借點盤纏，出去躲一陣，等風聲過去了，再想法子求皇上開恩。」祁子俊問：「需要多少？」二貝勒說：「三百兩足矣。」祁子俊沉吟半晌，一言不發。二貝勒神情激動地站起身，高傲地說：「既然祁少東家有為難之處，在下告辭了！」祁子俊忙說：「二貝勒……」二貝勒頭也不回地走了出去。

二貝勒剛走出義成信北京分號，突然，一個人攔在他的面前。是祁子俊。

二貝勒恨恨地說：「祁少東家，難道你還要把我交到官府不成？」祁子俊淡淡地笑了笑：「我來給二貝勒送行。」說著，他從肩上拿下一個包袱，說道：「二貝勒匆忙離開家門，恐怕不會帶什麼換洗衣服。這裡面有幾件衣服，是我平時穿的，未必合身，二貝勒將就著穿吧。」二貝勒猶豫著，沒有去接。祁子俊說：「裡面還有三十張銀票，每張十兩，二貝勒在逃難之中，面額小的銀票，花起來方便些。」二貝勒仍然沒有去接，只說：「祁少東家願意借錢給我，在下十分感激，只是，我沒有任何東西可以抵押，也不會有任何人願意給我擔保。」祁子俊問：「二貝勒隨身可帶著什麼物件？」

二貝勒道：「我身無長物，只有這把家傳的古扇子，是我的心愛之物。」他說著，拿出了那把一直用著的扇子。祁子俊把包袱放在地上，輕輕地從他手裡接過扇子，說：「這個就足夠了。」

祁子俊漫不經心地轉過身，悠然離開，一路扇著扇子，唱了一聲十分難聽的京劇唱詞：「我面前，卻少個知音的人……」

二貝勒感激地望著祁子俊的背影，低聲說道：「祁少東家，你的大恩大德，我永生難忘。」

祁子俊回到北京義成信分號院子時，袁天寶迎著他走了過來說：「少東家，那位姓席的公子來找過您。」祁子俊問：「什麼時候的事？」袁天寶說：「見您不在，就回去了，剛走一會兒工夫。」

席慕筠訪祁子俊不遇，回到自己的住處，換上女裝正準備歇息，忽然聽見外面傳來敲門聲。她走過去打開門，看見祁子俊站在門口。

祁子俊問：「你找我？」席慕筠的態度顯得有些冷淡：「進來吧。」

席慕筠給祁子俊倒了一杯茶。祁子俊接過茶，心有餘悸地看了看，卻沒敢喝。

席慕筠道：「放心吧，我不會害你。」祁子俊笑了笑，仍然沒有喝，問道：「席姑娘什麼時候回天京？」席慕筠問：「有什麼事嗎？」祁子俊說：「沒什麼，隨便問問。」席慕筠說：

「忠王讓我暫且留在這裡，好隨時打探清妖的消息。你覺得怎麼樣？」祁子俊道：「好啊。」

席慕筠取出一張發貨單，攤在祁子俊面前的桌子上，問道：「我想問問你，這批軍火是怎麼回事？」祁子俊道：「我已經把貨給天朝運過去了。」席慕筠說：「你只運了槍，卻扣著子彈不運，分明是有意刁難。」祁子俊辯解道：「你們總是拖欠款項，我也是沒有辦法，才這麼做的。貨款一到，全部彈藥立即運送過去。」席慕筠生氣地說：「天朝正在困難之際，遲幾天給你款子，你就幹出這等事情！」祁子俊說：「上一批槍款，半年以前就該結了，可我到現在，連個銀子毛兒也沒見著。」席慕筠說：「那是因為你擅自提高價格。」祁子俊說：「做生意，都是隨行就市，供貨方的價錢漲了，我也得跟著漲，總不能做賠本生意啊。」席慕筠說：「我早就打聽清楚了，供貨方的價格根本就沒漲。」祁子俊說：「你們可以不買，我沒強迫你們。」席慕筠不屑地說：「你為了蠅頭微利，不擇手段。奸商，真是個徹頭徹尾的奸商！」祁子俊也來了氣：「我是奸商？大清朝買洋槍，欠著銀子，你們天朝買洋槍，也欠著銀子，你們兩家打仗，合著用的都是我的錢。」席慕筠說：「清妖和天朝，根本就不能同日而語。」

祁子俊沒好氣地說：「那是你說。打今兒個起，甭管天朝還是清妖，都得給我按規矩來，不按規矩，我還不伺候了呢！」說著，他氣沖沖地站起來要走。

席慕筠喝道：「站住！」祁子俊問：「你還有什麼說的？」席慕筠又拿出一張字據：「這是天朝欠你的全部銀兩的憑據，暫且當作你借給天朝的軍餉，日後一定清償。」祁子俊臉上露出笑容，頗感興趣地看著借據：「這就算是天朝的龍票啊。」席慕筠說：「你可以這麼認為。」祁子俊問道：「我聽說，曾國荃已經帶兵將天京團團圍住，不知可是真的？」席慕筠說：「你那是過時的消息。現在，忠王已經率領幾十萬大軍回援天京，將曾國荃的人馬圍了幾層，誓與清妖決一死戰。」祁子俊倒吸一口冷氣：「如此說來，勝負實在是難以預料。」

北京西郊別墅，恭親王陪同瑞王爺在一座規模宏大的皇家園林中遊覽。

瑞王爺說：「賢姪，剛才咱們遊過的園子，是不是當年和珅所造？」恭親王道：「正是。園子一直由內務府管著。我已經奏明兩宮皇太后，將這座園子賜給您居住。」瑞王爺說：「那可要多謝你了。」恭親王說：「咱們腳下這座園子，您想必十分熟悉。」瑞王爺道：「那還用說？這是鄭親王的弘雅園，想當年，康熙爺把它賜給了老鄭親王，朝中大臣無不嫉妒。」

恭親王道：「兩宮皇太后吩咐，將這座園子同時賜給您。此處風景如畫，可以長吟，可以遠想，體味人生至樂。兩宮皇太后體諒您為朝廷操勞了大半生，讓您在這裡頤養天年。」

瑞王爺道：「哦？我還要向兩宮皇太后當面謝恩才是。」恭親王道：「不必了。您只管在這裡逍遙自在地過日子，就算是謝恩了。」瑞王爺苦笑了一下，沒有再說什麼。

北京菊兒胡同潤玉家的老宅，屋裡光線柔和，裱糊匠一絲不苟地裱糊著房子。潤玉裡裡外外地忙碌著，臉上帶著愉快的表情。幾個夥計在院子裡修理著破損的家具。

祁子俊從外面走了進來。潤玉見到祁子俊，臉上露出驚喜之色，忙問：「你怎麼來了？」祁子俊說：「我打這兒路過，有個事兒想告訴你。瑞王爺讓恭王爺給玩了一把，澈底失勢了。」潤玉問：「你怎麼知道的？」祁子俊說：「我聽格格說的。」潤玉沉吟不語，片刻，輕輕地嘆了一口氣：「這國喪得什麼時候才能過去啊？」祁子俊說：「照以往的規矩，得守孝三年，守孝一年，已經是格外開恩了。」潤玉皺著眉頭說：「沒法唱戲，大家只好閒呆著，要不就得改行。」祁子俊朝宅院的正房走去。潤玉忙拉住他：「不能進去。」祁子俊詫異地問：「怎麼？」潤玉笑道：「家裡太亂了，等收拾好了，我專請你過來。」

祁子俊也笑了笑，走到一旁看木匠收拾家具，哼唱著：「自古常言道得好，女兒清白最為先，人生不知顧臉面，活在世上就也枉然……」潤玉驚奇地問：「你還會唱《鳳還巢》？」祁子俊道：「瞎哼兩句，算不上會。」潤玉道：「我可是從來沒聽你唱過。」

袁天寶在北京義成信票號，往票號正廳走去的時候，迎面碰上了剛剛走進來的哈特爾。

哈特爾道：「我來找祁財東，談一件生意上的事。」袁天寶忙說：「您請，祁財東在掌櫃房裡。」

哈特爾走進掌櫃房，把一小張報紙遞給祁子俊。這是一張香港出版的《中外新聞》報。上面是醒目的大字標題：「議政王上疏言六事。」祁子俊驚訝地站起身說：「我身在京城，居然都不知道這回事，這些人在香港，怎麼就知道了？」哈特爾故作神祕地微微一笑：「這就是新聞記者的本領。現在做生意，就得靠消息靈通。」

祁子俊興奮地道：「恭王爺上疏裡提的這六件事：練兵、簡器、造船、籌餉、用人、持久，看來就是國家未來的大政方針。其中民間能做的，就是簡器這一項，以後，中國人要自己造洋槍洋炮了。」

哈特爾的目光始終沒有離開祁子俊。他一字一句地說：「我找您來就是為了這件事。」祁子俊有點感動地說：「看來，你還真有點兒愛中國啊。」哈特爾笑道：「我愛中國，但是也愛錢。」祁子俊說：「中國不如西洋的地方，就在於機器，咱們可以藉著這股勁，合夥開個機器局。」祁子俊的目光重又落在報紙上面。

祁子俊把這張報紙重重地放到了蘇文瑞手中。片刻，蘇文瑞抬起頭。蘇文瑞說：「子俊，辦機器局是個新鮮事兒，我擔心的是，朝廷會不會讓咱們去辦。」祁子俊把身子往後靠了靠說：「咱們盡力去做，做到什麼程度再說。」蘇文瑞問：「要花多少錢，有沒有個估算？」祁子俊說：「錢的事好說。哈特爾願意跟咱們合夥，由他負責採買火藥、鋼鐵。還有個新鮮事，他說要跟咱們簽個合同。我想問問您，這合同是個什麼東西？」蘇文瑞答道：「就是咱們平常說的字據，但又不太一樣，違反合同，是要承擔責任的。」祁子俊一拍大腿：「這東西好。以後咱們做生意，也跟人簽合同。」蘇文瑞說：「咱們最大的生意是跟朝廷做的，總不成跟朝廷做生意，也簽合同吧？」祁子俊搖頭道：「您錯了，跟朝廷做生意，才真正要簽合同。」蘇文瑞嘆道：「子俊，你年輕氣盛，做的都是別人不敢做的事，不過，跟朝廷做生意，就好比老鼠睡在貓身邊，一定要小心，再小心。在生意場上，你盡可以呼風喚雨，但在朝廷看來，你和走街串巷的小商販沒什麼區別。」祁子俊意氣衝天：「我就是因為不想當小商販，才跟朝廷做生意。」

春草園戲班裡，一陣悠揚的胡琴聲傳來。空蕩蕩的戲園子裡，老琴師坐在觀眾席的凳子上，非常投入地拉著胡琴，潤玉身著便裝，正在練習演唱。她唱的是《鳳還巢》裡的程雪娥的唱段：「強盜興兵來作亂……」

老琴師打斷道：「您唱得太急了些，頭裡這句還得悠著點兒。」潤玉放緩了速度，唱道：「強盜興兵來作亂，不過是為物與金錢……」老琴師點頭道：「這回差不多了。多會一齣戲，總是好的，可是我覺著，您為了唱這齣《鳳還巢》，就要由老生改青衣，有點兒可惜了。」潤玉道：「以前唱老生，是迫不得已，趁著這個機會，我想澈底改過來，女人演女人，更真切些。」老琴師不再言語，隨便拉了兩下胡琴。

潤玉說：「麻煩您呆會兒回家的時候，替我把這封信帶到義成信。」潤玉把一封信交給老琴師。

北京義成信票號裡，祁子俊和袁天寶邊說邊往外走。袁天寶說：「我讓阿城把車給您套好了，您決定去哪兒了嗎？」祁子俊皺著眉頭道：「這事還真讓我有點兒為難。」袁天寶道：「怎麼就這麼巧，潤玉姑娘和格格湊在一個時候請您。依我看，您先去格格那兒打個照面，回頭再往潤玉姑娘那兒趕。潤玉姑娘能擔待些，格格就不好說了。」祁子俊坐上騾車，仍在猶豫著。阿城問：「少東家，去哪兒？」祁子俊不耐煩地回道：「恭王府。」

原來格格又把祁子俊拖來給她當畫畫的模特。她把祁子俊叫到恭王府蝠池邊。祁子俊端坐在椅子上，玉麟格格穿了一身素雅的衣服，一邊畫畫，一邊笑嘻嘻地看著祁子俊，顯得非常興奮。祁子俊心緒不寧地四下張望著。

祁子俊心不在焉地問：「格格，什麼時候能畫完？」玉麟格格調皮地說：「那要看你配合得怎麼樣。」祁子俊著急了：「我不是一直配合著格格嗎？」玉麟格格說：「就照這樣子，別動。」

祁子俊把這個表情保持了很長時間。

玉麟格格道：「祁子俊，你跟我在一起，是不是怪煩的？」祁子俊說：「哪兒的話，能讓格格畫，普天之下，多少人求之不得呢。」玉麟格格問：「我看你怎麼總是心神不定的樣子？」祁子俊忙說：「沒有啊。」玉麟格格又問：「你是不是有什麼事？」祁子俊只好說：「什麼事兒都沒有。」玉麟格格笑著說：「要有的話，你只管說，別耽誤了正事。」

兩人都不再說話了。過了一會兒，玉麟格格似乎覺得沉默太久了，就隨便找了個話題。她沒話找話說道：「祁子俊，你讀過《禮記》嗎？」

祁子俊道：「讀過。」玉麟格格道：「你給我講講，這天下大同是怎麼回事。」祁子俊卻說：「天下大同雖然好，也並不是對所有人都好。」玉麟格格問：「為什麼？」祁子俊道：

「要真是天下大同了，我這樣的人就毫無用處了。」玉麟格格問：「聽說你和那個唱戲的姑娘一起回了趟山西？」她意味深長地朝祁子俊眨眨眼睛。祁子俊裝作若無其事的樣子說：「是她自己去的。」玉麟格格問：「你們都去哪兒了？」祁子俊說：「哪兒都沒去。」玉麟格格生氣地說：「我只是隨便問問，你幹嗎跟我來這一套？」祁子俊道：「我不想惹格格生氣。」玉麟格格一摔畫筆：「你已經在惹我生氣了。你以為我看不出來？你壓根兒就不想呆在這兒！」祁子俊也有些惱火：「既然如此，我還是不呆在這兒的好。你整天無所事事，還非得把我扯進來，我可陪不起。」他說著，站起身來，扭頭就走。玉麟格格喊道：「你敢走！」祁子俊不理會她，徑直向外面走去。玉麟格格在假山旁邊追上了祁子俊。

玉麟格格輕聲細氣地問：「祁子俊，你真生氣了？」祁子俊說：「我哪兒敢生您的氣啊？」玉麟格格小心地說：「我給你賠不是，行了嗎？」

祁子俊不語。

玉麟格格委屈地說：「我可從沒給任何人賠過不是，連皇上都算在內。」祁子俊似乎受到感動了，一時找不出別的話說，索性裝出無所謂的樣子：「我可承受不起。」玉麟格格哭嚷著說：「沒人喜歡我，也沒人願意聽我講話，我活著一點意思都沒有！」祁子俊忙說：「我不是這個意思。」玉麟格格胡攪蠻纏：「你就是這個意思。」說著，她嗚嗚地哭了起來。祁子俊慌了手腳，趕忙湊到跟前：「格格，都是我不好。」

玉麟格格受了很大委屈似地捂住耳朵，哭著說：「你說的話，我根本不要聽。」祁子俊只好哄著她說：「咱們接著去畫畫，成了吧？」玉麟格格噘著嘴說：「你不願意就算了。」祁子俊忙說：「格格讓我幹什麼，我都願意。」

祁子俊和玉麟格格在那裡哭哭鬧鬧，恭親王卻在這邊用單筒望遠鏡遠遠地看著祁子俊和玉麟格格，臉上浮現出若有所思的神色。

蝠池邊，祁子俊重新擺好了姿勢。

玉麟格格說：「祁子俊，你跟我說實話，你經常講假話嗎？」祁子俊不知就裡，只好說：「有時候講一點兒。」玉麟格格問：「如果你發現別人對你講了假話，會不會生氣？」祁子俊說：「那要看是誰。」玉麟格格說：「比如說我吧。」她臉上帶著幾乎是天真無邪的神氣。祁子俊說：「我連想都想不出來，格格講假話會是個什麼樣子。」玉麟格格問：「你真的想不出來嗎？」祁子俊說：「我實在想不出來。」玉麟格格說道：「六哥說，他有時候對我也都說假話。」祁子俊的身體不自覺地往前傾了一下。玉麟格格接著說：「一想到這點兒，我就覺得脊背發涼。以前我從沒想過，連六哥都會說假話。現在他說話時我就得留心，哪句是真的，哪句是假的。祁子俊，你對我說過假話嗎？」祁子俊說道：「王爺說假話，是因為他處在那個位置上，不得不說。我就不同了，沒人逼著我說假話，我更用不著跟格格說假話。」玉麟格格喜笑顏開：「這我就放心了，總還有個不說假話的人。我不願意琢磨這事，一想起來，就覺得頭疼。」祁子俊說：「說的是，您一頭疼，我也得跟著頭疼。」玉麟格格忍不住笑了：「你又來了。」祁子俊也笑道：「本來就是嘛。格格，咱們什麼時候能畫完啊？」玉麟格格說：「就好，你再堅持一會兒。」祁子俊忍不住說：「我看，差不多就行了。」玉麟格格道：「你不懂，這是西洋畫，跟咱們中國畫不同，差一點兒都不行。」她又胡思亂想了：「有時候，我真想離家出走，永遠不回來了。祁子俊，你有過這種念頭嗎？」祁子俊說：「有過。我也想把所有事情都拋下不管，一走了之，可我跟您不一樣，我走到哪兒都得回來。」玉麟格格露出失望的神情：「因為你的錢太多了。」祁子俊搖頭道：「不是，因為我掌握不了自己的命運。格格，我太累了。」玉麟格格忙說道：「好了好了。」她收起了畫夾。

玉麟格格把祁子俊的畫像放在自己的臥室裡，和恭親王的畫像並排掛在牆上。祁子俊、玉麟格格和恭親王一道欣賞著畫像。

恭親王臉上帶著和善的笑容：「像，還真像。」玉麟格格笑道：「我看，你們倆有點像。」祁子俊連忙擺手道：「那是因為您非得讓我跟王爺擺出一模一樣的姿勢。」恭親王說：「還有一點相像的地方，你沒畫進去。」玉麟格格問：「什麼地方？」恭親王說：「我們倆都喜歡出格兒。你歇著吧，我和子俊到外面走走，順便有些事要商量。」玉麟格格不高興了：「什麼大事，還瞞著我？」恭親王忙哄著她：「都是些乏味的事情。」恭親王和祁子俊穿過「靜含太古」門，沿著抄手遊廊走過來。恭親王說：「有人說，你能做到今天這個樣子，不過是靠了運氣而已，但我不這麼看。」祁子俊十分不自在地笑了笑說：「也就是一點小聰明。」恭親王道：「不是小聰明，是大智慧。現在大家都說，普天之下只有一個恭親王，也只有一個祁子俊。」祁子俊頗有些沾沾自喜，卻極力不露聲色：「子俊怎麼敢跟王爺相提並論？」恭親王道：「是我不能跟你相提並論。沒有了義成信，祁子俊還是祁子俊，但要是沒有了大清的江山，恭親王就什麼都不是了。」祁子俊忙道：「子俊所做的一切，說到底，也是為了大清的江山。」恭親王道：「你這分心思，在商人中就很難得。」祁子俊說：「謝王爺誇獎。」恭親王道：「大家都巴望著做官，我卻想能像你這樣逍遙自在。」他嘆了口氣又說：「在朝廷裡，每幹一件事情，都可謂舉步維艱。」祁子俊道：「我不相信還有王爺辦不到的事情。」恭親王道：「我從來就只幹有把握的事。」祁子俊道：「我同您剛好相反，我對自己要幹的事情，從來就沒有過十分的把握。」恭親王道：「有很多事情，遠遠不是我想辦就能辦到的。就拿神機營這件事來說，嚷嚷了多少年，到現在才成立起來。」祁子俊道：「王爺這次上疏言六事，稱得上是雄才大略，遠見卓識。」恭親王一挑眉毛：「哦，我倒想聽聽你的高見。」祁子俊道：

「子俊以為，六事當中，當務之急是簡器一項。只有咱們自己能造洋槍洋炮，才能談得上圖強禦侮，而今國力空虛，如能將簡器一項交由民間去辦，可以收到事半功倍的效果。」恭親王問道：「子俊，聽說你要辦機器局？」祁子俊點頭道：「有這個打算。」恭親王卻緩緩搖頭道：「我勸你趁早放棄這個打算。我個人以為，交由民間去辦倒無不可，但軍機處商議此事時，眾人都表示反對，我也不太好獨斷專行。」祁子俊說：「子俊明白。」恭親王又問：「聽說，洋人占著京城的時候，你還當了一回英雄？」祁子俊說：「子俊不過是做了一點兒人臣分內的事。」恭親王緩緩地點點頭：「不過，你一定要記住，英雄往前多走一步，就會成為小丑。」說著，他們來到王府正殿前。恭親王道：「進來吧。」

恭王府正堂裡，恭親王從抽屜裡拿出一副撲克，問：「你會玩這個東西嗎？」祁子俊道：「會一點兒。這裡邊的花樣很多，人家還教過我，怎麼防止別人作弊。」恭親王問：「你不會怕我作弊吧？」祁子俊忙說：「王爺說笑話了。」恭親王道：「我再給你一次機會。咱倆賭一次，如果你贏了，我就力排眾議，冒險把你要辦機器局的想法上奏兩宮皇太后。」祁子俊道：「子俊不願給王爺添麻煩。」恭親王淡淡地說：「沒什麼，只是賭一次而已。」

祁子俊看了看恭親王，拿起撲克，仔細地洗牌，發牌。恭親王看了一眼底牌，是一張黑桃A。祁子俊也看了一眼底牌，是一張紅心A。兩人都在等待同花順。祁子俊發最後一圈牌。他慢慢地捻開牌，是他正等待的紅心Q。他不動聲色地看著恭親王。恭親王捻開牌，失望地扔在桌上，是一張方塊A。

祁子俊猶豫了一下，又看了一眼底牌：「王爺，我輸了。」恭親王大喜，問道：「你不是同花順？」祁子俊亮出底牌。底牌不知什麼時候變成了一張方塊K：「王爺到底技高一籌。」恭親王鬆了一口氣說：「我以為你會贏的。」祁子俊忙說：「要是沒有別的吩咐，子俊就請求告退了。」恭親王說：「你去吧。」祁子俊走到門外，長長地舒了一口氣。

菊兒胡同裡，一直等著祁子俊的潤玉失望地把桌子上的東西收起來。正在這時，祁子俊的騾車在門口停了下來。祁子俊跳下車，匆匆向裡面走去。潤玉看著祁子俊走進來，神情顯得異乎尋常的平靜。祁子俊忙賠禮道：「對不住，我來晚了，票號裡有點事兒。」潤玉略帶傷感地微微一笑：「我去票號找過你了。」祁子俊顯得有些尷尬，只好說：「王爺找我公幹。」潤玉淡淡地問：「是格格吧？」

祁子俊沉默了。

潤玉說：「我好像一直在等著發生什麼事，只是我也不知道等的是什麼。」她心裡產生了一種酸楚的感覺。祁子俊忙說：「潤玉，我想跟你說……」潤玉輕輕說：「你不用說，我都明白。」祁子俊道：「你不明白。你爹和我爹，都是死在瑞王爺手上的，這個仇，不能就這麼算了。」潤玉問：「你能怎麼辦？」祁子俊道：「靠你我的力量，永遠拿他沒辦法。但是，有一個人卻可以對付他。」潤玉問：「誰？」祁子俊一字一句地道：「皇太后。」潤玉問：「所以你拚命要巴結格格？」祁子俊點點頭：「格格和太后關係密切，抓住了格格，就能想辦法接近太后。」潤玉長嘆一聲：「但願天從人願。」她背過身去，眼睛溼潤了。

哈特爾住在北京一家西式旅館。衛生間裡，哈特爾滿臉肥皂沫，正對著鏡子，仔細地刮著鬍子。

這時響起了敲門聲。哈特爾打開門。旅館侍者站在門口。侍者道：「哈特爾先生，有一位姓祁的先生找您。」哈特爾說：「請他進來。」

房間裡已經擺好了早餐。哈特爾已經和祁子俊談了好一會話兒。他困惑不解地看著祁子俊：「你們中國人的事，我真是無法理解。你說什麼，你為了輸而作弊？」祁子俊道：「這你還不明白嗎，跟王爺賭，輸的只能是我。」哈特爾說：「你能告訴我，究竟為什麼嗎？」祁子俊答道：「合同。」哈特爾沒聽明白：「什麼？」祁子俊道：「王爺不願意跟我簽合同。」哈特爾沉默片刻，說道：「你是對的，王爺不想讓你做的事，做了，結果只會更糟。可是，我怎麼辦？我採購了一批火藥，跟人家也已經簽了合同。」祁子俊拿起一片麵包，學著哈特爾的樣子，將黃油、果醬和一切能抹的東西統統抹在麵包上，還在最上面放了一個火腿煎蛋。他嘗了一口，似乎感覺味道不錯，三口兩口吃完後，用餐巾擦了擦嘴。

祁子俊道：「一個錯誤，換個位置來看，也許就是一個機會。」哈特爾問：「什麼意思？」祁子俊隨手拿起桌子上的一盒火柴：「連這麼個東西都要從英吉利買，實在讓人覺得太沒面子了。」哈特爾眼睛一亮：「你是說，王爺不讓辦機器局，咱們就改做自來火？」祁子俊道：「就是這個主意，開一家自來火公司。」哈特爾一拍桌子：「好主意。我馬上回上海，開始籌辦。」祁子俊道：「我已經派蘇先生過去了，有什麼事情，盡可以跟他商量。可是，叫個什麼名字呢？」哈特爾說：「就叫義成信，義成信自來火公司。」這天夜晚。席慕筠來到了義成信北京分號掌櫃房。祁子俊望著眼前的席慕筠，滿臉詫異。

席慕筠神色凝重：「我得馬上回天京。」祁子俊問：「這麼快就走？」席慕筠道：「曾國荃圍困南京，清妖控制長江，粒米不能入城，天朝形勢危在旦夕。」祁子俊忙勸道：「那你還要回去？」席慕筠正色道：「值此存亡之秋，我只能與天朝同生死，共命運。」她朝祁子俊伸出手來：「你幫了天朝不少忙，忠王一直想向你當面致謝。」祁子俊說：「沒什麼，我不過是在做生意而已。」席慕筠道：「明天一早我就啟程，後會有期。」

祁子俊握住席慕筠的手，半晌無語。席慕筠輕輕地把手抽回來，轉身疾步離開。祁子俊送出門外，望著席慕筠消失在夜色中的身影，不禁產生了一些惆悵之感。

客棧裡，剛剛黎明。席慕筠快速但有條不紊地收拾著東西，很快就把隨身攜帶的東西打成了一個小包。所有妝奩、脂粉之類的東西都留在了桌子上。席慕筠最後仔仔細細地巡視了一遍房間，彷彿怕丟下了什麼東西。她的心裡，竟有一種戀戀不捨的感覺。最後，她走出去，輕輕帶上了門。

席慕筠走到屋外，深深地吸了一口拂曉的寒氣。她抬起頭，忽然看見前面停著一輛馬車，祁子俊站在車前，一副外出的打扮。

席慕筠驚問道：「祁財東，你這是……」祁子俊說道：「我有事要去上海分號，順路正好送你一程。出了這麼大的事，總有我能幫得上忙的地方。」

席慕筠感動地望著祁子俊，想說點什麼，但終於沒有說出來。祁子俊催促道：「快上車吧。」兩人先後坐上車。濃重的霧氣中，傳出一聲清脆的馬鞭聲。

第三十六章

祁子俊從議政王那裡知道，太平天國已是甕中之鱉，覆亡指日可待。這本是他早就料到的事，只是沒想到來這麼快。他惦記著天京城內的一個人，也想快快同太平天國有個了斷，便匆匆趕到上海分號。

徐六正要出門，見祁子俊下了馬車，連忙迎上去，慇勤相問：「少東家您來了？」祁子俊顧不上多禮，只問：「蘇先生在嗎？」徐六說：「今兒個不知怎麼的，蘇掌櫃把自己關在房裡，不准人打擾。」祁子俊不再多說，徑直往裡走，敲了蘇文瑞的房門：「蘇先生！」門吱地開了。蘇文瑞面色焦急：「少東家，可把您盼來了！您這是從京城來的，還是從山西來的？」祁子俊：「我從京城來。」蘇文瑞神情焦急，道：「太平軍那邊有消息說，洪天王前天死了！」祁子俊驚道：「啊！死了？我從議政王那裡知道，太平軍已是強弩之末，所以連忙趕到上海來。倒不知道洪秀全已經死了。唉，我擔心一個人哪！」蘇文瑞搖頭道：「少東家急急忙忙趕過來，就是為著席慕筠？我擔心的可是那邊的生意啊！」祁子俊問：「我是人和生意都放心不下。」蘇文瑞說：「城破之日，必是兵匪為禍之時，義成信注定要被洗劫一空。」祁子俊說：「這些我都想到了。我們快快同席女士把帳結了，撤莊。頂頂重要的事，是把所有同太平天國的往來帳目，一律銷毀。」蘇文瑞說：「你今日不來，我就自作主張趕江寧去了。」祁子俊說：「我馬上趕江寧去。這回說不定又要同湘軍打交道的，蘇先生，還是勞你同我一道去可好？」蘇文瑞說：「不用你說，我也要去的。哦，我差點兒忘了，汪龍眠託人給你帶了信來。」「他怎麼知道我會在上海？」

祁子俊接過信，看了起來。蘇文瑞語帶譏諷：「說不定他往京城也帶了信。別說我文人相輕，這個汪龍眠，我是有些看不起。關老爺怎麼請這麼個人教世禎！」祁子俊把信遞給蘇文瑞，說：「你看看吧。汪龍眠胃口不小，想做太原知府！唉，世禎這孩子，我對不住他啊！」蘇文瑞草草看了看信，說：「這個汪龍眠，見太原知府空缺，他就開始想入非非了。他候補二十幾年了，連個知縣都沒混上，怎麼可能當知府呢？他是腦子有毛病了吧？」祁子俊笑道：「汪龍眠家裡不怎麼殷實，拿不出銀子走門子，滿以為在鄉里仁義道德地做做樣子，賺個孝賢的好名聲，就會有人保舉他做官。我看他是讀書讀蠢了，以為大清還會舉孝廉哩！」蘇文瑞說：「你也別這麼寒磣人家，他也怪可憐的。我說呀，要是有機會，還是保他做個小官。這個人沒什麼真學問，讓他去教書會誤人子弟的，做官說不定還行。」祁子俊點頭道：「好，沒本事就讓他去做官吧。但知府他就別做夢了，以後看著辦吧。我也是正三品的職銜了，舉賢也是分內的事。這事先這麼商量著，我們還是早早去江寧要緊。」蘇文瑞說：「我看既然要撤莊，就得先去找找何動初。這節骨眼上，不事先同湘軍連絡好，我們是進也進不了，出也出不來的。」

祁子俊匆匆吃了些東西，就同蘇文瑞出門了。趕到湘軍大營，已是深夜了。何動初把兩位讓進軍帳，道：「蘇年兄同祁少爺深夜來訪，定有什麼要緊事？」蘇文瑞說：「江寧合圍在際，我們擔心義成信毀於兵火，想快快撤莊出城，望何年兄給個方便。」何動初故作沉吟，面有難色：「江寧如今被我湘軍圍得跟鐵桶似的，曾九帥為此落了個外號『曾鐵桶』。九帥有令，任何人不得進出江寧。」祁子俊說：「何兄，您請我義成信幫忙的時候，我可是很爽快的啊。今後您說不定還有用得著我的地方。再說了，我義成信的生意同朝廷稅銀，旗軍、綠營的餉銀都是息息相關。義成信的生意受損，我向朝廷可不好交差啊。」何動初仍不鬆口，只道：

「祁少爺，您說的都是實情，可軍機大事，我不敢亂來哪！」蘇文瑞說：「我們無非是進城去把銀子拉出來，影響不了您的軍機大事。」何勳初意味深長地笑笑，說：「兵荒馬亂的，白花花的銀子這麼容易運出來？」祁子俊明白了何勳初的意思，索性點明了，說：「我就是想著不安全，才求您幫忙。您只管放我們進城，我們運出銀子之後，自然要犒勞您何兄。」何勳初這才故作豪爽的樣子：「按說，您是三品大員，我只是個五品，我還得叫您聲大人。好吧，既然都是替朝廷著想，我派人送二位進城吧。」

事不宜遲，祁子俊即刻就想動身進城。何勳初吩咐下去，二十幾個湘勇領了祁子俊同蘇文瑞往江寧方向趕去。走到江寧城外，天都快亮了。湘勇不再前去，掉頭回營。

這條路是祁子俊經常走著的，卻已認不出來了。滿地是深深的坑，遠處隱約可見的城牆垛殘缺著。風一吹，便有股腐臭味撲面而來。祁子俊突然覺得腳下軟軟的，低頭一看，嚇出身冷汗。原來他踩著了一具被土半埋著的死屍。

兩人正倉皇前行，忽聽得一片吆喝聲，數十太平軍刀刀槍槍地圍了過來。「抓清妖！抓清妖！」太平軍叫喊著。祁子俊忙站住了，賠笑道：「兄弟們，我們不是清妖，是你們的朋友！」太平軍聽不進祁子俊半句話，不由分說，綁了他們兩人。蘇文瑞掙扎道：「你們休得無禮！誰是領頭的，過來說話。」「嚷嚷什麼？再嚷砍了你！」祁子俊回頭望去，不知這話是誰說的，只見不遠處抬過一頂轎子。轎子停下，鑽出位軍官。祁子俊看看這軍官打扮，知道是位兩司馬（注），說：「帶我們去見你們忠王！」兩司馬笑道：「忠王？笑話！忠王我們一年到頭都見不著，你們想見忠王！」蘇文瑞說：「你只是個兩司馬，當然見不著！可我們見得著。你們只管帶我們去就是了。」兩司馬疑惑道：「什麼來頭？好吧，帶你們進城去！」兩司馬回頭吩咐手下：「你們好好兒守著這裡，我自己跑一趟，倒要看看這兩位是哪路神仙！」

兩司馬上了轎，叫上兩位弟兄，押了祁蘇二人，趕忠王府而去。沿路所見，腐屍橫陳，烏煙瘴氣。祁蘇二人瞠目結舌，卻不敢多話，只是互遞眼色，搖頭而已。

抬轎的走不快，一路上慢悠悠的，趕到忠王府已是午後時分。祁子俊早餓得肚子咕咕叫了，卻聽不到太平兄弟叫喚半聲。心想他們只怕是餓慣了。兩司馬下了轎，跑到正門，朝守門的點頭哈腰地說：「抓了倆清妖，他們硬說自己是什麼義成信的財東，要見忠王。」「等著吧！」守門人只一句話，再不多說。

兩司馬退了回來，仍坐在轎裡。祁蘇二人仍被綁著，背靠門前一棵大樹站著。忠王府不斷有人進進出出，顯得很慌亂。過了好久，有官員出來回話：「忠王說了，義成信的東家，替天朝做過事的，由他們自由進出吧。行了，你們走吧。」兩司馬忙鑽出轎來，問：「忠王旨意？」那忠王府的軍官斜著眼睛瞟他一眼，掉頭進去了。兩司馬衝著軍官背影笑笑，回頭吩咐手下：「快快給兩位鬆綁！」祁子俊揉揉被綁得青紫的手腕，朝兩司馬沒好氣地說：「謝您了！」

兩司馬連聲說著得罪，很是沒趣，鑽進轎子，帶著手下回去了。蘇文瑞望著他們遠去，笑道：「我猜這兩司馬眼巴巴兒跟了來，是想討便宜的。若真是抓了奸細，他就會領忠王的賞；哪怕不是奸細，也可見上忠王一面。哪知，忠王的門都不讓他進！」

祁子俊笑道：「太平天國當官的坐轎有癮啊！」一個兩司馬，只管著二十幾個人，動腿就得坐轎！」蘇文瑞搖頭嘆道：「太平天國，敗就敗在這裡！立足未穩，派頭先出來了。各級官員的享受都有定例，只是相互比著，誰也不肯吃了虧。」祁子俊嘆息良久，道：「蘇先生，我們

注　太平天國在地方上所設置的職位——兩司馬負責二十五個家庭的心靈教化與錢糧財產管理。

還是盡快辦自己的事吧。你速速去鋪裡，我去看看席慕筠。我很快就回來的。」蘇文瑞說：「少東家，你可要快去快回哪！」祁子俊剛要轉身，忙轉過身來，說：「蘇先生，讓夥計們把所有帳目都交給你，你親自把它燒了。那些帳目留著是個禍害！」

祁子俊獨自走在漆黑的街上，飢腸轆轆。祁子俊猛地被什麼絆倒了，一看，是具死屍。嚇得忙爬了起來。再往前走，又是幾具死屍。街旁一道門開著，一個人趴在門口，腳裡頭外，死了。突然，祁子俊的腳被人抓住了，又跌倒在地。一個微弱的聲音：「有吃的嗎？」祁子俊低頭一看，是位老者，奄奄一息，便掏出一錠銀子。老者聲音很微弱了，說：「銀子，又吃不得。」說罷就嚥氣了。

祁子俊趕到席慕筠那裡，已不知是什麼時辰了。窗口還亮著燈。祁子俊猶豫片刻，輕輕敲了門。開門了，女官紅姑開了門，認出祁子俊，大驚失色，忙回頭報信。一會兒，紅姑出來：「祁先生，裡邊請吧。」紅姑請祁子俊進了屋，端上茶來，說：「忠王派了人來，正同副丞相商量事兒。祁先生先在這裡坐坐，喝杯茶吧。」祁子俊沒聽明白，問：「誰是副丞相？」紅姑說：「慕筠大妹早些天封了副丞相了！她可是太平兄弟裡面的最大的女官！」

這時，幾個男人從裡屋匆匆出來，望見祁子俊，卻視而不見，出門去了。席慕筠隨後出來，顧不上問候，只說：「祁先生，什麼時候了，你還往天京來？」說著便望望紅姑。紅姑會意，低頭退下。

祁子俊笑道：「聽說你封了副丞相，我特來祝賀！」席慕筠苦笑道：「是嗎？太平兄弟中光是王就封了兩千多，你祝賀得過來嗎？」祁子俊輕聲道：「別開玩笑了。慕筠，江寧亂糟糟的，我是專門來接你出城的。」席慕筠望望祁子俊，有幾分感激，卻馬上搖了頭，說：「謝謝你，我不會跟你走的。」祁子俊說：「還有，我們的帳也該了結一下。」席慕筠說：「祁公子，帳只怕沒辦法了結了。」祁子俊說：「你們不能不講信用呀！」席慕筠說：「天朝現在一片混亂，哪裡來的銀子同你結帳？」祁子俊說：「天哪，那我提著腦袋做成的生意，都打了水漂？」席慕筠說：「我沒有料到情況會變得這麼糟。祁公子，對不住了！」

祁子俊痛苦地捶了下桌子，嘆息道：「算我倒楣吧。慕筠，我的生意賠了還可以再賺，你卻是性命堪憂。隨我出城吧。」

席慕筠說：「剛才忠王派人來同我商量，讓我辦件大事。我不能走。」祁子俊問：「什麼大事？」席慕筠說：「事關天國存亡，不能同你說。」祁子俊說：「你不想說，我也就不問。如果需要我幫忙，你就說一聲。」

席慕筠站起來，走到窗前，佇立良久。祁子俊望著席慕筠的背影，說不出的心疼，道：「慕筠，天國情勢我已知曉大致，你還是早早想個退路要緊。」

席慕筠長舒一口氣，說：「我不能對不起成千上萬英勇赴死的太平兄弟，不能對不起幼天王跟忠王。天王升天之前，問幼天王要誰輔佐，提了幾個人，幼天王都不答應。他只要忠王。我也相信，只有忠王才能幫著幼天王重圖天國大計。」

祁子俊說：「我在外頭聽說，忠王足智多謀，英勇善戰，對天王忠心耿耿，可是天王幾次都罷了他的官。」

席慕筠說：「眼下天國暫陷危機，不是議論天王是非的時候。忠王一心輔佐幼天王，我席慕筠除了替忠王分憂，別無二心。可是……唉！」祁子俊見席慕筠欲言又止，問：「你可有什麼難處？」席慕筠道：「我想來想去，這事只怕還是得請你幫忙。」祁子俊說：「你不說個所以然，我如何幫忙？」

席慕筠猶豫再三，輕聲說：「忠王剛才派人同我密商，讓我準備一千套清妖衣帽，以應危急。萬一天京城破，我們必須保護幼天王喬裝出城，以存天國一脈，伺機再起。祁先生，我們合作多年，我信任你，也需要你幫助，才同你說。你可千萬替我保密啊！」

祁子俊：「我會守口如瓶。」席慕筠束手無策：「可是，我手頭一兩銀子都沒有。」祁子俊說：「你不想想，在江寧城裡拿銀子有什麼用？買不到一粒米，買不到一寸布！要辦好你這件事，還是得出城去！」席慕筠說：「出城辦，不照樣要銀子？天朝多的是金銀珍寶，可不在我手裡，也不在聖庫裡，都到了那些王府裡面！」祁子俊安慰道：「慕筠，不要著急，你先隨我去義成信，慢慢想辦法。」

席慕筠叫了兩頂轎，同祁子俊出了門。趕到義成信時，見錢廣生正忙著指揮夥計們裝運銀子跟貨物。祁子俊同錢廣生點點頭，並不多話。祁子俊回頭示意錢廣生招呼席慕筠在一處喝茶，自己進了掌櫃房。

祁子俊把自己的想法一說，蘇文瑞連連搖手：「不行不行，絕對不行！這是通匪附逆，要殺頭的！」祁子俊說：「若說附逆，我們已附逆十年了。我敬重席慕筠，我必須幫助席慕筠。再說，天朝沒法同我結帳，我們已賠了。可是太平軍的那些王爺手中握有大量金銀珍寶，我們能賺一點就賺一點。」蘇文瑞說：「今非昔比了。往日太平軍蒸蒸日上，我們城裡城外迴旋餘地大些。如今他們日薄西山，破城只在朝夕之間，我們要緊的是快快出城去躲過兵禍！」祁子俊說：「席慕筠太需要我們幫忙了，她是沒有辦法弄到一千套綠營軍服的。」蘇文瑞說：「你也沒辦法。」祁子俊說：「可是您有辦法！」蘇文瑞忙搖手：「未必要我去找何勳初？你這不是要我提著腦袋去見他嗎？」祁子俊說：「我們要取太平軍王爺們的銀子，湘軍缺的也正是銀子！看在銀子的分上，總有通融的辦法的。」蘇文瑞沉吟道：「少東家，你是紅眼睛見不得白銀子，危險哪！」祁子俊說：「我也不是胡亂來的，我左右思量，這個險值得我去冒。我幫了席慕筠，也賺了銀子。」蘇文瑞嘆道：「你執意如此，我就試試吧。可是我非得找何勳初？」祁子俊說：「不找他，就算我們自己仿製了軍服，也是運不進城的。」

祁子俊招呼一聲，錢廣生便領著席慕筠進了掌櫃房，同蘇文瑞禮見了。祁子俊說：「慕筠，我同蘇先生商量了。我倆願意出城去試試，但如果讓官府抓住，我們注定是滿門抄斬。」席慕筠接過話頭說：「我明白你的意思。我們天朝欠你的銀子，你的價格出得再高都是應該的。」蘇文瑞從中圓場，說：「慕筠女士，弄這批綠營軍服，我們是提著腦袋幹的。沒有暴利，誰敢幹？這也是人之常情啊！」席慕筠說：「好吧，你們只管去弄清妖軍服，銀子我找忠王去要，盡量多要些。」祁子俊說：「行吧。我們天亮就得出城，煩你派人護送一程。」席慕筠點頭道：「你們稍等，我這就安排去。」席慕筠剛走，一人閃身而入。祁子俊同蘇文瑞都吃了一驚。祁子俊問：「敢問兄弟你有什麼事嗎？」

來人問道：「慕筠丞相找你們可是購買清妖軍服？」祁子俊警覺地問：「你聽見什麼了？」來人說：「我姓呂，是恩王的庶務總管。恩王著我來，也是想購買清妖軍服。」祁子俊道：「既然都是太平兄弟要的軍服，何不一併購買？」呂總管說：「各王管各王的軍務，此乃軍機，我也只是辦事。」祁子俊說：「既然如此，我答應你。你要多少？」呂總管說：「一千套。」祁子俊說：「好，價格同慕筠丞相一樣。」呂總管說：「這個自然。但是，這事不得告訴任何人，連慕筠丞相都不能告訴。」祁子俊說：「我只管做生意，不會說的。」呂總管：「就這麼說定了，我告辭！」送走呂總管，祁子俊已撐不下去了，喊道：「廣生，有吃的嗎？我快餓死了。」蘇文瑞說：「我也不行了，兩眼冒花！」錢廣生說：「還有些粥，將就著喝吧。少東家您是知道的，江寧城內不准吃乾飯，違者斬首不留。如今就是冒死想吃幾口乾飯，也弄不到糧食啊！」

錢廣生吩咐夥計熱粥去了，祁子俊惑然道：「買軍服的事，太平軍怎麼不一塊兒籌劃？」蘇文瑞沉思片刻，嘆道：「天王死了，樹倒猢猻散，就是這個境況。」

粥端來了，祁子俊同蘇文瑞狼吞虎嚥地喝了幾碗，直喝得喘粗氣。肚子總算飽了，兩人不再多話，上床睡下。他們早累得睜不開眼睛了。可是才闔眼沒多久，又聽到敲門聲。原來是席慕筠來了。祁子俊揉著眼睛，出來見了席慕筠。

「祁先生，銀錢的事已經辦妥了。忠王說，此事甚為緊要，不惜代價。我要再提醒二位，最要緊的是保密，萬萬不可讓清妖知道了。事不宜遲，越快越好。」席慕筠的聲音壓得很低。

祁子俊點點頭，沒有出聲。他見席慕筠面容憔悴許多，想安慰幾句，話到嘴邊卻說不出口。他遲疑半晌，說：「慕筠，我長這麼大，見識過很多人，你是第一個讓我敬重敬佩的奇女子。你的見識作為，真的讓我汗顏。慕筠，我理解太平天國在你心目中有多麼神聖，可是，識時務者為俊傑，天國目前的形勢，你心裡一定比我更清楚。我這次特意為了救你而來，還是和我一起走吧。」

席慕筠說：「祁先生，你就不要再勸我了。你說你理解我，其實並不理解。我自小家境貧苦，當年去教堂學校讀書，不過是為了每天能領到一碗米，不讓小弟餓死。可是，讀書讓我明白，有的人生來就榮華富貴，作威作福，有的人生來就當牛做馬，受苦受累，這是多麼的不公平！眼前這個大清朝，貪官汙吏橫行霸道，朝廷忠奸不分，百姓民不聊生。只有太平天國能救民於水火，解民於倒懸，人人平等，天下太平。」

祁子俊很是著急的樣子：「可是天國現在是什麼樣子，你也都看到了呀！」席慕筠說：「天國大廈將傾，更需要我們勉力扶持。」祁子俊說：「慕筠，你怎麼這樣糊塗啊。」

席慕筠說：「祁先生，我不糊塗，是你糊塗。我生為一個女子，如果不是投身太平軍，無非同天下無數苦難的姐妹一樣，活了一輩子，不知道什麼是真正的人。我們生兒育女，無非是再讓我的兒女們像畜牲一樣活著。可是現在，我知道該怎樣活，為什麼而活。我明白了這些，死也瞑目了。」

「為什麼活？我為什麼活？」祁子俊猛地搖搖頭，「唉，我不想這麼多。我只想做大事業。當初是為我們祁家，為我娘。現在是為我自己，為我的義成信票號，為了賺更多的錢。慕筠，你瞧不起我吧？」

席慕筠望著祁子俊：「人各有志，不能相強。」祁子俊憂心忡忡地問：「慕筠，萬一城破了，你怎麼辦哪？」席慕筠抬起頭，目光悠遠起來，說：「我已經打算和天國共存亡了。」祁子俊緊緊抓著席慕筠的手：「慕筠，萬萬不可！」席慕筠把手輕輕地抽回，緩緩地說：「祁公子，護送你們的人在外頭等著。願我們這最後一樁生意做得順利！」

祁子俊同蘇文瑞再次趕到湘軍大營又是夜裡。何動初面前已不需繞什麼彎子了，蘇文瑞進門就把一張銀票放在何動初手上：「這是我們少東家的意思。」何動初朝祁子俊笑道：「祁少爺，你太客氣了。」祁子俊說：「多虧何兄照應，謝謝了。」

閒話片刻，蘇文瑞說：「何年兄，還有件事，想請您幫忙。只是這事有些不好開口，如果幫不上，就當我沒說。」何動初滿面堆笑：「但說無妨。」

蘇文瑞便把購買湘勇軍服的事細細說了。何動初也是不動聲色，等蘇文瑞說完了，他突然變了臉：「大膽！祁子俊，你身受三品頂戴，竟利欲熏心，幹起這附逆的事來！來人！」

蘇文瑞沒想到何動初說翻臉就翻臉，慌忙喊道：「何年兄！」何動初怒目而視：「蘇文瑞，你也逃不了！」幾位兵勇應聲進帳，匡地亮出佩刀。何勳初怒道：「把這兩個人綁了！待我明日回了曾九帥再作處置！」

軍帳外露天立著幾個大木樁，祁子俊同蘇文瑞被綁在上面。祁子俊一臉沮喪，說：「蘇先生，我害了你。」蘇文瑞說：「什麼話都不要說了。這回我倆死定了。曾國藩外號曾剃頭，他的老弟九帥曾國荃也差不多。閉上眼睛等死吧！」

祁子俊似乎到了這個時候才知道自己想賺這筆錢的想法是多麼荒唐。真如何勳初說的，利欲熏心了。他心裡只是盤算著能賺多少銀子，幾乎沒有想過何勳初會不會答應幫他。夜風吹在脖子上，涼涼的。恍惚間，祁子俊感覺這涼風像行刑的刀，正從他脖子上飛過。

不知過了多久，突然聽得有人喊道：「何大人讓你們進去說話！」祁子俊抬頭一看，幾位兵勇站在他面前。他冷冷一笑，說：「免了吧，到如今還有什麼話說？」兵勇過來給他們鬆了綁，說：「讓你們進去你們就進去，囉嗦什麼！」

祁子俊同蘇文瑞被押著往何勳初的軍帳走去。蘇文瑞輕輕問道：「二少爺，他還有什麼把戲？」祁子俊說：「我猜是沒事了。」蘇文瑞道：「怎麼會呢？」祁子俊說：「要殺頭，不乾脆殺了算了？還有什麼話可說？這姓何的只認得錢，八成又要詐我了。」

到了軍帳門口，兩人閉口不言了。祁子俊也許猜對了，原來何勳初又是老朋友的面孔了，笑咪咪地說：「委屈二位了！好，閒話少說，我答應你們！」祁子俊卻冷了臉說：「算了，我不想做了。」「祁少爺，現在你不想做也不行了。」何勳初說這話時有些陰陽怪氣。祁子俊摸不準何勳初打的什麼算盤，問：「這是何道理？」何勳初道：「箇中原由，不能同你講。你說，需要多少套軍服？」祁子俊說：「何兄，你不是在耍我們吧？」蘇文瑞說：「不明不白的生意，我們是不做的。」何勳初說：「難道這是光明正大的生意？我只管準備軍服，你們只管付銀子給我。說吧，要多少套？」祁子俊望望蘇文瑞，說：「兩千套！」何勳初道：「好，兩千套，五日內交貨給你。」蘇文瑞說：「何年兄，要麼就做生意，要麼我倆聽你處置，你可要說話算數。」何勳初說：「蘇年兄，你就放心吧。只是這價格……」祁子俊說：「何兄開個價吧。」何勳初笑著伸出五個指頭？祁子俊說：「五兩銀子？太貴了吧？」何勳初說：「不是五兩，而是五十兩！」祁子俊驚道：「五十兩？五十兩能置多少套軍服？」何勳初笑道：「這可不是軍服，這是腦袋！」祁子俊道：「這生意，做不成。」「祁少爺，這生意你是不做也得做了。」何勳初見祁子俊滿心疑惑的樣子，便拍拍他的肩膀，笑道：「放心，祁少爺，我們可是老朋友了。」事情終於談妥了，祁子俊同蘇文瑞騎上馬，連夜往上海趕。蘇文瑞很是擔心，說：「我終究沒弄明白。何勳初原來要拿我們問罪的，怎麼突然改了主意？」祁子俊說：「別管那麼多。他給軍服，我付銀子。」蘇文瑞憂心忡忡：「就怕節外生枝啊！」

好像沒有料想的那麼可怕。五天之後，何勳初如數交貨了。祁蘇二人把軍服運往江寧城裡，銀貨兩清，順順當當。城內有太平軍護送，城外有湘軍迎接，兩人進進去去自由自在。沒幾日，祁子俊同蘇文瑞領著幾位夥計，押著兩車財寶進了上海義成信大門。徐六忙迎著，說：「少東家，蘇掌櫃，何勳初大人等候你們多時了。」祁子俊驚道：「他這麼快就來了？」

進了客堂，何勳初哈哈大笑，像主人迎客似的：「二位，辛苦了。祝賀你們，這回你們可發了大財啊！」祁子俊笑道：「多虧何兄關照。」蘇文瑞道：「這回我們可是在閻王爺屁股下面摳銀子啊！」何勳初道：「你二位有膽有識，何某實在佩服。我今日正好在上海辦點兒事，順道來看看，馬上得趕大營去。」祁子俊知道何勳初是取好處費來的，說：「不著急，何兄稍等。」

蘇文瑞明白祁子俊意思，便出門準備銀票。何勳初笑著說：「祁老闆，你這樁生意可為我湘軍幫了大忙啊！」

祁子俊道：「互利互惠，替湘軍略解軍餉之困，祁某深感欣慰。」何勳初笑道：「不光這個！」祁子俊懵懂了，問：「還有什麼？」何勳初神祕地笑道：「不日自有分曉！」蘇文瑞進來，遞上一個紙封，道：「何年兄，日後還要請您多關照啊！」何勳初接過紙封，說：「這樣就見外了。好吧，軍務緊急，我就告辭了。」何勳初笑呵呵地走了，祁子俊無端地心虛起來，半天不說話。蘇文瑞也在猜想何勳初剛才的話，說：「我們幫了他什麼忙呢？」祁子俊百思不解：「我也想不通。」蘇文瑞有些擔憂起來，說：「這個何勳初，怎麼變得如此陰險！一個讀書人，進了官場，免不了就變壞了！」

祁子俊正同蘇文瑞說話，卻見錢廣生領著霍運昌進來了。祁子俊吃驚不小，忙站起身來，問：「霍掌櫃，您怎麼來了？」

霍運昌同蘇文瑞打了招呼，再回道：「關老爺讓我找湘軍結帳，我去了湘軍大營找何勳初，他們說何大人來上海了。我只好趕到上海來，看在你這裡能否碰上。」祁子俊說：「真不巧，他才走沒多久。他說要馬上回湘軍大營。」霍運昌說：「是嗎？又錯過了。那我就不耽擱，說不定能追上他。」祁子俊說：「你不要急急地追去，那邊亂哪！廣生都隨我躲到上海來了。霍掌櫃，好幾年沒見，您清減了許多！」霍運昌搖頭嘆道：「關老爺生意不如以前了，湘軍欠著大筆貨款，都是我做下的生意。唉，心急如焚啊！」蘇文瑞安慰說：「霍兄，急也沒用，慢慢來吧。」祁子俊問：「世禎怎麼樣？」霍運昌道：「世禎這孩子懂事，在店裡當夥計，很用心。」祁子俊點頭不語。霍運昌說：「關老爺本是不讓我來找你的。你也別往心裡去，老人家有些想不通。」祁子俊說：「霍掌櫃，你不妨就在這裡住下來，等那邊局勢安穩些再過去。」霍運昌搖頭說：「我住著心裡不安的，還是馬上趕湘軍大營去。」

江寧城終於被攻破了。清兵洪水般湧入，殺聲震天。席慕筠身邊除了紅姑，已沒有一兵一卒。紅姑已換去太平軍軍服，又把一套百姓服裝送到席慕筠跟前，說：「丞相，您換上吧。」

席慕筠手裡提著短槍，緩緩地搖頭。紅姑急了，勸道：「這可是忠王的旨意呀。他吩咐危急時刻，換上清妖服裝出城，可圖天國東山再起。忠王他們說不定早護送幼天王出城了。我們只有換上這服裝，才能出城同太平兄弟會合。」

席慕筠猶豫再三，只好脫下太平天國服裝，換上清朝百姓衣服。兩人喬裝好了，出門往空蕩蕩地巷子裡走去。遠處隱約傳來炮轟聲。她們跑了老半天，才看見街上有人來往，亂哄哄的。這時，見有清軍飛跑而過。紅姑忙拉著席慕筠躲了起來。兩人躲在間破屋裡，注視著街頭。這時，迎面又跑來些清兵。雙方相持瞬間，各自掉頭而回。席慕筠這才明白，原來雙方都是太平軍。紅姑也看出來了，說：「丞相，兄弟們穿著清妖軍服，定能出城去。您可為天朝立了大功啊！」

「但願他們能順利出城。走，我們隨著兄弟們一塊兒走。」席慕筠說著就出門。紅姑拉住了她，說：「丞相，我必須讓您安全地回到忠王那裡。我們暗自尾隨，不然太危險了。」

兩人便選擇僻靜小巷，跟著喬裝成清軍的太平兄弟往城外突圍。忽然，聽得鄰街那邊殺聲大作。席慕筠感覺不妙，拉了紅姑循著廝殺聲跑去。原來，真假清軍殺將起來了。只見一個清兵猛地扯掉一位太平兄弟緊裹的頭巾，露出長頭髮。清兵大喊：「長毛！」眾清兵一齊朝這長髮者砍去。

混亂中，不斷有太平兄弟被清軍認出。清軍高喊著殺長毛，血肉橫飛。有位喬裝者說：

「我不是長毛，我也是湘軍。」清兵說：「你他媽的，剃了頭髮我也認得！」這時，只見有人猛地扯掉自己的頭巾，頓時長髮披拂，怒目圓睜，喊道：「太平兄弟們，我們同清妖拚了！」

太平兄弟紛紛扯掉頭巾，飄飛著長髮，同湘軍廝殺開來。席慕筠雙目噴火，狠狠地咬著牙，提了手槍就要往外衝。紅姑攔住她，說：「你不能如此魯莽！你一定要按照忠王的吩咐，喬裝出城！」席慕筠推開紅姑，喊道：「你別攔我！我要去殺清妖，殺掉一個算一個！」

紅姑使勁兒拉著席慕筠：「不，你不能出去！」席慕筠渾身癱軟了，痛苦萬分：「我害了太平兄弟！」席慕筠仍要往外衝，紅姑死死拖住她，說：「您怎麼這樣說？」席慕筠搖著頭，很是絕望，說：「你不懂啊！完了，完了！」

湘軍衝入春官丞相府內，翻箱倒櫃。有湘軍軍官模樣的人罵道：「他媽的，只有這春官丞相府最寒酸，一兩銀子也尋不著！」這時，兵勇報告：「這裡有些帳目，如何處置。」「拿帳目有屁用！」軍官一邊罵著，一邊隨手翻著，眼睛突然放亮，「義成信！」

軍官如獲至寶，馬上帶著帳冊去找何勳初。何勳初見著帳冊，本不吃驚。可他心裡另有算盤，仍是高興，說：「義成信的生意做得可真大啊，洋槍、糧食、鹽，什麼都做。好啊！」軍官說：「何大人，我們可以好好兒敲他一筆。」何勳初說：「我自有辦法。」何勳初正如此如此交代手下，忽聽有人報道：「何大人，霍掌櫃求見！」話音剛落，霍運昌已進了帳，拱手道：「何大人！祝賀湘軍大捷啊！」何勳初笑道：「長毛覆滅，普天同慶啊！」霍運昌道：「湘軍除暴安良，匡扶社稷，功蓋千秋啊！」何勳初道：「你關家商號也出了力，朝廷自會表彰你們的。」霍運昌說：「我這次來，就是想同何大人交割一下帳務。」

何勳初面有難色，說：「雖說是破了城，滅了賊，但湘軍供給仍是緊張。兵勇們飯都吃不飽啊！朝廷已有旨意，長毛一滅，湘軍旋即解散。朝廷只怕是沒有銀子下來了。」

霍運昌大驚失色，說：「那怎麼辦？湘軍貨款不結清，關家生意就做不下去了呀！」何勳初說：「結，自然是要結的。匪禍平息了，湘軍就會解散。到那時，你可以去找朝廷結呀！堂堂大清國，還會少了你那點兒銀子不成？」霍運昌道：「俗話說，債有頭，冤有主，你這是說的什麼話？我去找你們曾九帥！」何勳初哈哈大笑，說：「你有什麼資格去見曾九帥？」霍動昌氣得滿臉青紫，點著手指叫罵：「虧你還是個讀書人！」何勳初怒道：「讀書人怎麼了？曾國藩曾大人可是當今最大的讀書人！來人，帶他出去！」

兩個兵勇應聲入帳，架走了霍運昌。霍運昌仍是叫喊：「我要見曾九帥！你們不能言而無信！」

兵勇把霍運昌推到遠處，厲聲喝道：「江寧城破，曾九帥就長睡不醒，已睡了兩天了。你吵醒他老人家，砍了你的頭！」霍運昌掙脫了，又往回衝，被兵勇拖住。一軍官出來，喊道：「誰在叫嚷？打死他！」幾個兵勇一擁而上，操棍朝霍運昌打來。

霍運昌在何勳初那裡一兩銀子沒討著，反被打得遍體鱗傷。他自覺沒臉回去見關老爺，不知如何是好。他糊里糊塗地走在街上，跌跌撞撞的。也不知什麼時候了，霍運昌走到了城牆邊上。城牆上戰火未滅，煙霧繚繞。霍運昌目光呆滯，搖搖晃晃地爬上城牆。日頭正銜在山口，霍運昌沒去想這是朝陽還是落日。他迎著日頭，眼睛一閉，從城牆上栽了下去。

第三十七章

上海到處都在傳播著江寧陷落的消息，各種傳奇的故事弄得人們說不出是驚慌還是興奮。夜深了，祁子俊獨自呆在房間裡枯坐。他沒法入睡，席慕筠的安危讓他放心不下。

忽然聽得敲門聲，祁子俊警覺地問道：「誰！」卻不見有人答話。他猶豫片刻，小心地開了門，卻見一人閃身而入。祁子俊驚得張大了嘴巴：「啊呀，慕筠，是你！我正擔心你呀！」

可席慕筠卻面無表情，冷冷地逼視著祁子俊。祁子俊望著似乎有些陌生了的席慕筠，剛想問她怎麼了，她突然掏出手槍，「砰」地開了火！祁子俊閃身躲過，子彈從他肩頭擦過。他飛快抓住席慕筠舉槍的手，問：「你這是怎麼了？」鮮血順著他的臂膀淌了下來。祁子俊並不感覺痛，只是肩頭麻麻的。「能告訴我，你這是為什麼嗎？」祁子俊繳了席慕筠的槍。

席慕筠眼冒怒火，說：「祁子俊，你好陰毒！」祁子俊不明白她說的是什麼意思，問：「你這是說什麼呀！」席慕筠怒道：「你在賣給我的清妖軍服上做了手腳！清妖軍服上的『勇』字都是清瘦的楷體，你賣給我的軍服，上面的『勇』字都是肥厚的魏體，讓人一眼就認出來了！你分明是設好圈套，殘害太平兄弟！」

祁子俊張口結舌，狠狠地捶了桌子，說：「啊？何勳初，他到底還是耍了我！」祁子俊低著頭，把找何勳初買軍服的經過細細說了，然後嘆道：「到底怪我辦事粗心，害了太平軍兄弟啊！」祁子俊說罷，把槍往桌上一放，說：「我說的是實情。槍在這裡，你如果認定我故意壞你的大事，就殺了我吧。」席慕筠猛地站了起來，舉槍頂著祁子俊的頭。蘇文瑞、徐六、錢廣生同幾個夥計聞聲趕來。蘇文瑞示意大家不要說話，他自己用十分平和的語氣說道：「席女士，您冷靜些，請您把槍放下。」祁子俊說：「慕筠，話我都說了，你要是不相信我，就開槍吧。我不會躲閃的。」祁子俊同席慕筠對視著，其他幾位大氣都不敢出。終於，席慕筠舉槍的手顫抖著，垂了下來。蘇文瑞飛身上前，搶過席慕筠的槍。祁子俊對眾人說：「沒事了，你們休息去吧。我同慕筠女士單獨說會兒話。」

蘇文瑞向錢廣生和徐六遞了眼色，都出門去了。祁子俊倒了杯水放在席慕筠面前，自己坐了下來，說：「慕筠，我很敬重你，敬重你是個有膽有識有抱負的奇女子。可是，時至今日，你也該醒醒了。」

席慕筠站起來，面壁而立。她的肩頭聳動著，分明是在哭泣。祁子俊走上前去，想扶她坐下，卻忍住了，只說：「太平兄弟空懷一腔熱血，換來的是什麼？你身在其中，肯定比我看得更清楚。太平軍進城不久，洪天王下詔軍民只許食粥，違者立斬。可他們自己吃的什麼？龍肝鳳髓啊！洪天王下詔天下財物盡歸聖庫，到頭來怎樣？聖庫也是空的，財寶盡進了王府！你敬重的忠王，他在蘇州修的園子可是勝似仙苑啊！就連太平軍最小的官兩司馬，只管著二十五個兵，出門都必須坐轎。這樣的朝廷，沒有不亡的道理啊！」

「夠了！太平天國用不著你來說三道四！」席慕筠憤怒地轉過身來，吼道。她說罷就轉身往外走。祁子俊上前拉住她，道：「慕筠，你不能出去！」席慕筠奮力掙脫了，說：「你不要管我！」席慕筠說著就往門外衝去。祁子俊一把抱住席慕筠，大聲嚷道：「你出去會喪命的！」

席慕筠突然跌坐在椅子裡，痛哭起來，道：「我痛惜千萬太平兄弟的鮮血啊！」祁子俊嘆道：「太平健兒，可歌可泣。但是，滅掉太平天國的不是湘軍，是洪秀全，是韋昌輝，是楊秀清，是太平軍自己！所謂族秦者秦也，非天下也。」

席慕筠已泣不成聲，使勁拍著自己的腦袋。祁子俊走過去，扶住她的肩頭，勸慰道：「慕筠，你對得起太平天國。」席慕筠仰天而泣，叫道：「子俊，為什麼會這樣！」

祁子俊終於說服席慕筠留下了。第二天，他去找哈特爾。他知道事情到了這個地步，興許只有這位洋人能幫助席慕筠。浩浩九州，只怕沒有一寸地方容得下這位奇女子了，她最好的逃生之計就是出洋。

哈特爾聽了祁子俊的介紹，神情立馬莊嚴起來，說：「席女士就是您的那位『寶眷』？她是中國的聖女貞德，令我敬重！」祁子俊說：「官府在通緝她，她的生命隨時都會有危險。」哈特爾很爽快，說：「我能為這位尊敬的女士做些什麼？」祁子俊說：「我希望哈特爾先生幫助她出洋。」哈特爾想想，說：「我很榮幸能為她提供幫助。後天正好有船去英國。」祁子俊拱手道：「萬分感謝。我事後一定重謝哈特爾先生。」哈特爾聽了這話，臉色不悅，說：「祁先生，這不是生意，這是人道主義！」祁子俊連忙解釋：「請哈特爾先生千萬不要誤會，我所表達的意思是中國人知恩圖報的通常方式。」

商量好出洋細節，祁子俊馬上趕回票號。可是，席慕筠說什麼也不想躲出去。祁子俊守著席慕筠勸說：「你就聽我的吧。朝廷在通緝你，我不能眼睜睜看著你落在官府手裡！」

席慕筠冷笑道：「朝廷已殺死了成百萬太平兄弟，還怕多殺個席慕筠！」「慕筠，我們都只有一條命，要珍惜啊！你好好想想吧。」祁子俊說罷帶上門，出去了。

席慕筠終於答應亡命海外。祁子俊和哈特爾去黃浦碼頭送行。這是祁子俊常來的地方，早聽慣了輪船的汽笛聲。可是今天，那尖厲的汽笛聽上去叫他心臟下往下掉。

「慕筠，過些日子，風聲就會過去的，你還是回來吧。」祁子俊望著席慕筠，很是不捨。

席慕筠望著洋船往來的黃浦江，說：「我再也不會踏上這塊土地了！」祁子俊說：「你孤身在外，讓人放心不下。」席慕筠說：「身逢亂世，個人命運，無足輕重。只是你周旋於商場官場之間，更應小心。」

遠處有清兵來了，站在一旁的哈特爾立即走了過來，說：「席女士，您不要講中國話。」清兵打量著席慕筠：「你什麼人？」

哈特爾做出很友好的樣子，說：「這位女士是我的朋友，自小在英國長大，不會講中國話。」哈特爾說著便掏出船票和相關證件，遞給清兵。清兵歪著頭，不分倒順，看了半天。哈特爾問：「有問題嗎？」清兵把證件交還哈特爾，說：「要上船的快快上船，別妨礙我們捉拿長毛！」哈特爾對席慕筠說：「小姐，您可以上船了。」

祁子俊謝過哈特爾，回到了票號。他把自己關在房間裡，撫摸著席慕筠留下的那把手槍。忽聽外面有人高喊：「上海道臺吳大人到！」

祁子俊忙藏了手槍，出門相迎，拱手道：「祁子俊見過吳道臺！不知吳道臺大駕光臨，有何吩咐？」吳健彰道：「下官特來宣諭議政王旨意，著你速速進京議事！」祁子俊立馬跪道：「臣祁子俊馬上進京！」吳健彰道：「議政王還要賞您哪！」有人端了托盤，黃色綢布不知蓋著什麼玩意兒。吳健彰親自揭開黃布，裡面是個紅布裹著的包。吳健彰說：「議政王吩咐，賞你件稀世寶物，你要獨自賞玩，萬萬不可示人。」祁子俊雙手恭敬地接了，說：「祁子俊謝議政王賞！」祁子俊站了起來，說：「吳道臺，辛苦您了。進去坐坐？」吳健彰說：「不再叨擾了。朝廷著我捉拿長毛餘孽，抽不開身哪！」

送走吳健彰，祁子俊關上門，把議政王賞下的紅包裹放在桌上，半天不敢打開。蘇文瑞進來，悄悄兒問：「議政王賞了什麼？」祁子俊說：「我不敢打開。上回他賞過我一枚假銅錢，不知這回又賞什麼？」蘇文瑞伸手摸摸，說：「不會是朝服吧？」祁子俊搖頭道：「賞朝服，就該是二品了。沒這麼快吧？」蘇文瑞說：「我出去了，你自己看吧。」祁子俊拉住蘇文瑞，說：「您呆在這兒給我壯壯膽吧。」蘇文瑞說：「議政王的旨意是讓你獨自賞玩啊！」祁子俊苦笑道：「蘇先生還有心開玩笑。管他獨自不獨自，天知地知，您知我知。」

祁子俊恭恭敬敬打開包裹，頓時臉色慘白。原來是套他賣給太平軍的軍服！祁子俊跌坐在椅子裡，說：「完了！」蘇文瑞背著手走了幾步，突然停下，說：「你不會有事的！」祁子俊問：「說說你的想法。」蘇文瑞說：「議政王要殺你，犯不著玩這貓逗老鼠的遊戲。依你犯的罪，應是斬立絕。吳彰健沒權殺你，他可以讓曾國藩、曾國荃殺你。可是，議政王卻讓個四品道臺來傳達他的旨意。」祁子俊說：「蘇先生，我腦子裡只是嗡嗡的響，不管用了。您幫我想想，議政王到底打的什麼算盤？」蘇文瑞說：「他還是盯著你口袋裡的錢！」祁子俊鬆了口氣，罵道：「他媽的，老子辛辛苦苦從生死關口上掙來的錢，總讓他們惦記著！」蘇文瑞說：「何動初向我吐露過，曾國藩兄弟抱負很大，想學西方辦洋槍廠。那都是要花大量銀子的。把你交給曾剃頭，銀子就到不了議政王手裡了。議政王不想讓曾氏兄弟從你身上榨銀子，他肯定是有自己算盤的。你放心去京城，只要肯出銀子就沒事了。」祁子俊說：「萬一他要殺我怎麼辦?他可以先要我的銀子，再要我的腦袋。」蘇文瑞說：「我料你沒事，也只是猜想。你的擔心不是沒道理。可是，你難道敢不去北京?你是躲不掉的！」祁子俊說：「我心裡沒底，還是想勞您隨我一道北上，好隨時替我拿個主意。」蘇文瑞說：「好吧。但是，最不好捉摸的就是這些王爺，他們的腦子同平常人長得不一樣！」

祁子俊不敢耽擱，立即備了馬，帶上蘇文瑞，日夜兼程，往京城趕去。第五日，就到了河北地界。祁子俊突然拉了馬韁，馬慢下來。「累死我了，慢些走，喘口氣吧。」祁子俊身子軟了起來，真想躺在馬背上。蘇文瑞笑道：「真是三品大員出行，就得坐轎子。你也是頂著三品職銜的，卻只能騎馬啊！」祁子俊苦笑道：「蘇先生您就別寒磣我了。朝廷裡的人，誰真把我當三品大員？就是賞我再多的頂戴，我還是砧板上的肉！橫切豎切都由他們！」蘇文瑞說：「聽說日昇昌有位掌櫃，先在開封，後去了西安。這個人隨便到哪裡，都同知府、巡撫們玩得跟兄弟似的。他出門都坐著朝廷官員才能坐的綠圍四抬大轎，還有儀仗開道。有回長安知縣出行，見前面威風凜凜的竟是票商，一氣之下把他拿了。」祁子俊道：「這位掌櫃未免太僭越了。」

蘇文瑞說：「不完全如此。光是有錢，是不能耍威風的。你是三品大員，依例可乘坐四抬大轎，有儀仗喝道。可是你試試看？會有人說，賞你個弼馬溫，就自以為是天官天將了！」祁子俊說：「您是說，真要威風，就得補個實缺？」蘇文瑞搖搖頭，說：「依我看，祁少爺，你該激流勇退了！」祁子俊說：「義成信正蒸蒸日上，不是我功成身退的時候啊！」蘇文瑞說：「不，你該見好就收了。我就擔心你越做膽子越大，以為天底下沒有自己做不了的事。不論做生意，還是做官，到了這分上，危險就大了。」祁子俊說：「我是騎馬狂奔，突然勒住韁繩，會人仰馬翻的。」蘇文瑞反問道：「如果到了懸崖上呢？」祁子俊望望蘇文瑞，不以為然，笑笑，說：「好，不說了，我們趕路吧。」

祁子俊說罷，打馬而起。蘇文瑞搖頭而嘆，策馬追上。

又跑了一日，進了北京城。進了票號，祁子俊端上茶未及敘話，先問道：「袁叔，近來生意如何？」

袁天寶說：「生意都還可以。只是關於您的傳聞，沸沸揚揚，一會兒說您被太平天國長毛殺了，一會兒說您被曾國藩殺了，這幾天又說朝廷要拿您。老有顧客打聽，我們就一天到晚跟別人作揖打拱，說沒有的事，沒有的事。您好好兒回來了，真該在票號門口站他個三天三夜讓人家瞧瞧。」

說罷大家笑了起來。阿城說：「二少爺，這幾天潤玉姑娘每天都來找您，讓您回來之後哪兒也別去，先去找她。」

祁子俊驚問：「潤玉沒說什麼事？」阿城說：「潤玉沒說，好像有什麼急事兒。」祁子俊馬上起身，說：「蘇先生，您先歇著吧，我出去一下。」祁子俊才出門，走到天井，見潤玉來了。潤玉一愣，道：「你回來了？」祁子俊端詳著潤玉，說：「潤玉，你可瘦了。」潤玉輕聲說：「快，找個地方說話！子俊，你趕快逃命去吧！」祁子俊驚問：「你聽到什麼了？」潤玉說：「議政王要殺你！」祁子俊臉露驚駭，馬上又搖搖頭：「他要殺我，不乾脆在上海就殺了我？潤玉，告訴我，怎麼回事？」

潤玉說：「三寶前幾天悄悄兒跑來找我，說有人向議政王告發你，要殺你！」祁子俊問：「告了我什麼事？」潤玉說：「三寶是碰巧偷聽到的，聽得不真切，又沒法打聽清楚。他只說，告狀的人講你鹽、洋槍、糧食，什麼生意都做。」「啊！」祁子俊驚懼，站了起來。潤玉慌張地問：「你到底犯了什麼事？」祁子俊掩飾道：「我只是做生意。」潤玉說：「先不管別的，你快快逃走吧。留住性命，以後不管怎麼著，不要再同官府往來了。我爹在官場混了大半輩子，最後怎麼樣？」

祁子俊搖頭道：「我原先只是祁家二少爺，還可以東躲西藏。如今我受著朝廷三品頂戴，只怕就無處可逃了。」潤玉道：「子俊，我不能眼睜睜看著你去送死！」祁子俊安慰潤玉，說：「潤玉，你放心，我不會有事的。」潤玉眼中噙著淚水，說：「你要聽我勸告啊！」

潤玉戲班裡的事放不下，不得久留，說會兒話，就告辭了。祁子俊說：「你放心回去喲，我明天再來看你！」

祁子俊送走潤玉，回頭向蘇文瑞討計。蘇文瑞說：「金陵義成信同太平天國有關的帳目，我親自燒掉的。告密的人肯定是從別的地方抓了我們的把柄。但現在說這個已沒用了。明擺著的是，議政王已知道義成信同太平天國多年的生意往來。情況比我們料想的更糟。」

祁子俊說：「蘇先生，您說我該怎麼辦？」蘇文瑞說：「你除了逃命，神仙也救不了你了。」祁子俊說：「我能逃到哪裡去？我逃了，義成信怎麼辦？我逃得一時，也逃不了一世啊！」蘇文瑞說：「怪我沒有全力阻攔你那些生意啊！」

祁子俊來回踱步，形同困獸。蘇文瑞低頭想了半天，說：「我仍在想，議政王既然要殺你，幹嗎大老遠的弄你到北京來？」

祁子俊說：「議政王比瑞王爺聰明，他可以先把我穩住，再以迅雷不及掩耳之勢控制票號。這樣一來，我的家產可以盡悉充公，我的腦袋也可以隨時取下。」蘇文瑞想想，說：「不對，倘若如此，他沒有必要拿那假軍服嚇你。對了，這麼一說，我又明白了。他還是沒有殺你的意思。二少爺，你放心去見他！」祁子俊說：「我到底還是心裡發虛呀！」蘇文瑞說：「至少他這次不會殺你，你放心去見他就是了。」祁子俊問：「萬一議政王提起這回的賞賜，我怎麼回答？」蘇文瑞沉吟道：「唔……我猜他不會提的。我想起來了，他不是說賞你件稀世寶物，讓你獨自賞玩，萬萬不可示人嗎？」祁子俊道：「我明白了，他也不想第三個人知道這事。這叫天知地知，你知我知。」

次日，祁子俊身著朝服，戰戰兢兢去了恭王府。通報進去，祁子俊候在門外，全部心思都用在調息勻氣上。老半天，三寶出來，宣道：「議政王宣祁子俊說話！」

祁子俊忙隨了三寶往裡走。三寶悄悄兒說：「我的爺，您怎麼還敢來？」祁子俊說：「我跑到哪裡去？他會殺我嗎？」三寶說：「我不知道。您來都來了，還說什麼呢？您只管去，我去同玉麟格格說聲。」

三寶領著祁子俊去了議政王府蝠廳。議政王早坐在那裡了，祁子俊屈膝伏地，行跪拜大禮：「祁子俊拜見議政王！」議政王笑道：「子俊免禮！辛苦了，辛苦了！」議政王說罷，站起來，過來親自扶起祁子俊，說：「坐下喝茶吧。」議政王關切地拍了拍祁子俊的肩頭。祁子俊下意識「哎喲」一聲。議政王驚疑地問道：「怎麼了？」祁子俊掩飾著笑笑：「受了點兒傷。」議政王：「如何傷了？」

祁子俊先不答話，重新跪下，道：「請議政王恕罪！」議政王問：「子俊何罪之有？」

祁子俊說：「議政王知道，我曾經身陷長毛之手，他們有幾個小頭目認識我。這回金陵合圍之前，長毛想化妝出城，便派人暗中找到我，想讓我弄些湘勇軍服。他們以刀槍相逼，我實屬無奈，於是將計就計，把軍服上做了標記，賣給他們了。結果，長毛餘黨派人尋仇。幸好我命大，只傷著了皮肉。」

議政王哈哈一笑：「這有什麼罪？你立了功嘛！起來吧。」祁子俊起身坐下：「謝議政王不罪之恩！」「湘軍奏報，」議政王說罷這四個字，端起茶杯喝茶。祁子俊剛想喝茶，手開始微微發抖，便掩飾著拿手整整衣袖。議政王放下茶杯，接著說：「義成信竭力協餉，為剿滅太平長毛立下了汗馬功勞。」

祁子俊說：「子俊深受皇恩，萬分感激，無時無刻不想著替朝廷效力。」議政王說：「本王已奏明皇上跟太后，封贈你正二品授資政大夫！」祁子俊忙起身，刷袖撩衣而拜：「臣謝皇上、太后恩典，謝議政王恩典！」

有人托了朝服過來。議政王說：「把你這三品朝服脫下，換上新的吧。」祁子俊支吾道：「這個……」議政王笑道：「又不是新媳婦試嫁妝，忸怩什麼？」

祁子俊換了新朝服，竟有些不自在，手足無措的樣子。

議政王說：「那邊有鏡子，去照照吧。」祁子俊過去照照鏡子，看見自己額上凝著汗珠，抬手擦了。議政王見祁子俊擦著汗，便點點頭，心裡不知打的什麼算盤。

「哥！」聽得玉麟格格喊了聲，跑了進來。玉麟見了祁子俊，笑道：「祁公子怎麼到了我家就要試新衣服？」議政王笑道：「玉麟，子俊現在是二品大員了，你得講點兒規矩！」祁子俊施禮道：「玉麟格格您好！」

玉麟學朝官們模樣還禮：「祁大人您好！」議政王說：「玉麟，我同子俊還有正事要說，你玩你的去吧。」玉麟說：「哥，說好去逛天橋，怎麼又有事了？」議政王說：「哥這會兒沒空哪！我叫人陪你去。」「不，我不要別人陪！」玉麟只好出去，臨出門，朝祁子俊說，「就怪你來我家試衣服！」

議政王重新回座，讓祁子俊也坐下。議政王問：「子俊，你同那個洋人合辦的自來火廠怎麼樣了？」祁子俊說：「感謝議政王掛念。才開始，還不知賺還是賠哩。」議政王點頭說：「好歹是樁洋務，朝廷會幫你的。你得把它辦好。」祁子俊說：「我會盡心盡力，不辜負議政王恩典。」議政王說：「現在長毛剿滅了，天下有識之士無不以興國自強為己任。」祁子俊附和道：「興國自強，民心所向。」

議政王道：「我兼管總理各國事務衙門，同洋人多有交道，感慨頗深。洋人所以有其長，在於他們擁有新式的船艦和槍炮。皇上和太后著我創辦洋務，開礦山，辦工廠，煉鋼鐵，製洋船，造槍炮。」

祁子俊說：「議政王英明，只有創辦洋務，方能興國自強！」議政王微微一嘆，道：「可是，長毛為患十幾年，又有列強蠶食，國力維艱哪！」祁子俊早已聽出議政王的意思了，心想蘇先生果然料事如神，忙起身，說：「興國自強，子俊願效綿薄之力！」議政王笑道：「皇上和太后曉諭本王，準備發行興國債券。子俊，你這綿薄之力，太謙虛了。」祁子俊試探道：「我願認購興國債券五百萬兩！」議政王並不應允，只說：「我已傳話出去，開明富商無不踴躍。」祁子俊暗自咬牙，說：「我認購八百萬兩！」議政王端著茶杯喝茶，像是沒聽見似的，只道：「子俊這套朝服，很合身哪！」祁子俊低頭望望自己的朝服，說：「感謝議政王恩典，我砸鍋賣鐵也要湊齊一千萬兩！」

議政王這才放下茶杯，說：「好!子俊，你沒有辜負朝廷栽培!坐下坐下，喝茶吧。」祁子俊道：「謝議政王。」議政王微笑著喝茶，笑容叫人捉摸不透。這時，玉麟跑了進來，道：「哥，你正事兒說完了沒有?」議政王說：「玉麟，你怎麼就長不大?哥現在肩上擔子可重哪，哪能天天陪你瞎轉悠呀！」玉麟說：「你沒時間就別答應我！」祁子俊見狀，起身說：「議政王，格格，子俊告辭了。」玉麟突然說：「哥，我讓祁子俊陪我去！」祁子俊說：「我……」玉麟說：「怎麼?不聽我的?」祁子俊說：「子俊豈敢！」議政王笑道：「子俊，我抽不開身，你就陪她去玩玩吧。」

祁子俊伸伸自己衣袖，說：「我總不能穿著這朝服去逛大街吧。」玉麟道：「哥，借你套衣服吧。」議政王無奈地搖搖頭，說：「你自己去挑吧。」

祁子俊換了件衣服，陪著玉麟逛天橋。幾個隨從不近不遠跟著。街上熙熙攘攘，突然，聽得一片叫喊聲，那高高的中幡像要倒下來。

玉麟一聲尖叫，祁子俊忙拉她閃過。早有隨從閃身而上，要擋住中幡。卻是故意嚇人的，一場虛驚。

祁子俊輕聲說：「格格，你實在不該到這種地方來玩。」玉麟輕聲道：「誰讓你在這裡叫格格？叫我玉麟！」祁子俊說：「子俊不敢！」玉麟說：「那我就得叫你祁大人哪！叫我玉麟！」祁子俊說：「好，叫你玉麟。我說玉麟，這地方太亂，我們還是走吧。」玉麟說：「你什麼地方沒呆過，還怕亂？」

祁子俊說：「我自然不怕，但不能嚇著你哪！」玉麟說：「我那麼容易被嚇著嗎？我可聽說了你很多事情，那才叫嚇人哪！」祁子俊問：「玉麟，你聽說我什麼了？」玉麟說：「我聽說你一會兒在湘軍大營裡，一會兒在太平長毛那裡。真是神出鬼沒，傳奇得很哪！」祁子俊嚇著了，說：「玉麟你這可是要我腦袋呀！我同太平長毛可沒打過交道啊！」

玉麟笑道：「我哥都不要你腦袋，我要你腦袋幹嗎？」祁子俊問：「議政王都聽說我什麼了？」玉麟說：「你就放心吧！我哥不想聽見的事，他是聽不見的。」祁子俊問：「你哥現在最想聽見的事是什麼？」玉麟說：「他現在最想聽見的，就是誰認購了多少興國債券。他呀，現在一心只想著造出好槍打洋鬼子。」

忽又聽得街旁有人哇地叫喊。原來是有人玩吞寶劍。那人手持寶劍，仰了脖子，將寶劍慢慢往裡送。眼看著只留著劍柄在外頭了，圍觀者驚恐而叫。有人不忍看，掩過臉去。吞劍人便拿了盤子，向人索錢。

玉麟瞟見那樣子，驚叫起來，直往祁子俊懷裡藏。祁子俊忙掏了銀子，往盤裡一丟，拉著玉麟走開。有人倒抽口涼氣，說：「什麼爺兒，出手真大方！」

走過一個吊爐燒餅攤，玉麟站住了，說：「好香啊！」祁子俊笑道：「這個也稀罕？」玉麟瞟了眼祁子俊，說：「你好小氣，怎麼不給我買呀？」祁子俊說：「玉麟，我怎敢買這個給你吃？怕不乾淨！」玉麟任性地說：「好香的，我就想吃這個！」祁子俊說：「好好，我給你買！」

祁子俊掏出銀子，說：「兩個！」攤主不接錢，瞪了眼祁子俊說：「這位爺，您是寒磣我不是？就倆燒餅，我拿什麼找您？把這攤兒賣給您得了！」

一隨從跑上來，說：「二位走吧，我來付！」玉麟還沒弄明白怎麼回事，問：「怎麼他來付錢就行了？」祁子俊輕輕笑道：「你是養在深宮禁苑，不識人間煙火。把你嫁到民間就知道了。」玉麟突然站住，作色道：「你該死！」祁子俊忙說：「子俊該死！子俊不是有意冒犯格……」玉麟說：「格，格什麼？說呀？格什麼？」祁子俊說：「子俊該死，格殺勿論！」

玉麟啃了口燒餅，說：「好吃！不殺你了，你也吃一個吧！」祁子俊接了燒餅，說：「玉麟你別嚇我，我膽兒小！」

玉麟哈哈一笑，說：「天底下只有你子俊膽小。宮裡那些王爺、阿哥、大臣，還有那些官家子弟，都像你這麼膽小，太平長毛就不會猖獗十幾年，洋鬼子也不敢說進屋就進屋了！」

祁子俊說：「我聽不出你這是罵我還是誇我！我的腦子可笨哪！」玉麟又笑道：「天底下也只有你子俊腦子笨。」祁子俊問：「玉麟，天天呆在深宮大院裡，會不會很悶？」玉麟說：「我可是巴不得天天往外頭跑啊！」祁子俊說：「你府上有個下人，叫三寶，我認識他。你要是想出來玩，就讓他來找我，我陪你出來轉轉。」

玉麟瞪了眼祁子俊，說：「你上臉了吧？你怎麼知道我愛同你玩？」祁子俊道：「我只想讓你開心。」玉麟抿嘴而笑，說：「嘴倒是挺甜的啊！」祁子俊說：「只要能讓你開心就行！」玉麟笑道：「我今天很開心。我回去同我哥說，祁子俊想讓我嫁到民間去！」祁子俊忙求饒：「玉麟，你就行行好，這話千萬不可同你哥說呀！」玉麟樂了，笑得彎腰哈氣的。

祁子俊送回玉麟，再回到票號，已是黃昏了。客堂裡坐了滿屋子人，蘇文瑞、潤玉、袁天寶、阿城都在等候祁子俊。桌上放著兩套朝服，一套是舊的三品官服，一套是新的二品官服。見了祁子俊，大家都鬆了口氣。潤玉有些嗔怪，說：「子俊，你總算回來了，我們都急死了！議政王府派人送了官服來，你人卻不知哪裡去了。」袁天寶說：「我們問議政王府的人，他們也不說半個字。」祁子俊春風得意的樣子，笑道：「我不是好好兒回來了嗎？」阿城道：「二少爺受了二品頂戴，恭喜啊！」潤玉站起來，說：「子俊，你沒事就好，我回去了。」祁子俊挽留道：「潤玉，別急別急，今兒個大家高興，一起吃個晚飯。」潤玉說：「不早了，我晚上還要唱戲哪！」

只有蘇文瑞沒有吭聲，憂心忡忡望著祁子俊。祁子俊看出蘇文瑞有話要說，卻故意敷衍。直等到吃過晚飯，他才請了蘇文瑞到房間說話：「蘇先生，我加官晉爵，不但光宗耀祖，義成信必將更加興旺，您要替我高興才是啊！」蘇文瑞說：「祁少爺，你不能再往前走了。你把生意交給掌櫃們做，自己回山西老家去，深居簡出，玩古養花，看看閒書，打發時光。」祁子俊問：「您的意思，我該隱退了？」蘇文瑞說：「你要盡快從王公大臣、達官貴人們眼中消失！」

祁子俊很生氣，說：「為什麼？議政王賞識我，賞我二品頂戴，我沒有不替朝廷賣命的道理。我剛剛認購了一千萬兩興國債券，肯定是有去無回，我也得自己賺回來。」

蘇文瑞如聞霹靂，搖頭道：「祁少爺，你完了！你聰明過頭了！你知道大清國庫一年能收多少銀子嗎？不足三千萬兩。你一口氣認購興國債券就是一千萬兩。你富可敵國啊！誰能容得你比朝廷富有？」

祁子俊道：「我協軍餉，解稅銀，如今又出資辦洋務，我對朝廷是有功的！朝廷不恩寵我這樣的人，恩寵誰去？朝廷離不開我！」蘇文瑞厲聲道：「朝廷真的離不開你了，你的腦袋就該掉了！」祁子俊指著蘇文瑞，嘴唇顫抖著，半天才說：「你，你，豈有此理！」

兩人都不說話了。過了老半天，祁子俊過意不去了，向蘇文瑞道歉：「蘇先生，對不住了。」蘇文瑞壓低了嗓子說：「你要記住，你有很多把柄捏在議政王手裡！」祁子俊道：「我哪怕為著那些把柄，也只能越做越大，大得誰也搬不動我！」蘇文瑞焦急道：「誰也大不過皇帝老子的手掌！你執迷不悟啊！」蘇文瑞勸不住祁子俊，辭了差事，拂袖而去。祁子俊自然想留住他，可蘇文瑞卻只有一句話：「道不同，不相與謀。」

議政王正在書房裡看折子，玉麟進來，說：「哥，你怎麼總沒閒的時候？」議政王說：「這麼多的折子，我閒著，誰幫我看？」議政王邊說邊站起來，把個折子放進了抽屜裡。玉麟問：「什麼寶貝，還要藏起來？」議政王說：「玉麟，朝廷裡的事，你不要問。」玉麟說：「我覺得好玩，問問都不行？我又不出去說。哎，哥，告訴我，怎麼看折子？」議政王笑道：「你不要什麼都好奇！」玉麟纏著議政王：「哥你說嘛！」

議政王道：「這些折子本是呈給皇上跟太后的，可皇上跟太后沒那麼多時間，我得先看。有的折子，我看了就批些字呈給皇上跟太后看；有的折子暫不用呈上去的，我看了就鎖起來。」

玉麟問：「你怎麼知道哪些該送皇上跟太后，哪些該鎖上呢？」議政王道：「這個嘛，我自有把握，不能告訴你。」玉麟又死纏活磨的，說：「說嘛，哥你說嘛！」議政王嚴肅道：「玉麟，你不能再問了！」

玉麟道：「你不肯說就算了。哥，你說子俊這個人怎麼樣？」議政王皺眉道：「怎麼？你都叫他子俊了？」玉麟道：「你不也是一口一聲子俊嗎？」議政王警覺起來，說：「玉麟，你告訴我，你是不是喜歡上這個人了？」玉麟說：「你不也喜歡這個人嗎？」議政王說：「你要說實話，不然今後再也不讓你見著他。」玉麟道：「我覺得子俊這個人有膽有識，又有抱負，人又風趣，沒人比得上。」

議政王道：「那麼說，祁子俊算是大清朝第一號的男子漢了？」玉麟忙說：「自然不能同哥您比。」議政王生氣道：「你可很會比啊！拿我同奴才比！」玉麟道：「哥，你平日不也說子俊不錯嗎？怎麼我說就不行了？」議政王道：「玉麟，我告訴你，皇親國戚裡面，你喜歡誰都行，就是不能喜歡祁子俊！」玉麟強道：「我還沒想好哩！等我想好了，自己找太后說去！」

玉麟從議政王書房氣沖沖出來，見三寶鬼頭鬼腦的，問：「幹什麼？」三寶上前悄悄兒說：「祁大人來了。」玉麟沒好氣，說：「什麼祁大人，他在哪裡？」

三寶領了玉麟出去，見祁子俊站在垂花門下。玉麟說：「進來了，還躲在這裡幹什麼？」祁子俊道：「給玉麟格格請安！」玉麟道：「誰又讓你叫我格格了？」祁子俊笑笑，遲疑道：「玉麟你好。」玉麟問：「子俊，有什麼事嗎？」祁子俊說：「我來還議政王衣服。」玉麟道：「你是想找個機會見見我哥吧？跟我來吧！」

到了議政王書房外，玉麟喊道：「哥，子俊還您衣服來了。」祁子俊進門跪拜：「祁子俊給議政王請安！」議政王站起來，笑道：「子俊快快請起。衣服你穿著合身，就留著吧，還送來幹什麼？」祁子俊說：「子俊不敢！」議政王說：「我的衣服，你穿都穿了，還有什麼不敢的？留著吧。」玉麟說：「子俊，你就別客氣了。」祁子俊說：「謝議政王，謝格格！」玉麟道：「你怎麼又叫我格格了？」祁子俊說：「議政王面前，子俊豈敢造次！」議政王笑道：「如此說來，你背著我就敢造次了？」祁子俊忙道：「子俊不是這個意思！」

議政王道：「子俊，你帶了個好頭啊！總理衙門稟報我，各大商號爭相認購興國債券。只要大清臣民齊心合力，國家中興有望啊！」祁子俊道：「議政王英明，太平盛世指日可待啊！」議政王說：「子俊，你請回吧，我正忙著哪。」祁子俊跪道：「子俊辭過議政王。」

議政王見玉麟瞧祁子俊的眼神很熾熱，臉上掠過一絲陰雲。祁子俊道：「議政王，我準備回家祭祖，讓列祖列宗知道朝廷對祁家的齊天恩典。我會說服山西商家認購興國債券，為國分憂。」

議政王高興道：「好啊，你頭上頂著二品頂戴，更應為國出力！」玉麟說：「哥，我想跟子俊去山西玩玩！」議政王鐵了臉：「玉麟，你不是小孩了！」玉麟任性道：「出去玩玩也不行嗎？」議政王說：「格格出宮，必然驚官擾民！」玉麟說：「我微服出去就行了！」議政王說：「說得輕巧，誰負責你的安全？」玉麟望著祁子俊：「我跟著子俊就行了。」

祁子俊嚇得魂飛天外：「玉麟格格，子俊擔待不起！」玉麟瞪著祁子俊，怒道：「祁子俊，你真沒用！」議政王責備妹妹：「玉麟，你成何體統！」

第三十八章

山西巡撫袁德明在太原城外郊迎祁子俊。眾官員同山西商界名流盡悉到場，自然也少不了楊松林和左公超。很多百姓也聚集路旁，翹首以望。

綠圍大轎一溜兒擺在路旁，幾塊大大的「迴避」牌豎著，旗旛飄揚，儀仗井然。天氣很熱，官員們不停地扇著扇子。「迴避」牌後面，汪龍眠微笑著往袁德明、楊松林這邊張望，想引起他們的注意。袁德明同楊松林卻視而不見。他們正抬眼遠望，遲遲不見祁子俊車馬的影子。汪龍眠想往前面擠，被兵勇擋住，人群騷動起來。左公超朝那邊瞟了眼，見著了汪龍眠，卻只當沒看見。汪龍眠衝著左公超笑，而左公超早把臉轉過去了。

袁德明吩咐道：「再去打探打探，看祁大人到哪裡了。」「是！大人！」一騎馬兵卒應道，策馬而去。

兵卒飛馬十餘里，望見一輛豪華馬車威風凜凜地行進著，五位騎馬者緊隨其後。隨從領道的便是阿城。阿城策馬上前，問：「什麼人？」兵卒勒馬回話：「撫臺大人著小的來探信兒，請問這可是祁大人寶駕？」阿城說：「你等著，不要驚著了祁大人！」馬車停了，阿城跑馬過來回話：「東家，撫臺大人著人探信兒來了。」

祁子俊穿著議政王的那套衣服，神態悠然地扇著折扇，隔著布簾兒說：「知道了。告訴他，勞他們久等了。」

阿城打馬過去，賞了探信人。

兵卒領賞謝過，回馬向袁德明報信。袁德明知道祁子俊快到了，竟莫名其妙地焦躁起來。

他擦著額上的汗，偏過頭同楊松林悄悄說話：「祁大人可是議政王面前的紅人哪！松林兄，您同祁大人是多年朋友，您可要替我多擔待些啊！」

楊松林話中有話，道：「撫臺大人同祁大人也是有交道的呀！」

袁德明乾脆把話挑明了，輕聲道：「松林兄，那樁販賣私鹽的案子，也正是議政王讓查的，我也沒辦法，只好叫您秉公辦理。您可要把事情做乾淨些，不然，讓祁大人知道我們查他，大家面子上都不好過。」楊松林道：「撫臺大人放心，我都安排妥了。」

原來，議政王密囑楊松林，想查出水蝸牛背後的人。大家心裡都很明白，就是想多抓些祁子俊的把柄。沒想到，祁子俊在議政王面前卻是越來越紅。楊松林尋思好些日子，硬是弄不懂議政王葫蘆裡賣的什麼藥。真是官兒越大，越不好捉摸。乾脆，先把水蝸牛幹了再說。楊松林這邊隨了袁德明郊迎祁子俊，那邊已派李然之帶了人，暗地裡把水蝸牛幹掉了。

袁德明說：「朝廷對祁家可說是皇恩浩蕩啊，我接到祁大人擢升正二品的官文沒兩天，朝廷冊封他們家人的詔書又到了。從他死去的爺爺、奶奶、父母、哥哥、妻子，到兩個兒子，都受了封，就連他小兒子都封了將軍！」

楊松林笑道：「皇上跟太后英明，在朝有良相，在野無遺賢，眼看著就是太平盛世了。」袁德明神祕道：「掌實權的可就是賞識祁大人的議政王！」楊松林點頭而笑。這時，聽得有人喊道：「來了來了。」

眾官員同商人慌忙整衣理冠。祁子俊的馬車威風凜凜地駛過來了。馬車停下，阿城下馬，撩開車簾。祁子俊微笑著，慢慢下了馬車。頓時號角齊鳴，鼓樂陣陣，鞭炮震天。

袁德明遠遠地朝祁子俊拱手，卻輕輕同楊松林說：「祁大人沒穿朝服，我們卻朝服迎候，於禮制不合啊！」楊松林道：「他穿不穿朝服，都是祁大人了。」祁子俊道：「驚動各位了。」袁德明說：「祁大人有功於朝廷，名震於鄉野！我帶著同僚們迎候尊駕，不曾想商界名流同百姓們聞風而來，都要來向您道賀哪！」

祁子俊拱手朝大家致謝，說：「我祁某並無寸功於朝廷，卻被加官晉爵，本已慚愧不已，還勞各位大人、鄉賢跟父老鄉親出城相迎，實在擔當不起啊！」

楊松林道：「這些老百姓都是自己趕來的，我們攔都攔不住哪！」商人同百姓們朝祁子俊拱手道賀。汪龍眠踮著腳尖兒要往裡面擠，被兵勇往後推著。祁子俊瞟見了汪龍眠，卻顧不上招呼。汪龍眠直衝祁子俊笑，繼續往前擠。兵勇喝令一聲，一推，汪龍眠差點兒跌倒。祁子俊看不下去，忙道：「哦，汪先生，您老也來了？」

兵勇放開汪龍眠。楊松林、左公超都只當才看見汪龍眠，同他點頭招呼。祁子俊拉過汪龍眠，同袁德明說：「撫臺大人，這位是舉人汪龍眠先生，祁縣鄉賢名流，德高望重。」

汪龍眠忙跪下施禮：「學生見過撫臺大人！」袁德明忙扶起汪龍眠，說：「哦，汪先生！雖未蒙面，卻是久仰大名啊！您老可是道光爺手上的舉人啊。」汪龍眠忙說：「道光十三年！」袁德明點頭說：「道光十三年，到如今……」汪龍眠忙搶著說：「候補三十年了。」

袁德明點點頭，並沒有繼續答話的意興。汪龍眠卻眼巴巴兒望著袁德明。袁德明哪裡顧得上搭理他？只朝祁子俊微笑道：「祁大人，您上轎吧？」「謝撫臺大人。」祁子俊回頭朝汪龍眠說，「汪先生，您老坐我的車吧。」袁德明同楊松林都吃驚地望了眼祁子俊。汪龍眠喜不自禁，神態拘謹地爬上了馬車。

衙役們騎馬在前面喝道。左公超的轎子走在最前面，次者楊松林，祁子俊的轎子走在楊松林後面，袁德明的轎子走在最後。旌旗飄揚，「迴避」牌高高地舉著。

汪龍眠坐著馬車，稍稍隨後。眾商人自備車馬的，都騎馬乘轎而歸。百姓們仍佇立道路兩旁，目送著達官貴人們。

綠圍大轎（注）同車沒走多遠，佇立道旁的百姓一哄而上，圍住幾個官爺跟衙役。官爺叫道：「別搶別搶，排好隊！」百姓們爭先恐後，擁擠會兒，排成個混亂的隊形。官員從身上掏出大清寶鈔，說：「每人兩百文！」百姓立即哄鬧起來。有人嚷道：「說是發銀子的，怎麼發鈔票？」官爺道：「大清寶鈔，這一張就抵三錢銀子。」有百姓喊道：「鈔票？草票！」

官爺發著鈔票，罵道：「讓你們在路上站這麼會兒，就三錢銀子，還嫌少？」有百姓接過寶鈔，撕作兩半，扔在地上，說：「這個，值個屁！」有的人接了鈔票罵罵咧咧走開，有人接了鈔票就扔了，有人隊也不排了叫罵著走開。有人低頭拾著地上的鈔票。有人嘲笑說：「撿這個有屁用，你要，給你！」

那撿鈔票的人說：「你們不要，我撿著，兩百張寶鈔，也合一兩銀子。」立即聽見有人笑了，說：「全給你也沒有兩百張！」官爺見人都走散了，說：「呵，還嫌少？不要拉倒！」說罷便把手中的寶鈔往口袋裡揣了。百姓們氣哄哄地往回走，罵聲不斷：「不是說發銀子，我們跑來看什麼熱鬧？人家有錢，花錢買了官當，我們瞎高興什麼？」

祁子俊被袁德明迎入城裡，正是晚飯時分。先不去館舍，徑直去了八仙居酒家。袁德明招呼祁子俊入上席，道：「祁大人，您這邊請。」祁子俊道：「那個位置，還是撫臺大人坐吧。」楊松林道：「祁大人今天那位置真是您坐的。」

祁子俊坐下，各位才挨次入座。作陪的還有商界幾位頭面人物。祁子俊見汪龍眠在包廂外面晃了一下，忙說：「請汪先生也進來吧。」汪龍眠邊往裡走嘴裡邊說：「我就在外頭隨便吃些，不上座了。」祁子俊起身說：「汪先生，今兒個您可是代表祁縣父老，一定要上座啊！」

汪龍眠道：「祁大人，您領封受賞，祁縣百姓無不歡欣鼓舞啊！」

菜很快就上來了，袁德明舉起酒杯，說：「值此長毛剿滅，普天同慶之際，祁大人榮歸故里，我輩萬分高興。袁某略備小酌，一來為祁大人接風道賀，二來祝我大清國運昌盛！來，乾了。」

乾了杯，祁子俊說：「各位大人、前輩，你們太客氣了。我子俊領正三品頂戴也有些日子了，可我行遍大江南北，都是騎馬。可是這回，議政王專門曉諭我，說，你也是我大清二品官了，別再騎著馬顛來顛去的。這次回山西去，可要依制坐轎啊！」

袁德明說：「議政王可是體恤百官啊！」祁子俊說：「我回議政王，此去山西，路途遙遠，坐轎太慢了。議政王就說，那你也不能騎馬，坐馬車回去吧。」楊松林道：「如此愛護百官的王爺，可是自古少有啊！」袁德明老是瞧著祁子俊的衣服。祁子俊見了，說：「祁某旅途倉促，也沒來得及換朝服，請各位大人見諒！」袁德明笑道：「不拘禮，不拘禮。」

祁子俊笑道：「說起我這衣服，還有個故事。那天議政王召我去說事兒。玉麟格格跑來，非要微服出宮玩。議政王日理萬機，抽不開身，就說，子俊，你陪格格去吧。」眾皆張口結舌，望著祁子俊。祁子俊夾著些菜，送進嘴裡慢慢嚼著，嚥下，擦擦嘴，才接著說：「這可難住我了。我不能穿著朝服逛大街吧？」眾皆點頭，卻不敢相問，只等著祁子俊說下去。祁子俊略作停頓，才說：「議政王望望我的身段，說你同我個頭兒差不多，穿我衣服去吧。格格就進去取了她哥哥的衣服來，給我穿上。」汪龍眠傻乎乎問道：「格格她哥哥是誰？」

眾皆大笑，卻沒人答他的話。袁德明道：「難怪，我就瞧祁大人身上這衣服不像民間的樣

注　官轎——八人大轎。

式。」祁子俊說：「第二天，我去還衣服，卻被議政王罵了頓。他說，你嫌我的衣服不好是不是？這麼多年，我就被議政王罵過這麼一回，卻是為這身衣服！」楊松林道：「我們也想被議政王如此罵一回，輪不上啊！」汪龍眠還在為自己沒見識紅著臉，袁德明見他窘成那樣，便說：「祁大人對汪先生很敬重啊！」祁子俊道：「敬長尊賢，為人本分嘛！」汪龍眠道：「汪某慚愧！」

祁子俊說：「我這次回來，議政王讓我同山西財東們捎句話。朝廷發行興國債券，籌集銀兩辦工廠，造洋船、造洋槍，為的是國家自強。望各位財東合力相助呀！」立時有商人應話：「撫臺大人已向我們說了朝廷的意思，我們都商量了，不辜負朝廷恩典，有分能力發分光。」

祁子俊道：「來，這杯酒，我替議政王專門敬各位財東！」祁子俊見左公超不太說話，便笑道：「劉大人官做大了，城府越發深了。」左公超忙舉了酒杯，說：「各位大人在上，這裡哪是我劉某說話的地方。這杯酒，我向祁大人賠罪了。」祁子俊便同左公超碰了杯，各自乾了。邊吃邊聊，眼看著時候不早了，祁子俊舉了杯說：「勞動各位了，都散了吧。」乾了杯，袁德明說：「祁大人，您要是不嫌棄的話，不去館舍，就在我寒舍將就著住如何？」楊松林說：「要不去我家住著也行。」祁子俊說：「我太原票號裡有房子住，不打攪了吧。」袁德明說：「祁大人不必客氣，就去我家住吧。」祁子俊說：「恭敬不如從命！」

祁子俊不忘招呼阿城領汪龍眠去票號住下，自己住到袁德明府上去了。所謂袁府，其實就是太原巡撫衙門裡頭的偏院，只是官產。巡撫依制是不能在任上置辦房產的。

袁德明招呼祁子俊在客堂裡坐了，早有丫鬟上了茶來。喝茶敘話，無非都是些客套。袁德明不經意問道：「祁大人，汪老先生同您家可是親故？」祁子俊其實正想提起這個話題，便輕輕放下茶杯，說：「犬子世禎曾授業汪先生門下。汪先生的才學同孝賢之名在祁縣可是家喻戶曉。撫臺大人，您若能保舉汪老先生補個缺，子俊感激不盡。」

袁德明說：「我倒可以試試。正好介休知縣丁憂三年，我保舉一下汪老先生吧。」沒想到事情如此湊巧，祁子俊內心喜歡，臉上卻是平平的，說：「我先替汪老先生感謝了。」袁德明說：「祁大人客氣了。舉賢薦能，也是我職責所在啊！」祁子俊說：「撫臺大人這是看我的面子，子俊心裡明白！」

祁子俊還鄉的事，也讓關近儒家安寧不得。正是祁子俊到太原這個夜裡，關近儒同夫人專門去勸說世禎回家。世禎把自己關在房裡，正在背誦《平碼歌》。

關近儒知道世禎這孩子強，先不說讓他回家的事，只道：「熟記《平碼歌》和《周行銀色歌》，這是學生最起碼的功夫。世禎，你的蒙古話、俄國話更要努力學。我關家世代同俄羅斯、蒙古通商，不懂這兩門外國話，生意是做不大的。生意人多長幾個舌頭好！一個舌頭，吃穿剛夠；兩個舌頭，掙錢有數；三個舌頭，財比山厚！」

世禎點頭道：「世禎知道，我會用功的，外公！」關近儒說：「我同外婆想同你說件事兒。你爹要回來了，你回去住些日子吧。」世禎果然不肯回去：「不，他不是我爹，我不回去！」關夫人說：「世禎，你要聽話！」世禎撲通跪了下來，說：「外公、外婆，你們不要逼我回去。」關近儒道：「世禎，他畢竟是你爹。他大老遠的趕回來祭奠祖先，你是祁家血脈，一定要回去。」世禎說：「我不想看見他。」關老夫人說：「世禎，你起來，聽外婆好好同你說話。」

世禎起來，站在外公外婆面前。關老夫人說：「長輩間的恩怨，同你沒關係。你只記住，自己是祁家後人，要盡到做小輩的本分。朝廷還給你封了將軍哪！」

世禎說：「誰要這個狗屁將軍！」關近儒正色道：「世禎，可不許亂說，這可是大逆不道啊！」好說歹說，世禎才勉強答應回家去，卻說：「我可以回去祭祖，我畢竟姓祁。可是我不會喊他作爹！」

祁子俊回到祁縣，自然又是縣令併鄉賢名流出城迎候。如今任上縣令喚作吳國棟，早就是祁府常客。他聞得祁子俊還鄉祭祖，又知道上頭連撫臺大人都出城郊迎，豈敢不恭？他迎了祁子俊，直送至祁府正門。祁氏家族百多人早聚集在祠堂前面了，祁伯興等家族的頭面人物上前道賀。祁子俊便按長幼齒序，挨個兒問候。

「爹！爹！」世祺叫喊著就要撲過來。寶珠拉住世祺，說：「等會兒再去，你爹要先祭祖先！」

世禎站在一旁，冷冷地看著。早有人在宗祠前面放了軟墊。祁子俊先在祠堂外頭跪下，拜了三拜，起來，再往裡走。祠堂外頭圍滿了看熱鬧的街坊，七嘴八舌，眼紅得不得了。「祁家到祁子俊這代，可風光啦！」「真是不得了，祖宗八代都受了封！」「這回朝廷打敗長毛，全靠祁家出的錢！」

有人看見汪龍眠，過去打招呼：「汪舉人，聽說您老也受封了？」汪龍眠說：「哪裡的話！」「您是他家兒子的先生，理該受封！」

這時，世禎正要往祠堂裡去，見了汪龍眠，過來施禮：「先生，您老也來了？」汪龍眠笑咪咪的：「世禎，您可是將軍了。」世禎哼了哼鼻子：「我才不要這個將軍哩！」汪龍眠忙說：「世禎，可不許這麼說，大逆不道啊！」

世禎別過老師，進祠堂去了。祖宗牌位前插滿了香，百多人全部跪下。世禎冷眼瞥了下祁子俊，找個僻靜處立著。

祁子俊跪在最前面，高聲念著祭文：「高哉我祖，創業維艱；披荊斬棘，萬水千山；風餐露宿，不負皇天；克勤克儉，日夜罔耽；集腋成裘，積水為淵……」

宗祠外看熱鬧的人仍不肯散去。有人問汪龍眠：「汪舉人，我聽人說您要做知縣大老爺了？」汪龍眠笑道：「沒有的事，沒有的事。」那人說：「您要是做知縣，就在咱祁縣做，我們熟人熟面的，有事也好請您關照著。」一位婦人插話：「是啊，在自己縣裡當知縣，讓父老鄉親們看著，多風光！」汪龍眠滿嘴謙虛：「哪裡哪裡！」

這會兒，蘇文瑞短幫打扮，正領著幾個花工在修整園子。聽遠處鞭炮聲聲，花工們禁不住抬頭張望，蘇文瑞卻充耳不聞。

有花工說：「蘇先生，這麼大的喜事，您也該去看看才是。」蘇文瑞說：「祁家自己祭祖，旁人湊什麼熱鬧？」那花工說：「你也算祁家半個女婿，又不是外人。」蘇文瑞不答，只是笑笑。

祠堂裡，祁子俊終於念完了長長的祭文：「祖德流芳，惟恭惟謙；裔孫謹此，永隆香煙；光耀門庭，景福永年！祁氏洪明公十六代孫封贈正二品授資政大夫子俊率闔族男女長幼叩拜！」

鞭炮鼓樂聲中闔族人等叩拜三次。祭拜畢，世祺飛撲過來。祁子俊摸著兒子的頭：「世祺，你又長高了。你哥呢？」世祺回頭，四處找尋世禎：「哥，哥，爹叫你！」世禎冷冷地望了眼祁子俊，走了。祁子俊心頭一震，卻要同人打招呼，只好掩飾了。他拱手同祁伯興打招呼：「九叔，您辛苦了。」祁伯興說：「子俊，你可為祖宗增光了。」寶珠說道：「二少爺，大家聽說您要回來，可高興啦，忙了幾天了。」祁子俊說：「寶珠，一大家子的事，勞你費心了。」寶珠說：「哪裡啊，人手多，我也累不著。」祁子俊問：「怎麼不見蘇先生？」寶珠有些尷尬，說：「他一早就帶人收拾花園去了。」

祁子俊別過眾人，說想去看看蘇先生，其實是想去找世禎。他估計世禎會在花園裡，跑去轉了會兒，卻見世禎正坐在他娘落水的湖邊。祁子俊站在一邊望著世禎，不敢近前。

蘇文瑞站在遠處，見祁子俊望著兒子不敢近前，搖頭而嘆。祁子俊回身，準備離去，卻抬頭看見蘇文瑞。兩人都不出聲，彼此點了點頭。

走到僻靜處，祁子俊問：「蘇先生別來無恙？」蘇文瑞道：「讀書灌園，倒也自在。」祁子俊說：「蘇先生，沒您在身邊，我有話沒處說，遇事沒處商量，倒很不習慣。」蘇文瑞說：「您現在不是很好嗎？眼看著就正二品了，生意越發紅火了。一路上官員迎送，儀仗威武，春風得意呀！」祁子俊說：「蘇先生，您這是笑話我吧？」蘇文瑞道：「豈敢！」

兩人低頭走了片刻，祁子俊說：「蘇先生，您我之間向來是有什麼說什麼的，如此客氣，就生分了。說真的，我很想聽您指點幾句。」

蘇文瑞長嘆道：「我還是不指點吧。你興致勃勃地回鄉祭祖，別讓我潑了冷水。」祁子俊說：「我現在也許有些頭腦發熱，您潑潑冷水也無妨。」蘇文瑞說：「晉商所以能理天下之財，取天下之利，全在領悟透了一個『藏』字。」祁子俊反問道：「藏？」蘇文瑞點頭說：「所謂藏，就是要藏智而似拙，藏巧而近樸，藏富而不奢，藏勢而勿妄，還要藏大手段，藏大器局。」祁子俊笑道：「蘇先生意思，我此番回鄉，太張揚了？我這是為著祁家列祖列宗，為著我死去的爹娘和哥哥！」蘇文瑞說：「光耀門庭，人之常情。但是，你的心太大了。」祁子俊望著蘇文瑞說：「蘇先生說得太含蓄了。您其實是說我心太貪，是嗎？」

蘇文瑞說：「明初巨富沈萬三的故事，你應該知道。沈家出錢修皇城，還給朱元璋獻上大量金銀財寶，結果呢？舉家流放，家破人亡，就連整個周莊差點兒都被殺個精光！」祁子俊作色道：「蘇先生，今天是我祁家祭祖的大好日子，您如何說這些不吉利的話！」這時寶珠趕來了，聽見了男人的話，喊道：「文瑞！你這是怎麼了？」

祁子俊回頭，見寶珠領著世祺來了。世祺跑了過來，說：「哥去外婆家了，我喊也喊不住！」寶珠仍是責怪男人：「文瑞，大家高高興興的，你那嘴巴就是管不住！」祁子俊搖頭而嘆：「寶珠，不怪蘇先生。我知道他心裡也是為著我好。」蘇文瑞說：「好吧，我們不說這些了。二少爺，您這次回來，該多住些日子吧？」祁子俊說：「那邊很多事等著我。我最多住個三四天，同總號的掌櫃、夥計們見見面，就得趕回京城去。」

卻見阿城匆匆趕來：「二少爺，有位老婦人，拿了張三十多年前的匯票要兌銀子。」祁子俊問：「三十多年前的？多少？」阿城說：「一萬一千兩。」祁子俊吃驚不小，說：「這麼多？你快去招呼老人家坐著，我馬上就來。」

祁子俊辭過蘇文瑞，急忙趕到票號。只見一位老婦人，衣衫襤褸，拘謹地在客堂裡。祁子俊接過夥計遞上的茶，端給老婦人：「老人家，您請喝茶。」阿城說：「老人家，這位是我們東家！」

老人家撲通跪了下來，兩眼含淚，說：「東家，拜託您給我兌了銀子！」祁子俊說：「老人家，快快起來！您老慢慢說說，這是怎麼回事？」

老婦人爬起來，遞上張皺皺巴巴的匯票，說：「說起來是三十多年的事了。我男人原在天津做生意，慢慢有些積累，就在外頭養了女人，多年不回家。後來，他身子不行了，被那女人趕出了門。我男人病快快回到老家，沒來得及同我說上句話，當日就死了。他什麼也沒給我留下，就留下這頂瓜皮帽。我從此無依無靠，老來靠討飯過日子。昨日，我無意間在這瓜皮帽裡捏出一張紙。我拆開帽子一看，原來是張匯票。我去您家票號，您家夥計說，他們從來沒有見過這種匯票。東家，請您行行好，可憐可憐我這老婆子吧。」

祁子俊說：「老人家，請您原諒，他們的確沒見過這種匯票。過了三十多年，我家票號的匯票樣式有些變化。您別著急，我家的帳目是百年不變的，只要是我家票號的匯票，一定查得出。您老就在這兒歇著，我讓夥計們去查帳。」

老婦人又跪了下來：「謝謝了，謝謝了，您家肯定會富貴萬萬年的！」祁子俊忙扶起老婦人，回頭吩咐道：「阿城，你去讓人查帳，再派人去請幾家票號的財東、掌櫃的幫個忙，來家做個中人。」阿城應道：「行，我安排去。」老婦人雙手合十：「阿彌陀佛！阿彌陀佛！菩薩會保佑您祁家大富大貴！」祁子俊說：「老人家，這是我票號的本分！」

沒多時，余先誠等幾位前輩來了。祁子俊迎上去，說：「余世伯，辛苦您跑一趟！」余先誠不冷不熱，只道：「不客氣。我不知該叫您二少爺，還是叫您祁大人了。」祁子俊面有羞色：「余世伯可是在罵我了。叫我子俊吧。」

夥計倒茶過來，一一遞上。大家傳閱著那張舊匯票，議論著。祁子俊說：「事情大家都知道了吧？我爺爺手上的事，我沒見過。我專門請各位前輩出面幫個忙，幫我辨認一下匯票。票號那邊，夥計們正在查帳。我家票號自開張以來，帳目都在，一頁未損。只要是我義成信的匯票，分文不少兌換。」

匯票在眾人手裡傳了一輪，又回到祁子俊手裡。祁子俊起身，恭恭敬敬把匯票送給余先誠，說：「余世伯，還是請您說說吧。」

余先誠再次接過匯票，掏出眼鏡戴上，仔細看著。祁子俊說：「對了，我這裡還有件新奇寶貝。阿城，拿放大鏡來！」余先誠接過放大鏡，翻來覆去看了半天，再照照自己的手，見手上的青筋粗大得嚇人，說：「這玩意兒稀罕！」祁子俊問：「余世伯，我家那會兒的匯票，您該有印象？」「忘不了。」余先誠說罷，這才拿放大鏡仔細照著匯票。

老婦人嘴巴張得老大，緊張得不行。余先誠看了老半天，點點頭說：「祁公子，真是您家匯票。」老婦人長舒口氣，捶著胸口。祁子俊馬上說道：「行，只要是我家的匯票，兌銀子！寶珠，叫人去看看，那邊查著帳了沒有。」正說著，有夥計過來了，說：「查著了。二少爺，我還要問問這位老婦人。」祁子俊點頭說：「你問吧。」夥計說：「老人家，我票號的規矩，還得對對承匯人。您家男人叫什麼名字？」老婦人說：「大名舒祖望，村裡都叫他狗蛋。」夥計又問：「您能記得他大概是哪年從天津回來的嗎？幾月分？」老婦人想了想，說：「不是三十一年前，就是三十二年前了，記得是快過年了。」夥計望望祁子俊，說：「沒錯。道光十五年冬月。」祁子俊忙上前拉了老婦人的手：「好，老人家，我們馬上給您兌銀子！」

老婦人老淚縱橫，說不出半句話來。祁子俊卻說：「我還想請教各位，匯票按說是不付利息的，但這銀子存在我義成信三十多年，我要不要付利息？」老婦人忙說：「哪裡的話？不要付利息啊！從今往後，我要天天為您家燒高香，保佑您家財源滾滾！」

余先誠說：「我看，利息就不要付了，畢竟不是存款，是匯款。就算在票號裡存錢，也是十來年前才有付利息的規矩。」祁子俊總覺得過意不去，說：「一萬多兩銀子，在我票號裡滾了三十多年，不付利息，我於心不忍。我看還是付利息。這種事情別的票號也碰不上，不會壞了大家的規矩。」余先誠說：「既然祁公子要求個心安理得，那就付利息吧。」祁子俊說：「行，我就依余世伯的。我想請大家留下來吃頓便飯。」

大家都說見證了這段佳話，很高興，飯就不吃了。紛紛拱手而別。余先誠故意走在後頭，輕聲道：「我有句話想私下同您說說。」祁子俊問：「余世伯有何指教？」余先誠說：「此處不便說。」祁子俊見余先誠表情神祕，又略顯焦急，便說：「我倆上家裡說話去吧。」

第三十九章

祁子俊領著余先誠進了祁家大院，去客堂坐下。家人上完茶，祁子俊便讓大夥兒都迴避了，還吩咐不許來人打擾。祁子俊說：「余世伯，您這會兒可以說了。」余先誠還沒開言，撩衣就要叩拜。不等他拜下，祁子俊忙上前扶了：「余世伯，萬萬不可，您這可是折煞我啊！」余先誠說：「您現在可是朝廷封的二品大員，我哪敢不拜？」祁子俊說：「那是在外頭，做給別人看的。要說您，該我拜您才是啊！」

余先誠說：「祁少爺可不能這麼說，老夫承當不起啊。我說拜您，不光是拜您這二品大官，我可是要替祁縣和整個山西商家在向您求救啊！」祁子俊驚道：「此話怎講？」余先誠說：「縣衙早就招呼了，讓我們今兒一早就去接您大駕。別的商號票號都去了人，我心裡憋著股氣，沒有去。剛才不是為著辨認那張舊匯票，我晚上也會來找您的。二少爺，請您救救我們這些生意人吧。」祁子俊說：「余世伯，喝口茶，什麼事，慢慢兒說。」余先誠痛苦地擂著胸脯說：「楊松林可要把我們都毀了！」「楊松林？您說個仔細。」祁子俊說。余先誠說：「自從楊松林做了鹽道，炒賣『鹽引』風氣日盛，市面上官鹽價格越來越高，官鹽就走不動。而私鹽氾濫，他身為鹽道不僅不著力查處，還同私鹽販子暗中勾結，收取私鹽販子的好處。如此以來，原本人人爭而不得的官鹽生意就沒人敢做了。那些世代靠經營官鹽發財的大鹽商，打點了楊松林，推掉了官鹽差事，改作別的買賣去了。」

祁子俊當初本可攬下整個三晉鹽務，但他留了個心眼。一則不必弄得鹽商世家怨恨他，二則讓老鹽商生意照做，還可遮掩他同太平天國的鹽業生意。不然，如果山西只有祁家獨霸鹽務，他往太平天國販鹽的事就很容易露底。而楊松林的作為，他早就料到了，其實可以說，這正是他精心布下的棋局。他在余先誠前面也不便全說真話，只道：「余世伯說的事情，我都知道了。我替各位票商代繳『練餉』，獲取了相應的『鹽引』。開始那陣子，官鹽生意還好做，後來就越來越難了。好歹楊松林沒有從我的『鹽引』中撈太多好處，我的生意還可勉力維持。不曾想，整個鹽政，弄成這樣了。」

余先誠說：「除了您義成信，沒人再敢做官鹽生意了。楊松林逼迫那些沒有後臺的富商接手。誰只要一接手官鹽生意，不是血本無歸，就是傾家蕩產。」祁子俊問：「是嗎？」余先誠道：「事情還沒完哪！誰不就範，他就設法害你。」祁子俊故作糊塗，問：「官鹽走不動，鹽課就上不來呀？」

余先誠說：「最近，楊松林就想了兩個轍，一是票號墊付，二是大戶分攤。現在是窮人日子難過，富人比窮人更難過呀！」祁子俊又問：「剛才來了這麼多商界的頭面人物，怎麼不見誰提起這事？」

余先誠嘆道：「誰敢呀？百盛昌的馬財東，向巡撫袁德明告了楊松林，哪知道袁德明同楊松林是同穿一條褲子的。馬財東現在還在太原府關著哪！從此，大家都是敢怒不敢言，誰也怕出頭了！」

祁子俊其實心中早有算盤，卻不敢透露，只說：「余世伯，楊松林這個人，我略有所知。只是我空有職銜，並無寸權，又奈他何？」

「撫臺、鹽道對您如此奉迎，肯定您在上面是說得起話的。我替山西所有財東、掌櫃和生意人求您了！」余先誠說罷就跪了下來。祁子俊忙扶起余先誠，說：「余世伯，您千萬不要這樣。子俊此時不能同您多說什麼，您……您就暫且忍忍吧。」余先誠望著祁子俊，很是失望的樣子。祁子俊迎著余先誠的目光，半字不吐。余先誠搖頭嘆息，無奈退出。

夜裡，祁子俊同蘇文瑞、寶珠一塊兒說世禎的事。祁子俊說：「素梅，我對她不住。事情已經如此了，我後悔也沒辦法。世禎記恨我，我也不怪他。但這裡畢竟是他的家，我想讓他好好住在自己家裡。這分家業，還指望他同弟弟共同承擔起來啊！」

寶珠說：「我也勸過世禎很多次，這孩子強。」祁子俊說：「世禎自小跟著蘇先生，他很聽蘇先生的。」蘇文瑞說：「世禎對我還算尊敬。但在這件事上，他未必就肯聽我的。」

祁子俊說：「我其實很想去看望一下岳父岳母，又怕惹得兩位老人生氣。還是拜託你們上門去看看，一來轉達我對兩位老人的心意，二來說服世禎住回來。」

寶珠望望蘇文瑞，說：「好，我們去試試吧。」蘇文瑞說：「要去今晚就去。」祁子俊說：「我給兩位老人每人帶了件皮襖子回來，是個心意，請他們一定收下。」

寶珠馬上叫了車馬，趕往關家去。沒多時，到了關家大院。見是寶珠和蘇文瑞，家丁忙讓入客堂。關近儒夫婦迎了出來。

寶珠笑著說：「伯父、伯母，您二老好！」蘇文瑞拱手道：「近儒兄、嫂子！」關夫人說：「兩位快快請坐。」寶珠嬌嗔道：「文瑞，你每回都同關伯伯稱兄道弟，老說你也不改。我可是叫伯伯呀！」

關近儒同蘇文瑞哈哈大笑。關夫人也笑了，說：「傻孩子，俗話說，家有三門親，各人認各人。你是你的輩分，他倆是他倆的輩分，不礙事的！」關近儒說：「蘇先生，您日子可是輕鬆自在，又有寶珠姑娘侍候著。」寶珠在旁撒嬌兒，說：「誰侍候他呀！」

關近儒同蘇文瑞相視而笑。蘇文瑞說：「我現在只是收拾收拾園子，看看書。百無一用是書生，別的，我也做不了。」關近儒道：「蘇先生過謙了。夫子有云，君子不器嘛！」

寶珠說：「好久沒來看望您二老了。這次二少爺回來，特意給您二老帶了皮襖子回來，讓我們送來。」關近儒望望關夫人，沒有說話。關夫人說：「感謝他還記著。」關近儒冷著臉說：「帶回去吧，我們受不起！」關夫人說：「近儒，你別這樣！」

關家驥這會兒正好進客堂來，聽了關夫人的話，便說：「娘，那個狼心狗肺的東西，您老怎麼還護著他？」「家驥！」關夫人笑笑，望望蘇文瑞，不好意思，「對不住了，他們父子都是這脾氣，讓蘇先生笑話了。」蘇文瑞說：「不不不，換了我，也會有脾氣的。但是，旁觀者清。我想近儒兄真同我換了位置，他準會來勸我了。」

寶珠說：「就是嘛！我家二少爺，早幾年我看著也著急。這些年啊，他可是一年一個樣兒。懂得替祖宗增光了，懂得孝敬老人了，也懂得疼孩子了。老人家眼裡看年輕人看什麼？不就看重這些嘛！」

關家驥很是不屑的樣子：「還不是投機鑽營賺了幾個臭錢？」關夫人見兒子如此說話，很覺丟臉，怒道：「家驥，你出去，不要在這裡多嘴！」關家驥也不坐下，仍站著不動。關近儒說：「蘇先生，我傍晚時聽夥計說，義成信今天遇著些件稀罕事？」蘇文瑞問：「您是說舊匯票的事嗎？」關近儒點點頭。

蘇文瑞說：「果有其事。可巧啦，比說書還巧。」關近儒說：「我聽說，子俊處理這件事還算聰明。」蘇文瑞說：「近儒兄如何只說他聰明？今天到場做中的財東、掌櫃們對子俊可是讚口不絕啊！」

關近儒笑道：「他用別人家的一萬多兩銀子，為他家義成信買了塊流芳千古的金字招牌，還不聰明？」關家驥哼了哼鼻子，說：「這個人就是狡猾！」蘇文瑞朝家驥笑笑，回頭對關近儒說：「近儒兄如此說，也自有道理。但是，子俊這麼做，你也不得不承認他守信重義啊！」關夫人說：「就是嘛！近儒，你也別拿老眼光看子俊了。」寶珠說：「二少爺掛念世禎，想讓世禎住到家裡去。」

關夫人說：「我也是這麼想的，世禎畢竟是祁家人，兩兄弟也是共血共肉的，是該住在一起才像話。可這孩子強，我也不好多說，顯得我做外婆的嫌他似的。」

寶珠說：「今天二少爺硬說要來看望兩位老人，我勸住了。我怕您二老還生他的氣，到時候僵著了，大家面子上不好看。」

關夫人說：「我們兩個老骨頭，他不看也罷。世禎畢竟還是他的兒子，他該多關心些才是。」蘇文瑞說：「近儒兄，您二老要是同意，我就去勸勸世禎。」關夫人望著關近儒，希望他拿主意。關近儒沒有吭聲，只點點頭。便有婢女領著蘇文瑞出去了。

寶珠仍留下來說話兒。寶珠本來就是個很會討老人開心的人，今天是怎麼著能讓關近儒同關夫人高興，就怎麼說話兒。關夫人樂得眉開眼笑，平日拘謹慣了的關近儒也直誇寶珠真是個好姑娘。

關夫人說：「寶珠姑娘，祁家那麼一大家子事兒，家裡又沒個大人，都在你一人肩上，你可真能幹呀。」寶珠說：「哪裡啊！都是應該的。老夫人雖說是認我做乾女兒，待我真是比親娘還好。我寶珠沒什麼可以報答的，替她老人家看好這個家吧。」關夫人嘆道：「我那親家母，可是個仁德之人啊！」

聽了夫人的話，關近儒也感慨起來：「眼看著一個顯了敗相的家，讓子俊折騰幾年，倒也紅火起來了，我同你伯母看著，怎麼不高興？但是，子俊這個人……太傷我們的心了！」寶珠說：「二少爺縱有千萬個不好，都是過去的事了。看著兩個孩子，您二老呀，還是把心放寬些。」正說著話，蘇文瑞領著世禎來了。世禎喊道：「寶珠姑姑！」寶珠忙招了手，把世禎攬到身邊，拉著他的手，說：「世禎這幾年可是見風長啊！」世禎低了頭，說：「外公、外婆，我跟先生和寶珠姑姑回去吧。」關夫人聽著樂了，說：「蘇先生，您可真有本事！才這會兒工夫，就讓世禎聽您的了！」蘇文瑞笑笑，說：「我祖上蘇秦，身掛六國相印，憑的就是三寸不爛之舌！」

關近儒笑笑，說：「我的掌櫃伯興先生，就讓您這三寸不爛之舌蠱惑住了啊！」蘇文瑞忙說：「慚愧慚愧！」關夫人聽著丈夫的話，臉上不好過，說：「近儒你也真是的，哪有這麼開玩笑的！」寶珠笑道：「伯母，他倆隨便慣了，由他們吧。」關夫人說：「世禎今晚就別急著走吧。我明天幫他收拾一下，讓人送回來。」寶珠應道：「好，我們就回去了。這麼晚了，擾得您二老覺都睡不了。」關近儒說：「寶珠，那兩件皮襖，你還是帶回去吧。」寶珠撒起嬌來，道：「關伯伯，您老可是駁我的面子哪！」關夫人從中圓場：「近儒，領了子俊這分心意吧。」關近儒便不說什麼了。寶珠便說：「還是伯母知道疼寶珠。」關夫人笑笑，道：「寶珠這孩子，就是惹人疼！」

寶珠站起來，摸著世禎的頭，說：「世禎，姑姑等著你回來啊！」世禎點頭應承。關家驥卻是滿臉的不高興。

第二天，祁家才吃過早飯，聽得有人喊道，世禎回來了。祁子俊忙領了世祺，同蘇文瑞、寶珠迎到大門口去。見了遠處的馬車，祁子俊眼睛溼潤起來。馬車在門口停下，世祺飛跑過去，一個勁兒地喊「哥哥」。世禎下了車，頭仍低著。祁子俊上前招呼道：「世禎，回來啦！」

世禎低頭不語。祁子俊說：「世禎，我同弟弟，寶珠姑姑，你先生，都盼著你回來。回來了，好！好！」寶珠急得不行，走到世禎跟前，悄悄兒說：「世禎，叫爹呀！」世禎抬起頭，只望望蘇先生，喊道：「先生！」祁子俊只裝作沒事的樣子，說：「世禎，進去吧，我給你把房間都收拾好了。」寶珠在旁說：「你爹不讓別人幫忙，他自己收拾的。」世禎抬頭望了眼祁子俊，眼睛飛快地閃過去了。

晚上，祁子俊本想陪著世禎說說話，可他有件要緊的事必須辦了，就囑咐了寶珠，自己獨自出門了。原來，他要去看看水蝸牛的老婆。左右打聽了很多人，才找到了水蝸牛的家。水蝸牛的老婆劉氏不認得祁子俊，驚恐萬狀，問：「您是……」

祁子俊說：「我是牛兄弟的朋友，祁子俊！」劉氏聽說是祁子俊，撲通跪了下來，說：「祁公子，祁少爺，請您饒了我們吧！我那男人不是東西，他聽信楊松林的話，害得您好苦啊！」祁子俊說：「嫂子，你不要這樣。牛兄弟是條漢子，他只是交結了壞人。我不怪他。」劉氏哭訴道：「我那男人，他該千刀萬剮！可是官府裡的人，比他還壞！楊松林派人帶走他，再也沒消息了，不知是死是活！」

祁子俊也不知道水蝸牛的下落，只是料想他凶多吉少。可他不便點破，只道：「嫂子，牛兄弟不會有事的，你放心。我這裡有五千兩銀票，你先拿著吧。」劉氏連忙搖手：「不敢，不敢，我哪能要您的銀票！」祁子俊說：「十多年前，我欠下牛兄弟三千兩銀子。這麼多年了，連本帶息，也該這麼多了。那三千兩銀子，可救了我的命啊。」劉氏說：「我都知道，那哪是救您啊，他們設的圈套害您啊！」祁子俊說：「嫂子，都過去了，別再提了。您好好帶著孩子，有難處就找我吧。」劉氏感激涕零，作揖不迭：「謝謝了，謝謝您的大恩大德，祁少爺！」

祁子俊在家呆了幾天，楊松林專程登門看望祁子俊。楊松林沒有官服打扮，也沒帶隨從，坐的也不是官轎。李然之陪了來，只把楊松林送到祁家，就回去了。祁子俊很是客氣，說：「楊大人專門趕來探望，子俊擔當不起啊！」

楊松林豪氣衝天的樣子，說：「應該的，應該的。撫臺大人說，他近日手頭有些事，走不開，讓我代他問候您。您如今也難得回祁縣一趟，我們這些在貴鄉當差的，應該上門問著些。有哪裡不方便的，有哪裡需要我們代勞的，吩咐一聲。」祁子俊說：「回到自己家裡，沒什麼不好的。謝謝楊大人跟撫臺大人。」

祁子俊便領著楊松林遊園，兩人談天說地，好不親熱。楊松林總想把話題往京城上面扯，祁子俊卻故作淡泊，說起議政王、軍機大臣、戶部尚書黃玉昆，語氣也是淡淡的。楊松林卻聽得兩眼發直，總想探聽些細枝末節。祁子俊便故意說得雲遮霧罩，叫人不識深淺。

他倆談興正濃，家人過來恭請用餐。祁子俊就說：「今天我沒讓任何人作陪，就我們倆，好好兒喝幾杯，怎麼樣？」楊松林應道：「如此甚好！」祁子俊吩咐下去：「我同楊大人就在這園子裡吃了。」

沒多時，涼亭的石桌上便擺好了酒菜。丫鬟倒了酒，侍立一旁。祁子俊說：「你們也下去吧。」丫鬟應聲而下。祁子俊舉起酒杯敬楊松林：「楊大人，子俊敬您！」

楊松林捂了酒杯，說：「我先說句話，看祁大人依還是不依。」祁子俊說：「楊大人請吩咐！」楊松林笑道：「這私下裡沒有外人，您我都不必拘禮，兄弟相稱如何？」祁子俊朗聲大笑：「子俊就高攀了。松林兄，老弟敬您！」楊松林這才舉了杯：「子俊老弟，松林痴長十幾歲，只好在您面前充兄長了。來，乾吧！」

兩人邊喝邊聊，又爭著酌酒。祁子俊說自己畢竟是主人，非把壺不可。楊松林便不再爭搶酒壺，由祁子俊一杯一杯酌去。沒多時，一壺酒已喝去大半。楊松林說：「松林我對老弟可是非常敬佩啊！您生意做得好，場面上又走得開。能讓議政王如此賞識，不得不叫人刮目相看哪！」

祁子俊卻搖頭嘆道：「唉，也有難處呀！」楊松林哈哈大笑：「您在京師交結那麼寬廣，哪有難倒您子俊老弟的事？」祁子俊說：「唉！別人辦不了的事我辦得了，得益我交結寬廣；可是我有苦難言，也是因為交結寬廣！」楊松林問：「此話怎講？」祁子俊神祕地說：「我的大宗生意，除了協餉、解京餉，就是各方朋友的存款。」「您所說的朋友可都是……」楊松林沒有把話說破。

祁子俊無聲地點點頭，說：「對對對，正是松林兄說的那些朋友！這裡也沒外人，明著說吧。那些王爺、貝勒、貝子、福晉，尚書、侍郎，還有宮裡太監，都往我那裡存銀子。外放的道臺、撫臺、制臺，也把銀子往我那裡存，好回京時方便些。這可就是個麻煩呀！」

楊松林不以為然，說：「這些都不是需要掩著藏著的，誰都知道的，還有什麼麻煩？」

祁子俊仍是搖頭：「松林兄可能還沒聽說吧？四川巡撫張化元被參了，革職查辦。他的銀子一向存在京城大德盛。朝廷一查，大德盛也受了牽連，全仗東家打點得好，只把大掌櫃捉去打了板子。好險哪，票號差點兒充公了！」

「有這等事？松林偏居太原，耳朵不靈。」楊松林說。祁子俊說：「您知道的，時下當官的誰也不敢把銀子放在家裡，連時下流行的小票，家裡也不敢放多了。就怕遇事抄了家，逮個正著。最保險的，就是存在票號裡。可是，張化元案子一出，可把這些大人們急壞了。」

楊松林不語，望著祁子俊點頭。祁子俊說：「都只因議政王決意懲腐除貪！議政王說，這十幾年，朝廷顧著剿滅長毛，對百官管束放鬆了些。不曾想，你放一尺，他鬆一丈。不再整頓吏治，大清要完了！」

楊松林點頭稱是：「對對對，議政王高瞻遠矚。」祁子俊笑笑：「可是，議政王這高瞻遠矚讓有些人聞風喪膽哪！京城裡那些耳朵靈的，就把銀子紛紛轉到我義成信。他們以為我同議政王走得近，只有存在義成信最安全。唉，他們高枕無憂了，我可是怕呀！萬一有天，議政王問我個窩贓罪，我義成信就完了。」

楊松林笑道：「子俊老弟多慮了。議政王不會把所有票號都封了的，不光生意人需要你們，朝廷也需要你們，還有……文武百官也需要你們！」「哦哦，對對對！松林兄所言極是。」祁子俊故作茅塞頓開的樣子，可馬上又面露憂色，「但票號裡官員存銀過多，無異於棉絮裡面包炭火呀！」楊松林說：「老弟，你只看到害處，沒有看到利。官員們多把銀子存在義成信，他們就得設法兒護著義成信。說句大逆不道的話，議政王這個王爺，說到底還是需要文武百官幫著他做的。他也不敢把大家都得罪了！」

祁子俊吃驚地望著楊松林，說：「啊呀呀，松林兄，您可真是久歷官場，見識不凡哪！您這句話可把我點清醒了！對呀，是這麼回事！來，松林兄，就為您這句話，我要敬您一杯！」

兩人碰杯乾了，一飲而盡。可祁子俊突然又擔心起來，說：「我腦子多轉個彎兒，又糊塗了。畢竟議政王到底是議政王，改天他要查誰，懷疑到我票號上頭來，不照樣要查？」

楊松林大搖其頭，說：「反正王爺跟官員們的銀子是要個地方放的。放在票號裡靠不住，放在家裡更危險。您的票號比別的安全，自然就存在您的票號了。這就叫兩害相權取其輕！」

祁子俊一副醉態，說：「松林兄，真是酒逢知己千杯少。來，再喝！」楊松林舉了杯說：「子俊老弟真是海量。」

祁子俊口齒有些不清了：「松林兄，官員們存了銀子，也不敢拿折子回去，就在我那裡立個帳。用銀子時，也在我那裡記個帳。連名字都不是真的，我給他們都另外起了個名字。他們如此相信我義成信，可是真給我面子呀！」

楊松林嗨嗨一笑：「這叫上有王法，下有辦法！」祁子俊傻傻地笑著，說：「有回，我……我同一位撫臺大人講，您乾脆用皇上的名字存錢，沒人敢查！」祁子俊說罷，倒在桌上。

楊松林酒量似乎大些，還挺得住，忙招呼來人。立即就來了幾個家人，扶著祁子俊出了園子。寶珠聞信，趕到祁子俊房間，輕聲責怪：「二少爺，您也真是的，不把自己身體當身體。同他也酒逢知己千杯少不成？」

祁子俊含含糊糊說：「楊大人……我倆……親兄弟似的。」寶珠回頭罵人：「都是木魚腦殼，不喊就不知道動！你去倒熱水，你去倒茶！也不知道勸勸二少爺，醉成這個樣子！」

這時，阿城進來，見祁子俊醉得不省人事，拉過寶珠說話：「知縣吳國棟大老爺來了。」寶珠說：「二少爺這個樣子，怎好見人？」祁子俊卻聽見他們說話了，道：「不，不，不妨，你們扶我……我起來！我沒醉！」阿城望望寶珠，只好扶起祁子俊。祁子俊跌跌撞撞地走到椅子邊坐下，說：「去，請吳國棟到這裡來說話。」吳國棟進了祁子俊房間，聞著逼人的酒氣，卻不敢捂鼻子。吳國棟說：「祁縣知縣吳國棟見過祁大人！」祁子俊半睜了眼睛：「坐吧。我剛才陪楊松林大人多喝了幾杯，失禮了！」吳國棟說：「哪裡！吳某不速而訪，失敬的是我哪。」

祁子俊說：「不必客氣，請用茶！」吳國棟報道：「祁大人兌換老村婦陳年匯票的事，美名遠揚，下官十分敬佩。祁縣商界幾位頭面人物專門找到縣衙，說起此事，感慨不已。他們倡議，要為您送塊金字牌匾！」祁子俊說：「吳知縣，我所做的只是生意人的本分，哪當得起如此殊榮？免了免了！」吳國棟說：「祁大人不必推辭。牌匾已經做好，明兒就送來。我區區知縣給祁大人送匾，似有不敬之嫌。可是我想著自己代表祁縣父老，心裡就安妥些了。今兒登門，就是先來稟告一聲。」祁子俊說：「哎呀呀，這怎麼成呢？好吧，既然是父老鄉親的美意，我只好接受了。」吳國棟知道不便久留，忙說：「祁大人，我就不多打擾了，您歇著吧。」祁子俊笑道：「我不便遠送，失敬失敬！」

其實祁子俊並沒有喝醉。次日一早，祁子俊醒來，問身邊家丁：「楊大人呢？嗨！昨兒個喝多了，怠慢客人了！」

家丁報知：「楊大人起得早，正在園子裡走著哪！」祁子俊忙洗漱了，趕往園子裡。遠遠的就見楊松林在花園裡低頭散步，似乎滿腹心事，無心欣賞園中美景。祁子俊走過去，招呼道：「松林兄，失陪了，失陪了。我昨夜喝多了，真對不住。」

楊松林笑道：「哪裡哪裡，我也醉得差不多了。」祁子俊說：「松林兄海量，子俊不是您的對手啊！」楊松林客氣幾句，道：「子俊老弟，我有件事，請您幫忙。」祁子俊說：「松林兄但請吩咐！」

楊松林煞有介事地打量了四周，低聲說：「王爺們往票號裡大把大把存銀子，這不是稀罕事。可是有位王爺的銀子一直託我保管著，您聽著可就稀罕了。」

祁子俊驚愕道：「啊！」楊松林神祕而笑，問：「您不想知道是哪位王爺？」祁子俊惶恐道：「我不敢問，也不敢知道！」

楊松林笑笑：「您不敢知道，怎麼幫我的忙呢？」祁子俊忙搖手說：「松林兄別害我！官場上的事，多聞是禍！」「可我必須告訴您！」楊松林望著祁子俊，笑容裡透著陰險。祁子俊望著楊松林，只知搖頭，嘴裡吐不出半個字。

「議政王！」楊松林壓著嗓子說道。祁子俊既驚且疑的樣子：「議政王？」楊松林說：「正是！議政王一人之下，萬人之上，自己多少攢些家財，也是人之常情。可這事兒畢竟不能讓天下人知道啊！」祁子俊似乎輕鬆過來，說：「議政王的銀子，沒人敢過問，您怕什麼？」

楊松林說：「這些銀子，我分存在好幾家票號裡。萬一哪天上頭查案子，帶了出來，我怎麼交代？說這銀子是議政王的嗎？我要掉腦袋！承認銀子是我自己的嗎？我也要掉腦袋！」

祁子俊沉吟道：「這倒是個麻煩。多少？」楊松林不答，只說：「您不答應幫忙，我不能告訴您！」祁子俊連連擺手：「松林兄，子俊萬萬不敢接這筆生意！」楊松林說：「子俊老弟，您是不肯幫這個忙？」祁子俊很是為難，說：「松林兄，可否聽我講句實話。」楊松林道：「子俊老弟請講。」

祁子俊說：「我根本弄不清這銀子是私銀、官銀還是……贓銀，甚至根本不知道這到底是誰的銀子。先父就因為存了朝廷銀子，讓祁家和義成信陷入絕境！松林兄，此事萬萬不可！」

楊松林笑笑，道：「其實您根本不用管這是什麼銀子，只要知道它是白銀就行了。我本也可以說這就是我楊松林的銀子，可是我不想白白背了名聲。議政王等於就是當今皇上，他富甲天下，不在乎手頭多幾張銀票。」

祁子俊說：「松林兄如此說，我倒真不知道這是您的銀子，還是議政王的銀子了。」楊松林反問道：「是我的銀子如何，是議政王的銀子又如何？」祁子俊說：「是您的銀子，我就放心存了；是議政王的銀子，我擔的風險就大了。」楊松林笑得有些油滑，道：「您就當真真假假吧。」祁子俊正色道：「金子是黃的，銀子是白的，豈可真真假假！」楊松林賠笑說：「子俊兄，銀子真是議政王的，您就只當是我的吧。」祁子俊說：「說句對不住兄弟的話，您我過去多有誤會，若真是您的銀子，您就不怕讓我抓了您的把柄？」楊松林哈哈大笑道：「子俊老弟，您倒真是直爽哪！您我都是明白人，我知道您不會說出去的。」祁子俊笑笑，說：「您可吃準我了？」

楊松林又是哈哈大笑，然後說：「您會想，這銀子萬一真是議政王的呢？您就不敢說。哪怕您拿準這就是我楊松林自己的銀子，您也不敢說。義成信的信譽比您我過去的誤會更重要！」

祁子俊也大笑起來：「佩服！松林兄可真是點住我的死穴了。好，我答應存了議政王這筆銀子！」楊松林拱手道：「松林我萬謝了！」祁子俊問：「我帳上名字用誰的？」楊松林說：「自然是議政王。」祁子俊問：「多少？」楊松林淡淡地說：「不多，一千五百萬兩！」祁子俊暗自吃驚，臉上卻很從容：「一個議政王，一千五百萬兩銀子，倒也不多。」楊松林說：「日後時時會有進帳，我隨時代他轉存過來。」「我只好遵命了。」祁子俊又叮囑楊松林，「您可千萬不能讓議政王知道銀子存進我義成信了啊！」楊松林說：「我哪敢在他老人家面前說銀子的事？借我十個膽我也不敢講啊！」

這時，家人急急跑來，說：「祁少爺，大門口跪了好多人！」

祁子俊驚問：「吳知縣他們來了？跪著幹什麼？」家人說：「不是吳知縣他們，是百盛昌馬財東家裡幾十號人，哭喊著要見楊大人。還有別的商家財東也來了。」楊松林怒道：「真是大膽！去，老子拿了他們！」

楊松林說著就往園子外面走去。祁子俊勸他息怒，這是在祁家，一切概由自己處置。楊松林哪裡肯依，徑直就趕到了大門口。

馬財東夫人見了楊松林，哭喊道：「楊大人，您就開開恩吧，放了我們家老爺！」

楊松林粗著嗓子喊道：「你們這是怎麼了？馬財東自己抗交鹽課不說，還鼓動別的鹽商對抗朝廷，真是膽大包天！本道拿了他，自會秉公辦案。你們哭哭鬧鬧的，我就能徇情枉法了？」

余先誠說：「馬財東只是告狀，沒有犯法。衙門就是老百姓說話的地方，百姓有冤，不向衙門裡說到哪裡說去？」楊松林瞪著眼睛：「你什麼人？」余先誠說：「小民余先誠，永泰源票號大掌櫃！」楊松林冷冷一笑：「余掌櫃，你的膽子可真不小呀！你就不怕本道也拿了你？」

余先誠說：「有理走遍天下，無理寸步難行。您是道臺大人，自然可以拿我。我是小民，沒有別的本事，鳴冤叫屈不用人教。您如果不放了馬財東，不免去強行攤在我們頭上的鹽課，我們要聯名告你！」楊松林喝道：「把這個人拿下！」

楊松林見無人上前抓人，立時愣住了。他似乎這才想起自己並沒有帶上一兵卒。祁子俊只好出來圓場：「各位街坊、財東、掌櫃，你們也太不給我面子了。你們有天大的事，要哭要喊也應該到衙門裡去，怎麼跑到我家門口來呢？你們就算要找楊大人陳情，也應該到他衙門裡去，也不該找到我的門上來。他到我家來了，就是我的客人。」

祁子俊走下臺階，扶起余先誠，說：「余世伯，拜託您說句話，讓大家回去吧。你們想說的話，我替你們同楊大人說。楊大人也只是說說，哪會當真拿了您？回去吧。」楊松林見有了臺階下，便拂袖進去了。祁子俊勸說半天，大家才罵罵咧咧地回去了。祁子俊回到客堂，向楊松林賠罪：「松林兄，敝鄉民風強悍，多有衝撞，不好意思。」

楊松林說：「哪裡哪裡，他們是衝我而來，騷擾了貴府，楊某慚愧！」祁子俊忽又提起存銀子的事，說：「松林兄，我想來想去，那存銀子的事，我還是拿不準。您還是存在別處算了。」

楊松林笑笑，說：「子俊老弟，您這樣就不夠意思了。您是聽說他們要告我，就怕了？我身在官場幾十年，告我的人豈只一個兩個？放心吧，我楊某大風大浪都見過，沒那麼容易翻船！」

祁子俊沒有辦法，只好應承下來：「好吧，您如此信任，我再推脫就真不夠朋友了。」

用過早餐，喝會兒茶，家人過來報信兒，說是知縣吳國棟領著人送匾來了。祁子俊朝楊松林笑笑，說：「他們就是太客氣了。」楊松林說：「子俊老弟如此講信用，當之無愧啊！」祁子俊說：「松林兄一道看看去？」楊松林說：「我去了，知縣吳國棟又多個人要應酬，就別給人家添麻煩了。」祁子俊道：「也好，松林兄就自便。」

祁子俊命人打開正門。寶珠、蘇文瑞同阿城伴隨在祁子俊身邊。吳國棟領著眾財東敲鑼打鼓地來了，那位兌匯票的老婦人自然也來了。匾額叫人高高地抬著，上書四字：光昭世德。

到了大門口，吳國棟抬手壓壓，鼓樂停了。吳國棟清了清嗓子，高聲喊道：「近些年，國家多事，百姓多災，因此，有人感嘆人心不古，江河日下。非也！正二品授資政大夫、義成信財東祁子俊大人守信重諾，實乃上德大善，為商家楷模，令人感佩！」

那老婦人立馬跪下，道：「我千言萬語說不出，保佑祁家日進金來夜進銀，保佑祁財東福星高照，官越做越大！」

吳國棟說：「祁大人守信重義，大有祖風。『光昭世德』四個字，正是這個意思！」

鼓樂又起，匾被抬進大門。楊松林正在院裡頭閒蕩著，見眾人熱熱鬧鬧而來，忙閃身躲了。金匾被懸掛在正堂門首，煞是氣派。當日，楊松林辭別祁子俊，往太原去了。他留下話，馬上著人在義成信太原分號辦理存銀子的事。祁子俊應允了，又派人火速趕往太原，如此如此吩咐了。

祁子俊在家裡又呆了幾日，同世禎慢慢兒說上話了。見孩子不再那麼冷淡自己，心也就放寬些了。估計楊松林存銀子的事辦得差不多了，就把總號同家裡的事統統調理了，就啟程回京。

到了太原，祁子俊徑直去袁德明府上拜訪，細細地說了鹽政混亂，民怨沸騰的事兒，勸說袁德明早拿主張。袁德明本來就有些心虛，他聽出祁子俊有向著自己的意思，便問：「依祁大人意思，我該怎麼辦？」

祁子俊說：「要看袁大人自己怎麼辦。議政王當年為整頓鹽政動過不少腦子，很有成效。先皇跟太后對此很賞識，議政王自己也頗為得意。可是，才過了多少年？又是炒賣『鹽引』，縱容私鹽，鹽課虧空，強攤鹽課，怨聲載道。議政王知道了，可是要掉腦袋的！」

袁德明搖頭嘆道：「怪我失察呀！」祁子俊說：「袁大人不必過於自責。要說責任，首當其衝的不是您袁大人。暫且不說這個，我擔心的是事情很快就會捅到議政王那裡去的。山西富商中間，通天人物可多啦！」袁德明說：「可是，松林是我多年的朋友，我又怎好參他呀！」

祁子俊道：「楊大人同我也是故舊。但是，如果等著百姓告他，不如您自己先參了他。一則，百姓告狀，多憤激之辭，最易惹怒上頭，不由分說就給楊大人治了罪。您去參他，只是據實道來，尚可功過分明。二則，百姓告狀，不明真相，妄加附會，說不定將您也牽了進去。到時候，您非但不能替楊大人說句公道話，連自己都會被誣陷了。」

袁德明顯出無可奈何的樣子：「如此說，我只好對不起松林了。可是，不參則已，一參他的腦袋只怕就保不住了！」祁子俊說：「也說不上對不起他，您這都是為了朝廷。再說，我不相信松林兄必有貪墨之嫌，上頭自會公斷。對了，祁縣馬財東，煩請您關照著。松林辦事很是幹練，只是手段未免有些狠，怕萬一鬧出人命，連累了您哪！」

袁德明說：「祁大人，感謝您提醒我啊！我明天就放了馬財東。」祁子俊說：「不著急，撫臺大人。您只讓馬財東吃好睡好，別讓他再吃苦。等您把楊松林參下來，這邊再放人。怕打草驚蛇！」袁德明點頭道：「祁大人所言極是。唉，這個楊松林，也太不像話了！怪不得我不講交情啊！」

第四十章

祁子俊今天興致甚好，攜潤玉去京西郊遊。兩人下了馬車，但見山峰秀麗，青嵐出岫。一路所見，皆是雅致的園子。潤玉問道：「子俊，你怎麼想著帶我來這裡？黃玉昆也帶我來過。」

祁子俊說：「我聽說黃玉昆在此蓋了園子，過來看看。」潤玉佯裝生氣，說：「我還真以為你發了善心，捨得陪我出城來散散心哩！」祁子俊道：「最近黃玉昆用度很大，他府上的人隔三岔五去我號裡取銀子。」潤玉問：「子俊，你想做什麼？」祁子俊說：「你別多問，我自有打算。」

潤玉這才沒了小脾氣，說：「我明白你的意思。我想，乾脆把我爹留下的證據交給議政王，他們就完了。」

祁子俊說：「潤玉，朝廷的事情，哪有你想的那麼簡單？你爹那證據，牽涉到的人太多，就不好辦。再說了，你爹留下的證據，別人完全可以不相信的。他們可以說你爹惡意栽贓！」

潤玉問：「多年沒見著瑞王爺了。他應該很老了吧？」祁子俊道：「瑞王爺自從幫太后跟議政王收拾了顧命八大臣，他自己就被涼起來了。他倒是有過想出山的意思，都被議政王擋住了。」潤玉憤然道：「活該！」

不遠似乎在蓋新園子，有些幹活的人進進出出。祁子俊說：「潤玉，那裡可能正是黃玉昆新修的園子，看看去。」潤玉回頭四顧，說：「正是那裡，當時他帶我看時，是處廢園。」祁子俊囑咐說：「潤玉，萬一碰上黃玉昆，你臉上好看些啊。」潤玉說：「我想碰不上的。他一個戶部尚書，哪能天天守在自己園子裡監工？好吧，我聽你的。」

說話間就到了那園子外面。祁子俊同潤玉剛想進園子，叫守門人攔了。守門人很是凶狠：「去去去，說進就進呀！」

祁子俊問：「這裡可是黃大人的園子？」守門人問：「你們什麼人？」祁子俊笑道：「黃大人朋友！」守門人冷了臉說：「黃大人朋友？哄誰呀？黃大人今兒正好在這裡哪！」祁子俊說：「這麼巧？煩請通報，就說祁子俊求見。」

「哈哈哈，是子俊，求見什麼呀，進來吧！」原來黃玉昆正在裡面巡視，隔著山石照壁，聽見外頭說話了。黃玉昆從山石照壁處出來，哈哈笑著：「哦，玉兒也來了。」潤玉施禮道：「潤玉見過黃大人！」黃玉昆假裝生氣：「玉兒怎麼越來越生分了？」潤玉說：「哪裡！當著這麼多下人，潤玉哪敢造次！」黃玉昆回頭問祁子俊：「子俊，你怎麼有閒心來這裡？」祁子俊笑道：「哈哈，黃大人是京華名士，風流儒雅，就不許我們來這神仙樣的地方沾些靈氣了！」

黃玉昆搖頭晃腦的：「哪裡的話，子俊現在說話只知道損我！」祁子俊說：「子俊豈敢！我早聽說這裡是個好地方，很久就想來看看了。我也打算在這裡尋個合適的地方，蓋幾間房子，也好歇下來時有個地方去。」黃玉昆說：「我知道山西商家是不在外頭置房子的，子俊做事跟別人就是不同。」祁子俊聽出黃玉昆的鄙薄之意，只好隱忍著。可他回起話來，無意間也帶著譏諷：「別的尚書不懂風雅，也只會回老家置田產，哪能在京城修園子？」黃玉昆聽出祁子俊的意思，心中頗為不快，他話裡的刺兒就毫不掩藏了：「哦哦哦，我差點忘了，子俊還是我大清正二品大員啊！自然同別的商人不一樣。」祁子俊知道黃玉昆在貶自己，只好吃了啞巴虧，說：「黃大人如此說，真折煞我了。」

黃玉昆領著祁子俊和潤玉四處看看，且走且說。見工匠正在鑿著塊大石頭，上面是「過園」二字，祁子俊問：「黃大人如何將園子叫做過園？」

黃玉昆無比感慨的樣子，道：「百年浮生，無非過客。想我當年青燈黃卷，晝夜面壁，雖然清苦，卻是風華正茂。如今，我被人尊作三朝元老，身居要職，手握大權，可是眼看著就白髮蕭疏，唇搖齒動，垂垂老矣！每念及此，無不傷懷！所以哪，我就修這過園，改天告老，就來這裡聊度餘生吧。」

祁子俊說：「黃大人老當益壯，不該過早作退隱之想哪！」黃玉昆說：「哪裡，老了，老了。今天玉兒怎麼老不說話？」潤玉說：「你們正說得興致，我哪敢多嘴？」祁子俊說：「黃大人，您先忙吧。我再到別處看看去。」黃玉昆道：「好吧，你請便吧。玉兒，沒事來家裡坐坐啊！」潤玉點頭笑笑。

從黃玉昆的過園出來，祁子俊低頭走著，半天不說話。潤玉問：「子俊，你在想什麼？」祁子俊站住，胸口急劇地起伏，半天才狠狠說道：「哼！我這個商人他做不了，他這個尚書我會比他做得好！」潤玉說：「子俊，我聽出黃玉昆在諷刺你。可你也不用往心裡去。黃玉昆，什麼東西！」祁子俊說：「我們不說這些了。這些靠幾句之乎者也起家的迂腐官，我根本就瞧不起！潤玉，你放心，我自有辦法！」潤玉疑惑道：「子俊，你不會真去弄個戶部尚書當吧？」祁子俊笑了起來，說：「真讓我當戶部尚書，我會比這些酸不溜秋的文人好上百倍！他們哪裡懂得理財之道？再說了，我祁某人至少不會去貪！我要花錢，憑自己本事掙去！」

潤玉更是吃驚了：「你這麼說，我倒真的怕了。我可不想讓你去當尚書啊！」祁子俊說：「同你隨便說說，你怕什麼？」潤玉低頭說道：「每想到我爹的遭遇，我就害怕官場。」祁子俊停下腳步，望著潤玉，說：「潤玉，我不會讓你再有害怕的時候。我的心思你早該明白的，你就給我句話吧。」潤玉紅了臉，低頭不語。過了好一會兒，她抬起頭來，望著祁子俊，說：「子俊，告訴我，你是不是很喜歡玉麟格格？」祁子俊著急道：「哪裡的話？」潤玉說：「格格可是吵著又要同你去老家哪！」祁子俊說：「潤玉，你別多心。這個玉麟格格呀，十多年前我在琉璃廠碰著，她是這個脾氣，現在還是個脾氣。她呀，只是個子長高了，性子還是個小孩！」

不料祁子俊這話說得潤玉更是傷感：「我要是父母雙全，我也長不大，也會成天在爹娘面前使性撒嬌。」祁子俊抬手護住潤玉肩頭：「潤玉，你有我哪!你可以在我面前使性撒嬌。潤玉，我心裡可只有你啊！」潤玉抬頭望著祁子俊，發呆似的看了半天，突然把臉一紅，說：「子俊，我答應你！」祁子俊聽了，不相信這是真的：「潤玉，真的?你真答應我了？」「什麼蒸的煮的？」潤玉說罷背過身去。

馬車在原地等著，祁子俊牽著潤玉，上了車。祁子俊試探著碰碰潤玉的手，見潤玉手沒有收回，就抓住了。潤玉猛地收回手，眼睛望著別處。祁子俊再次握住潤玉的手，潤玉再也沒有抽回去。

半路上，祁子俊莫名其妙地心神不寧。他怕票號有什麼事，把潤玉送到家門口，就匆匆回去了。他坐在馬車裡，遠遠望得見義成信了，就探出頭來。果然見阿城在門口張望著，很焦急的樣子。心想，只怕真有什麼事了。

阿城見了馬車，早迎到大街上來了：「二少爺，議政王府的人等著您哪，我們沒處找您去。」祁子俊問：「啊!他們人呢？」阿城說：「他們在裡頭哪!等了老半天了，正生氣哪！」祁子俊輕聲說道：「生什麼氣？我又不能天天守在這裡等著哪位王爺召見！」祁子俊進了客堂，就笑了起來：「對不住，讓幾位大人久等了。」

家丞沒好氣，說：「別叫我大人了，受不起。祁大人，我們快走吧，議政王等急了，我可吃罪不起。」「行行，我們就走。」祁子俊回頭吩咐阿城：「招呼著幾位爺，我收拾著就來。」

阿城遞給家丞和隨從們幾張小票，說：「各位爺，辛苦了！」家丞和隨從們接了小票，看了看，還算滿意，揣進口袋。

祁子俊在外頭顯得從容，進了房間就六神無主了。他真拿不準議政王又是什麼事兒找他。他突然站住，拿出枚乾隆通寶，合在手裡搖晃，嘴裡輕聲念道：「乾隆通寶贏，葉爾羌輸！」

祁子俊將乾隆通寶在桌上彈得飛轉，然後拿手猛地蓋住。揭開手來，見是錢背「葉爾羌」，嚇著了。他又輕聲念頭道：「再來兩次，事不過三！」又將通寶彈得飛轉，拿手猛地蓋住。揭開一看，果然是正面「乾隆通寶」。再彈一次，還是「乾隆通寶」。祁子俊點頭一笑，打開一個抽屜，拿出個紙封，揣進兜裡。

走在大街上，祁子俊到底還是放心不下，從轎裡伸出頭來同家丞答話：「議政王沒說什麼事吧？」家丞說：「我們哪敢問？」

一路上誰也不再說話，只有轎子吱嘎吱嘎地叫著。進了王府，家丞領著祁子俊去議政王書房外。正好碰著三寶，家丞問：「三寶，議政王呢？」三寶說：「議政王剛才大發脾氣，摔了東西。玉麟想讓他消消氣，拉他到園子裡散心去了。」家丞問：「你知道議政王為什麼事兒生氣嗎？」

三寶說：「我哪裡知道？聽說是為鹽政的事。」祁子俊聽了，心裡格登一下，卻不敢多嘴。家丞說：「祁大人，您在這裡等等，我去看看。」

家丞躬著腰，小心往花園走，見玉麟拉著議政王賞園子，不敢近前。議政王不經意間看見了家丞，卻視而不見。玉麟卻避著議政王，朝家丞努嘴，不讓他打攪。

祁子俊這邊更加害怕了，說：「這位爺去了這麼久了，怎麼還不回話？」三寶說：「八成是議政王沒有讓他請您！」祁子俊說：「不是議政王自己著他去叫我的嗎？」三寶笑笑，說：「這就是王爺，說想起您了就想起您了，說忘記您了就忘記您了。」祁子俊說：「三寶你可長了不少見識啊！」三寶搖頭道：「別提了，這裡頭的見識啊，可是提著腦袋嚇出來的！」

兩人正說著，家丞跑了出來，說：「快快快，祁大人，議政王叫您去哪！」

祁子俊隨了家丞，急急忙忙往花園裡去。議政王正同玉麟在欣賞奇石獨樂峰。議政王說：「我平時也沒時間細細品味這園中的山石草木。都說這石奇，奇在哪裡？」

玉麟說：「有人說它像魚，我看像壽星。」議政王說：「依你的，從今日起，我就命人叫它壽星石。」玉麟調皮道：「謝謝哥哥。那我明兒見它又像魚了呢？」議政王道：「不許改了。我是議政王，不能朝令夕改！」

祁子俊小心上前，道：「子俊拜見議政王！」議政王回過頭，望著跪在地上的祁子俊。祁子俊又道：「見過玉麟格格！」玉麟說：「怎麼？又叫我格格了？」祁子俊語塞：「子俊……」議政王說：「祁子俊，很難請動你啊！」

祁子俊仍跪在地上，低著頭：「回議政王，子俊正好出門了。等我回來時，知道議政王召見我，誠惶誠恐。」議政王說：「起來吧。你又沒做什麼虧心事，惶恐什麼？」祁子俊說：「效忠朝廷，謹慎為要！」

祁子俊起來，側著身子，跟在議政王後面。玉麟朝著祁子俊笑，故意做鬼臉。祁子俊使使眼色，示意他不敢造次。議政王說：「山西巡撫袁德明參了鹽道楊松林，你聽說了嗎？」

祁子俊微驚，沒想到袁德明的參本這麼快就到議政王手裡了。他尚不清楚議政王的主意，就不直接回答，只道：「子俊這次回山西，倒是聽人說起過山西鹽政有些亂。」議政王說：「楊松林可是你保舉的呀！」祁子俊馬上躬著身子請罪，說：「議政王恕罪！子俊知道楊松林在太原知府任上為官還算幹練，不曾想他做了鹽道，竟會到這步田地。」議政王問：「你知道山西鹽政到哪步田地了？」

祁子俊說：「自從議政王整頓鹽政以來，鹽務井然有序。我是個生意人，自己也辦著鹽務，有些事情倒是道聽途說了些。據我所知，前些年不僅各地鹽課徵繳順利，歷年積欠的鹽課也逐年清償了。但是，像楊松林這般無視大清王法，炒賣『鹽引』，縱容私鹽，致使官鹽滯銷，私鹽氾濫，鹽課拖欠的事，也慢慢有所露頭。」

議政王說：「但是，楊松林做山西鹽道以來，並沒有拖欠朝廷鹽課，戶部去年還為他請過賞哩。」

祁子俊說：「容子俊直言，這正是楊松林最為可惡之處。他一面擾亂鹽政，亂中自肥，一面搜刮商戶，邀功請賞。這是地方官慣用的花招，明明是勒索士紳鄉民，偏偏要說成是百姓樂捐。如此最易蒙蔽朝廷，待上面覺察時，鹽政已到不可收拾之地步！」

玉麟望著祁子俊，點點頭，似有讚許之意。議政王說：「我還收到了山西祁縣幾十戶商人聯名狀告楊松林的信。想來都是些大戶，我在裡頭找來找去，沒你的名字。」祁子俊道：「他們都知道楊松林是我保舉的，哪會找我簽名？再說，我義成信也經營官鹽，他們還會以為我同他是一夥的。不過楊松林並沒有在我的『鹽引』上做文章，我的生意還可以勉強做下去。只是覺著官鹽越來越難銷了。」

議政王問：「如此說，你是豬八戒照鏡子，裡外不是人了？」祁子俊道：「子俊冒死要給議政王看樣東西！」議政王卻是不動聲色，道：「什麼東西？遞上來。」祁子俊遞上一個紙封。議政王接了，打開紙封，驟然變臉，眼裡噴火：「祁子俊，快說，怎麼回事！」

玉麟嚇了一跳，望著議政王，替祁子俊擔心。祁子俊說：「楊松林說，這是議政王您託他保管的五百萬兩銀子！」議政王臉色陰沉，逼視著祁子俊，道：「說說，你是怎麼想的！」祁子俊道：「我敢用腦袋擔保，這五百萬兩銀子，正是楊松林歷年貪汙所得！」議政王說：「那他為什麼要用我的名義存下？」

祁子俊說：「楊松林是不敢在家裡放著白銀或銀票的，哪怕存在票號裡也怕官府查出來。上次四川巡撫張化元案，牽連到票號，各地官員都有所耳聞。楊松林知道議政王對子俊頗為賞識，以為存在我這裡最為妥帖。他又料定我不敢同議政王捅破，才自作聰明，出此險招。」

議政王說：「他的算盤是，萬一有人要查義成信，見著議政王的名字，誰也不敢吭聲了？」祁子俊說：「我猜楊松林正是這麼想的。」議政王忽又冷笑道：「你又怎麼知道這就不是我的銀子呢？」祁子俊說：「議政王的襟懷，裝得下大清江山，裝得下億萬百姓，卻不屑裝這阿堵之物！」玉麟不屑道：「就是嘛，我哥哪稀罕銀子？」

「別抬舉我，阿堵之物我也是要的，上次不是要了你一千萬嗎？這五百萬，我也替朝廷收下了。」議政王笑笑，「來人，傳我的話，都察院速速派人赴山西，先抓了人再說！山西鹽道事務，暫由巡撫袁德明兼管著。」

家丞應道：「是！」議政王又道：「慢！先殺了他再說。」玉麟張皇地望著議政王，說：「哥，你殺個人這麼容易？」玉麟這話提醒了議政王，他覺得似有草率，又叫回家丞：「傳我的話，讓都察院左都御史陳昭來見我。」

議政王望了眼祁子俊，目光讓人頗費琢磨。他說：「楊松林是個清官倒也罷了，是個貪官，在鹽道任上這些年貪汙五百萬兩，也不算太多呀！早些年查過幾個鹽道，貪汙銀兩都在千萬以上啊！」

祁子俊聞言緊張，惟恐議政王猜著他還瞞著楊松林的銀子。他掩飾著內心的慌張，說：「一個鹽道，俸祿不到兩百兩銀子；加上養廉費，每年收入不過三萬多兩銀子；就算各方朋友送些，每年進項滿打滿算不會超過五萬兩。這可是五百萬兩，他得做一百年鹽道才掙得來啊。」

議政王卻道：「楊松林同你家有些過節，本王早有耳聞。」祁子俊壯了膽子說：「議政王意思，我花五百萬血本給楊松林栽贓？回議政王，在山西那邊，買個人頭只要三十兩銀子，楊松林的腦袋沒那麼值錢！」議政王聽罷大怒：「祁子俊，你簡直囂張！」祁子俊馬上跪了下來，渾身顫抖。玉麟從中圓場：「哥，人家只是講句實話。子俊，你也別有事沒事就跪下，起來吧。」議政王沒開口，祁子俊不敢起來。玉麟使了眼色，說：「起來呀，你還要我哥請你起來？」

祁子俊這才起來了，隨議政王繼續遊園。議政王在蝙蝠湖邊的遊廊邊坐下，說：「子俊，你也領著大清正二品職銜，我想問問你，於今之計，朝廷當務之急要抓什麼？」祁子俊說：「我是個生意人，不諳經國大道。今日議政王問起，就依平日最有感慨的，胡亂說說，議政王切勿怪罪。」議政王點頭道：「但說無妨！」祁子俊說：「大清目前百事待舉，但依子俊愚見，首當其衝的是兩件，一是吏治，二是洋務。」

議政王點頭不語，示意祁子俊講下去。祁子俊接著說道：「先說吏治。這些年長毛為患，兵火阻隔，東西不能相顧，南北不能呼應，除了內憂，更添外患，朝廷垂顧不暇，治官失之於寬，察吏失之於鬆。而今，天下復歸平安，欲開創盛世於萬代，必自整肅吏治開始！」

祁子俊說到這裡，停下來，望望議政王。議政王仍是點頭不語，聽憑祁子俊講下去。玉麟望著祁子俊，眼露欽佩之意。

祁子俊又說：「再說洋務。議政王英明，從善如流，主張學習西人之長，順天意而承時運。西人每每氣勢洶洶，無非仗其船堅炮利。惟有創辦洋務，方可師夷制夷。中興我朝，此乃大端。可是，有些官員，西人之長沒學著，西人侈奢糜靡之風倒學了不少。新修房宇，盡西洋之習；居家日用，必西洋之物。說這有損風化，倒是迂腐之論；只是洋貨往往寸貨寸銀，所耗甚巨。依官員俸祿，哪來這麼多銀子？個中究竟，不言自明。」

玉麟微笑著望著祁子俊，又望望議政王，指望他能誇祁子俊。議政王說：「子俊說得在理。你說的這兩條，最重要的還是吏治。吏治不嚴，諸事不成！」

祁子俊說：「現在的風氣，官宦人家子弟，不思讀書做官，報效朝廷，而是沉溺商途，紛紛做起生意來了。他們做生意同百姓做生意不一樣，往往是在洋人同官府間往來，兩頭吃佣金，中間賺厚利，吃虧的是官府跟百姓。議政王，我聽說一件事，很是荒唐。但這件事並無實據，我不敢講。」議政王說：「你知道多少說多少，我不深究。」

祁子俊這才接著說道：「有位一品大員，他的兩個兒子各自替一家洋人公司當差。前不久，大兒子替自己的洋人公司拿到了朝廷採購洋槍的合同，二兒子只拿到了朝廷進口硝石的合同。這兩個兒子都是不肖之子，相互拆臺。也是合該有事，恰好兩兄弟的貨物在德國漢堡上了同一艘輪船。弟弟想讓哥哥虧本，就使了壞招兒，讓哥哥的洋槍莫名其妙地在馬六甲就卸了貨。哥哥呢，也不是吃素的，以牙還牙，設法讓弟弟的硝石卸在了新加坡。」議政王氣極大罵：「混帳！」祁子俊忙說：「王爺息怒！」

這時，家丞過來報道：「議政王，陳昭陳大人來了。」議政王說：「叫他到這裡來吧。」家丞走後，祁子俊輕聲說：「議政王，子俊有句話想說。」議政王道：「說吧。」

祁子俊說：「單是袁德明參的那些事兒，就可以取下楊松林的腦袋了。那五百萬兩銀子，要麼不提，要麼只說是楊松林的贓款得了，不用把議政王您往上頭扯。」議政王望著祁子俊，笑道：「怕外頭講你義成信不替儲戶保密，壞了聲譽？」祁子俊低頭說：「我說不考慮義成信的聲譽，就是假話了；但在這樁事上，我只是為議政王您著想。凡事一成街談巷議，難免以訛傳訛，三人成虎。」

議政王點點頭，未置可否。這時，陳昭來了，拜道：「都察院左都御史陳昭拜見議政王。」祁子俊忙說：「議政王，子俊迴避了。」「不用，你就在這裡吧。」議政王轉而望著陳昭，「陳昭，我收到山西巡撫袁德明參劾鹽道楊松林的折子。」陳昭道：「鹽政敗壞，下官也有所聞。」

議政王黑著臉說：「你速速派人趕赴山西，嚴辦楊松林。先斬立決，再查案子！」陳昭拱手領命：「下官遵命！」議政王又道：「陳昭，你隨我來，我有話同你說。」

議政王便領著陳昭走了，留下祁子俊和玉麟。玉麟說：「子俊，經世治國的大道理，你懂得很多嘛！」祁子俊說：「我懂什麼呀？依我說，治國是沒有大道理的，得樁樁件件的做。我是事情經過得多了，眼睛見著，心裡想著，總有些平常見識。」玉麟道：「哪裡，你這些平常見識，我哥哥平日在尚書、大學士他們那裡可是聽不到的。」

祁子俊聽了玉麟這話，不由得感嘆道：「唉，時勢日新，治國之道，聖賢書裡是讀不來的。」

議政王讓陳昭書房說話，原是想問問吏治上的事。談及吏治，議政王有些坐立不安，背著手在書房裡來回走著。

陳昭陳述吏治之事，目光就隨著議政王轉來轉去：「吏治敗壞，下官難辭其咎。」議政王說：「陳昭，你說說，吏治腐敗已到何種程度了？」陳昭說：「吏治乃朝廷根本，說到如今腐敗的危害，怎麼估計都不過分！」

議政王憂心忡忡地說：「吏治到了這個地步，朝廷是有責任的。我們也不可能把所有貪官都殺絕了。陳昭，你依據各方上來的折子，先擬個十人名單報給我。先殺他十個人再說！對了，如果屬實，剛才我說到的這位兩個兒子做生意的一品大員，應該在十人裡頭！」陳昭說：「下官遵命！」議政王想了想，又囑咐道：「你小心兩條，一是不要事情沒辦成先讓外頭知道了，二是不要弄出個名單卻辦不下來。」陳昭知道議政王怕列出的貪官名單，卻是太后要保全的人；但這話又是不能點破的，只道：「下官明白王爺的意思。」

花園裡，玉麟依然同祁子俊東扯西扯地說著話。祁子俊本想早些走人算了，卻找不著脫身之計。玉麟談興正濃，這會兒又說道：「我哥什麼話都願意同我講，只是有些折子不讓我看。我最好奇的是他有個抽屜，有些折子他看了也不批字，也不呈給皇上跟太后，只放進那個抽屜裡。」

這話倒讓祁子俊很有興趣，問：「你知道那都是些什麼折子嗎？」玉麟說：「我說過不知道嘛。」祁子俊忽然若有所思，臉色不由得變了。玉麟忙問：「子俊，你怎麼了？」祁子俊掩飾道：「沒有什麼呀？玉麟，民間有句話，叫秋後算帳，你聽說過嗎？」玉麟說：「我沒聽說過，什麼意思？」祁子俊搪塞道：「就是農民到了秋天，收割完麥子，就該算算帳了。」玉麟說：「你沒頭沒腦的說這個幹嗎？子俊，下次你回老家，我一定要隨你玩。」祁子俊說：「格格怎麼可以隨便出門？議政王也不依的！」

玉麟生氣道：「你別老提醒我是個格格。我現在最羨慕的就是民間女子，想怎樣就怎樣。我聽一位老宮女說，民間的男女，夜裡跑到山裡唱歌，唱得情投意合，兩人就訂了終身。這是真的嗎？」

祁子俊聽了大笑：「沒有的事。聽說南方有些蠻族有此風俗，我也沒見過。」玉麟卻故意說道：「你如果見了，會不會也同人家去唱歌，唱個小媳婦回來？我可不許你這樣哦！」祁子俊明白玉麟的意思，卻只作糊塗：「我找媳婦玉麟也要管？」玉麟紅了臉，說：「反正我要管的。」祁子俊還想說什麼，家丞跑了過來，說：「格格，議政王請祁大人過去問話。」玉麟很掃興的樣子：「還要問話？怎麼就沒個完？」

玉麟便把祁子俊送到議政王書房。祁子俊還得依禮參拜：「子俊拜見議政王。」「子俊，你坐吧。」議政王對玉麟說：「玉麟，我同子俊說事兒，你去吧。」玉麟很想聽祁子俊說話，便說：「哥，如果不是軍機大事，我聽聽如何？」議政王只好點頭應允。玉麟自是歡喜，在旁邊坐下了。議政王問祁子俊：「依你做生意的經驗，你以為鹽政如何整頓？」祁子俊事先是想過這事的，隨口便答道：「依子俊愚見，八個字：課厘入市，嚴辦私鹽。」

議政王說：「你仔細說說。」祁子俊道：「整頓鹽政，要解開兩個結，一是課厘不能少，二是鹽價不能高。而課厘同鹽價，猶類矛之於盾。現在的情勢是，鹽課有數而釐金無度。鹽課是隨『鹽引』走的，多少都是朝廷定了的，高不到哪裡去。可是，『鹽引』一經炒賣，水漲船高，鹽價自然就高了。高出的部分，不會變作鹽課，而是進入官員私囊。釐金多少就沒個邊了，只看各地設卡多少。」

議政王眼睛微眯著，像是睡著了。祁子俊知道議政王這是在動腦筋了，他就是這個習慣。於是繼續說道：「如果按著這八個字辦理，鹽課跟釐金卡死了，官鹽的價格降下來了，私鹽的風頭就不那麼有力了，加上嚴辦私鹽，或可禁絕。只是，此法不一定行得通。」議政王睜開眼睛，問：「如何說？」祁子俊說：「此法並非子俊臆想，道光初年曾試行過，效果很好。只是如此以來，鹽務官員無處漁利，自會設法反對。何況那時候沒有釐金一說，施行起來難度也小些。」議政王決然道：「重整鹽政，勢在必行。」

祁子俊說：「說到底，還是議政王您的意思，根源都在吏治二字。我替湘軍協餉，知道些事情，感慨良多。湘軍為剿滅長毛流血成河，可是湘軍最後報銷軍費，戶部竟然要從中索取所謂部費四十萬兩。所謂部費，就是好處費、跑路費、進門費，憑空而來，於法無據，實是陋規。湘軍來朝廷辦事尚且如此，平民百姓奈何?陋規壞習成了王法，王法就不是王法了。」

議政王稱讚道：「子俊，你這話說得好！」玉麟聽得議政王賞識祁子俊，很是得意。議政王忽然想起山西鹽官的事，便道：「對了，山西鹽政如此敗壞，沒有得力人手，只怕難以扭轉。上次你推薦了楊松林，這次我想看看你還有什麼人選？」祁子俊忙說：「子俊看人眼力欠佳，不敢再推薦了。」議政王卻說：「你只是推薦，準不準是我的事。」祁子俊說：「楊松林有個老部下左公超，原是祁縣知縣。此人素有清名，為人嚴厲，號稱鐵面劉。」

議政王沉吟片刻，說：「你說得也許有理。整頓鹽政，終需內行。此人正好熟悉鹽務，我會考慮的。不知此人原在祁縣任上，對你家還算關照嗎？」祁子俊說：「回議政王，這裡論公，與私交無關。」議政王問完這事，就打發祁子俊走了。

玉麟把祁子俊送到門外，回來對議政王說：「哥，您現在有些賞識祁子俊了吧？」議政王警覺起來：「你怎麼這麼喜歡祁子俊？」玉麟噘了嘴說：「哥，您為何連賞識一個人都不敢承認呀？」議政王說：「我哪是不敢？我只是想，祁子俊這個人太精明了。」玉麟覺得奇怪，說：「精明有什麼不好嗎？我看您的那些手下，都太愚鈍了。」議政王不想往深了說，只道：「玉麟，我跟你說，你同祁子俊不能走得太近了。畢竟，你是格格，他只是個商人，而且是個漢人！」玉麟聽了不服，搶白道：「商人怎麼了？漢人又怎麼了？這些年朝廷有難，漢人流血，商人出錢，都是立了大功的。」議政王問：「你告訴我，你是不是真的喜歡上這個人了？」玉麟避而不答，只說：「哥，皇阿瑪跟額娘都不在了，你不肯給我做主，我就自己做主。」議政王問：「你自己怎麼做主，說來我聽聽。」玉麟紅了臉說：「我學民間規矩，請人做媒去！」議政王頓時臉色鐵青：「玉麟，你放肆！」玉麟強起來了，什麼都不管的，瞪著議政王嚷道：「我這個格格，連民間女子都不如！」議政王喝道：「正因為你不是民間女子，才不能由著性子胡來！」

玉麟眼淚滾下來了，捂著臉跑了出去。議政王望著玉麟的背影，無可奈何地搖頭。

祁子俊回到票號，吃罷晚飯，便約了袁天寶同阿城商量事兒。祁子俊開好了一張單子，說：「袁叔，按著這個名單，每位大人一萬兩銀子，立個折子。袁叔，我不太好出面，還是辛苦您同阿城跑跑。不光是為了送銀子，得讓他們往後把銀子都存到我義成信來。」

袁天寶接過名單，細細看過之後，說：「議政王動手整肅吏治，這些日子那些當官的出門都少了。這名單上的內閣大臣、尚書、大學士，都知道您同議政王走得近，他們敢存銀子來嗎？」祁子俊笑道：「我們就是要讓他們明白一個道理，我同議政王走得近，銀子存到義成信才安全。」袁天寶說：「還有呀，自從上次四川巡撫的案子遷涉到票號，現在很多官員怕把銀子存票號，票號也怕接手官員的銀子。」祁子俊胸有成竹，說：「您放心吧！真要查贓銀，查哪家票號，還是不查哪家票號，就是名單上的這些人說了算！」袁天寶繼續看著名單，又問祁子俊：「二少爺，陳昭陳大人也送？他可是左都御史呀！專查貪官的！」

祁子俊只說兩個字：「照送！」袁天寶搖搖頭，無可奈何的樣子。祁子俊說：「對了，陳大人那裡，我自己跑一趟吧。」袁天寶搖頭道：「唉，老東家也走門子，但是出手哪敢像您這麼大。我瞧著真有些捨不得。」祁子俊詭祕地笑笑，說：「放心吧，羊毛出在羊身上。」

祁子俊是個拿定主意就不過夜的人，立馬上陳昭府上拜訪。陳昭迎著祁子俊進了客廳，兩人拱手施禮。陳昭很是客氣：「祁大人請坐。」祁子俊說：「陳大人，您還是叫我子俊好了。議政王一直叫我子俊，我聽著心裡頭可暖和哪。」陳昭說：「好好，叫您子俊。子俊哪，您是個幹才，議政王自然賞識。大清就需要您這樣對朝廷一片忠心，又能幹事的人哪！」

祁子俊說：「我祁家世沐皇恩，能為朝廷盡綿薄之力，實是我的榮幸！陳大人，議政王可是把您看成他的左右手啊！真要讓大清吏治為之一新，沒您這樣的黑臉包公，不行！」陳昭搖頭道：「得罪人的事，不好辦啊！」祁子俊說：「左都御史必是剛正耿介之士，陳大人的清譽，向來讓子俊敬仰。」陳昭說：「其實不論當什麼官，要緊的都是個『清』字。清，就能正。可是，子俊哪，我們都是人。是人，就有個人之常情。清，也苦呀！不然，何來『清苦』二字？但是，既然當了這個官，清苦也甘願！」祁子俊說：「子俊萬分敬佩。陳大人，我直話直說吧。我今天來，不為別的，只想代表天下蒼生，向我大清的清官表示一下心願。」陳昭疑惑：「子俊您……」祁子俊說：「這是一萬兩銀票，請您一定收下。」陳昭連連擺手：「萬萬使不得！子俊，您這樣做，我可就要生氣了！」

祁子俊說：「陳大人，聽子俊把話說完，您如果再要生氣，我就退著出您的大門。你是大清從一品大員，年俸、恩俸、養廉銀加起來，只怕不到三萬兩銀子。您這大一家子，上有父母，下有妻兒，養家餬口，延師教子，人情往來，哪對付得了？我不能眼看著我大清如此清正廉潔的好官這麼緊巴巴的過日子。假如別人送銀子給您，必有所求。我呢？在您這裡一沒官可求，二沒財可求。」

陳昭道：「陳某冒昧地問一句，您為何要送銀子給我？」祁子俊說：「我剛才說得明明白白了，就因為您是大清難得的好清官！」陳昭卻道：「子俊，我們也不要把大清看得一團漆黑。大清，好官員還是占多數。」

祁子俊說：「別的官員好，我不知道。您陳大人好，我清楚。真不瞞您說，我要是有孫猴子的火眼金睛，能看出誰是清官，誰是貪官，我就自己掏腰包，多給清官們發些養廉銀，不讓他們為養家餬口操心，全心全意為百姓辦事。我呢？自己辛苦些，再多賺些錢不就得了？」

陳昭笑笑，說：「子俊這話，聽著可新鮮，倒也有理啊！只是，清墨賢愚，太難勘辨！」祁子俊說：「這就是嘛，我就看準一個清官，幫撐一個清官。陳大人，您要是再生氣，我就只有硬著頭皮認了。」陳昭大笑：「子俊呀，難怪議政王如此器重您！」祁子俊說：「陳大人，您就再別客氣。這一萬兩銀子，您就先拿著用。我那裡給您立了個折子，您要用錢，著人去取。手頭有錢放著嫌麻煩，就存在我票號裡去。」陳昭萬不得已的樣子，說：「好吧，我就依您的。您立折子就不要用我的名字了，用我拙荊的名字吧。」祁子俊問：「請教嫂夫人名諱！您寫給我？」陳昭說：「您記住就是了。朱淑珍。」祁子俊說：「子俊記住了！」

陳昭含蓄地笑笑，就把話題扯到大清萬年大計的事上去了。陳昭滿口治國之道，祁子俊惟有點頭而已。祁子俊越發看出陳昭的老道，讓他寫下夫人的名字，他卻口上說說了事。他是怕在祁子俊手裡留下墨跡，往後不好說話吧。

次日，祁子俊領著潤玉逛鴿市。潤玉說：「每天大清早的，總聽陣陣鴿哨呼嘯而過，真是羨慕。只是不知道鴿子好不好侍候。」祁子俊說：「真買了鴿子，你就偷懶不得。不論玩什麼，真要玩得出味兒，都得花心思。」潤玉問：「你懂嗎？」祁子俊笑笑，說：「我哪樣不懂？」潤玉抿嘴笑道：「看你得意的！」

賣鴿人喊住祁子俊和潤玉：「二位，瞧瞧這個？白鷺鷥！」祁子俊只朝那鴿子瞟了眼，心中就有數了，說：「爺們，別蒙我，您這是鳳頭白，貨不賴，比那白鷺鷥，那可差得遠了。」賣鴿人又說：「瞧，這位爺還真是行家。得，我這有頂好的麻背兒，這可不是哄您！」祁子俊又笑道：「這位爺今兒個可是不想做買賣了？您這是小灰！得了得了，您老把我當外行，蒙別人去吧。」潤玉望著祁子俊：「你還真懂呀？」祁子俊笑道：「當然啦？我就是當年看相哄過你，再沒哄過你了！」潤玉擂了祁子俊的背，說：「你可真壞！就是你這張三寸不爛之舌，把人家哄得魂都沒了！」祁子俊笑著，望著潤玉，心疼死了，說：「我得給你買最好的鴿子。」

不停地有攤主上前吆喝，祁子俊都只是搖頭：「謝了謝了，我自個兒看！」走到又一處鴿攤前，祁子俊不動了。攤主也不吆喝，幾分驕矜地望著祁子俊。祁子俊說：「潤玉，我告訴你，這才是我們該要的，短嘴兒，鐵牛兒，青毛！」攤主聽見了，道：「呵，爺您識貨！」祁子俊價也不問，就說：「這些，全要了！」潤玉說：「要這麼多？」祁子俊道：「至少要這麼些數，那鴿哨聽起來才夠味兒。」

突然，有人拉了拉祁子俊的衣服。回頭一看，見是三寶。「二少爺，您可讓我好找啊！」轉身又向潤玉問好：「潤玉姐姐！您好！」潤玉笑笑：「三寶你好！」

祁子俊卻有些驚愕，問：「三寶，有事嗎？」三寶說：「還不是格格找您！」祁子俊這才鬆了口氣：「嚇死我了！我以為是議政王找我！格格說有什麼事嗎？」三寶說：「格格不說，我哪敢問。」

祁子俊不知如何是好，望著潤玉。潤玉說：「子俊，你去吧。」祁子俊沒辦法，只好說：「潤玉，我讓人把鴿子送回去，你回家等著吧。」辭過潤玉，祁子俊問：「三寶，你真不知道格格為什麼找我嗎？」

三寶說：「當著潤玉姐姐的面，我怎麼說？格格要您晚上陪她看戲！」祁子俊問：「看戲？格格想上哪個園子？」三寶哭喪著臉，說：「還不是潤玉姐姐的春草園？」祁子俊一聽急了：「嗨，這個玉麟，不是讓我難受嗎？」

第四十一章

陳昭派員立赴山西，拿了楊松林問斬。李然之畢竟不是吃朝廷俸祿的，人又精得很，早聞風而逃，不知所終。議政王果真又依了祁子俊，著左公超頂了楊松林的缺。袁德明感激祁子俊相救之恩，做了個人情，保舉汪龍眠做了縣令。這天，袁德明在衙署側廳端坐，新任鹽道左公超和祁縣知縣汪龍眠前來拜謝。

左公超拱手道：「卑職左公超拜見巡撫大人。」汪龍眠的腰俯得更低：「卑職汪龍眠謝巡撫大人栽培。」

袁德明說：「左公超，朝廷著你出任鹽道，是看中你辦事果敢，作風嚴厲，又熟悉鹽務。你一定要兢兢業業，雷厲風行，盡快讓山西鹽政改觀。鹽政這個位置也不好坐，不吉利的話，我就不說了。」

左公超應道：「我明白撫臺大人的教誨。您想說楊松林殷鑒不遠，卑職應自知警醒。我一定不辜負撫臺大人！」

袁德明又望著汪龍眠說：「汪龍眠，朝廷著你在自己家鄉做知縣，實是格外開恩。按我朝例制，五百里內不做官，三百里內不為吏。朝廷看重你的才學、孝賢和方正，你可要仔細當差！」汪龍眠感激而惶恐：「卑職一定勤勤懇懇，任勞任怨，以區區五尺之身，報朝廷累世之恩！」

宮裡的事情，老百姓永遠弄不懂。外頭人都說，議政王嚴肅吏治，最安心的該是西太后了。人家孤兒寡母的，沒有小叔子議政王幫著，不老讓人家欺負了？這事兒卻偏偏讓西太后不高興了。一日，她突然想起了瑞王爺，立即著人去他府上。

褫爵去職的瑞王爺正躺在椅子裡打瞌睡。他已經十分蒼老了。忽然聽得有人喊聲：「愛新覺羅旻宓聽旨！」瑞王爺嚇醒了，倉皇四顧。他幾乎不相信自己的耳朵。他揉揉惺忪的眼睛，確實看見了張公公正手揚拂塵邊走邊喊：「愛新覺羅旻宓聽旨！」

瑞王爺還沒有反應過來，這時，陳寶蓮跑到瑞王爺跟隨前，湊到他耳邊說了句話。瑞王爺這才哆哆嗦嗦，從椅子裡爬起來，滾也似的跪了下來。渾身仍是哆嗦，身子快垮下去。

公公宣道：「太后懿旨！太后說了，五王叔清養這些年，我倒有些想他老人家了。從今兒起，他仍是瑞王爺。去吧，請他過來說說話！」瑞王爺人還在夢中，望著公公出神。公公笑咪咪地說：「恭喜您，瑞王爺！怎麼了？還不謝恩哪！」瑞王爺這才清醒過來，伏地而泣，說：「老臣謝太后恩典！」公公又端起了架子：「起來吧，隨我去漪清園見太后去！」

瑞王爺在漪清園裡沒呆多久就出來了。可就是怪，自他出了漪清園，就像換了個人。臉上也有紅光了，走路也穩健多了。人還未回府，立馬吩咐陳寶蓮：「快叫人把黃玉昆給我找來！」

結果，瑞王爺的轎子到家，黃玉昆的轎子也趕上了。瑞王爺精神矍鑠，坐在太師椅裡。陳寶蓮一身鮮光，站在瑞王爺身邊。黃玉昆跪地而拜：「玉昆恭喜瑞王爺重新出山！」瑞王爺說：「玉昆，你可是很多年沒理我這老頭子了。今日不請你，你也不會來吧！」黃玉昆說：「玉昆豈是恭倨無常之人？只是這些年，我無日不是臨深履薄，戰戰兢兢，不敢再給王爺您添麻煩呀！」

瑞王爺說：「好個鬼子六，朝廷剛剛打敗長毛，人心初定，他卻急著整肅吏治，弄得雞犬不寧！太后說了，現在最要緊的天下安定，和衷共濟。鬼子六說是替大清基業著想，實則是打自己的小算盤！現在朝野上下，誰都怕那位議政王，誰還怕咱太后？」

黃玉昆額上熱汗直淌。瑞王爺揶揄道：「玉昆，你愛出汗的毛病還沒改哪！你起來說話吧。」黃玉昆站了起來，卻仍低著頭，說：「玉昆殿前行走幾十年，終日芒刺在背，惟有誠惶誠恐，汗如出漿！」瑞王爺忽然問道：「玉昆，你那園子修得怎麼樣了？」黃玉昆臉上馬上有了顏色，喜滋滋地說：「快好了。趕明兒接王爺您大駕去瞧瞧，城外清風明月，自有佳處。」瑞王爺把茶杯往桌上一放，怒視著黃玉昆，吼道：「你快別蓋那園子了！說不定鬼子六就等著拿你開刀哪！我們現在要聯手起來，把鬼子六整垮！」

天都快黑了，三寶領著玉麟來到義成信。夥計們見了三寶，很是吃驚，問道：「哦，是三寶呀？你這些年跑哪兒去了呀？你怎麼說不見就不見了？呵，還領著個漂亮姑娘！」

祁子俊聽到外面哄鬧聲，出來一看，頓時驚了：「格……格外新鮮，玉麟，你怎麼來了？」玉麟說：「我怎麼就不能來？」祁子俊說：「快快有請！」

祁子俊請玉麟去客堂用茶，吩咐三寶在外看著，任何人不准進來。祁子俊責怪道：「玉麟，你太莽撞了！怎麼可以隨便跑到這裡來呢？」

玉麟說：「我有急事找你。」祁子俊忙問：「快說，什麼事？」玉麟說：「我看我哥他是有難處了。太后重新起用了五王叔瑞王爺，還有幾個大學士，這些人都是過去太后同我哥一塊兒將他們褫爵去職的。如今太后卻做了人情，讓他們重新出山。這分明是衝著我哥來的！」祁子俊問：「玉麟，你自作主張來找我的，還是你哥哥讓你來的？」玉麟說：「我哥怎麼會讓我來？我是見他著急，想著你的主意多，請你幫著想法子。」祁子俊搖頭道：「宮裡頭的事，我一個生意人，不敢亂攪和呀！」玉麟甚是著急，說：「我哥其實很器重你的，不然上回怎麼專門找你去問事兒？」祁子俊說：「但是，這回的事情可是太大了。」玉麟說：「這些天，他的那些心腹幹將天天出入議政王府，沒拿出個應對之策。」祁子俊尋思片刻，說：「好吧，我只好冒死獻策了。」玉麟問：「子俊，你真有主意了？」祁子俊說：「試試看吧。宮裡的事，弄不好就人頭落地！玉麟，我可是在幫您呀！」玉麟說：「玉麟知道。子俊，你幫了我哥，就是幫我。」

祁子俊趕到恭王府，天早黑下來了。玉麟領著他，徑直去了議政王書房。議政王背手，站在大書架前，紋絲不動。祁子俊胸口亂跳，猶豫片刻，跪下拜道：「子俊拜見議政王。」議政王沒有回頭，仍是面對書架，聲音沉沉地問：「誰讓你來的？」祁子俊回道：「玉麟。」議政王猛然回過頭來，怒視著：「祁子俊，你要知道自己是誰！」

祁子俊這會兒反而從容了，說：「子俊一介草民，受議政王恩典，方能在此說話。」議政王問：「有什麼話，快說吧。」祁子俊說：「拿掉黃玉昆，一切迎刃而解。」議政王不置可否，只道：「祁子俊，你捲得太深了。」祁子俊道：「為了議政王，子俊在所不惜！只要拿掉黃玉昆，瑞王爺就倒了。瑞王爺一倒，局面頃刻間就會轉變！」議政王又說：「祁子俊，你已經把刀架在自己脖子上了。」祁子俊說：「子俊跟著議政王，死而無憾！」議政王這才坐下，說：「你起來吧，坐下說話。你有什麼計策？」祁子俊道：「原戶部侍郎范其良私存庫銀案，議政王是知道原委的。」

議政王沉默不語。祁子俊接著說：「義成信重新開張後，欠戶部的一百七十萬兩銀子，我已如數還了。最近我的大掌櫃告訴我，那一百七十萬兩銀子，後來又存在義成信了。因為我替朝廷協餉，帳務上同戶部有些往來，起初也就不怎麼在意那些銀子。我不知道這一百七十萬兩銀子在戶部是否入了帳。」議政王問：「你的意思，黃玉昆可能私吞了這一百七十萬兩銀子？」祁子俊笑道：「黃玉昆遇事只知出汗，他一個人沒這個膽。」議政王點頭道：「我明白你的意思。那麼，你說他同別人合夥，就敢私吞嗎？」

祁子俊說：「他是朝廷命官，我不敢妄加揣度。但是，前些天我去西郊遊玩，見有人新修一處園子，甚是闊氣。進去一看，正好碰上黃玉昆。原來是黃玉昆在修園子。他說浮生百年，無非過客，因而叫那園子過園。我回來問了大掌櫃，說是黃家最近老來票號支銀子，用度很大。」議政王沉吟半晌，說：「過園，他好自在，好灑脫呀。好吧，子俊，你可以回去了。」祁子俊禮畢離去，議政王立馬喊道：「來人！傳我的話，著都察院左都御史陳昭，連夜將黃玉昆帶來見我！囑咐陳昭，機密行事，切勿走漏風聲！」

左都御史陳昭連夜把黃玉昆帶來了。黃玉昆雖是不知議政王何事找他，心裡卻甚是忐忑。議政王端坐不語，手端茶盅輕輕晃著。

陳昭拜道：「陳昭拜見議政王！」黃玉昆自然也是拜下：「黃玉昆見過議政王！」議政王淡淡地說：「兩位坐吧。上茶！」黃玉昆接過茶，道：「謝議政王。不知深夜召見下官，有何吩咐？」議政王冷冷一笑：「黃大人好性急呀！喝口茶吧。」黃玉昆以老臣自居，故顯輕慢：「下官夜裡睡不好，晚上不敢喝茶。」議政王也不生氣，只道：「好，不喝茶，就談談風花雪月吧。黃大人好閒情呀，聽說你在郊外修了個園子，起個什麼名呀？」

黃玉昆拱手道：「黃玉昆殿前行走幾十年，侍奉過三代皇上，枉為太倉之鼠，並無寸功建樹。有道是，無功便是過。因而下官將那園子叫做過園。」「不愧是讀書人，巧舌如簧呀！這過園二字，你隨口就能道出多種說法。」議政王突然大怒，「黃玉昆，你豈止有過！你惡貫滿盈，罪行滔天！」黃玉昆呼地站了起來，臉色鐵青，叫道：「我可是三朝元老！」議政王一拍桌子，雷霆萬鈞：「黃玉昆，你以國老自居，傲岸無禮，蔑視本王，知罪不悔！陳昭！」陳昭應道：「下官在！」議政王這會兒嗓門兒並不高了，就像只蚊子：「把這老賊拿下！」黃玉昆驚慌失措，癱軟在地。

再說那祁子俊剛才從恭王府出去，並沒有回票號。他去客棧要了個豪華房間住下，隨即差人叫了阿城來，如此如此交代了。他並沒有同阿城把話說穿，只說千萬不要告訴別人他住在這裡，有事趕緊過來報個信兒。阿城被弄得糊里糊塗，祁子俊只說宮裡有幾個人在打麻將，他要看看誰和牌。阿城更是不懂了。

次日晌午，阿城跑到人和客棧，報知祁子俊：「三寶差人報了信兒，說戶部尚書黃玉昆被議政王抓了，已押往刑部大牢！」祁子俊點點頭，半字不吐。阿城問：「二少爺，誰和牌了？」祁子俊說：「還得靜觀其變。」祁子俊這會兒的確還放心不下。黃玉昆還硬挺著哩！他坐在牢裡，仍端著戶部尚書的架子。他的身前放著張矮几，幾上鋪著文房四寶。紙上卻是空無一字。他是什麼也不想招出來。

下午時分，聽得匡地一響，牢門打開了。黃玉昆抬頭一望，見是議政王。他居然頭一扭，鼻子哼著。早有人搬了張椅子來，議政王坐下，笑道：「黃玉昆，你昨夜在我那兒，可是嚇得腿腳發軟，怎麼這會兒硬挺起來了？我想，你準是突然想起『氣節』二字了。讀書人出身，這是自然。」黃玉昆梗著脖子，說：「士可殺，不可辱！」

議政王哈哈大笑，然後說道：「啊呀呀，這會兒想到自己是士了。你想著在我府上腿腳發軟，很羞愧吧？當時如果手頭正好有架洋人的照相機，照下你那熊樣兒，可讓你丟人的。」議政王說到這裡，突然震怒起來，指著黃玉昆斥罵：「黃玉昆，你還有臉面說自己是士！天下讀書人都像你這樣，大清早完了！」

黃玉昆爭辯道：「我三朝元老，事君幾十載，年事已高，修個園子，想著告老清養，有什麼大錯！」黃玉昆咄咄逼人，議政王倒沒了火氣，語氣也緩了下來，問道：「好吧，你自己給我算算，你修那個園子，花了多少銀子？」黃玉昆傲慢道：「我一個戶部尚書，家裡蓋個園子，還要我自己管帳？」議政王道：「你是銀子多得算不清了，還是你這位昏老的理財尚書根本就不會算帳？」黃玉昆說：「我這戶部尚書可是道光爺手上就做起的。您如此說，可是辱沒君父！」議政王冷笑道：「你可會嚇人呀！」

黃玉昆說：「我的家鄉，遍地奇石佳木，我不過就是從老家運了些來，放置園中，聊解鄉愁。這又用得了多少銀子！」議政王說：「我親自查看過你戶部的一本王八帳，從江南運大米到京城，每擔合運費一百三十兩銀子。照這麼算，你運來那些奇石佳木，得花多少錢？」黃玉昆目瞪口呆，一時語塞。議政王又說道：「那是你戶部的算法，我的腦子沒毛病，不會那麼算帳。我估計，你修這個園子，至少也得三十萬兩銀子。」聽了這個數字，黃玉昆並不顯得驚慌，竟然說：「三十萬兩，並不算多。一品大員告老歸園，衣衫襤褸，瓦牖繩床，朝廷就體面了？」議政王聽了這話，氣得幾乎想馬上殺了這個人，卻強忍心頭怒火，說：「哦哦哦，你損天下而自肥，都是為著大清體面呀！告訴我，四書五經哪一頁哪一行記著這一條呀？太祖太宗哪一句聖訓說到這一款呀？」

黃玉昆無言以對。議政王頓了會兒，又說：「你一個從一品的京官，年俸一百八十兩銀子，祿米九十石，加上恩俸、養廉銀，一年多少？你比我清楚。這修園子的三十萬兩銀子，又是你家產的多少？你比我更清楚！」

黃玉昆仍是頑冥，說：「您去查查別人，誰家不能查出個幾十萬兩銀子！」議政王也不用再講道理了，吼道：「算你說對了！你掌管戶部幾十年，撈個幾十萬兩銀子並不多。可是，我今兒個只查你！別人貪，你管不著！」黃玉昆這會兒真的怕了，卻仍拿不下架子。「一天之內，你招也得招，不招也得招！」議政王說罷，拂袖而去。

沒有新的消息，祁子俊甚是著急。晚上，他悄悄溜出客棧，叫上馬車去了潤玉那兒。潤玉並不知道發生了什麼事情，她還在為祁子俊陪玉麟看戲的事生氣。她把祁子俊堵在門口，說：「你來做什麼！」

祁子俊說：「潤玉，我已同你說清楚了，你得相信我。我同格格，什麼事都沒有。說到底，她是格格，我是奴才。她要我侍候，我敢不去？」潤玉問：「人家要你侍候她一輩子呢？」祁子俊說：「潤玉，我求你了，別再耍小性子了。今兒有好事同你說！」潤玉問：「能有什麼好事？」祁子俊說：「進屋說去。」潤玉偏不讓他進屋：「幹嗎要進屋？就在這裡說。」祁子俊著急道：「這裡說不得！」

潤玉見祁子俊如此神祕，只好讓他進去了。潤玉掩了門，背對著祁子俊，說：「說吧，什麼好事兒？」祁子俊說：「黃玉昆讓議政王抓了！」潤玉轉身過來，吃驚地望著祁子俊，問：「什麼罪名抓的？」祁子俊說：「私吞朝廷庫銀！」潤玉說：「可是，議政王拿得他下嗎？他可是不倒翁呀！」祁子俊說：「這回，議政王一定會摘掉黃玉昆跟瑞王爺的腦袋，不然他議政王自己就得掉腦袋！」潤玉更是吃驚了：「啊？誰有這麼大的本事？」祁子俊指指天，說：「西太后！」「西太后？」潤玉真不敢相信。

祁子俊點頭道：「正是太后。議政王治國有方，風頭太勁，西太后看著不舒服，就重新起用瑞王爺對付議政王。不過我相信議政王的手段！」潤玉問：「此案水落石出，我爹爹應該可以昭雪沉冤了？」祁子俊說：「議政王正同瑞王爺生死較量，我不便去找他，改天再和他說吧。」潤玉忽又悲傷起來，流著淚說：「爹爹捨命留下的證據，我得想法呈給議政王。爹九泉有知，也該瞑目了。唉，可是一想，人早沒了，昭雪又有何用！」

祁子俊安慰著她說：「這幾天，你該唱戲仍舊唱戲，只當什麼事兒也沒有，也不要去找我。我不在義成信，呆在客棧裡。」潤玉問：「為什麼？」祁子俊說：「我反覆琢磨，這回議政王能否鬥得過瑞王爺他們，還是有點兒懸。他面對的不僅僅是瑞王爺！」潤玉擔心起來，問：「你是說，萬一議政王沒鬥過瑞王爺他們，你也會牽連進去？」祁子俊沒有回答潤玉的話，只道：「議政王會拚著命兒幹的！」

黃玉昆到底是個書生，哪扛得過刑部的人？到底還是招了。陳昭馬上趕往恭王府報信兒，議政王聞訊大喜：「招了？用刑了沒有？」陳昭說：「他自知無可抵賴，無需用刑。」議政王問：「那麼他說的就是實話了？」陳昭應道：「黃玉昆供認不諱，簽字畫押了。」議政王想馬上知道詳細案情：「快，說說看。」

陳昭細細道明瑞王爺指使黃玉昆私存庫銀，後來如何嫁禍祁家，又如何讓范其良當了替罪羊之事，最後說：「那一百七十萬兩銀子確實是瑞王爺同黃玉昆瓜分了，黃玉昆五十萬兩，瑞王爺一百二十萬兩。」

議政王搖頭嘆道：「瑞王爺，我嫡親的五王叔！他的胃口不小呀！如此說來，范其良真是被冤枉了？」陳昭說：「確實是被冤枉了。他被上司脅迫，不得已才在自己名下落下一萬兩存銀。近墨同黑，方能立足，這已是大清官場規矩了！」議政王說：「我想把這規矩改過來。改天給范其良洗清罪名吧。陳昭，第二步棋，我自己動手吧。」議政王知道，必然盡快向瑞王爺下手。

瑞王爺找不著黃玉昆，早急慌了。他著人滿世界打聽，竟然沒有黃玉昆的半點消息。陳寶蓮親自出馬，才打探明白，黃玉昆早被議政王抓了。瑞王爺聞知，大驚失色，咆哮道：「鬼子六！我找他去！」

正巧，議政王上門來了，聽到瑞王爺的叫喊，應道：「五王叔，我來了！」瑞王爺抬眼看時，議政王已走到他跟前了，身後跟著陳昭併隨從。議政王恭敬道：「姪兒見過五王叔！」陳昭亦拜道：「左都御史陳昭拜見瑞王爺！」瑞王爺怒氣沖沖，但礙於禮制，只好拱手：「見過議政王！您請坐，陳大人請坐。」

入了座，茶也遞上來了，議政王說：「聽說五王叔身子一向不好，才精神了幾日，可別生氣。我早聽奴才們說，外頭有人給我取了個外號『鬼子六』。今天頭回親耳聽人這麼叫我，挺新鮮！」

瑞王爺斜眼瞟著議政王，鼻子裡恨恨地哼著。議政王好像並不在意，仍是敘話：「五王叔……」話剛出口，瑞王爺抬手一擋，說：「哼！別口口聲聲叫我叔了，我當不起！要是在民間……嗨！」議政王笑道：「五王叔您是想說王法大於家法吧？今兒姪兒正是為著王法而來。」

瑞王爺臉上略顯驚恐，卻仍端著王爺架勢。議政王喝著茶，眼睛望著別處，慢條斯理地說：「黃玉昆將義成信歸還的一百七十萬兩庫銀又私存在義成信了。這回可不是私存生利，而是乾脆私吞了。他自己吞掉了五十萬兩，已用去大半。他還誣賴五叔您，說是將另外一百二十萬兩存在您名下了。他全都說了，簽了字畫了押！」瑞王爺臉色頓時白了，只說了三個字：「黃玉昆！」

議政王笑道：「五王叔別上火。他說的我根本不相信，可是您名下的銀子，確實是您府上隔三岔五的取著。我想請五王叔給個準話。那銀子是您老拿了呢，我這裡先不做聲，只告訴太后跟皇上，請他們裁奪；要不是您拿了呢，我只追黃玉昆就是了。」瑞王爺嘴唇哆嗦著，說不出句整話來：「黃……黃玉昆！」

議政王很關切的樣子，說：「五王叔，您千萬別氣壞了身子。太后請您老重新出山，指望您幫著姪兒，替大清盡力哪！要麼呢，我們一同去見太后跟皇上，把事兒說清楚；要麼呢，我倆一塊兒去審黃玉昆，看他還願不願意改口。」

瑞王爺渾身發抖，眼看著坐也坐不穩了，軟了下去。陳寶蓮忙喊道：「瑞王爺！」家奴亂哄哄圍上許多，叫喊著瑞王爺。陳寶蓮吩咐手下：「快傳太醫！」議政王猛地站了起來，給了陳昭一個眼色。陳昭會意，說：「府中人等都同本案有關，一個也不准出去！」「瑞王爺……這這這可怎麼辦呀！」陳寶蓮哭喪著臉。議政王拂袖而去。陳昭立即著人把瑞王府圍了。議政王回到王府沒多時，正埋頭批折子，家丞進來，低聲道：「回議政王，瑞王爺他老人家歸西了。」

議政王抬起頭來，沉默片刻，吩咐道：「備轎，去漪清園，我要去見太后！」議政王面見太后的細節，外人沒法知道。只是朝堂之上，文武大臣們知道的情形是黃玉昆貪墨庫銀一百七十萬兩，供認不諱；瑞王爺因多年聽信墨臣而自責，一病不起，竟然死去了。太后念其有功於國，依制厚葬。

這些天，北京街頭總見得著些吆喝喧天的兵丁。在城裡呆慣了的老北京猜得出，宮裡準又出什麼事了。那日大早，都察院戶科掌印監察御史王定乾率兵眾進了博雅堂。「顧客都出去，店家站好了！」王定乾進了店，不分青紅皂白，嚇呆了朱掌櫃。

朱掌櫃張皇道：「敢問官爺，這是為何？」王定乾問：「你就是朱掌櫃？」朱掌櫃說：「小民正是。」王定乾斥道：「你站著別動，會讓你知道為什麼的。搜！」

兵勇們便翻箱倒櫃搜了起來。這些當差的哪把那些寶貝當玩意兒？只聽得匡當匡當滿地粉碎。朱掌櫃幾乎哭喊著：「拜託了，你們要找什麼，吩咐一聲得了，我交出來。這些可都是寶貝呀，打碎了，世上就再沒第二件了。」

兵勇喝道：「還寶貝！小心你腦袋掉了裝不上去！」有人跑到王定乾跟前：「回王大人，您看是不是這個！」王定乾接過兵勇遞上的一本書，翻開看了看，臉色大駭，馬上吩咐：「把朱掌櫃、夥計全部帶走，店子封了！」朱掌櫃不明就裡：「天哪，我犯了什麼王法？」

王定乾抄走的，正是朱掌櫃的那本古怪《論語》。他們還從別的名店也抄了些同官府有關的東西，都可稱之「送禮寶圖」。陳昭帶著這些物件去拜見議政王：「議政王，正應了您那句話，官場腐敗再不整治，國將不國了。官場送禮的手段可是日新月異。有時候送銀子不合適，就變著法子送別的。凡京城名店都同官場送禮有關。比方老字號鞋店『內聯升』，專為官員製朝靴，價格極其昂貴。我們查抄了一本《履中備載》，裡面詳細記載官員名字、品銜、穿多大鞋、什麼價位。」

議政王似乎沒有多大興趣，陳昭便將《履中備載》放在了書桌上。陳昭又說：「還有，我們在琉璃廠一家古玩店裡還抄得這麼本古怪的《論語》，議政王您看看。」

議政王略作遲疑，接過《論語》，翻開一看，臉色大變。他正翻到有關黃玉昆那頁，上載：「黃玉昆，蘇州吳縣人，乾隆五十九年六月初五日生，道光四年甲科進士第二十六名，道光二十三年戶部尚書，酷愛字畫，尤嗜宋人山水……」

議政王再翻開幾頁，臉色越發憤怒。原來上面寫道：「愛新覺羅奕昕，道光十二年十一月二十一日出生，號樂道堂主人，外號鬼子六。道光三十年正月以宣宗遺詔封恭親王。掌軍機處及總理衙門。有帝王之才而無帝王之運，屈居王位，抱負天下……」

議政王一怒而起，拳頭重重砸在桌上：「我大清朝豈不一團漆黑了嗎？王爺、貝勒、貝子、軍機大臣、大學士、尚書、侍郎，凡我叫得出名的王公貴族、朝廷官員，也不管是德高望重的國老，還是年少新進的才俊，無不盡列其間！這還了得！」

陳昭忙說：「議政王息怒！也不盡然，有些往來只是人之常情。」議政王不再多說，只道：「將這店裡的掌櫃斬首，夥計流放三千里！」陳昭回道：「人犯已經在押，依議政王吩咐處置就是。」議政王又問：「還有誰看過這個？」陳昭告訴說：「都察院戶科掌印監察御史王定乾。」議政王嘆了口氣，很痛苦的樣子，說：「尋他個事兒，將王定乾充得遠遠的，當個知縣去吧。此人永世不得回京！」

陳昭既驚且懼，不敢抬眼正視議政王。議政王拿起案上洋火，擦著了，點燃這本《論語》，放進香爐裡。陳昭說：「祁子俊是這個古玩店的常客，帳上記著他買走很多古玩字畫，價格都很昂貴！」議政王像是沒聽見陳昭的話，只望著香爐裡的火焰。陳昭見狀，噤口不言。他從此再也沒有同人說起過這本《論語》的事兒。

一天，太后著太監去刑部大牢宣旨：「黃玉昆聽旨！」黃玉昆俯地而跪：「罪臣黃玉昆領旨！」太監宣道：「太后懿旨，逆臣黃玉昆，背負帝恩，不思報效，尸位素餐，巧取豪奪，貪汙巨萬。依大清例律，應斬立決！念其年事已高，給他杯酒喝吧。」黃玉昆雙手哆嗦著，接過酒杯。太監說：「這可是美酒，好好喝吧！」黃玉昆舉著酒杯，淚流滿面。「太后、皇上！」黃玉昆哭喊一聲，仰起脖子，慢慢喝下酒去。

幾天之後，東四牌樓那邊亂成了一鍋粥。官軍呼嘯而來，兵分幾路，把守住了德興昌、裕興昌、瑞泰厚、崇德盛等票號的大門。凡是存了官員銀兩的票號，多多少少都被劫了一回。可奇怪的是跟他們緊挨著的義成信，鴻毛都沒傷著。抄查票號那天，阿城見官軍們來來往往，就是不上義成信的門，便同袁天寶說：「袁掌櫃，官府到各票號查抄贓銀，只有義成信秋毫無損。二少爺果然料事如神。」袁天寶倒是憂心忡忡，說：「不見是好事啊！」

夜裡，阿城去了人和客棧，告訴祁子俊：「三寶回話，說瑞王爺死了，活活嚇死的。黃玉昆被賜藥酒，見閻王去了。還有幾位大人都出了事。」祁子俊笑笑：「議政王和牌了！走，我們回去！」

祁子俊同潤玉開始商量著婚姻大事了。身邊都沒有大人，凡事都是自己做主。兩人選了個好日子，上街置辦嫁妝。他們進了老店泰瑞綢緞鋪，夥計連忙讓座上茶。夥計招呼道：「兩位客官，想要什麼布？」

潤玉喜滋滋的，說：「我們要的可多啦。山東大紅繭綢六匹！大紅寧綢六匹！大紅貢緞四匹！綠貢緞四匹！」早有兩個夥計飛快地抱了布過來，潤玉一一過目，說：「好！要了！」潤玉又叫過夥計：「還要哪，紅絹紗兩匹，紅綾子兩匹，綠綾子再要兩匹。子俊，夠不夠？」祁子俊笑呵呵地說：「你說夠了就夠了。」夥計問：「還要什麼？」祁子俊笑笑說：「還要的您這兒沒有！珠冠雲佩，鳳笄蟒襖，鳳勒，銅鏡，頂蓋頭！」

夥計笑咪咪地，眉毛一揚，說：「哦，原來是辦喜事呀？恭喜恭喜！」潤玉有些害羞，怪祁子俊：「子俊，你同別人說什麼呀！」

貨挑好了，祁子俊叫過夥計：「夥計，麻煩你按這地址送一趟。」夥計唱了個喏：「好哩！」

兩人出了綢緞鋪，在街上自在地走著。祁子俊說：「潤玉，我老家有句話，別人成親很好看，自己成親團團轉。我說，還有很多煩瑣事，我著人來辦。」潤玉不依，說：「不，我要自己一件一件兒的挑！你就怕麻煩了？要是我爹娘在，還得要你擇吉、過禮，過場可多哪！」

夜裡，幾個姑娘圍著看潤玉買回的布。「好漂亮呀，這布做大紅吉服最好不過了。」「天哪，要這麼多布？」潤玉扯了布往身上比畫著，說：「子俊說了，我們要請京城裡最好的裁縫！」

潤玉說著便回頭望了眼祁子俊。祁子俊坐在一旁喝茶，微笑著望著姑娘們嬉鬧。姑娘們說：「潤玉姐，我們幫您繡花！」潤玉故意羞她們：「才不要你湊熱鬧哪！我要請京城裡最好的繡工！」

祁子俊只是笑，任姑娘們瘋去。潤玉放下手頭的布，走到祁子俊面前，說：「你只知道傻笑。跟你說，哪天請議政王來看戲，我把父親的事同他說說。」祁子俊說：「稍等兩天吧。議政王雖說鬥過了瑞王爺，心裡也煩哪！太后憋了滿肚子火，卻又不能拿議政王怎麼樣，就遷怒左都御史陳昭。這位陳大人已被貶官了！」潤玉聽著，真的不明白：「有這種事？真是顛倒黑白！」祁子俊說：「議政王派人來說了，過幾天他要去潭柘寺靜養幾日，讓我陪著去。我說說，讓你也去吧。」潤玉想想，說：「行，我也正好想散散心哩！」

陳昭被貶，滿朝文武都明白是怎麼回事，卻沒有任何人站出來說句公道話。於是，便在一片皇上聖明、太后聖明聲中，陳昭貶作泰州知府。

陳昭臨走時，到議政王那裡辭行。議政王說：「泰州到底還不算太遠，你安心去做幾年知府吧。我不能保你，也算讓太后消消氣。我如果保了你，只怕你就有性命之虞。唉，說到底，都是衝著我來的。陳昭，本王心裡有數。記住那句話，留得青山在，不怕沒柴燒！」議政王幾句話說得陳昭感激涕零：「感謝議政王器重！」議政王問：「你要走了，我還想問你句話。有很多人向我遞折子，保舉祁子俊做戶部尚書。這事你怎麼看？」

陳昭說：「祁子俊既然有能耐取四海之利，想必有能耐理天下之財。如果拋開用人成例，格外開恩，著他當戶部尚書，未嘗不可，只是……」議政王說：「不妨直說。」陳昭道：「很多人同時保舉，就有些蹊蹺了。」議政王問：「你的意思，懷疑有人在操縱朝廷用人大事？」陳昭道：「我懷疑此人正是祁子俊自己！」議政王冷笑道：「祁子俊，抱負不小呀！」

第四十二章

潭柘寺山門外站著些帶刀護衛，安靜平和的山寺平添了幾分緊張氣氛。和尚們雙手合十，催眉低眼，不敢旁視。依然是香煙繚繞，木魚聲聲，唱經如歌。原來是議政王奕昕要到這裡吃幾日齋。

議政王欣賞著塔林奇觀，祁子俊跟隨在後。眾隨從們遠遠的跟著。議政王興致極好，道：「俗話說，先有潭柘寺，後有幽州城。很多高僧大德在此圓寂，不知他們是否真的圓融通達，悟了大道？不過這裡清淨自在，是個想事兒的好地方。我專門到這裡來歇幾日，想把一些事兒尋思明白。」

祁子俊說：「議政王終日操勞國事，好不容易出來了，該好好歇著才是。」議政王搖頭道：「我同你一樣，是閒不住的。」祁子俊忙說：「子俊不敢，怎能同議政王比？」

「你閒得住？」議政王這話聽上去像是隨口說的，卻讓祁子俊說不出的緊張。他不明白議政王的意思，只好胡亂作答：「議政王閒不住，是忙著經國大業；我可是瞎忙。」

議政王笑道：「不不，你是弈林高手，走一著，看三著。」祁子俊聽著額上開始冒汗：「折煞子俊了。」議政王突然立定，望著祁子俊說：「有很多人上折子，保舉你當戶部尚書，你知道嗎？」祁子俊慌了，低頭謝罪：「子俊愚鈍不才，又沒有功名，豈能擔此重任！」議政王繼續走著，說：「功名何用？治國是沒什麼大道理的。時勢日新，治國之道是聖賢書裡讀不來的！」祁子俊嚇死了，低頭立在議政王身後，說：「子俊該死！子俊的確說過這種褻瀆聖賢的混帳話！」

議政王回過身來，說：「不要怕，你沒有說錯。玉麟在我面前可是言必稱子俊。玉麟是很有主見的，你說的真是混帳話，只怕她會割你的舌頭！」

祁子俊說：「謝議政王寬恕。」議政王抬眼四顧，看上去心不在焉，說出的話卻讓祁子俊兩耳發炸：「我不想讓你當戶部尚書，想要你掌管戶部銀行！」祁子俊驚訝道：「戶部銀行？」議政王點頭說：「對，戶部銀行！」祁子俊覺得奇怪：「大清沒有戶部銀行呀？」議政王笑笑：「你答應了，戶部銀行就有了。」祁子俊拱手道：「請議政王明示。」

議政王說：「洋人同我吵了幾年了，要把他們的銀行開到大清的地盤上來。現在看來，擋是擋不住了，他們遲早會進來的。利弊相權，讓他們進來或許也有好處。只是，我們自己先得辦起銀行。」

祁子俊說：「朝廷辦銀行，的確是英明之舉。」議政王說：「你不要光說漂亮話來敷衍我，得出力才是。」祁子俊說：「報效朝廷，理所當然。只是，子俊不知如何出力！」

議政王這才立定，望著祁子俊：「我想讓你把山西票號聯合起來，共同出資合股，朝廷自然也要出錢，一同來辦。朝廷暫時財力不夠，善於理財的幹練之才更是缺乏。我反覆斟酌，堪當此任者，惟子俊爾！」

祁子俊一時拿不準這事輕重利弊，便說：「議政王如此器重，子俊理當肝腦塗地。只是，一則此事我一人做不了主，還得同各家財東商量；二則我實在擔心自己難當此任，怕貽誤朝廷大事！」議政王說：「你是不肯幫我這個忙吧？」祁子俊說：「子俊豈敢！我原來就有聯合山西票號的打算，到底沒有弄成。」議政王說：「子俊，這次不一樣，有朝廷給你撐腰。你很會運籌，只要你各家走走，他們不僅會出錢合股，還會聯名保舉你來主持大局！連戶部尚書都有很多人同時保舉你來做呀！」

祁子俊腦子裡飛快地盤算著，不知如何應對才好。議政王卻說：「不急，你好好想想吧。」祁子俊知道這事遲早都得他自己了結，便說：「回議政王，我馬上動身回山西，召集財東們商量一下。」議政王微笑著點點頭。走到一棵大樹下，那裡置有石椅石凳。議政王坐下，說：「子俊，你也坐吧。大樹底下好乘涼啊！」祁子俊坐下，謝恩說：「子俊得到議政王福蔭，感激不盡。」議政王笑笑，說：「子俊，你來得可真快啊。可是，大樹底下，寸草不生！」祁子俊嚇了一跳，卻故作糊塗，逢迎道：「大樹底下，福蔭之地，豈容雜草！」議政王大笑起來，說：「我倆語含機鋒，和尚們聽了，以為是在說禪哪！」

塔林裡，玉麟同潤玉相伴而行，幾個宮女和太監跟在後面。議政王他們剛才正是從這裡走過去的。玉麟說：「他倆才從這裡走過，怎麼就不見了呢？老想撇開我們！」

潤玉說：「格格，他倆有正事要說，我們就不要跟著了。」玉麟問：「潤玉，你是我哥請來的，還是子俊帶來的？」潤玉笑笑，說：「佛門是眾生福地，誰都可以來嘛！」玉麟道：「潤玉好機靈，我問不出半句真話。」潤玉說：「格格面前，我哪敢講假話？」玉麟抓住這句話，問：「那我問你，我哥和子俊，你喜歡哪一個？」潤玉既羞且惱，道：「格格，您怎麼可以這樣問話！」

玉麟也不生氣，只道：「這有什麼不可以問的？我喜歡同子俊玩兒，我就同我哥說了。子俊逗我，說讓我嫁到民間去，這話我也同我哥說了。子俊呀，很會哄人的。我就愛同他在一塊兒玩，很開心！」

潤玉聽著這話，暗自震驚，卻不表露，還故意套玉麟的話：「子俊經常帶著你玩吧？」玉麟說：「我膽子比你大，嘴巴比你快，可我到底沒有你這麼自由自在。上次他回山西，我吵著跟他回去，把他嚇死了。」潤玉問：「格格，子俊也很喜歡你吧？」玉麟得意道：「他敢不喜歡我，這也由不得他。我哪天想好了，吵著太后下道懿旨，到那時呀……」玉麟話沒說完，捂臉而笑。潤玉愣住了，忙說：「我可知道，子俊是同別人訂了婚的。」玉麟聽著吃驚，問：「你說的是真話？」潤玉說：「我怎敢騙格格？」玉麟蠻不講理，說：「他訂了婚我也讓他退掉！他的婚事，我做主！」潤玉壯了膽子說：「格格，潤玉說句冒犯您的話，你們帝王家，未免太霸道了些！」玉麟這回可生氣了：「潤玉你放肆！」潤玉並不害怕，回道：「潤玉只是說了句實話。」

玉麟微嘆道：「好吧，我哥平日都依著你，我也不怪你了。告訴，子俊訂的婚，是誰家府上的仙女呀？」潤玉當然不敢告訴玉麟，只冷冷地說：「子俊是個奴才，同他相配的自然也是奴才！」玉麟說：「子俊，我得讓他當主子！」潤玉冷冷一笑，說：「格格遂了心願，那位民間女子可要流一輩子的眼淚了。」玉麟怒道：「潤玉，你這麼菩薩心腸？好，你是好人，我狼心狗肺！」潤玉低頭說：「潤玉冒犯格格，請您恕罪！」玉麟也不想真同潤玉生氣，軟了下來，說：「好了好了，我才沒那麼容易被冒犯哪！走，我去找子俊問個明白！」

議政王還在大樹下面同祁子俊談天說地，意興甚好。議政王問：「子俊，你想過做官同做生意的區別嗎？」

祁子俊道：「子俊糊塗，請議政王明示。」議政王說：「做官講究功過與升降，做生意講究盈虧與利損。如此說，二者差不多。」祁子俊道：「豈可如此相比？做官是經世治國之大道，做生意向來被士人視為末途。」議政王笑道：「子俊不必同我敷衍。如此迂腐的看法，慢慢行不通了。世間萬事，一到動真格的時候，總是需要用錢的。這個不去說它。我想說的是，做官同做生意畢竟又大相逕庭。」祁子俊說：「子俊很想領教。」議政王很有些感慨：「做生意也很難，但終究乾脆些，盈了就賺錢，賠了就虧本。但是，做官呢？做對了未必有功，做錯了未必有過。我大清朝綱公正，但要時刻涇渭分明，難哪！這回，左都御史陳昭協助我整肅吏治有功，卻由從一品貶為從四品，左遷泰州任知府去了。」

祁子俊道：「子俊聽說這事了。真是委屈了陳大人。」議政王搖著頭，說：「不不，你說錯了。做官，委屈是不能說出來的。身為人臣，只許謝恩，不准抱怨！」祁子俊道：「子俊明白了！議政王的教誨，子俊銘記在心。」議政王微笑著，神祕地搖頭，說：「不不，你又說錯了，本王什麼也沒說！」祁子俊恍然大悟，說：「對對，子俊什麼也沒聽見！」

議政王同祁子俊對視片刻，相顧大笑。忽然聽得玉麟喊道：「什麼事，這麼好笑？」原來是玉麟同潤玉來了。

玉麟很高興的樣子：「看你們倆親熱的，像親兄弟一樣。」議政王立馬沉了臉：「玉麟，說話要有分寸！」祁子俊馬上賠罪：「怪子俊太放肆了。」

潤玉施禮道：「潤玉見過議政王。」議政王笑道：「潤玉姑娘，不必拘禮。」玉麟卻願意在祁子俊面前撒嬌，說：「子俊，你就知道在我哥面前賠小心，背後專門欺負我。」祁子俊知道玉麟故意開玩笑，卻仍是害怕：「玉麟你冤枉我了，我哪裡敢欺負你？你這麼說，不怕議政王殺了我？」玉麟卻道：「他殺你，我怕什麼？」潤玉心裡有氣，故意添火，說：「子俊，你膽子也太大了，敢欺負格格。」祁子俊忙說：「我哪敢如此膽大包天？玉麟她故意這麼說的。」潤玉話中有話，說：「你們兩個，不是你欺負她，就是她欺負你！沒個完哪！」

祁子俊急了，又不能多說，喊道：「潤玉……」玉麟對祁子俊說：「你等著，我有話問你！」潤玉冷冷地望著祁子俊：「看你怎麼招認！」

議政王不知他們鬧什麼鬼，便道：「好啦好啦，玉麟她就喜歡鬧！潤玉，我好久沒去聽你的戲了。」

潤玉說：「議政王日理萬機，哪有這閒工夫？」議政王感嘆道：「我這議政王要做得優遊自在，天下就平安無事；我太忙了，未必就是好事！改天，一定要來聽聽你的戲。」潤玉叩首謝恩：「感謝議政王抬舉。」

議政王說：「你父親的事，子俊和陳昭都同我說了。我改天奏明太后跟皇上，替他昭雪。」潤玉連忙跪下，道：「潤玉替父親謝議政王恩德。潤玉特意帶來爹爹捨命留下的遺物證據，呈給議政王。」潤玉掏出一張紙遞上，說：「我爹留下的瑞王爺他們私存庫銀的證據。」議政王突然冷漠起來，說：「案情已經清楚，就不要再看了吧。」潤玉懇求道：「這可是我父親的一片苦心。」

議政王瞟了眼那張紙，沉默不語。他回頭問奴才要過火柴，擦著了，點燃了紙條。潤玉驚疑道：「議政王……您……」

議政王沉了臉說：「潤玉，你父親受人脅迫，情有可原。但他知情不報，參與經手，還是有罪的！」潤玉驚懼起來，哀求道：「議政王，請您寬恕我的爹爹！」議政王目光冷漠，誰也不看。祁子俊不知如何是好，望著玉麟。玉麟說：「哥，好好的，怎麼了嘛！」「你們玩吧！」議政王站起來，拂袖而去。

望著議政王遠去的背影，潤玉腦子整個兒蒙了：「我闖禍了嗎？」玉麟安慰道：「潤玉，你別害怕，我哥他過會兒就沒事了。」是呀，子俊，我哥怎麼突然生這麼大的氣？」祁子俊說：「議政王不想看到自己手下盡是貪官汙吏！他要是把手下人全部看清楚了，還能用誰呀！再說了，瑞王爺，議政王同太后都不想將他名聲弄得太壞。家醜不可外揚啊！」潤玉憤然道：「難怪有些皇帝心甘情願做昏君！」祁子俊忙止住她：「潤玉！」玉麟說：「子俊，由她說嘛！我哥又不是皇帝！」

忽有家丞過來傳議政王吩咐：「議政王吩咐，請潤玉姑娘過去說話。」玉麟笑了起來：「我說是嘛，我哥說沒事就沒事了。」潤玉沒了主張，望著祁子俊。祁子俊說：「潤玉，你去吧。說話小心些，議政王說什麼，你只點頭就是。」玉麟卻說：「潤玉，你別信子俊的，想說什麼就說什麼。我哥他最不喜歡唯唯諾諾的人！」潤玉便跟著家丞走了。祁子俊想追上潤玉再交代幾句，玉麟叫住了他：「子俊，你回來！」

議政王其實就在不遠處，正心思重重地走著。潤玉沒多時就追趕了，小心跟在後面。議政王也沒什麼話要同潤玉講，只是覺得自己剛才太粗暴了，有些過意不去。議政王說：「俗話說，家貧思賢妻，國亂思良相！你父親雖然謹慎怕事，不敢冒犯上司，但為人到底還算清白坦蕩。大清現在尤其需要方儉中正之士，我很為你父親痛惜。」

潤玉說：「議政王能這麼看待我爹爹，他老人家九泉有知，也會瞑目的。」議政王說：「你父親的事，你不用擔心。好啦，我們說些高興的吧。最近排了新戲沒有？」潤玉說：「哪有什麼新戲？無非《牡丹亭》、《長生殿》幾齣現成的。」議政王別有意味地說：「是呀，唱來唱去，都是幾齣現成的戲，只是演戲的角兒換來換去罷了。」

潤玉走後，玉麟突然大聲叫喊：「祁子俊！」祁子俊黑了臉，說：「玉麟，幹嗎這麼凶？」玉麟咄咄逼人：「告訴我，你是不是訂婚了？」祁子俊不想回答她的話，只道：「玉麟，你怎麼問起這個？」

玉麟卻是不依不饒：「你只告訴我，是還是不是！」祁子俊搪塞道：「你知道，我是成過家的人，還有孩子。」玉麟說：「這個我知道，你夫人早就歿了。」祁子俊說：「玉麟，您是格格！」玉麟說：「我是格格怎麼了？告訴我，潤玉怎麼老同你在一起？」祁子俊說：「我同潤玉是患難之交。」玉麟問：「祁子俊，你是不是很喜歡潤玉？」

祁子俊仍不敢直接回答她的話，只說：「玉麟，你今天太凶了。你不能讓我怕你！我要是怕你了，就不敢見你了！」

玉麟說：「祁子俊，你想躲著我？」祁子俊說：「民間有句話，惹不起，躲得起。」玉麟覺得委屈，眼淚都快出來了：「子俊，我有那麼跋扈嗎？」祁子俊說：「你不使格格性子的時候，很可愛的！」玉麟真哭起來了，說：「只恨我是格格！」祁子俊忙安慰道：「玉麟，你是個好姑娘！」玉麟破涕而笑：「好了，子俊，我們不說這些了。我哥可是越來越賞識你了，改天又得讓你去試衣裳了。」

祁子俊苦笑道：「玉麟，你別嚇我了。你哥賞的衣裳，我再也不敢試了。」玉麟噘了嘴，生氣道：「不識好歹！」祁子俊問：「玉麟，你哥如果真要殺我，你說怎麼辦？」玉麟吃驚地問：「我哥幹嗎要殺你？」祁子俊說：「你們帝王家的脾氣，誰摸得準？」玉麟疑惑道：「我哥同你說什麼了？」祁子俊忙搖頭：「沒有沒有！」玉麟責怪道：「疑神疑鬼！放心，誰要是對你不好，我就找他的麻煩！」

祁子俊嘆道：「玉麟，我哪值得你如此做。」玉麟卻說：「子俊，我想好了，我就嫁到民間去，你說好不好？」祁子俊嚇著了，說：「玉麟，這種玩笑開不得！」玉麟很認真的樣子，說：「誰同你開玩笑？」祁子俊說：「你嫁到民間去，得由太后、皇上跟你哥恩准。」玉麟紅了臉，輕聲說：「可我就是要你願意呀！」祁子俊故作糊塗：「怎麼要我願意？」玉麟臉更紅了，又羞又惱，輕聲嘀咕：「木魚腦袋！」祁子俊沒聽清，問：「你說什麼？木魚？」玉麟大聲喊道：「是！木魚！我想去當尼姑，敲木魚！」

祁子俊只能把玉麟說的這些當小孩子的玩話，岔開話去，問：「玉麟，你同我說過，你哥書房裡有個抽屜，專門裝些要緊的折子，還記得嗎？」

玉麟說：「記得，怎麼了？我不跟你說這些。我說的話你聽見了沒有？」祁子俊說：「玉麟，我說的是正事兒。抽屜裡面有些折子，只怕同我有關。」玉麟一副無所謂的樣子說：「那又怎麼了？我哪天去翻翻！」祁子俊故意激她，說：「玉麟，你千萬別去闖禍。那都是事關軍國大計的，你動不得。」

果然，玉麟偏不信那套，說：「只要是同你有關的，我就要去看看。」祁子俊也真有幾分擔心，說：「玉麟，你千萬不要去動那抽屜！你哥發現了，肯定懷疑我指使你的，我會掉腦袋的。」玉麟神情少有的凝重，問：「子俊，你今天怎麼啦？老是殺頭呀、掉腦袋呀！子俊，我……我不准任何人動你半根毫毛！」祁子俊望著玉麟，真有些心動了，喊道：「玉麟……」玉麟臉頓時紅雲亂飛：「子俊，你……你想說什麼呀？」祁子俊搖搖頭，說：「不，不，我……我不知道自己要說什麼。」玉麟催著：「不，我就要你說。你快說呀！」「玉麟，你……你對我太好了。」祁子俊不由自主地拉住玉麟的手，目光裡充滿感激。玉麟嬌羞地把手抽回，伸出手指彈了祁子俊的額頭。「子俊，今後你敢對我不好，我殺了你！」玉麟嬌笑著，扭頭跑開了。

議政王在潭柘寺清靜幾日，起駕回府。議政王坐在黃圍大轎裡，望著滿目青山，神情怡然。玉麟另外坐了轎子，不時掀開轎簾，想回頭看後面。潤玉也坐著轎，神情有些憂鬱。祁子俊騎著馬，同幾位朝服官員走在一起。

恭送議政王回府後，祁子俊併各路官員才各自回家。祁子俊騎馬隨在潤玉轎子後面，直送到她家門前。轎停馬駐，潤玉頭也沒抬，徑直往屋裡去。

祁子俊喊道：「潤玉！」潤玉站著，仍不回頭，只冷冷地留下話來：「辛苦了幾天，你回去歇著吧。」祁子俊問：「你怎麼不理我了？」潤玉背朝他說：「有人理你哩！」

祁子俊明白她是為什麼生氣，卻又是沒法解釋的，便說：「潤玉，你這是說什麼呀？」潤玉冷冷道：「你回去等著懿旨吧！」

潤玉說罷低頭進屋，把門關上了。祁子俊站立馬前，搖頭嘆息。長長的胡同，空無一人。祁子俊牽著馬走了好久，才爬到馬背上，懶洋洋地往回走。

晚上，祁子俊心神不寧，獨自出門了。街道明溝旁放著一溜兒寫有「義成信」字樣的大紅燈籠。夜已深了，街上行人稀稀落落。風刮著街頭的樹枝，嚓嚓作響。祁子俊不知不覺地走到了潤玉家門外。他不經意抬頭，望見了潤玉，忙問：「潤玉，這麼晚了，你……」

其實，潤玉也神使鬼差地往義成信方向走著，她看見了祁子俊，就一直遠遠地隨在他身後。潤玉看出祁子俊也許是遇著麻煩了，說：「有什麼話，不要悶在心裡。」祁子俊說：「有些事情，我不能同你說呀！」潤玉問：「是不是我倆的事，你後悔了？」祁子俊不知從何說起：「潤玉，我……我現在真有難處了。」潤玉話語中帶著些風涼：「玉麟逼你了？能娶上格格，你該高興啊！」祁子俊著急道：「潤玉，你說到哪裡去了！刀已架在我脖子上了！」

潤玉這才驚愕起來，問：「到底出什麼事了，快告訴我！」祁子俊搖頭道：「我不能告訴你！我不能讓你擔驚受怕！」潤玉急得直想哭：「你真要把我急死了！我潤玉什麼苦沒吃過，還怕跟著你擔驚受怕？」祁子俊嘆道：「唉，早相信蘇先生的話就好了！回到老家，灌園讀書，閒雲野鶴！」潤玉驚恐地望著祁子俊，說：「不管是什麼事，你得告訴我，我都願意同你共同承擔。」祁子俊避而不答，只道：「潤玉，我倆的事，暫時緩緩吧。」

潤玉背過臉去，掩面而泣。祁子俊勸解半日，只是說讓潤玉別哭，事情總會過去的。可他畢竟不能把真實情況告訴她。說了，她也不懂。無奈之下，他只好送潤玉回家去。

祁子俊回到票號，天都快亮了。祁子俊睡不著，叫醒袁天寶、阿城商量事兒。他把議政王著他辦戶部銀行的事說了，道：「我真不知怎麼辦才好啊！」袁天寶問：「如果不依議政王的，會怎麼樣？」祁子俊說：「凶多吉少！在潭柘寺，議政王同我談天說地，論古道今，好不投緣哪！可是，實則是殺機四伏，想來害怕啊！」阿城說：「參股戶部銀行，扛著朝廷的牌子，說不定生意越來越紅火呢？」袁天寶說：「分明是朝廷想打秋風！不然，朝廷不知道獨自辦銀行？」

祁子俊說：「朝廷的牌子，老百姓不見得就認。老百姓也好，朝廷官員也好，王公貴族也好，他們寧願用各家票號發出去的小票，不認朝廷的寶鈔，為什麼？大家不相信朝廷！」

袁天寶同阿城一時也沒了主意，望著祁子俊，臉色凝重。祁子俊頓了會兒，又說：「朝廷收稅銀、課銀、釐金、輸捐，只要銀子；可朝廷發給老百姓的卻是寶鈔。這說明什麼？連朝廷自己都不相信自己！」

袁天寶說：「我擔心，一旦出資合股，沒幾年這些銀子就被朝廷吃了。財東們會說您為著自己當個戶部銀行的官兒，拉大家下水！」祁子俊說：「朝廷吃了財東們的銀子，財東們就會吃了我祁子俊！我擔心的正是這個！」袁天寶說：「二少爺，您不妨託言別的東家不答應，推脫掉算了。」祁子俊神情沮喪，說：「談何容易？戶部銀行辦成了，我晚幾年掉腦袋；戶部銀行辦不成，我馬上就得掉腦袋！唉，橫豎都是這顆腦袋啊！」阿城氣憤道：「朝廷怎麼可以這樣做？總得別人心甘情願嘛！」祁子俊自嘲著，苦笑道：「我同別人不一樣，我頭上頂著朝廷的正二品頂戴！別人不聽朝廷的，最多只是刁民，打打屁股就行了；我不聽朝廷的，就是背負皇恩，不思報效，罪就大了！」

阿城說：「祁少爺，您已經為朝廷出過那麼多錢了，他們不應該這樣啊！」祁子俊冷笑道：「朝廷？朝廷認定的天理就是，普天之下莫非王土，率土之濱莫非王臣。天下所有財富，說到底都是朝廷的。百姓受罪，自己命苦；百姓享福，感謝皇恩！」袁天寶同阿城都是一籌莫展的樣子，等著祁子俊拿主意。祁子俊說：「唉，如今說這些都沒有用。我明天就動身回山西，看看財東們的意思。」

袁天寶問：「您還是想說服大家？」祁子俊說：「我畢竟奉著朝廷之命，不得不勉力而為啊！」袁天寶說：「祁少爺，您會招來天下罵名的！」

祁子俊說：「我現在心裡一團亂麻。但思前想後，從長計議，我覺得票號參股戶部銀行，說不定也是件好事。別的不說，憑我這些年見識到的東西，凡是跟著洋人學的，總有些道理。朝廷不是在辦洋務嗎？就是想學點人家的好東西！可是，我擔心，財東們會一致反對的！」

袁天寶說：「我相信您的見識。只是如今這朝廷，真的不敢讓人放心哪！」祁子俊長吁短嘆：「唉，我擔心的也正是朝廷的信用。」袁天寶說：「這回朝廷查抄貪官贓銀，山西票號被波及者十有八九，義成信卻安然無恙。同行們必然心生芥蒂，遷怒於您。」祁子俊說：「我沒有做什麼對不起同行的事，問心無愧！」袁天寶道：「話是這麼說，誤會總歸有的。」「可是別無他法，我只能硬著頭皮同財東們商量去。此事只能成功，不能失敗哪！」

祁子俊頓了會兒，又說：「袁叔，我最近老是拉著阿城四處跑，你手下就不方便了。我想，往後就請阿城隨我走算了。您看誰合適，另外用個二掌櫃吧。」袁天寶點頭道：「好吧。

您身邊是要個人方便些。」祁子俊說：「對了，左都御史陳昭陳大人已左遷泰州當知府去了。袁叔您記著，從今兒起，按月給他府上送一千兩銀子，貼補他的家用。」

三寶站在議政王書房外，警覺地注視著四周。一個女僕過來，想進房去收拾。三寶上前攔住，說：「格格在裡頭讀書哪！格格吩咐了，任何人不准進去。」女僕遲疑著望望三寶，只好退下。等女僕一走，三寶便朝裡輕聲喊道：「格格，快點出來！」

原來玉麟正在裡面找那些折子。她想拉開議政王密藏折子的抽屜，卻見上了鎖。玉麟翻著沒上鎖的抽屜，想找鑰匙。稀里嘩啦老半天，才找著了鑰匙。畢竟害怕，慌張地套了幾次，都沒找對鑰匙。

終於打開了抽屜。玉麟拿出一碼折子，小心翻了起來。突然，玉麟臉色大驚：參封贈正四品中憲大夫祁子俊通匪附逆，貶賣私鹽……玉麟雙手發抖，繼續翻著，又發現一個參祁子俊的折子：參封贈正三品通議大夫祁子俊私鑄官錢……一連幾本折子都是參祁子俊的：參封贈正二品資政大夫祁子俊暗通洪逆，為逆賊提供湘勇軍服……參封贈正二品資政大夫祁子俊籠絡朝廷官員，結黨營私，邀官謀權……三寶在外頭遠遠的看見議政王來了，嚇得臉色慘白，連忙輕聲喊道：「格格，議政王回來了！」玉麟聽見三寶叫聲，嚇著了。她把折子揣進懷裡，想要跑出去。又覺不妥，仍把折子放進抽屜，上了鎖。這時，已聽見議政王的說話聲了，玉麟只好裝模作樣地在書架上亂翻一氣。議政王見了玉麟，滿臉驚疑，問：「玉麟，你在幹什麼？」玉麟假裝問道：「哥，那只文成公主玉碗，你放哪兒了？」議政王說：「怎麼突然想起那玉碗了？」玉麟故意撒嬌：「那玉碗本來就是五叔賞給我的，你老拿著！」

議政王說：「那可是龍票換來的，我怕你毛手毛腳，把它打壞了。」玉麟說：「我現在又不是小孩了！」議政王只好說：「你等著吧。」議政王進裡屋去，取了玉碗出來，說：「你喜歡，就拿去吧！」玉麟接過玉碗：「謝謝哥！」議政王猛然看見鑰匙放在桌上，臉露疑色，卻不說出來。

「哥，我走了。」玉麟說。「好，你走吧。」議政王望著玉麟的背影，「玉麟，今後沒哥的話，不許隨便進我書房。」玉麟回過身來，故作驚訝：「哥，怎麼了？」議政王神色顯得嚴厲：「你要知道，這是我處理朝政大事的地方！」玉麟像是受了天大的委屈，說：「好，我知道了。」

玉麟出門，示意三寶跟她走。三寶跟著格格，走到垂花門下。玉麟停下來，十分焦急：「你快去告訴祁子俊，我有要緊事同他說。人命關天，千萬小心！」

議政王等玉麟走遠了，便打開密藏折子的抽屜，見折子被人動過了。他若有所思地點點頭，喊道：「來人！著人去義成信，看看祁子俊回山西了沒有。他若還呆在京城，叫他馬上來見我！」

三寶腿腳飛快，沒多時就趕到了義成信。袁天寶問：「三寶，你怎麼來了？」三寶只問：「二少爺在嗎？」袁天寶說：「二少爺早回山西了。」三寶急道：「回山西了？那可怎麼辦呢？」袁天寶問：「有什麼急事？」三寶望望四周，附耳同袁天寶說話。袁天寶大驚：「她是格格？」三寶嚇得臉色發白，道：「輕些聲！」袁天寶這下也急了：「這可怎麼辦呢？」三寶說：「天寶叔，您趕緊派人回山西，這可是人命關天的事！」

袁天寶說：「我又不知道到底是什麼事，怎麼去找二少爺？」三寶說：「格格不肯講，我也不敢問呀！」聽得有夥計敲門。袁天寶望望三寶。三寶點點頭，袁天寶才說：「進來！」夥計說：「袁掌櫃，議政王府來人了。」

三寶暗自吃驚。袁天寶說：「你快請他在客堂裡坐著，我馬上就來！」三寶囑咐說：「袁叔，千萬別說我在這裡！」袁天寶在外應付好一會兒，擦著額上的汗，推門進來，說：「議政王著他來找祁少爺的！」三寶頗為不屑，說：「袁叔，您怕什麼？這傢伙在議政王那裡屁都不算一個，出來了就充大爺！」袁天寶說：「我怎麼知道他是什麼東西？他說議政王召見祁少爺。」三寶琢磨著，說：「八成是二少爺有危險了。天寶叔，您趕緊著人回山西。二少爺回京後，千萬別先去找議政王，先找格格。」袁天寶說：「行！三寶，你回去吧。」

祁子俊回到老家，想著還是先向蘇文瑞討討主意。他邀蘇文瑞去花園裡走走，說起自己這回肩負的差事。蘇文瑞卻說：「我現在真的不該再多嘴了。」祁子俊說：「蘇先生，您姑妄言之，我姑妄聽之。」蘇文瑞說：「朝廷辦銀行，大勢所趨。但要看是怎樣的朝廷。這十來年，我隨你周旋於朝廷跟太平天國之間，可真是開了眼界啊。」祁子俊說：「可是，這差事辦不好，我只怕有性命之憂啊！」蘇文瑞問：「你也知道怕了？」

祁子俊苦笑道：「我是生意越大，頭上頂戴越大，心裡越是害怕呀！當年同議政王在琉璃廠爭買玉碗，我不知天高地厚，什麼都不怕；後來家運不幸，我亡命天涯，明知刀口就在腦袋上，也不怎麼怕；再後來為著賺錢，提著腦袋在朝廷跟太平天國間穿梭往來，也顧不得怕；可是，等到朝廷封贈我正二品頂戴，議政王對我備加恩寵的時候，我真的怕起來了。」

蘇文瑞憂心忡忡，說：「子俊，你早該想辦法保護自己了。」祁子俊問：「我怎麼想辦法？官場上想平安些，就是不斷地往上攀附，依靠的官越大越好。可是，議政王同我說了兩句話，聽來真是嚇破膽呀！」蘇文瑞問：「他怎麼說的？」祁子俊說：「他先說大樹底下好乘涼，又說大樹底下寸草不生！」蘇文瑞說：「分明是說，你聽他的就好，不聽他的就要你小命！」

祁子俊說：「議政王這個意思，我也猜著了。正因如此，說服大家參股戶部銀行的事，我雖然自己也沒完全想明白，也只好回來試試。勉力而為吧。」

兩人正說話，汪龍眠隨著家人來了。汪龍眠躬身而拜：「祁縣知縣汪龍眠見過祁大人！」祁子俊說：「汪知縣，都是熟人，不必客氣。」汪龍眠卻仍按官場套路行事：「祁大人都回來兩天了，我才知道，萬望恕罪！」

蘇文瑞望望祁子俊，忍不住想笑。祁子俊強忍心頭之惡，說：「我還是叫你汪先生順口些。汪先生，你公務繁忙，不必拘禮。」蘇文瑞忍不住說起風涼話來：「汪兄總算遂了平生志願啊！」汪龍眠卻聽不出蘇文瑞的意思，只說：「區區小吏，都是祁大人保舉的。祁大人，家裡有什麼事，但請吩咐。」祁子俊笑笑，說：「找縣衙的事，無非伸冤打官司。還是不要有事找你的好！」汪龍眠忙說：「下官不會說話，只是想表個心意，如此而已。祁大人見諒！」祁子俊只好下逐客令了：「我這裡同蘇先生商量事兒，汪先生忙你的去吧。」汪龍眠拱手低頭：「下官就告退了。對了，要不要通報撫臺大人跟知府大人？您回來了，他們該按規矩招呼著才是。」祁子俊笑笑，說：「汪先生沒當幾日知縣，套路摸得很清嘛！不用驚動他們了。」汪龍眠又道：「下官遵祁大人意思！」望著汪龍眠遠去，蘇文瑞笑著搖頭，道：「汪龍眠口口聲聲下官下官，就是時時提醒自己畢竟是個官哪！」祁子俊笑道：「蘇先生，您說話總是一針見血！」

晚上，祁子俊讓阿城陪著，去看望岳父、岳母大人。關家驥坐在一邊，自顧喝著茶，不睬祁子俊。祁子俊也只是進門時同他寒暄一句，並不把他放在心上，只同兩位老人說著話：「我這次回來，奉議政王之命，說服山西票商和其他財東參股，同朝廷一道辦戶部銀行。」

關近儒說：「我早知道了。你一回來，這事就傳開了。」祁子俊說：「岳父在晉商中威望崇高，我想請您老出面，幫著我說服大家。」關近儒說：「財東們精於盤算，只要有利可圖，他們聞風而動，不需要說服。要是他們認為無利可圖，甚至會血本無歸，你縱然巧舌如簧，也是沒有用的。」祁子俊說：「銀行是跟洋人學的新鮮東西，同票號多有不同之處，得說服財東們相信銀行更能賺錢。」

關近儒嘆道：「你沒有看到癥結所在。朝廷辦銀行，開萬代之先河，關乎社稷民生，說不定是件好事。但要讓財東們相信的不是銀行賺不賺錢，而是朝廷守不守信！不然，莫說財東們不願參股，就算大家勉強參了股，銀行辦起來了，誰來存錢？我可是有教訓的啊！打長毛這些年，我是一心替朝廷著想，為湘軍採辦白藥。可至今分文貨款收不到，我派去結帳的大掌櫃霍運昌也是生死不明！」

祁子俊問：「霍掌櫃還沒消息？」關近儒唉聲嘆氣地說：「半點音信都打聽不到！」關家驥這會兒插了嘴：「只怕早沒命了。」關近儒罵著兒子：「你嘴裡總沒一句好聽的話！」阿城說：「我在京城也向老鄉們打聽過，他們都不知道霍掌櫃的下落。」祁子俊說：「霍掌櫃去金陵那些日子，那邊正好亂得很。」關近儒說起了正事兒：「我能為你做的，就是迴避。」關夫人問：「近儒，你就不可以幫著子俊說幾句話？」阿城說：「是啊，關伯伯，大家可都聽您的。」關近儒說：「我自己都不想參股，怎好說服別人參股？不明擺著是害人家嗎？子俊，阿城，你們這個會我就不參加了。」

從關家出來，祁子俊心情糟透了。沒別的辦法，還得去說服些有臉面的財東。第二天，他去拜訪余先誠。見了面，余先誠哈哈一笑，道：「二少爺，你把我都蒙了。我求你參劾楊松林，你只同我打官腔。哪知道，你早就成竹在胸，怕我壞了你的盤算啊！」

阿城說：「別說您，我天天跟著他，他做的有些事我都不知道！我只好做木偶，他扯一下，我就動一下。還不能亂動，怕誤他的事！」

祁子俊道：「楊松林狡滑得很，靠山又硬，我不得不多加小心哪！告訴您吧，不是我當面向議政王陳情，楊松林也殺不了！他可是瑞王爺家包衣！瑞王爺本來早就被晾起來了，正好那節骨眼上又被朝廷重新起用。」

余先誠擔憂起來：「那麼瑞王府要是知道中間原委了，不要找你麻煩？」祁子俊笑道：「他找不著我的麻煩了，死了！貪汙朝廷庫銀事發，嚇死的！」余先誠憤然道：「活該！」

祁子俊說：「議政王整肅吏治，創辦洋務，就是想光大自強哪！辦戶部銀行，實是議政王的英明之舉啊！太谷、平遙的票商們都會來祁縣共同商議。余世伯，我希望您能幫我哪！」余先誠說：「我聽你說起這銀行，只怕是個出路。行，我幫你。你不妨再去找找馬財東，你可是救了他的命啊！」祁子俊說：「行，我也想著去看看馬財東。」

辭過余先誠，祁子俊往馬財東府上。馬財東見祁子俊登門了，長跪而拜。祁子俊忙將他扶起，連聲說受不起。馬財東老淚縱橫，說：「感謝祁大人搭救之恩！自從您關照了袁巡撫，他天天給我好酒好肉吃，可把我嚇壞了，以為要送我上西天了！」祁子俊大笑，說：「別說什麼感謝不感謝的。鄉里鄉親的，都是應該的。」馬財東聽祁子俊說完辦戶部銀行的事，二話沒說，便道：「您放心，我會幫著您說服大家的。您辦事高瞻遠矚，肯定看得準，跟著您做事，準沒錯！」

第四十三章

祁縣商會外面，街市如潮，人頭攢動。祁縣商會的招牌高高地懸掛著。門前停滿了轎馬，落轎下馬的都是來自太谷、平遙、祁縣的大財東。祁子俊今天在這裡召集各財東跟大掌櫃商議參股戶部銀行的事。

財東們陸續進門，大家相互道好，談天說笑。馬財東高聲說：「我可得感謝祁大人救了我的命哪！參劾楊松林，實是祁大人的功勞，不是他同袁巡撫大人說情，我只怕被楊松林活活整死了！你們知道嗎？就連瑞王爺，皇親國戚，都讓祁大人參了本，活活嚇死了！」祁子俊忙說：「朝廷懲治惡吏，我不敢貪天之功啊！」

大家便說祁子俊太謙虛了。說笑著，人便到齊了。祁子俊開頭說話：「我先向太谷、平遙的財東們賠個不是，讓各位大老遠的趕來。對不住了。今天，請大家來坐坐，是要商量個事兒。朝廷著我籌辦戶部銀行，邀請山西的票號和大財東參股。我按照議政王口諭，參照西洋銀行成例，草擬了一個合股章程。大家看看吧。」

有財東問道：「什麼是銀行呀？我們可是聽都沒聽說過！」眾人哄笑起來。祁子俊說：「看看章程，或可明白一二。我等會兒再跟大家詳細說說。」這時，關家驥突然進門了，笑吟吟地同大家打著招呼。祁子俊暗自吃驚，招呼道：「家驥，請坐吧。」關家驥也不搭理，自個兒坐下了。

大家看完章程，七嘴八舌說開了。有財東說：「朝廷的寶鈔，印得跟花兒似的，老百姓不認！我們票號出去的小票，毛筆寫上去的，卻是風行四海。為啥？我們發一兩銀子的小票，家裡地窖裡藏著一兩銀子。朝廷可不管這麼多，庫裡是空的，寶鈔只管印！我敢打包票，今後真辦了戶部銀行，肯定三天兩頭印寶鈔！照這樣子，眨眼就會倒攤子！」

祁子俊說：「大家說來說去，總在朝廷信譽上解不開結。我可以奏請朝廷，加上一條退股自由。大家還是應該把目光放長遠些。戶部銀行真辦起來了，官款肯定是要往戶部銀行走的，各家票號要損失大筆業務；朝廷辦洋務，修鐵路、造工廠、開礦山，都有大宗存貸業務，肯定也只能往戶部銀行走；還有同洋人的債務往來，也會經戶部銀行。總之，戶部銀行，前程無量！」

余先誠真心想幫祁子俊促成此事，見大家說起話來風向不對頭了，忙說：「上回祁少爺說辦聯號，我不同意。這回有朝廷作後臺，我看這事成！世上沒有絕不賠本的生意，就說我們開票號也是盈虧有時，有賠有賺。說這銀行，我們就不可以試試？票號你照樣開嘛！再說了，祁少爺的才幹，大家有目共睹。有他主事，我們大可放心！」

會場躁動起來，有人點頭，有人搖頭，有人沉默。關家驥沉默不語。有位太谷財東陰陽怪氣地問：「祁大人，您掌管戶部銀行，官至幾品呀？」關家驥聽了，抿著嘴巴冷笑著。

馬財東站起來說話：「祁大人替我們除掉楊松林，可是救了大家呀！我想他受命創辦戶部銀行，全無半點私心。銀行雖是新鮮東西，但我相信祁大人的遠見卓識。」

又是那位太谷財東說起風涼話來：「馬財東，他是您的救命恩人，您搭上幾十萬兩銀子感謝他也是應該的。」馬財東說：「我自然會參股的。」余先誠說：「我也參股。」

他倆這麼一說，很多財東碰頭商量了，都說願意參股。阿城忙站起來，高聲喊道：「願意參股的，煩請各位財東先寫個數。多少不論，可加可減，自主自願。」參股登記簿在財東們手裡傳遞著。

突然，關家驥站起來說話：「既然是自願參股，我關家是不會湊這個熱鬧的。」祁子俊急了：「家驥！」關家驥說：「各位前輩，朝廷是見錢眼開的。白花花的銀子進了戶部，那是老黃牛肚裡的稻草，進去了就出不來的！」祁子俊站起來，嚴辭道：「家驥，你不能這麼說話！戶部也只是股東，同各位平起平坐！」關家驥冷笑說：「祁少爺可是說新鮮話了，戶部什麼時候也不會同我們平起平坐。他們高興了，叫我們一聲財東；不高興了，拿我們的銀子充公！」

太谷財東說：「算了算了，就連您岳父家都不相信，我們哪敢相信？」祁子俊說：「各位，聽我再說說嘛！」關家驥打斷祁子俊的話：「各位該聽說了吧？這次朝廷整肅吏治，官府查抄貪官贓銀，京城票號十有八九都受連累，只有義成信穩坐釣魚船！」場面哄鬧起來。太谷財東說：「是呀，祁大人，我們心裡早就有疑慮，只是不好挑明。您說說，這是怎麼回事？」阿城沉不住氣了，說：「你們這是什麼意思？未必這怪得了義成信？」

祁子俊喊住阿城：「阿城，你不要這麼說。各位東家、掌櫃，朝廷辦案，查誰不查誰，怎是我義成信管得了的事？有一條我承認，朝廷各衙門知道議政王待我不錯，對義成信有所顧忌。可是這也不算我的錯呀！」

關家驥笑道：「議政王為什麼會待你不錯呀？楊松林倒是你參劾的，可楊松林不是曾經也和你走得很近嗎？我好像聽說，楊松林原先存在別處的銀子，都轉存到了你義成信。朝廷怎麼就不查你呢？」眾人大驚，鴉雀無聲，望著祁子俊。祁子俊喝道：「家驥，你這是什麼意思呀！」

關家驥道：「哼！為人莫做虧心事，半夜不怕鬼敲門！我們山西票號，講的就是誠信二字。你口口聲聲為山西票號前途著想，其實居心叵測！上回想出個辦聯號的招，想吃掉同行。我關家沒票號，輪不上我說話。這回又拿出個辦銀行的新花樣，幫著朝廷來吃我們！」關家驥說罷，鼻子一哼，站了起來，掉頭而去。

場面亂了起來，有人開始離席。有人乾脆說祁子俊人面獸心，差點就上了他的當。大家都說剛才登記的參股銀兩不算數了。財東們三三兩兩地走了，有的還罵罵咧咧，面子上過不去的就同祁子俊敷衍兩句。最後只有余先誠和馬財東還留著，徒有搖頭嘆息而已。余先誠真替祁子俊著急，卻束手無策：「祁少爺，這，這是怎麼回事呀？！」祁子俊早已說不出半句話來。

潤玉找袁天寶打聽祁子俊的事，問：「袁叔，子俊有消息了嗎？」袁天寶笑笑：「傻孩子，他才回去四天，哪這麼快？」潤玉說：「我怎麼覺得他回去十天半個月了！」袁天寶笑笑。潤玉問：「袁叔，您請告訴我，子俊到底遇著什麼事了？」袁天寶說：「潤玉，子俊什麼也沒同你講？」

潤玉搖搖頭。袁天寶說：「子俊沒講，自有他的道理。孩子，有些事情，你還是不知道的好。你相信他，他會邁過這個坎的。」潤玉說：「可我天天揪著心，老怕他出事！袁叔，您就把實話告訴我吧！」袁天寶說：「孩子，我真的不能說！」潤玉越發緊張起來，問：「袁叔，我什麼苦沒吃過？沒有什麼事可以嚇倒我的。我求您告訴我吧。」袁天寶實在拗不過潤玉，只好告訴她：「議政王要祁子俊說服山西商人出錢，同戶部合辦銀行。」潤玉道：「原來是這樣？袁叔，難道這事有危險嗎？」袁天寶說：「銀行辦成了，子俊就不會有事；要是辦不成，就難說了。」

潤玉說：「可是，山西的老財東們肯定不會同意的。」袁天寶說：「你也這麼看？」潤玉說：「誰都會這麼看的，老百姓不相信朝廷！」袁天寶搖頭而嘆。潤玉說：「我去找議政王！」袁天寶說：「潤玉，你怎麼找得著議政王？別傻了！」潤玉說：「人命關天，我顧不得那麼多！」潤玉從義成信出來，徑直往恭王府去。門子攔住她，喝道：「哪來的野姑娘，擅闖王府！」潤玉說：「我想找玉麟格格！」門子問：「你什麼人？說找格格就找格格呀！」潤玉說：「煩請通報一聲，就說有個叫潤玉的姑娘找她。」門子打量著潤玉，說：「你說讓我通報我就通報呀？真不懂規矩！」潤玉明白過來，掏出張小票遞上。門子這才說：「好，你等著吧，我讓人通報一聲。」

這會兒，玉麟正為祁子俊的事兒在家裡哭鬧。議政王背手站在旁邊勸慰她：「你不再是小孩了，處事不能如此糊塗。」玉麟說：「我心裡只有祁子俊！不管你同意也好，不同意也好！」議政王說：「玉麟，你如此固執，可不要後悔！」玉麟怒視著議政王：「哥，你心真狠！」議政王嚴厲道：「玉麟！哥不僅要考慮你的幸福，還要考慮朝廷的臉面！」玉麟哭道：「我嫁給祁子俊，怎麼就沒臉面了！要不是我敬重你這位哥哥，我早就自己稟太后去了！」

有家丞喊道：「議政王，格格……」議政王發火了：「誰讓你進來的？」家丞嚅囁道：「奴才……」議政王沒好氣，問：「什麼事，說吧！」家丞說：「有個叫潤玉的姑娘，說要找格格。」玉麟吼道：「我誰也不見！」議政王說：「潤玉？叫她進來吧。」

家丞退了下去。議政王回頭同玉麟說：「我告訴你，祁子俊他心裡有沒有你，你也不知道。這位潤玉，我看她同祁子俊倒是情投意合呀！」玉麟吃驚地抬起頭，問：「潤玉？你說子俊真喜歡潤玉？」

議政王說：「你成天說自己不是個格格就好了，可你時時刻刻都把自己當格格。你以為老子天下第一，只在意自己的感情，沒有在意過別人也是血肉之軀。你以為祁子俊喜歡潤玉就不可思議是嗎？甚至你根本就不會往這上面去想！好了，不要哭哭啼啼了，為個祁子俊，鬧成這個樣子，奴才們見著也不好看。歇著吧，我替你見見潤玉。」

議政王去了茶廳，見潤玉正坐在那裡喝茶，便微笑著進去了。潤玉忙放下茶杯行禮：「潤玉見過議政王。」議政王說：「潤玉坐吧。玉麟病了，不便見客。今兒有空來走走？」潤玉說：「議政王，我今兒其實是專門來拜見您的！」議政王問：「拜見我？潤玉姑娘有什麼好戲吧？我同下面說了好些日子了，說哪天有空去聽聽你的戲。」潤玉說：「謝謝議政王！我今天卻是專為祁子俊而來。」議政王顯出很吃驚的樣子：「祁子俊？祁子俊怎麼了？」潤玉說：「我知道祁子俊現在是提著腦袋當差！」議政王笑道：「祁子俊現在好好的，潤玉姑娘何出此言？」

潤玉道：「議政王，我要是爹爹在世，也算是大家閨秀，說話辦事興許顧及多些。可是我自從家道不幸，發配漠北與虎狼為伴，回京後又是自己開戲園子餬口，自然就少了些溫厚嫻淑的女兒態。如有衝撞，請議政王恕罪！」

議政王道：「潤玉，我就欣賞你這性子。」潤玉說：「議政王知道，祁子俊畢竟對朝廷是有功的呀！」議政王說：「祁子俊當然有功呀！朝廷封贈他正二品授資政大夫，就是褒獎他有功嘛！我著他創辦戶部銀行，也是器重的意思！」潤玉問：「萬一戶部銀行辦不成怎麼辦？」議政王問：「潤玉姑娘以為會辦不成？」潤玉說：「那是要從人家口袋裡掏錢的事，哪是嘴上說的容易？」議政王說：「只是讓財東們參股戶部銀行，有利可圖，如此不好？」潤玉說：「銀行辦成了，皆大歡喜。我只想知道，萬一辦不成，子俊有罪嗎？」議政王說：「我相信子俊的能耐，沒有辦不成的道理！」潤玉問：「按議政王意思，萬一不成，就是子俊不盡力了？」議政王哈哈大笑：「潤玉腦瓜子聰明！你放心，萬一子俊沒辦成，我會另圖良策，不會責怪子俊的。潤玉，你同子俊可是心心相印呀！」潤玉說：「我同子俊共過家難，話說得到一起去。議政王，請代我向格格請安，我告辭了。」

議政王很想留她多聊會兒：「潤玉，你多坐會兒無妨。」潤玉說：「議政王國事纏身，我就不打擾了。」議政王只好讓家丞送客。望著潤玉的背影，議政王暗生欽佩與愛慕。只是礙著自己王爺之尊，不敢同這位戲子過於親密。

潤玉低頭走著，突然聽得玉麟叫她：「潤玉！」潤玉回頭一望，見玉麟站在樹陰下。潤玉問：「格格，您身子好些了嗎？」玉麟說：「潤玉過來，我有話同你講！」潤玉迎了上去。玉麟說：「子俊回來，你讓他馬上來見我。」潤玉聽著心裡來氣，說：「子俊要見誰，我管不著。」玉麟說：「我不管你同子俊如何，請你務必轉達。我告訴你，刀已架在他脖子上了。」潤玉這時候倒是沉著，問道：「告訴我，誰要殺他？」玉麟說：「天機不可洩露！」潤玉冷冷道：「還有什麼天機？除了您哥哥要殺他，誰還殺得了他？」玉麟說：「朝廷裡的事，沒你想的那麼簡單！」潤玉說：「我想其實很簡單，你們就是想殺誰就殺誰！恩將仇報，六親不認，這就是你們帝王家！」玉麟也不生氣，只道：「潤玉，你說得太過分了！我是在救子俊！」

玉麟正同潤玉說話，陳昭身著從一品朝服，在家丞的引領下，奔議政王書房而去。陳昭見了議政王，伏地長跪：「下官陳昭感謝議政王再造之恩！」議政王笑道：「起來起來，坐吧。」陳昭站起來：「謝議政王。」議政王說：「我料你才趕到泰州，就接到回京的聖旨了吧？」陳昭說：「剛到兩天。」

議政王說：「太后消消氣，就沒事了。我手頭總得有人用啊！皇上跟太后意思，你改任吏部尚書，充軍機大臣！」陳昭說：「下官知道，這都是議政王起生死，肉白骨，我方能重見天日。」議政王道：「陳昭，本王相信你的忠誠，欣賞你的才幹。但你要記住，你只能感謝皇上跟太后的恩典！」陳昭道：「下官謹記議政王教誨！」

祁子俊沒有辦成戶部銀行之事，本想遲早也是覆命，就想在家多呆幾日。他早身心俱憊了。他更想同世禎、世祺多廝磨些日子。如今世禎懂事多了，在他面前不再冷眼冷臉的。沒想到袁天寶派人急急地送了信來。祁子俊展信大驚，卻不知北京那邊到底發生什麼大事了。他只好另做打算，早早回京去。

夜裡，世禎兩兄弟都到祁子俊房間說話，蘇文瑞夫婦也陪著。祁子俊說：「世禎，爹總是來去匆匆，明天又要走了。」世禎說：「爹忙您的，家裡您放心。」祁子俊說：「你要好好兒學生意。生意上的學問，多聽你外公的，也可多問蘇先生。」世禎點頭應允。祁子俊嘆息說：「我生意做得紅紅火火，可我走的路子你學了未必管用。」世禎茫然望著祁子俊。蘇文瑞插言：「二少爺，你別跟孩子說這些，他不明白的。」世禎問：「爹，您是不是有難處了？」祁子俊掩飾著，說：「沒有，爹很好。你和弟弟在家都要聽寶珠姐姐跟蘇先生的話。」世祺畢竟不懂事，吵著說：「爹，下次給我買對蛐蛐兒回來！」祁子俊笑笑，說：「好，爹給你買最好的紅牙青！」

眼看著夜深了，寶珠領著世禎、世祺出去睡覺，蘇文瑞留下說話。蘇文瑞說：「畢竟是朝廷的差事，沒有辦好，你要想好回去怎麼覆命啊！」祁子俊哀嘆道：「不是覆命，是保命！」蘇文瑞說：「還不至於吧？」祁子俊說：「袁掌櫃派人帶信，讓我回去不要先找議政王。我想，一定是三寶或是玉麟格格知道事情不妙了。」蘇文瑞說：「現在能幫你的，恐怕只有格格了。」

第二天，祁子俊啟程回京。車馬走在祁縣大街上，前面突然有頂轎子停下了。祁子俊掀簾看看，下轎的原來是汪龍眠。汪龍眠拱手上前：「祁大人，下官特來為您送行！」祁子俊極不耐煩，卻礙著面子，說：「汪知縣，你太客氣了。」汪龍眠說：「祁大人這次回來，我沒有迎接。您要走了，總得來送送。我著人在城外清風亭治好酒宴，請祁大人賞光。」祁子俊笑道：「還長亭送別呀！汪知縣好風雅！可是我急著趕路，心領了。你請回吧。」汪龍眠硬要相請，說：「祁大人，我一直沒機會感謝您的栽培之德，您就賞個臉吧。」祁子俊笑笑，只好把話說直了：「這會兒，我早飯才吃過，中飯時候又沒到。我不能為了等著吃這頓飯誤了趕路吧？」

阿城見汪龍眠還有挽留的意思，便說：「汪大老爺，祁大人急著趕回京城，議政王那裡有要事召見他。」聽說議政王三個字，汪龍眠忙道：「下官不知祁大人有如此緊急公務，萬望恕罪！祁大人，一路順風！」祁子俊放下轎簾，一臉厭惡。

祁子俊回到京城，並沒有去找玉麟，他徑直去了潤玉那裡。潤玉開了門，見祁子俊站在門口，驚得說不出話。過了好一會兒，她才問：「你從格格那裡來？」

祁子俊說：「我才進城，哪兒也沒去，直接奔你這兒來了。」潤玉故意說：「你也太負心了吧？人家專門讓袁掌櫃派人去山西，叫你回來先去找她。」祁子俊說：「潤玉，你先讓我進門好不好？」潤玉心裡仍是酸溜溜的，說：「你違抗格格口諭，可是有罪啊！」

祁子俊又急又氣，擠進門來。他沒有坐下，站在屋子中間望著潤玉，眼中慢慢的就有了淚水。他感到從未有過的脆弱，輕聲喊道：「潤玉，過來抱著我！」潤玉眼圈一紅，撲了過去。

祁子俊淚流滿面：「潤玉，如果能夠，真想現在就帶著你離開這裡，拋開一切，什麼也不管，找一個山清水秀的地方，我倆隱居起來，讀書唱曲，白頭到老。」潤玉頭埋在他的懷裡，沉醉地說：「我要你給我寫戲本子。」

祁子俊噙著淚水，說：「我要你只因為喜歡才唱戲，再也不用唱給那些亂七八糟的人聽。

你一直唱到八十歲，我一直看到八十歲。到那時，你頭髮白得像雪，臉上都是皺紋，還在唱『嘆奴家二八好年華』。」潤玉破涕為笑：「那不是老妖怪了？」祁子俊說：「那我們就是一對老妖怪。」潤玉突然抬起頭來，憂傷地望著祁子俊：「子俊，我們真會有那一天嗎？」祁子俊說：「潤玉，對不住了，讓你跟著我擔驚受怕。」

潤玉緊緊地摟著祁子俊，淚流不止。祁子俊說：「潤玉，你說我這是為什麼？當初我在駝道上遇見你，可是我不能愛你，你也不能愛我。我離開你，為了我祁家的家業，為了發財，為了陞官！光宗耀祖，顯親揚名！到頭來，你在我懷裡了，我抱著你了，我卻是大禍臨頭了。」

潤玉猛地推開祁子俊，兩人一下子回到了現實。潤玉問道：「子俊，快告訴我，戶部銀行的事辦得怎麼樣了？」祁子俊搖搖頭：「完了！」潤玉說：「子俊，快去找格格！」祁子俊說：「潤玉，你還不明白我的心！」潤玉揩乾眼淚，說：「子俊，不是這個意思。現在，只有格格能救你！」祁子俊胸口痛得不行，哀號般喊道：「潤玉！」

潤玉說：「子俊，我去找過議政王。他答應過我，說你不會有事的。可是，我不信任他。我有一種不祥的預感。我從議政王那裡出來的時候，正遇上了格格。她要我一見到你就要你去找她。我感覺得出來，她是真心要救你！」

祁子俊問：「她還說什麼了？」潤玉說：「她說人命關天，不可耽誤。」

「她準是知道些什麼了。」祁子俊自言自語的，然後說，「潤玉，你不要再去找議政王了。沒有用的。議政王真的動了殺機，沒有人能夠讓他改主意的。」潤玉恐懼萬狀，再次抱緊了祁子俊，喊道：「不！誰也不能殺你！」突然，潤玉猛地推開祁子俊，說：「子俊，事不宜遲，你快去找格格！」

正是這時，玉麟推門而進。祁子俊同潤玉都驚呆了。玉麟朝祁子俊飛撲過來，卻忽然轉喜為怒，猛地站住了，一跺腳：「祁子俊，你不要命了！」轉身對潤玉說：「潤玉姑娘，你留著子俊幹什麼？」祁子俊有些尷尬，低頭道：「見過玉麟格格。」玉麟一把抓住祁子俊的手，又使勁甩開：「又是格格！又是格格！叫我玉麟！子俊，你，我急死了！」

潤玉見狀，內心十分痛苦。她略一思索，忍住眼淚，悄悄帶上房門出去。祁子俊問：「玉麟，告訴我，你到底知道什麼了？」玉麟搖搖頭，咬著嘴唇，半天才說：「事可大了。我不能告訴你。你頭上架著把刀，隨時會要了你的命！」祁子俊試探地問：「是戶部銀行的事？」玉麟說：「不是，不是。什麼戶部銀行？我不知道。」祁子俊彷彿明白了什麼，問：「玉麟，是不是你看了什麼不該看的東西？」

玉麟哭了起來：「子俊，我不能告訴你。可是，我一定要救你！」祁子俊搖搖頭，說：「傻孩子，有些事，不是你想辦就能辦到的。」玉麟說：「我能！我一定能。我急著來找你，就是要你答應我一件事。你答應了我這件事，我就一定能救你。」祁子俊問：「什麼事？」玉麟說：「聽我的話！我要你做什麼你就做什麼。」祁子俊生氣道：「那怎麼成！」玉麟甚是著急，說：「事到如今，你還不肯聽我的。」祁子俊問：「你到底要我做什麼？」「你別管。」玉麟突然紅了臉，「我只問你，我好不好？」祁子俊忙說：「好。你貴為格格，又這麼聰明，這麼漂亮，對我又這麼好。你怎麼不好？」玉麟歡喜地說：「那你是答應了？」

祁子俊早明白是什麼意思了，卻只好裝糊塗：「答應什麼了？」「你真笨！」玉麟惱怒地猛擊一掌祁子俊。玉麟還要說什麼，三寶急匆匆推門而入：「格格。二少爺。議政王府的人也尋到這兒來了，要您趕緊去見議政王。」祁子俊面色沉重，說：「議政王追得可急啊。」玉麟把手放在祁子俊胸口撫摸著，說：「子俊，你去。不要怕，我自有辦法。」

潤玉坐在隔壁房間，祁子俊同玉麟說的事情她都知道了。她只有痛苦地流淚，沒有半點主張。床上堆滿了剛採辦好的嫁妝。潤玉痴痴地撫摸著這些綢緞，淚下如雨。

祁子俊回到票號，好不容易挨到天亮，匆匆吃過早飯，穿戴好朝服，坐轎去了恭王府。跪拜之後，祁子俊將回山西籌辦戶部銀行未成之事細細稟報。議政王聽著聽著，臉色越來越難看，終於拍了桌子，一怒而起：「祁子俊！你辜負了朝廷的恩典！我讓你回去說服財東參股戶部銀行，你卻鼓動他們齊心抵制，對抗朝廷！」

祁子俊回道：「回議政王，祁子俊辦事不力，自是有罪，但絕沒有鼓動財東對抗朝廷！」

議政王喝道：「你還抵賴！你人還沒回京，山西各總號發給京城分號的書信早到了，嚴令他們不准同朝廷接洽參股戶部銀行之事！現在京城裡可是沸沸揚揚，說朝廷如今成了四處討錢的叫花子，面子往哪兒擱！」

祁子俊仍是爭辯：「我已盡心盡力，還招來了財東們的誤會，被他們斥以狼子野心！」議政王怒道：「狼子野心！我看你確有狼子野心！來人！」家丞應道：「奴才在！」「將祁子俊拿下！新帳老帳一起算！」議政王衣袖一拂，背過身去。祁子俊喊道：「議政王！」

幾個兵卒正架著祁子俊往外走，忽聽有人高聲喊道：「太后懿旨！」

話音剛落，兩個公公進了議政王書房，玉麟緊跟在後面。公公宣道：「議政王、玉麟格格聽旨！」議政王同玉麟忙跪下。

公公繼續宣旨：「太后口諭，玉麟格格自小讓皇阿瑪寵著，性子可不那麼乖順，由著她吧。她喜歡那個祁子俊，我准了這樁婚事。」議政王抬起頭來，望望公公，又回頭望望祁子俊。祁子俊聽著，驚訝萬分，半天回不過神來。玉麟得意地望著祁子俊。

公公道：「太后還說，聽議政王說，祁子俊替朝廷協辦軍餉，還認購不少興國債券，想必是個辦事幹練又忠心朝廷的人。對他累加封贈，也都是議政王在我面前替他討的。我相信議政王不會看錯人的。議政王多多操心，擇吉完婚吧！」

玉麟喜滋滋地叩了個頭：「謝太后恩典！」議政王也只好叩頭：「遵太后懿旨！」祁子俊低頭跪在地上，默然不語。玉麟急了，朝祁子俊做樣子。祁子俊半天才反應過來，叩首道：「祁子俊謝太后恩典！」

公公笑道：「好啦，我們回太后去了。改天賞奴才一杯喜酒喝呀！」玉麟說：「幾位公公，辛苦你們了！」

望著公公們離去了，議政王冷冷地望了祁子俊一眼，拂袖走了。玉麟卻是歡天喜地，就要拖著祁子俊去花園裡賞花：「子俊，去園子裡走走。我讓奴才們提壺好酒來，你壓壓驚。」祁子俊哪有心思喝酒？只說票號裡還有很多事，改天再來陪她。玉麟撒撒氣，只好隨他去了。

祁子俊從恭王府出來，人便像亡魂似的，遊走不定。他真不知要去哪裡。票號的事，他真不想管了。賺再多的銀子，到頭來都是一場空。他最想去看的人是潤玉，可他沒臉見她。他傷害了的人，正是自己最愛的人。

他在外逗了大半日，鬼使神差，竟然到了潤玉屋外了。他看見了潤玉家院內那棵柳樹，才愣住了。這時，院子裡傳來潤玉唱戲的聲音：「偶然間心似繾，在梅樹邊。似這等花花草草由人戀，生生死死隨人願，便酸酸楚楚無人怨。待打併香魂一片，陰雨梅天，啊呀人兒呀！守的個梅根相見。」潤玉唱得淒楚哀怨，令人腸斷。祁子俊再也不忍聽下去，輕輕敲了門：「潤玉！潤玉！」

沒了唱戲聲，門卻依然關著。祁子俊再喊幾聲，仍沒人答應。他輕輕推了門，居然開了。

潤玉背靠瘦柳，面牆而立，沒有招呼進院來的祁子俊。祁子俊走到潤玉身後，說：「潤玉，事已至此，我……我對不起你。」

潤玉一聲不吭，一動不動。祁子俊又說：「潤玉，我知道你心裡恨我。以前你恨我，是因為你以為我家害死了你爹，是誤會。現在你恨我，是覺得我薄情負義。我害了你！」祁子俊說：「潤玉，潤玉，你說話呀。你罵我，打我都可以。你越是這樣，我心裡越難過。」潤玉突然轉過身來，滿臉是淚：「子俊，不要再說了。」

祁子俊向潤玉伸過手去。潤玉木然地站著，搖搖頭。空中掠過鴿陣，鴿哨呼嘯，徒增幾分悲涼。

過了些日子，恭王府差人召祁子俊進去說話。祁子俊剛進王府，正好碰上議政王要出門。兩人見面，依制施禮。議政王還算客氣，話中卻帶著些譏諷：「子俊，人的命運就是這樣不可捉摸呀。本來，你辦事不力，我要治你的罪。可是眨眼間，太后一句話賜了婚，你就貴為額駙爺啦。」祁子俊誠惶誠恐：「子俊知罪。」

議政王說：「山西票號這些財東們，短見淺識，成不了什麼大氣候，我看，他們的氣數也不會太長久了。」祁子俊聽到了弦外之音，驚恐地問道：「難道議政王您……」議政王緩緩搖頭，說：「我不會把他們怎麼樣。但世事日變，畢竟識時務者為俊傑呀。票號改銀行恐怕是大勢所趨。戶部銀行是一定要辦起來的。我會另圖良策！你去吧，今天是玉麟有事找你。」

祁子俊謝過議政王，往客堂裡去。這會兒，玉麟正憑几坐在客堂裡，几上擺著一座精巧的西洋鐘。她手中擺弄著那個古玉碗，喜形於色，若有所思。她看見了祁子俊，喜滋滋地望他笑，頑皮地說：「子俊，還不謝過我的救命大恩？」祁子俊躬腰行禮：「小民謝過玉麟格格救命大恩。」祁子俊真的行禮謝恩，玉麟卻生氣了，道：「誰真要你謝恩了？」

「坐吧，坐那麼遠幹嗎？靠我近些嘛！」玉麟手拿著玉碗，「子俊，還記得這隻玉碗嗎？那還是我們倆的第一次見面呢。我和哥哥得了這隻玉碗，你花了四萬兩銀子。那時候呀，就覺得你——」

祁子俊問：「如何？」玉麟說：「一臉輕狂！」祁子俊笑道：「哦？原來玉麟格格喜歡的竟是一個輕狂之徒？」玉麟放下玉碗，撲到祁子俊身邊，佯作打人：「我打你！」祁子俊忙說：「格格饒命。」「還叫格格，我可真要打人了！」玉麟望著祁子俊，笑吟吟的，「子俊，我要送你一件東西。」祁子俊問：「什麼好東西？」玉麟舉著玉碗，說：「就是這個玉碗！」

祁子俊說：「玉碗？這不是你和議政王的愛物兒嗎？為什麼要送給我？」玉麟低下頭，咬著嘴唇兒，說：「為了讓你記著我。」祁子俊故作糊塗：「讓我記著你？難道我還會忘了你不成？」玉麟有些傷感，說：「子俊，你別以為我就是個傻子。其實我心裡知道，潤玉姑娘喜歡你，你也喜歡潤玉姑娘。」祁子俊說：「玉麟，你不要瞎想。」玉麟說：「我沒有瞎想。我心裡清水兒似的。潤玉和你都有身世之感，同病相憐，惺惺相惜，我早看出來了。」祁子俊痛苦萬分：「玉麟，別說了。」

玉麟說：「我去求太后賜婚，是為了救你的命，也因為我是真心喜歡你。我這麼做，在民間女子那裡都顯得自輕自賤，別說我是格格。可是，子俊，我心裡只有你呀！」

祁子俊不知怎麼說話才好，連望望玉麟的勇氣都沒有了。他眼睛望著別處，心頭痛得像刀子在剮。玉麟低頭撫摸著玉碗，說：「送你這隻玉碗，或許你見著了，多少記著我的好，對我也有一點真心。」

祁子俊接過玉碗，輕輕摟住玉麟，輕聲喊道：「玉麟。」玉麟把頭倚在祁子俊肩上，閉著眼，一臉幸福。半晌，祁子俊扶起玉麟，問：「玉麟，有句話我一直想問你，你到底知道了什麼，看出我有性命之虞，才想出這麼一個絕招，去求太后賜婚？」

玉麟搖搖頭：「我真的不能說。」祁子俊說：「玉麟，你要想真心救我，讓我們能平平安安白頭偕老，就一定要告訴我，到底是什麼威脅著我的生命。議政王這次放過我，下次就不一定了。」玉麟說：「我真的不能說，說出來你會罵我的。」祁子俊說：「我的傻丫頭！你救了我的命，我怎麼會罵你呢？」玉麟歪著頭說：「你真的不罵我？」祁子俊點點頭。玉麟這才說：「告訴你吧，我偷看了哥哥鎖在抽屜裡的那些折子。」祁子俊緊張地問：「那都有些什麼？」

玉麟說：「那裡面都是些可以取人性命的東西！參你的有六七條，什麼販運私鹽啦，私通洪逆啦，私鑄官錢啦，可多了。我一看，嚇死了。所以呀，就去求太后啦！」祁子俊臉色大變，一身發軟，幾乎站立不住。玉麟大驚，問：「子俊，你怎麼了！」祁子俊仍在驚懼中，沒有回過神來。玉麟問：「子俊，告訴我，你有沒有這些事？」

祁子俊仍不說話。玉麟說：「子俊，別害怕！一定是有人嫉妒你。我想我哥也不信，不然他幹嗎把這些折子藏著不告訴皇上跟太后？真有那些事，隨便哪個折子都會要了你的命！」

祁子俊一臉的憂心忡忡，再也沒有半點意興了。玉麟卻說：「子俊，別再擔心了，天塌下來有我哪！依著我的性子呀，不做這格格了，我們去個只有神仙才去的地方，兩個人好好的過日子。」祁子俊說：「你真願意隨我做個民女？」

玉麟說：「你當我稀罕做這格格呀！我最怕見的就是朝廷裡的事情，永遠也弄不明白。那陳昭陳大人，幫著我哥整肅吏治，本來有功，卻被貶了。貶了沒幾天，人還在路上，又召了回來。」

祁子俊倒是頭次聽說這事兒，問：「怎麼？陳大人又回京了？」玉麟說：「官還升了，吏部尚書，軍機大臣！」祁子俊說：「議政王身邊需要這樣的人才啊！」

那天，祁子俊在恭王府呆到很晚，議政王又賜了他酒食。其實他早沒心思呆在裡頭了，他急著出去辦事兒。那些要命的折子讓他心裡發毛。

回到票號，祁子俊連忙給蘇文瑞寫了封信，讓阿城火速回山西。幾天後，蘇文瑞接到信，猶豫再三，又有寶珠催著，便隨阿城再次來到京城。

兩人見了面，祁子俊便把自己的麻煩事兒細細說了。蘇文瑞聞之大驚：「啊！這個議政王，太厲害了！」祁子俊問：「怎麼辦？他手裡捏著我那麼多把柄，遲早會殺掉我的！」蘇文瑞說：「是啊，帝王之家要殺人，就不管父子、兄弟，何況你只是個額駙！」祁子俊說：「我不能等著他哪天來殺我呀！」蘇文瑞說：「憑著那些罪名，殺你一百次都夠了。可是他沒有殺你，為什麼？」祁子俊說：「因為我暫時還有用。」蘇文瑞說：「在議政王眼裡，你沒有別的用處，只是兜裡有銀子。」祁子俊說：「他現在仍然惦記著我的銀子。」蘇文瑞說：「你說得對。議政王這次著你籌辦戶部銀行，不光盯著你的銀子，還盯著所有山西財東的銀子。你沒有把事情辦成，他本可藉故殺你，查抄你義成信所有的銀子。偏巧玉麟格格出面摻和，議政王只好暫時放過你。但是，他什麼時候都可以殺你。」

祁子俊望著蘇文瑞，希望他想出辦法來。蘇文瑞也是一籌莫展，只說：「你得想辦法讓議政王不想殺你。」祁子俊問：「有沒有辦法讓他不敢殺我？」蘇文瑞搖頭說：「世上沒有這樣的辦法，皇上都有人敢殺！」祁子俊說：「我知道，只有不斷地掏錢。可是如此下去，錢也有掏盡的時候！」

蘇文瑞說：「光是掏錢不行的，得看錢怎麼掏。有時候你越是掏錢越危險！你上次認購興國債券一千萬兩，我想議政王就動了殺機的。依我之見，你得花錢做成一樁一勞永逸的事。」祁子俊使勁兒拍著腦袋：「我想不出這樣的法子。」蘇文瑞輕聲問：「我問句大逆不道的話。議政王想當皇帝嗎？」祁子俊說：「天下哪有不想當皇帝的人？」蘇文瑞神祕而隱晦地問：「你敢嗎？」

祁子俊明白蘇文瑞的意思，決然說：「不是不敢，而是不可能！太后倚重議政王的能耐，卻又怕他過於專權，對他防得緊。只要他稍露不臣之心，必置他於死地。議政王厲害，太后更厲害！」蘇文瑞說：「大清未必要出個武則天了？」祁子俊說：「差不多！」

蘇文瑞沉思片刻，說：「大清開國之初，孝莊皇太后見識高遠，持事公允，才智超人，不讓鬚眉，可她並沒有傚法武則天。順治、康熙兩代皇帝都是幼年登基，孝莊皇太后倚重多爾袞攝政，才穩固了大清基業。」

祁子俊問：「蘇先生意思，我們讓議政王做多爾袞？」蘇文瑞點頭道：「正是！」祁子俊點頭沉思著，說：「還有別的辦法嗎？」蘇文瑞說：「事到如今，已沒有上策。不過，這件事做成了，議政王必記住你的大功，就不會對你怎麼樣了。」

祁子俊問：「假如做不成怎麼辦？」蘇文瑞說：「只能成功，不能失敗！」祁子俊仰天浩嘆：「老天，你為何陷我於絕境！」蘇文瑞說：「你按兵不動，就是等死；你下手在先，或可自救。當然，假如天有不佑，後果不言自明。子俊，我只能說這麼多，你自己掂量吧。」祁子俊說：「此事得細細斟酌，稍有不慎，大禍臨頭。」蘇文瑞說：「千萬別驚動太多的人。你只需暗中連絡幾個關鍵人物就行了。」祁子俊說：「吏部尚書陳昭，軍機大臣，對議政王忠心耿耿。」蘇文瑞說：「此人辦事謹慎嗎？」

祁子俊說：「他原是都察院左都御史，辦事很有心計。我給他立了個折子，他囑咐我用他老婆的名字。我請他把老婆名字寫上給我，他不肯寫，讓我記住得了。我琢磨他的心思，就是片紙證據都不給人留下。」

蘇文瑞笑道：「他做過左都御史的，經常辦著案子，養成了做事不留把柄的習慣。我看你不妨先找這位陳大人。」

祁子俊琢磨了好幾日，再沒別的好辦法，就依計行事了。那天夜裡，他祕密拜訪了陳昭。陳昭很是客氣，說：「子俊，您太夠朋友了。別的人見我被貶了，避之不及，您反而讓人送銀票到家裡來。我夫人同我說起這事兒，感激得直哭哪！」

祁子俊說：「這事不值一提！我今兒特來祝賀陳大人官復原職，擢升軍機大臣！開句玩笑吧，您要是還呆在泰州，我會按月讓人送銀票來。您如今回來了，倒替我省了錢！」

陳昭哈哈大笑：「謝謝了！我也要祝賀子俊您做了額駙啊！」祁子俊說：「謝陳大人。您我都得記著議政王的恩典哪！」陳昭道：「正是正是！」

祁子俊故意把話題往議政王身上扯，說：「如今我大清就靠咱議政王撐著，可我看他的日子也不好過。上次他整肅吏治，弄得連太后都不高興了，陳大人您也受了委屈。」

陳昭說的卻都是場面上的話：「身為人臣，但知報效，無怨無悔！」祁子俊又說：「陳大人，您我都是議政王信得過的人，我關著門問句不該問的話。您說咱議政王心裡憋不憋氣？」陳昭卻是滴水不漏：「不敢妄自猜測。」祁子俊說：「我記得您說過一句話，是人，就有個人之常情。」陳昭笑道：「子俊好記性哪！」

祁子俊笑笑，說：「不不不，我有時記性好，有時記性不好。上回在潭柘寺，議政王同我說了許多事兒，最後他卻說，我什麼都沒說。我便說，我什麼也沒聽見。」

陳昭道：「子俊，您可是議政王的心腹之人哪！」祁子俊說：「您陳大人也是的。我想，要讓議政王少憋些氣，我們就得替他做些事。」陳昭問：「子俊好像有什麼要緊話說？」

祁子俊點點頭，同陳昭耳語起來。陳昭臉色大變，立即掩飾著，點頭而笑。如此如此說完了，祁子俊的聲音清晰起來，說：「我這是為大清基業著想啊！現如今，大清沒有議政王不行！怕就怕冒出幾個不聽話的，生出事端。所以說，此舉至為要緊！」

陳昭並不多說，只道：「陳某都明白了。」祁子俊不再多留，起身告辭。陳昭送祁子俊出門，拱手而別。

蘇文瑞聽得響動，知道祁子俊回來了，匆匆披衣起床，去了祁子俊房間，問：「怎麼樣？」祁子俊很有些得意，說：「一拍即合！」

蘇文瑞長長舒了口氣，說：「如此甚好！此舉成功與否，陳昭陳大人可是關鍵。陳昭能鼎力而為，此事成矣。」

祁子俊說：「陳昭受議政王之恩很深，對議政王死心塌地。此事不會有誤。」蘇文瑞很高興，說：「子俊，今夜你可以睡個安穩覺了。」「對對，高枕無憂了。」祁子俊說著，不禁放聲大笑起來。蘇文瑞說：「你好好休息吧。我也去睡了。」

送走蘇文瑞，祁子俊關了門，興奮不已。他睡不著，睡下幾次又爬了起來。他走到桌前，拿起茶杯，未到嘴邊又放下。他凝視著跳躍的燈花，不由自主點頭而笑。這時，他看到了放在几案上的玉碗。他感慨百端，探過身去拿玉碗。可是，玉碗卻突然從他手中滑落，啪的一聲，碎了。祁子俊臉色大變，呆立不動。

突然響起了擂門聲。祁子俊心頭一驚：這麼晚了可能是誰呀？擂門聲越來越響，還聽見惡狠狠的吆喝聲。祁子俊才要出門看個究竟，已聽得雜沓的腳步聲從大門處往裡洶湧而來了。他還來不及問清是怎麼回事，已有督捕清吏司的人站在跟前了：「把欽犯祁子俊拿下！」

祁子俊驚恐萬狀：「你們這是幹什麼？」幾個兵勇飛撲上前，按倒祁子俊。祁子俊突然間知道是怎麼回事了，仰天狂叫：「陳昭，你小人！」

蘇文瑞本已睡著了，他聽得外面動靜，急匆匆穿衣出門，問：「你們這是怎麼回事？」兵勇喝道：「滾一邊去。」

蘇文瑞追到大門口，見祁子俊已被帶上囚車。蘇文瑞重重地拍著自己的腦門子，恍然大悟，痛悔不已，喊道：「我害了子俊！」

三寶耳目靈通，當晚就知道祁子俊出事了。他等不到天亮，設法把消息帶給了玉麟。人命關天，玉麟顧不得許多，半夜三更地就要去找議政王。她原以為議政王會在睡大覺的，卻見奕訢書房燈火通明。跑去一看，見議政王正同陳昭議事。玉麟衝了進去，哭嚷著：「哥，你為什麼抓了子俊！」

議政王大怒：「抓了他？我還要殺了他！」玉麟哭得歇斯底里：「哥，我求求你，子俊可是我的額駙！」議政王說：「你的額駙可是要你哥的腦袋！」玉麟說：「你說謊，你血口噴人！子俊敬重你，怎麼會對你懷有二心！子俊只是個生意人，他又有什麼能耐要你的腦袋！」

議政王很不耐煩，只說：「玉麟，朝政大事，我不能同你細說！我正同陳大人商量要事，你不要胡攪蠻纏。來人，請格格出去！」玉麟被家奴架走了。

祁子俊倒背雙手，站在牢房中間。他再也不像前兩次進牢房那樣顯得害怕了。他像看破了一切，無所謂希望，也無所謂絕望。那位熟識他的獄卒已經老了，驚疑地望著他老半天了。

獄卒說：「這位爺，您這是第幾回進來了？」祁子俊回過頭，臉上似笑非笑。獄卒說：「我說哪裡不好呆？您老往這裡跑幹什麼？」祁子俊說：「您也不一輩子呆在監獄嗎？」

獄卒張開嘴，白了半天眼睛，猛然醒悟的樣子，說：「哦哦哦，這位爺，您是高人！我糊塗了一輩子，叫您一句話點醒了。」

幾天之後，潤玉四處打點了，終於進了刑部大牢探監。祁子俊形容憔悴，靠牆席地而坐。他閉著眼，面色平靜，彷彿已將身邊的一切置之度外。聽得潤玉的喊聲，祁子俊才睜開眼，淡淡一笑：「潤玉，你來了。」潤玉哽咽著：「子俊，你瘦多了。」祁子俊說：「皮肉之相，不足掛懷。」

獄卒過來，潤玉掏出銀兩塞給獄卒。獄卒把牢門打開，說：「姑娘，你可得快點。被人瞧見了，我可吃不了兜著走。」

潤玉進了監房，撲到祁子俊身邊。她輕輕撫摸著祁子俊的臉，說：「子俊，太后賜婚以後，我原想再也不見你了，免得傷心。我想，就當從不認識你，不知道你，我的生命中間從來沒有你。只要你好，我這一生也就別無所求了。可沒想，太后賜婚，還是救不了你。」

祁子俊嘆道：「天作孽，猶可活，自作孽，不可活。我已經想明白了。我的命運，是一開始就錯了。一錯再錯，不是誰能救得了的。」潤玉說：「你可不要灰心。還會有辦法的。」祁子俊聽出潤玉的意思，問：「潤玉，你是不是又去找了議政王？」

潤玉點點頭，望著祁子俊，又默默地搖搖頭。祁子俊說：「不要再去找誰了。我心裡清楚事情已經到了什麼分上。我想，我的時間也可能不多了。來，潤玉，好好陪我坐坐吧。能再見到你，我已經沒有什麼遺憾了。」潤玉緊緊抱著祁子俊，說：「子俊！你說過，僧王爺讓你有事隨時去找他。我去找僧王爺。」祁子俊搖頭道：「僧王爺也不要去找了。」潤玉說：「子俊，你別傻了，只要有一線希望，我們就不能放棄。」祁子俊說：「議政王要我的命，誰也攔不住的。」

潤玉躺在祁子俊懷裡，哭得昏天黑地。獄卒催了好幾回，她才像割心挖肝似的離開監牢。潤玉怎麼也不相信祁子俊就這麼完了，她得救他。她從刑部大牢出來，趕緊去了僧王府。

金格日樂事先並不知道祁子俊遭難了。她撫摸著僧王爺送給祁子俊的那把匕首，神情悲切，說：「潤玉姑娘，祁公子是我的救命恩人哪！我有所生養，也多虧他贈我西子丹。可我家王爺在外征戰，怎麼辦呢？」

潤玉跪下，說：「福晉，我求您了，求您救救子俊！」金格日樂扶起潤玉：「潤玉姑娘快快請起！我一個婦道人家，這可怎麼辦呢？」潤玉說：「福晉，求您想想辦法吧。」金格日樂無可奈何地說：「我家王爺征剿捻匪，日夜轉戰，真不知上哪兒去找他啊！」潤玉絕望了，說：「如此說來，子俊真沒救了？」金格日樂尋思再三，說：「姑娘，我明天進宮去求求太后。」潤玉再次跪下：「我謝謝您了！」金格日樂忙扶起潤玉：「唉，我真沒把握哪！這把匕首，您還是拿著吧。」潤玉接過匕首，說：「要是人沒了，拿著匕首何用！」

第二日，金格日樂大早就進了漪清園，玉麟也進去了。潤玉同三寶守在門口等消息。直等到日頭偏西，才見金格日樂同玉麟的轎子出來。潤玉見婢女扶轎而行，抹著眼淚，便猜大事不好。潤玉飛撲過去，玉麟掀開轎簾，只知哭個不停。潤玉哭道：「格格，您一定要救子俊啊！」玉麟擂胸慟痛。

金格日樂撩開轎簾，也早哭成個淚人兒了。潤玉又撲向金格日樂，說：「福晉，見過太后了嗎？太后答應不殺子俊，是嗎？」金格日樂搖搖頭，拿手絹揩眼淚。潤玉支撐不住，跪倒在地：「老天爺，您發發慈悲吧！」

這時，議政王的轎子過來了，正要進園子去。潤玉發瘋似地猛撲過去，攔轎而跪，哭訴道：「議政王，子俊是個可憐人哪！他家平白無故地被官府害得家破人亡，好不容易振興了家業，替你們朝廷也做盡好事，到頭來，朝廷還要他的命！」

議政王掀開簾子，默然地望著潤玉，什麼也沒說。官差吼著：「大膽，快快讓開！」這時，玉麟也跑了過來，跪下說：「哥，求您饒過子俊！饒過我的額附！」議政王刷地放下轎簾，起轎而去。潤玉同玉麟仍是跪在地上，望著緩緩而去的高抬黃轎，哭得呼天搶地。金格日樂下了轎，慢慢走過來，扶起兩位女子。

祁子俊早不記得自己進來幾天了。他多是安靜地躺著，闔目假寐。經歷過的的事情演戲樣的在他腦子裡滾過，卻也僅僅像是戲樓裡的戲，似乎同他有隔世之遙。

忽然聽得響聲。祁子俊睜開眼睛，漠不關心的樣子。復又閉上眼睛。牢門打開，進來些獄卒。有獄卒喊道：「祁大人，請您起來一下。」

祁子俊懶懶地起身。獄卒們飛快地打掃著牢房。又有獄卒搬了張方几進來，擺上兩把椅子。桌上擺上茶具。祁子俊沒有在意這些，更沒有發現這有什麼不同尋常。這時，聽得有人高聲宣喊：「議政王駕到！」

祁子俊微驚，仍坐在床鋪上不動。典獄同眾獄卒低頭垂手而立。議政王在刑部司獄等官員的擁簇下，走了過來。典獄並眾獄卒齊刷刷跪下：「拜見議政王。」

祁子俊仍是坐著，目光冷漠。議政王微笑著：「祁子俊，我來看看你！」議政王說著就進了牢房，坐下，然後招呼道：「祁子俊，過來坐吧。」

祁子俊走過來，坐在議政王的對面。議政王說：「我一路上都在想，我倆見了面，你會不會再像往常一樣，長跪而拜。」祁子俊冷冷笑道：「您想過我會拜嗎？」議政王說：「我猜對了，你不會。」祁子俊平淡地說：「您還算有自知之明。不是任何人任何時候都會敬重您或者懼怕您！」牢房外站著的刑部司獄怒吼起來：「祁子俊，你放肆！」

議政王朝後揮揮手，然後說：「你高看自己了。你不再跪拜，不是因為氣節或勇敢，而是你生意人的算盤。過去你拜我，有利可圖，如今再拜我，沒利可圖了。」

祁子俊笑道：「商人重利，無可厚非；但是，我們山西人從來是信義而取利。不像您議政王，無信無義！」刑部司獄又喊叫起來：「大膽狂徒！」「你們不必多言。」議政王回頭說，「今天我想同祁子俊好好說說話，你們休得無禮。」祁子俊問：「議政王以為您我之間還有必要說什麼嗎？」

議政王說：「沒有必要，但說說也無妨。剛才這一幕，讓我想起十幾年前我倆在琉璃廠的邂逅。見了那張龍票，所有人都跪下了，只有你祁子俊沒有跪下。」

祁子俊感嘆道：「我曾經同一位朋友說過，當年同議政王在琉璃廠爭買玉碗，我不知天高地厚，什麼都不怕；後來家運不幸，我亡命天涯，明知刀口就在腦袋上，也不怎麼怕；再後來為著賺錢，提著腦袋在朝廷跟太平天國間穿梭往來，也顧不得怕；可是，等到朝廷封贈我正二品頂戴，議政王對我備加恩寵的時候，我倒真的怕起來了。現在我告訴您，當我知道是您再次把我抓了起來，我又什麼都不怕了。」

議政王問：「你真不怕？」

祁子俊說：「十幾年前我不懂得害怕，是不知天高地厚；現在我不再害怕，是明白了天有多高，地有多厚。」議政王說：「那麼你知道我這回肯定要殺你了？」祁子俊說：「您早想殺我了，只是老惦記著我的銀子。」

議政王說：「我知道玉麟偷看了那些折子，想必都告訴你了。別說你犯下的那些大逆之罪，單是你富可敵國，你就該死！」

祁子俊冷笑著，聲音仍是緩和：「您大清起家，靠的是山西人的銀子。打敗太平天國，也是靠山西人出銀子。您的朝廷，可真是白眼狼呀！」

議政王道：「笑話！朝廷的安危，便是天下蒼生的安危。你說得不錯，長毛為患十幾年，國庫空虛，軍餉無著。你們山西票號協軍餉，解京餉，的確立了大功。但是，這次你們還算有忠心，聽朝廷的，幫著朝廷。下次再遇著此等國難，你們倘若認賊作父，豈不要助紂為虐，危及社稷！」

祁子俊說：「所以，您就想哄騙山西票號參股戶部銀行，最後操縱我們，吃掉我們？」議政王說：「你只說對了一半。朝廷的確想操縱你們，並沒有吃掉你們的意思。你們幫著朝廷賺錢，幹嗎要吃掉你們呢？但是，你們得聽朝廷的！」

祁子俊說：「山西票號不相信朝廷，別人也不會相信的。朝廷是什麼？老百姓不知道。老百姓看到的是楊松林，是左公超，是天天在他們面前吹鬍子瞪眼睛的官員。老百姓眼裡，這些官員有多壞，朝廷就有多壞！」

議政王說：「別以為我大清的官員都那麼壞。他們真的一無是處，大清早完了。陳昭陳大人，你是熟悉的，他就是對朝廷忠心耿耿的好官！」祁子俊說：「陳昭素有忠直廉潔之名，其實，他也不過是你養著的一條狗，你讓他咬誰他就咬誰！」

議政王笑笑，說：「你今天怎麼說，我都不會生氣。說到這些壞官，我可是幫過你的大忙。你想瑞王爺死，想黃玉昆、楊松林死，我都替你辦到了。」祁子俊說：「這是因為您也需要他們死。」議政王說：「左公超你也想要他的命吧？」

祁子俊笑道：「議政王果然英明！我知道鹽道之職，必生貪汙。我推薦楊松林當鹽道，就是想置他於死地。可惜，我等不到左公超正法那天了。」議政王說：「你放心，只要時候到了，左公超我幫你除掉！」祁子俊微嘆道：「這個我也不關心了。」

議政王說：「自然不是你關心的事。這些官員，清也罷，貪也罷，都不是你一個商人應該管的事。朝廷要用他們，自然要用他們，要殺他們，自然會殺他們。你如果只是老老實實做生意，怎會落到這步田地呢？」

祁子俊仰天而嘆。議政王說：「你該知道呂不韋跟范蠡。他倆都是大生意人，走的是兩條路子，結果是兩種命運。呂不韋恐怕是自古以來生意做得最大的商人，他靠做生意把嬴政做成了千古一帝，把自己也做成了相國、仲父。夠成功、夠榮耀了吧？結果怎樣？死於秦王之手！范蠡恰恰相反，他幫助勾踐滅吳，功勳顯赫，但卻功成身退，隱逸江湖，成為富商，得享天年。如果他貪戀權勢，說不定被勾踐尋個事兒殺了。」祁子俊說：「呂不韋跟范蠡的故事，無非還是證明了那句話，帝王之家，都是白眼狼。」議政王說：「不，你沒有明白個中究竟。金錢可以分享，美女可以送人，只有權勢是不允許別人染指的！」

祁子俊說：「我當初是千方百計靠近權勢，因為權勢可以給我帶來財富；可是我終於看到了權勢的險惡，已經沒有退路了；我只有繼續往前走，指望親手栽培更大的權勢，為的是保護自己。」

議政王說：「可是你錯了！本王豈能讓你玩於股掌之上！你大概忘了我說過的那句話——『大樹底下，寸草不生！』」祁子俊忽然動情起來，說：「我最痛心的是對不住玉麟跟潤玉。」說到玉麟，議政王聲音低沉而憤怒：「你休得再提玉麟！她一個快活自在無憂無慮的格格，竟然鬼迷心竅看上了你！如今你害得她痛不欲生！」

祁子俊微笑著，說：「這也許就是您貴為王爺百思不解的地方。您身邊有很多女人，不見得就有女人死心塌地愛你！我呢？玉麟愛我，潤玉愛我，她們都甘願為我捨命。您呢，假如您哪天淪落潦倒，必定是樹倒猢猻散！您的那些女人必定比兔子還跑得快！」

祁子俊以為這話肯定會激怒議政王，沒想到他卻哈哈大笑：「痴人說夢！我倆雖是隔几而坐，卻是天淵之別。我永遠是王爺，你永遠是……對了，你已經沒有永遠了！」

祁子俊問：「您想過嗎？您如果不是生為貴胄，也許您只是個叫花子；而我祁子俊憑著自己的本事，卻能財取天下！」

議政王又是哈哈大笑：「又是痴人說夢！我生就便是王爺，而你注定只能是奴才！這是天命，誰也改變不了的！你死就死在不安天命！」

……

祁子俊到死都不會知道，吆喝喧天領著人去祁府抄家的竟是他全力舉薦的汪龍眠。